Günter Rüffer
Sein Name war Aslak

Günter Rüffer

Sein Name war Aslak

Rediroma-Verlag

Bibliografische Information der Deutschen
Nationalbibliothek:
Die Deutsche Nationalbibliothek verzeichnet diese
Publikation in der Deutschen Nationalbibliografie;
detaillierte bibliografische Daten sind im Internet über
http://portal.dnb.de abrufbar.

ISBN 978-3-98527-898-5

Copyright (2023) Rediroma-Verlag

Umschlagillustration: iobard (shutterstock.com)

www.rediroma-verlag.de
15,95 Euro (D)

1. KAPITEL

Sein Name war Aslak. Seine Gestalt war die eines Hünen, in seinem Herzen wohnte die Unerschrockenheit und die Ehrfurcht vor den Göttern. Klar wie ein tiefblauer Gebirgssee war sein Blick; das markante, bartlose Gesicht zeichnete herbe Schönheit. Entgegen dem germanischen Brauch trug er sein blondes Haar offen; in langen Strähnen reichte es ihm bis auf den Rücken. Man sagte ihm nach, die Kraft des Bären sei in ihm und die Schnelligkeit der Schlange. An seinem Gürtel hing ein wertvolles Schwert mit gehärteter Stahlklinge und kunstvollem Elfenbeingriff. Niemand sonst besaß eine solche Waffe, doch erst die Kunst, mit der Aslak sie zu führen verstand, verlieh ihr den Beinamen 'Wunderschwert'. In einem Köcher trug er Pfeile und Bogen aus fester Eibe. Stolz saß er auf seiner edlen Stute, deren Fell blütenweiß war und deren Schweif und Mähne glänzten wie goldener Flachs. Reiter und Pferd schienen zu einer Einheit verwachsen, sie im ehrlichen Kampf zu besiegen, war noch keinem gelungen.

Aslak war ein Friedloser. Jeder rechtschaffene Mann war nach alter Sitte gezwungen, einen Friedlosen zu töten, sobald er seiner habhaft wurde. Von den eigenen Leuten geächtet, trieb es Aslak deshalb unstet in den Wäldern umher. Doch trotz der Gefahr, die in der Heimat auf ihn lauerte, zog ihn die Sehnsucht nach Svena, seiner Liebe, zurück in sein Dorf.

Er fand es zerstört vor. Die Häuser verbrannt, die meisten der Freunde und Verwandten grausam niedergemetzelt.

Zorn erfüllte Aslak und lähmende Wut. Die geballte Faust gegen den wolkenverhangenen Himmel streckend, schwor er blutige Rache.

Sein Blick wanderte hinaus über das Land und blieb an einem turmartigen Felsen hängen. Versonnen erinnerte er sich. Seine Gedanken flogen zurück in eine Zeit, in der er glücklich gewesen war. Damals, als sich sein Leben zu verändern begann, saß er auf jenem Felsen.

Es war Sommer. Verträumt blickte Aslak hinab in die Senke, die sich flach vor ihm ausdehnte. Bunte Blumen bemalten den grünenden Boden. Der Duft von Nektar und Heu, von lieblichem Lavendel und schwerem Gänsefuß lag herbsüß in der flimmernden Mittagshitze. Frauen und Sklaven, die mit gebeugtem Rücken das Gras schnitten, waren in dem hüfthohen Wuchs kaum zu sehen. Ein sanfter Windhauch trug ihr fröhliches Singen bis herauf zu dem Felsen.

Ein breiter Fluss durchschnitt das Tal. Die Cherusker nannten ihn Kolber - Großer Fluss. Er entsprang im Westen, wandte sich durch grüne Auen, durch Wiesen, auf denen langhörniges Vieh weidete, an mit Gerste, Weizen, Rüben und Rapunzel bepflanzten Feldern vorbei und verließ die Senke schließlich in östlicher Richtung.

Am nördlichen Rand der Senke schmiegte sich das Dorf an einen schattigen Mischwald. Es war ein kleines Dorf mit nur achtunddreißig langgezogenen Häusern, die aus Baumstämmen und mit Lehm verschmiertem Flechtwerk gefertigt und mit Stroh oder Rohr bedeckt waren. An den unterschiedlich großen Häusern ließ sich der Reichtum der Besitzer erkennen.

Am Ostende wohnte Hermann, der wohlhabendste von ihnen. Sein stattliches Haus beherbergte seine zwei Frauen, die Großeltern, die sechs Kinder sowie zwei kräftige Ochsen, acht Kühe, vier Schweine, sechs Schafe, zehn Gänse, fünfzehn Hühner und fünf Ziegen. Nur eine schlichte Holzwand trennte Mensch und Tier. Es gab sogar ein separates Gebäude für das Heu und die Ernte, und ein Gebäude, in dem die Sklaven untergebracht waren.

Als Kind hatte Aslak Hermanns Gehöft oft besucht. Und stets war er mit einem kleinen Leckerbissen verwöhnt worden. Mal war es eine Scheibe frisches Brot, mal ein Stück Käse. Oder gar der Anschnitt einer geräucherten Wurst, eine Delikatesse, die es bei Aslak zu Hause nicht gab. Im Wohnraum bewunderte Aslak die Stühle aus geschnitztem Eschenholz. Die schwere eichene Tischplatte war bedeckt mit Silberbechern, Bronzeschüsseln und polierten Eisenmessern - Zeugnisse von Reichtum und Macht.

Aslaks Neugierde aber galt dem kunstvoll gefertigten Schwert Hermanns aus blinkendem Stahl und mit schwungvoll geformtem Bronzegriff. Die Scheide aus feuergehärteter Buche zierte auf einer Seite ein Relief Odins, des allmächtigen Gottes, und Donars, des Herrn über Blitz und Donner. In die andere Seite war das Abbild Izurs gearbeitet; dieser schwarze, temperamentvolle Hengst aus der Zucht der keltischen Treverer galoppierte oft durch Aslaks Träume. Hermann war übrigens der einzige im Dorf, der sich ein Pferd leisten konnte.

Aslak bewunderte Hermann. Nicht wegen seines Reichtums oder dem wundervollen Schwert, nicht einmal wegen Izur. Nein, Aslaks Bewunderung galt Hermanns Person. Dem gewaltigen, muskulösen Körper, den großen Händen, die Kraft hatten wie ein Stier, und dem gepflegten, goldblonden Haar, das ihm, von einer Goldfibel gehalten, in einem Wirbelzopf bis auf die Schultern reichte. Dieser Mann war für Aslak die Verkörperung von Stärke und Mut. Nichts schien ihn zu erschüttern. Sein Wort galt im Dorf und im

Thing. Sein Rat wurde von allen cheruskischen Stammesedlen gesucht.

So wie dieser Mann wollte Aslak sein, seit er ihn als Kind das erste Mal erlebt hatte: Ein großer Cherusker.

Und obwohl sich Aslak - inzwischen zwanzigjährig - an Größe und Kraft mit Hermann messen konnte, sah er zu diesem auf wie zu einem Vater.

Dass er als Kind so gerne auf dem Gehöft des Edlen verweilte, hatte allerdings einen anderen Grund. Seine Besuche galten allein Svena, Hermanns ältester Tochter. Sie war zwei Jahre jünger als Aslak, jedoch vorwitzig und tollkühn wie ein Junge. Und sie war wunderschön. Schöner als alle anderen Mädchen des Dorfes. Er war viel mit Svena zusammen, sie durchstreiften abenteuerlustig die nahen Wälder, pflückten Beeren oder schwammen im Fluss. Unbeschwerte Kinder waren sie, die noch nichts wussten von der großen Liebe. Wenn sie zusammen waren, dann lachten sie, dann waren sie glücklich.

Später hänselten ihn die anderen Jungen mit dem Schimpfwort "Weiberrock". Diese Bezeichnung traf Aslak ebenso hart, als hätten sie ihn Feigling genannt. Ein Feigling wollte Aslak nicht sein, er wollte sein wie Hermann. Damals fühlte sich Aslak in seinem Stolz tief verletzt. Obwohl es ihm weh tat, traf er sich seltener mit Svena. Er maß sich stattdessen in der Freizeit mit den Jungen im Wettlauf, im Raufen, mit dem Holzschwert, im Lanzenwurf und im Bogenschießen. Er zeigte ihnen, was ein "Weiberrock" konnte. Die meisten Wettkämpfe schloss er als Sieger ab. Seine Kameraden waren bald schon keine Gegner mehr für ihn; der selbstverständliche Sieg langweilte ihn. Eine neue Herausforderung fand er in Hermanns Sklaven Arnim, einem gefangenen Sachsen.

Aslak streckte sich auf dem von der Sonne erwärmten Fels aus und träumte vor sich hin. Ein Falke hielt sich schräg über ihm rüttelnd in der Luft. Er spähte, schoss herab wie ein Pfeil, fing den Flug geschickt ab und bezog erneut Posten, wobei er kräftig mit den Flügeln flatterte. Mit einem Mal ließ er sich blitzschnell abfallen und sauste quer über die Senke dahin. Der Grund für seine plötzliche Flucht waren zwei Raben. Doch sie hatten keine Chance, den Falken einzuholen. Krächzend beschrieben sie einen Bogen und verschwanden hinter den Bäumen.

Ob das Odins Raben waren? Was mochten sie dem Gott von den Cheruskern berichten? fragte sich Aslak. Während er darüber nachdachte, beneidete er die Raben. Frei in den Lüften erkundeten sie das Land, sahen Dinge, von denen er höchstens träumen konnte.

Aslak hatte gehört, dass im Norden die Sachsen und Langobarden, im Osten die Sweben, im Süden die Chatten, Hermunduren und Marser lebten. Den Westen besiedelten die Ubier, Brukterer und Angrivarier, die das Dorf vor zwei Sommern überfallen, vier Männer getötet und eine Menge Vieh gestohlen hatten. Das Land sollte angeblich aus Wald und Sümpfen bestehen und überall lauerten wilde Tiere und Geister. Gesehen hatte Aslak nur das Gebiet, das drei Tagesmärsche im Umkreis des Dorfes lag. Ein unbändiges Verlangen drängte ihn, das fremde Land und die Menschen dort draußen zu erforschen.

Von seinem eigenen Stamm wusste er, dass er seit sechzehn Sommern hier lebte. Die Cherusker gliederten sich in sechs Dörfer, wobei sein eigenes, das Dorf Hermanns, das kleinste war.

Vor drei Sommern war Aslak als Mann im Thing anerkannt worden. Hermann hatte ihm, wie es Brauch war, ein vom Priester geweihtes Schwert übergeben. Es war ein einfaches Kurzschwert, grob gehauen, die Scheide schlicht, aber es war sein Schwert, und er führte es ständig mit sich.

Er war stolz, nun zu den Männern gezählt zu werden. Bisher war es ihm zweimal möglich gewesen, seinen Mut im Kampf zu beweisen. Einmal waren sie in das Land der Marser gezogen und hatten reichlich Beute gemacht. Das andere Mal, im letzten Herbst, waren sie selbst Opfer eines Überfalls geworden. Streitsüchtig waren die Hermunduren über sie hergefallen. Vier Tote hatte es gegeben. Mehr aber als das zählte der Verlust an Vieh, Werkzeug und Frauen, die die Feinde erbeuteten.

Aslak hatte sich beide Male tapfer geschlagen. Hermann war stolz auf den jungen Krieger und prophezeite ihm eine ruhmreiche Zukunft. Aber auch er ahnte nicht, wie groß die Macht tatsächlich war, die in Aslak schlummerte. Eine Macht, die die Götter nur auserwählten Menschen zuteil werden ließen.

Ohne es zu wissen, besaß Aslak die Fähigkeit, in Verbindung mit den Göttern zu treten. Doch eben diese Gabe ließ ihn schon bald einen schweren Weg gehen.

Die Kriege hatten Aslak verändert. Aus dem unbeschwerten Knaben war ein verantwortungsbewusster Mann geworden. Er wusste sehr wohl um die bitteren Folgen des Kampfes, um Tod und Zerstörung, doch er fürchtete sich vor keinem der Stämme, die ringsumher lagerten. Und der Wunsch, seine Kraft, seinen Mut und sein Geschick unter Beweis stellen zu können, brannte wie Fieber in seinen Adern.

Aslak fürchtete nur eines. Und das waren die Kelten. Sein Vater hatte ihm von ihren Grausamkeiten erzählt. Sie lebten weit weg im Süden und unterteilten sich in viele Stämme. Einmal vor langer Zeit waren sie jedoch in das Land der Cherusker eingedrungen. Wie das Feuer des Loki hatten sie alles niedergemäht, was sich ihnen in den Weg stellte. Ihre Schwerter, so hatte der Vater noch nach Jahren mit Schaudern berichtet, bohrten sich in die Leiber der Männer, der wehrlosen Frauen und der jammernden Kinder. Sie tranken das Blut der Toten und ergötzten sich an der Qual der Besiegten. Wer nicht im Kampf fiel, wurde zerstückelt oder verbrannt.

Aslak war froh, dass die Kelten in einem so weit entfernten Land lebten. Er hoffte, nie auf sie zu stoßen.

Die Wärme der Sonne ließ Aslak müde werden. Das Singen der Arbeiter auf den Feldern, das zirpende Grillen begleiteten, plätscherte melodisch an sein Ohr. Sanfter Wind, der harzigen Duft vom Wald mit sich brachte, spielte in seinem Haar, und am Himmel zogen weiße Wolken wie friedliche Lämmer leise vorüber. Ohne dass er es wollte, schlief er ein. Ein seltsamer Traum suchte ihn heim.

Er sah sich als Milan, der in einem hölzernen Käfig gefangen war. Überall im Land jammerten die Menschen unter dem Joch eines feindlichen Heeres. Eine in Licht getauchte Gestalt kam und öffnete den Käfig. Er, der Milan, flog hinaus in das Land, und die Menschen riefen ihn um Hilfe an. Doch die Angst ließ ihn zögern. Und auf einmal verwandelte sich der eine Flügel in einen Pfeil, der andere in eine glitzernde Form. Er konnte nicht erkennen, zu was sein Flügel geworden war, aber das seltsame, glitzernde Ding erfüllte ihn mit Mut und Kraft. Tollkühn stürzte er hinab und vernichtete die Feinde.

Aslak dachte noch Tage danach an den verwirrenden Traum,

ohne eine Erklärung zu finden. Er hätte den Priester danach fragen können, sicher hätte der eine Erklärung gewusst, doch Aslak fürchtete, ausgelacht zu werden. Wer träumte schon davon, ein Milan zu sein und ein ganzes Heer zu vernichten. Schließlich verdrängte er den Traum, und die Erinnerung daran verblasste.

Die Sonne hatte den höchsten Punkt ihrer Bahn schon überschritten, als Aslak an jenem Tag benommen erwachte. Auch ein Schmetterling hatte den erwärmten Felsen als Schlafplatz gewählt, er schreckte jetzt durch Aslaks Bewegung auf, umkreiste ein paar Mal den blonden Schopf des Cheruskers, und entschwand in wippendem Flug Richtung Wald, wo er sich auf einer Blume niederließ.

Aslak erhob sich schläfrig und kletterte hinab. Barfüßig eilte er dem Dorf zu. Schon zu lange hatte er die Zeit untätig vertan.

Auf halber Strecke traf er Svena. Sie war auf dem Weg zu einem abgelegenen Ort am Fluss, den sie manchmal aufsuchte, um Ruhe zu finden. Mit dem Ausdruck ehrlicher Freude lachte sie Aslak an.

Sie trug ein knielanges, khakifarbenes Leinenkleid, das wunderbar zur Farbe ihrer moosgrünen Augen passte. Ein breiter Ledergürtel mit Kupferschnalle betonte ihre schlanke Figur. Wenn sie lächelte, leuchteten ihre weißen Zähne, und feine Grübchen zeichneten sich an den Mundwinkeln ab. Aslak kannte jeden Zug ihres Gesichts: Ihre hohen Wangenknochen, die Bernsteinfarbe ihrer weichen, gepflegten Haut, das Strohblond ihrer langen, offenen Haare. Ihre Bewegungen verglich er bei sich mit denen eines Rehs: geschmeidig und anmutig. Sie hatte gelernt, sich durchzusetzen, und tat dies mit Ausdauer und Härte. Doch Aslak wusste, so robust sie nach außen wirkte, so anschmiegsam und verletzlich war sie im Grunde.

„Haben dir Odins Raben wieder vom Land erzählt?", neckte sie ihn. Wie kein anderer wusste sie von seinem Hang zum Tagträumen.

„Hat Muskeln wie ein Bär und ist groß wie eine Eiche", fuhr sie fort und zwinkerte ihm schelmisch von der Seite zu. „Und was fängt dieser Bär mit all seiner Kraft an? Baut er ein Haus für seine Geliebte? Schlägt er Bäume, um Ackerboden zu schaffen? Oder pflügt er gar die Erde? Nein, mein Bär legt sich an einen sonnigen Ort und träumt von seinem Mädchen."

„Wenn dir das nicht genug ist, werde ich dich lehren, wie ein Bär zuzupacken weiß."

Mit einem Ruck riss er sie an sich und drückte sie mit beiden Armen fest an seine Brust. Sie strampelte wütend mit den Beinen und beschimpfte ihn. Lachend ließ Aslak sie los.

„Dein Vater ist zornig", sagte sie ernst.

Aslak tat es mit einem gleichgültigen Schulterzucken ab.

„Es wäre nicht die erste Gerte, die an meinem Rücken zerbricht."

„Du solltest trotzdem heim", sorgte sie sich.

„Jetzt erst recht nicht!", rief Aslak. „Hätte Vater nicht das halbe Vieh im Spiel verloren, dann würden Sklaven den Acker verrichten. Doch so müssen meine Brüder und ich uns plagen, dass uns die Haut von den Händen fällt."

Er warf einen trotzigen Blick zum Dorf, fasste Svena entschlossen an der Hand und lief mit ihr den Weg zurück, den er eben gekommen war. Sie liefen über einen kleinen Hügel zum Fluss, der hier breit und tief war. Der Hügel versperrte die Sicht zum Dorf.

Sie waren allein.

Hermann saß mit den Männern, unter ihnen auch Aslaks Vater, am Rande des Dorfes im Schatten einer Buche. Sie würfelten, tranken und plauderten. Weil sie schon lange dösend dort lagen, hielt es Hermann für angebracht, nach dem Fortgang der Arbeit zu sehen. Er streckte sich und schlenderte dann hinunter zu den Feldern.

Mit Genugtuung schaute er über das Land, auf dem sein Getreide wuchs, Rüben, Kohl und Spargel gediehen und sein Vieh weidete. Seine Sklaven, die die Felder bestellten und das Vieh bewachten, brauchte er nicht anzutreiben. Sie taten ihre Pflicht ohne Murren, in der Gewissheit, am Abend ein reichliches Essen vorzufinden.

Zufrieden wollte sich Hermann umwenden, um sich wieder in den Schatten zu setzen, als er eine Ziege bemerkte, die sich den Fluss entlang entfernte. Er rief den Sklaven Arnim zu sich und trug ihm auf, die Ziege einzufangen. Dieser machte sich sofort auf den Weg.

Vor acht Sommern, als die Cherusker die Sachsen überfallen hatten, war Arnim mit weiteren Kriegern und Frauen gefangen genommen worden. Arnim war damals sechzehn gewesen. Seitdem lebte er als Sklave bei Hermann. Er hatte zweimal versucht zu fliehen, doch der Wald war stärker gewesen. Ohne Waffen gab es kein Durchkommen. Dem Hungertod nahe, war er zurückgekehrt. Hermann hatte ihn beide Male an einen Baum gebunden und mit einem Lederriemen ausgepeitscht.

Mit der Zeit hatte Arnim den Gedanken an Flucht aufgegeben. Nicht, weil er die Strafe fürchtete, sondern weil er sich langsam an das Leben bei den Cheruskern gewöhnt hatte. Solange man seine Arbeit tat, lebte man gut und entbehrte nichts. In diesen Jahren schloss er Freundschaft mit Aslak, mit ihm verbrachte er die wenige freie Zeit. Letzten Winter waren sie mit Hermanns Erlaubnis ganze drei Tage unterwegs gewesen, um zu jagen. Tage, in denen es keinen Unterschied zwischen ihnen gegeben hatte.

Aber noch etwas band Arnim an dieses Dorf. Und das war Svena. Er hatte sie aufwachsen und zu einem hübschen Mädchen erblühen sehen. Er erinnerte sich an kein Mädchen in seiner Heimat, das es in Anmut und Eleganz mit Svena hätte aufnehmen können. Je reifer sie wurde und je länger er auf engstem Raum mit ihr lebte, desto bewusster wurde ihm: Er liebte Svena.

Eine hoffnungslose Liebe, wie er sich eingestand, die mit den Schmerzen unerfüllter Sehnsucht verbunden war. Doch er war zufrieden. Solange er sie in seiner Nähe wusste, war er glücklich. Trotzdem nahm er den Hauch einer Chance wahr und ließ sich von Hermann ein Stück Land übertragen. Hermann, der nichts von Arnims heimlicher Liebe ahnte, maß zweihundert mal zweihundert Schritte guten Ackerbodens ab und überließ ihm sogar Gerstensaat und Steckrüben. Dieses Abkommen war natürlich auch für Hermann einträglich, denn Arnim würde nun nicht nur für ihn arbeiten, sondern ihm auch ein Viertel seiner Ernte abliefern.

Arnim scheute die doppelte Belastung nicht. Er war zwar nicht ganz so groß und kräftig wie die Cherusker, aber flink und behände, und er konnte ordentlich zupacken. Und wer weiß, vielleicht, wenn die Götter ihm wohlgesonnen waren, würde er sich eines Tages loskaufen und das Leben eines Freien führen können. Und dann käme er auch als Mann für Svena in Betracht. So gering diese Möglichkeit auch war, er wollte alles dafür tun, wollte wenigstens davon träumen.

Aslak brauchte Svena nicht lange zu einem Bad zu überreden.

Wie früher als Kinder alberten sie nackt im Wasser herum. Svena schlug übermütig ein Wettschwimmen zum gegenüberliegenden Ufer vor. Aslak hielt eine Weile mit ihr gleich, dann blieb er allmählich zurück. Zufrieden sah er, wie Svena als Erste am Ufer anlangte. Sie wusste natürlich, dass Aslak sie hatte gewinnen lassen. Die Fäuste geballt, fiel sie mit einem Schwall von Beschimpfungen über ihn her.

„Wir schwimmen noch einmal!", rief sie entrüstet. „Und wenn du nicht ehrlich bist, nehme ich an, dass du mich verspotten willst."

Sie war die Tochter des reichsten Mannes und gewohnt zu kommandieren. Wer mit ihr in Streit geriet, zog leicht den Kürzeren. Aslak wusste das. Aber er wusste auch, dass er von keiner Frau Befehle annehmen würde. Auch nicht von der Frau, die er liebte.

Entschlossen, ihr eine Lehre zu erteilen, bezeichnete er einen überhängenden Baum als neues Ziel; er befand sich etwa zweihundert Schritte Flussaufwärts. Nun gut, dachte er, diesmal würde er keine Rücksicht nehmen. Er nahm sich vor, sie so weit abzuhängen, dass sie lange Zeit davon absehen würde, sich mit ihm messen zu wollen.

Gleichzeitig sprangen sie ins Wasser. Svena schwamm zügig davon. Eine kurze Strecke blieb Aslak hinter ihr. Schon oft war er gegen den Strom geschwommen, er kannte seine Tücken. Hier war nur mit Ausdauer gegen ihn anzukommen.

Wie erwartet, wurden Svenas Züge bald kürzer und schwächer. Aslak holte breit und kräftig aus und zog mühelos an dem Mädchen vorbei.

Svena spürte mit jeder Bewegung den Widerstand des Wassers mehr. Arme und Beine schienen plötzlich mit Steinen behangen. Sie fühlte, dass sie aufgeben musste. Doch ihr Stolz war größer als alle Vernunft. Sie strengte sich noch mehr an, ihre Züge wurden hastiger, der Atem ging nur noch keuchend. Sie schluckte Wasser. Sie hustete würgend, wirbelte umher, verlor die Kontrolle. In der Mitte des Flusses spielte die Strömung ihr Spiel mit dem erschöpften Mädchen. Erst spät bemerkte Aslak Svenas Not. Voller Entsetzen schwamm er mit gewaltigen Schlägen zu ihr. Dreimal musste er zupacken, weil Svena in Todesangst wie wild um sich schlug. Endlich konnte er sie unter den Armen greifen und ans Ufer bringen.

Svena lag reglos auf dem Bauch. Tief sog sie die Luft ein. Ihr Brustkorb schien zu bersten. Beim Ausatmen hustete sie gequält und spie Schleim. Ihr Gesicht war weiß, die Lippen bibberten.

Aslak wusste nicht, was zu tun war. Die Angst um die Geliebte, vermischt mit Selbstvorwürfen, ließen ihn keinen klaren Gedanken fassen. Er dachte daran, sie auf den Rücken zu drehen. Aber vielleicht war gerade das falsch. Wenn nur der Husten aufhören würde, der Husten war das Schlimmste. Dann überlegte er, ob er ins Dorf rennen und Hilfe holen sollte? Vielleicht war es dann aber zu spät. Er rief Odin um Beistand an, Odin, der alles vermochte, dann Frigg, Odins Frau - vielleicht zeigte sie Mitleid mit Svena. Er rief alle Götter an, die ihm einfielen, auch die Erdgeister, die Zwerge und Riesen.

Wer schließlich half, wusste Aslak nicht. Jedenfalls wich der Druck langsam in Svenas Lunge und der Hustenreiz ließ spürbar nach. Sie hatte es überstanden.

Als sie sich jetzt auf den Rücken rollte, lächelte sie matt. Sie war schlapp und ausgelaugt, aber sie fühlte sich wohl.

Aslak lachte und weinte gleichzeitig. Er hatte Svena wieder. Seine Svena. Er hatte sie nicht verloren. Er setzte sich neben sie und dankte stumm den Göttern.

Lange Zeit verweilten sie so - reglos, schweigend, versunken in einer Welt des Friedens und des Glücks. Einer Welt, die nur sie beide kannte.

Noch nie vorher hatte Aslak dieses Gefühl für Svena empfunden. Ein Gefühl, das in den Momenten der Angst und der Erleichterung danach entstanden war. Er konnte dieses Gefühl nicht deuten. Es war wie ein Brennen, wie unendliche Ruhe und Rastlosigkeit zugleich. Es war, als fließe die Kraft der Bäume, der Erde und der Wasser in ihn und verleiteten ihn zu heroischen Taten.

Als er so schweigend neben Svena saß, fürchtete er selbst die Kelten nicht mehr.

Noch immer lag Svena ausgestreckt auf dem Rücken. Sie hatte sich rasch erholt und lächelte ihn glücklich an. Sie war nackt.

Viele Frauen im Dorf liefen im Sommer barbusig umher. Kleidung diente nur zum Schutz vor Verletzungen und Kälte. Männer und Frauen badeten und wuschen sich gemeinsam im Fluss. Jeder kannte den Körper des Anderen. Aslak hatte Svena viele Male nackt gesehen. Nacktheit war so selbstverständlich wie das Brot, das man aß, oder die Milch, die man trank.

Um so weniger verstand er, was jetzt in ihm vorging. Er sah Svena mit völlig neuen Augen. So vollkommen, so sinnlich, so wunderschön hatte er sie nie zuvor erlebt. Wie ein neugieriges Kind fixierte er die sanften Wölbungen der Brüste, die sich bei jedem Atemzug hoben und spannten. Ihre Arme und Schultern, ihre Hände, die feingliedrig waren und doch so kräftig zupacken konnten, schienen ihm einzigartig. Sein Blick wanderte weiter zu den wohlgeformten Hüften, zu dem braunen Haar, das sich in ihrem Schoß kräuselte, zu den festen, schlanken Schenkeln. Und er atmete ihren Duft, diesen lieblich-süßen Duft, der ihn magisch anzog.

Noch nie hatte er Svena so betrachtet. Ein Kribbeln durchzog seinen Körper und ein Verlangen wuchs in ihm, wie er es noch nie empfunden hatte. Noch kämpfte er dagegen an. Zu fremd war dieses Gefühl, nicht zu vergleichen mit der einsamen Erregung, die ab und an seinen Körper durchströmte. So sehr er dagegen anging, er hatte jede Kontrolle darüber verloren.

Svena fühlte wie Aslak. Als er sich über sie beugte, fiel alle Angst von ihr ab. Sie schlang die Arme um seinen Hals und küsste ihn auf den Mund.

Behutsam drang Aslak in Svena ein. Dann kraftvoller und schneller. Svena biss sich auf die Lippen, um den Schrei der Lust zu unterdrücken. Ihre Fingernägel krallten in seine Armmuskeln und zerkratzten seinen Rücken. Stöhnend flog ihr Atem.

Fast gleichzeitig brachen ihre Körper entkräftet zusammen. Erschöpft blieben sie liegen.

An diesem Nachmittag erkannten beide, dass sie füreinander bestimmt waren. Sie teilten nun ein Gefühl, das wunderbar und erregend und einzigartig und voller unendlichem Glück war. Nichts würde sie mehr trennen können.

Die Sonne stand schon tief, als sie den Heimweg antraten.

Arnim war der Ziege flussaufwärts gefolgt. Einmal hatte er sie beinahe erwischt, doch das verspielte Tier war ihm wieder entkommen. So gelangte Arnim an die Stelle, wo Aslak und Svena im Fluss schwammen. Genau zu dem Zeitpunkt, als Aslak Svena rettete und an Land brachte. Verzweifelt und ratlos wie Aslak bangte er in seinem Versteck am gegenüberliegenden Ufer um das Leben des Mädchens. Dann erholte sich Svena, und Arnim wollte schon weiter, um die Ziege zu suchen. Ein unbestimmtes Gefühl hielt ihn jedoch fest. So beobachtete er, was folgte.

Tief drang der Schmerz in seine Brust. Natürlich hatte er längst bemerkt, dass Aslak Svena anders ansah als die übrigen Mädchen des Dorfes. Aber immer war ihm ein Fünkchen Hoffnung geblieben. Jetzt war dieser Funken erloschen wie das Licht eines Glühwürmchens, das zu weit vom Feuer entfernt ist. Es schmerzte mehr, als ihn Hermanns Peitschenhiebe je geschmerzt hatten.

Traurig wandte er sich ab.

Er fand die Ziege und brachte sie pflichtbewusst nach Hause. Diese Nacht schlief er wenig. Trübe Gedanken lasteten auf seinem Gemüt. Er hatte Svena verloren. Hatte er sie je besessen? Hätte er sie je besessen, wenn es Aslak nicht gäbe? Wohl kaum. Zu tief war die Kluft zwischen Sklaven und Herrin, als dass ein Acker von zweihundert mal zweihundert Schritten sie so einfach überbrücken könnte. Wie dumm er doch gewesen war. Er hatte sich Träumen hingegeben, die jeder realen Grundlage entbehrten.

Und da war Aslak. Aslak war sein Freund. Er hatte ihm das Kämpfen beigebracht und als Dank ein wertvolles Geschenk erhalten: das Gefühl der Gleichberechtigung und Wertschätzung. Wenn Arnim jemanden verehrte und achtete, dann diesen jugendlichen Krieger. Ja, er gönnte Aslak sein Glück - trotz allem; und nur ihm.

Die aufgehende Sonne vertrieb den letzten Schleier dunkler Gedanken. Arnim fasste einen Entschluss. Er schwor, Aslaks und Svenas Liebe auf ewig zu achten. Nichts sollte deren Harmonie stören. Dafür würde er mit seinem Leben eintreten.

Es war ihm versagt, Svenas Geliebter zu sein, aber er würde über ihre Liebe wachen.

Dieser Entschluss verlieh seinem Dasein einen Sinn. Zum ersten Mal seit seiner Versklavung empfand er ein Gefühl von Würde und Stolz in sich. Doch als er dann Svena vergnügt und lachend durch das hohe Gras zum Fluss laufen sah, spürte er erneut den Schmerz. Und er wusste, dieser Schmerz würde da sein, solange er lebt.

2. KAPITEL

Die Tage vergingen.

Aslak traf sich von nun an oft mit Svena an einem verborgenen Ort. Sie redeten viel über ihre Zukunft. Aslak wollte den Winter über so viele Pelze erbeuten, dass Hermann sie unmöglich als Brautpreis ablehnen konnte. Svena malte sich aus, wo ihr Haus stehen würde, und hatte schon feste Vorstellungen, was die Zimmereinrichtung und die Zahl der Kinder betraf.

„Zwei Knaben und zwei Mädchen", sagte sie mit leuchtenden Augen. Sie schlang die Arme um Aslaks Brust, als wäre es das letzte Mal.

Wenn sie zusammen waren, verlor alles Trachten und Sinnen jegliche Bedeutung. Nichts war mehr wichtig. Nur ihre Liebe zählte. Unverfälscht und rein füllte diese Liebe sie aus.

Sie ließ sie lachen und in Harmonie schwelgen. Sie ergänzten sich zu einer wunderbaren Einheit. Svenas oft überschäumendes Temperament glich Aslak durch seine Ruhe aus. Aslak dagegen war hin und wieder mürrisch, weil er sich über den Vater oder wegen einer schlechten Ernte geärgert hatte. Svenas ungetrübtes Lachen wirkte dann wie ein heilsamer Zauber und wischte die Furchen von Aslaks Stirn.

Doch über aller Liebe vergaß Aslak seine Freundschaft zu Arnim nicht. Fast täglich suchte er ihn auf. Wenn es ihre Arbeit erlaubte, verschwanden die Freunde im Wald. Weil Arnim als Sklave keine Waffen tragen durfte, hatten sie zwischen den Wurzeln einer umgebrochenen Tanne ein Schwert versteckt. Gewöhnlich übten sie sich hier im Kampf. Manchmal saßen sie aber auch nur an einen Stamm gelehnt, beobachteten die Vögel und unterhielten sich. Aslak lernte dabei viel von den Gewohnheiten der Sachsen und von dem Land, das sie bewohnten.

In dieser Zeit, alle waren auf den Feldern mit dem Einbringen der Ernte beschäftigt, erhielt Hermann Besuch. Karl und sein Sohn Mare wohnten einen Tagesmarsch entfernt den Fluss hinunter in Otos Dorf. Sie kamen auf prächtigen Rössern. Aslak hatte noch nie ein Pferd gesehen, das so edel und anmutig war wie Karls Schimmel. Die Stute war von kräftigem, schlankem Körperbau, die Brust dabei muskulös. Das Fell war blütenweiß, Mähne und Schweif waren ungeschnitten und von heller goldener Färbung. Karl war ein ausgezeichneter Krieger, sein Name war bei allen Cheruskern bekannt. Auf vielen Kriegszügen hatte er es zu Ruhm und Reichtum gebracht.

Beide Reiter hatten keine Waren bei sich, was den Handel als Zweck ihrer Reise ausschloss. Verwunderlich war auch, dass sie sich um diese Jahreszeit sofort in Hermanns Haus begaben und die Tür hinter sich schlossen. Vater und Sohn blieben über Nacht und ritten am Morgen in ihr Dorf zurück, ohne dass jemand erfuhr, weswegen sie gekommen waren.

Dann trieben die ersten Herbststürme Mensch und Tier in die Häuser. Die Äcker waren leer, und in den Vorratskammern lagerte genug für den Winter. Aslak fand endlich Zeit, seinen Bogen, den er schon im Sommer begonnen hatte, fertigzustellen. Der Bogen war aus Esche. Um ihm besondere Härte und gleichzeitig Elastizität zu verleihen, hatte Aslak den Rücken mit Sehnen und Knochenleim verstärkt. Den Griff verzierte er mit einem Stück ausgefransten Fuchsfell. Schließlich bespannte er ihn mit einem Strang aus drei geflochtenen Tiersehnen. Es war ein schwerer Bogen und schwer zu handhaben. Nur ein kräftiger Bursche wie Aslak konnte mit ihm umgehen. Schon bald würde er damit losziehen, um Wolf, Luchs, Otter oder gar einen Bären zu erlegen. Spätestens dann würde sich die Brauchbarkeit der Waffe herausstellen.

Voller Ungeduld fieberte er der Jagd entgegen. Er hoffte, dass Arnim wieder die Erlaubnis erhielt, ihn zu begleiten. Aber auch ohne den Freund würde er sich nicht scheuen, in die Wälder zu ziehen.

Jener Morgen im Monat der fallenden Blätter veränderte Aslaks Leben von Grund auf.

Über Nacht war es kalt geworden. Nebelschwaden umgaben wie milchige Schleier die im fahlen Morgenlicht ruhenden Häuser. Der erste Reif bestrich in glitzerndem Silber die lehmbeschmierten Wände und die ausgetretenen Wege.

In den Häusern war es nicht wesentlich angenehmer als draußen. Gähnend streckte sich Aslak auf seinem Mooslager. Die Morgenkälte schüttelte ihn. Nur ungern kroch er aus dem wärmenden Schafsfell und tastete sich im Dunkeln zum Herd.

Trotz seiner vorsichtigen Schritte ächzte der Bohlenboden. Sila, Aslaks Großmutter, hatte einen leichten Schlaf und erwachte. Sie atmete schwer und rasselnd und hustete Schleim. Seit einigen Jahren litt sie unter schwerem Asthma. Aslak nickte ihr stumm zu; helfen konnte er ihr nicht.

Der Herd nahm in den cheruskischen Wohnstätten die Mitte des Raumes ein und war aus Stein und Lehm gemauert. Aslak legte dürre Zweige in das Feuerloch und blies ein paarmal kräftig in die Glut. Sofort züngelten Flammen auf, sie ergriffen knisternd das Holz und warfen ein anheimelndes Licht in den kargen Raum. Ein Tisch mit geschliffener Platte, an drei Seiten umgeben von einer Kiefernbank, war die ganze Einrichtung. Matt schimmerten die schlichten Schwerter und die Spitzen zweier Lanzen, die stets griffbereit neben dem Eingang lehnten. Das Geschirr und Besteck aus Holz, mit kunstvollen Gravuren verziert, und mehrere einfache Tonkrüge hatte die Mutter ordentlich auf einer Ablage untergebracht. Der Webstuhl daneben war der Arbeitsplatz der Großmutter.

Das lodernde Herdfeuer gab feinen Rauch ab, der durch eine Öffnung in der Giebelspitze nach draußen entwich. Das Gemisch aus Stallgeruch, dem Schweiß der Menschen und dem würzigen Rauch lag herbsüß im Raum - für Aslak war dieser Geruch untrennbar von seinem Zuhause.

Leise band er nun den breiten Gürtel um und befestigte einen Lederbeutel daran, in dem er einen nussgroßen Bernstein, ein Geschenk Svenas, und einen Faustkeil aus Feuerstein aufbewahrte. Den Feuerstein hatte er von seiner Mutter; er war Bohr- und Schneidewerkzeug in der Not und zugleich eine Quelle des Feuers. Grundlagen des Lebens also. Aslak hütete beide Gegenstände wie heilige Reliquien und führte sie ständig mit sich - ebenso wie sein Kurzschwert. Eine Vorsichtsmaßnahme, die die ständigen Kriege zwischen den Stämmen mit sich brachten.

Mit Seife aus Wollfett und kaltem Wasser wusch Aslak sich Kopf und Oberkörper, eine Reinlichkeit, die keineswegs üblich war. Er hatte die Gewohnheit schon früh von seiner Mutter übernommen. Der Tau reinigt die Erde jeden Tag, pflegte sie zu sagen. Aslak hatte den Sinn dieser Worte rasch begriffen: Ein gewaschener Körper ist robust und gerüstet für alles, was einem das Schicksal an Prüfungen auferlegt.

Er bürstete sein Haar und band es am Wirbel mit einer elastischen Haselschnalle zu einem ungeflochtenen Zopf. Waldmar, sein Vater, und auch die Brüder trugen einen kleinen Zopf am linken Scheitel. Die meisten Cherusker banden ihr Haar auf diese Weise. Doch Aslak fand einen Wirbelzopf vornehmer. Hermann, der Edle, band sein Haar so.

In der Schlafecke wurde es jetzt langsam lebendig. Außer der kranken Großmutter ruhten dort noch die Eltern, seine Brüder Fohr, Ohdo und Otterich und Amara, Fohrs hübsche Frau. Sie hatte eine gewisse Ähnlichkeit mit Svena.

Langsam erhoben sie sich von ihren Polstern. Die Männer schnallten die Gürtel um und die Frauen banden ihre Haare zu Knoten. Giesell befestigte obendrein eine verzierte Kupferfibel am Haar. Die Fibel half ihr, sich trotz des einfachen, bodenlangen Leinenkleides, das schmucklos und alt war, den Schein von Vornehmheit, ja einen Hauch von Reichtum zu verleihen.

Giesell war eine gutmütige und geduldige Frau. Unermüdlich waren ihre rissigen Hände am Werk, ihre Ausdauer und Energie, wenn es um das Wohle ihrer Familie ging, schienen unerschöpflich. Sorgen und Leid hatten ihr die Zeichen des Alters frühzeitig aufgeprägt. Einst war sie das begehrteste

Mädchen ihres Dorfes gewesen. Doch durch Waldmars Trunk- und Herrschsucht und die Not, die die Familie heimsuchte, verblasste Giesells Schönheit allmählich. Aber eine liebevolle Aufmerksamkeit, und sei es nur, dass Aslak ihr beim Schleppen der schweren Wasserbeutel half, erfüllte ihre Augen mit glücklichem Leuchten.

Oft sah Aslak sie in einer Ecke kauern und vor Kummer still vor sich hin weinen. In solchen Momenten wuchs in ihm der Zorn gegen den Vater, den er für ihr Leid verantwortlich machte.

Aslaks Vater Waldmar führte eine strenge Herrschaft und packte seine vier Söhne hart an. Wo gute Worte nichts nützten, tanzte die Gerte. Wenn Giesell schlichtend einzugreifen versuchte, konnte es passieren, dass auch sie die Gerte zu spüren bekam. Meist kam dies vor, wenn Waldmar sich mit den Männern des Dorfes getroffen hatte und reichlich Met geflossen war.

Nachdem nun alle auf den Beinen waren, konnte das Tageswerk in Angriff genommen werden. Sklaven besaßen sie nicht, so musste eben jeder kräftig zupacken.

Der Stall befand sich unmittelbar neben dem Wohnraum. Weder Tür noch Wand trennten Mensch und Tier. Ein Brauch, der vor allem im Winter sinnvoll war: Das Vieh spendete wohltuende Wärme.

Während die Männer die drei Ziegen, fünf Hühner und zwei Gänse mit Futter und frischer Streu versorgten, molk Amara die Ziegen. Giesell und Sila klopften die Schlafpolster auf, kehrten den Boden und gingen dann daran, das Frühstück zuzubereiten.

Giesell kannte bessere Zeiten, in denen mehr Zutaten zur Verfügung gestanden hatten, aber auch jetzt verstand sie es, aus Getreide, Milch, Gemüse, Eiern, gesammelten Waldfrüchten, selten auch aus Fleisch und Fisch, die schmackhaftesten Gerichte zuzubereiten. Niemand der Familie brauchte Hunger zu leiden. Die letzte in Fett gebratene Gänsezunge lag allerdings schon zwei Jahre zurück: Es war der Festschmaus, als Fohr Amara zur Frau nahm. Fohr hatte Amara aus ihrem sächsischen Dorf geraubt. Nach anfänglichem Zorn hatte sie sich langsam eingelebt und fühlte sich wohl an der Seite ihres Mannes.

Gemeinsam setzte sich die Familie nach der morgendlichen Arbeit an den Tisch. Schweigend aßen sie trockenes Brot, zu dem es ein Stückchen Hartkäse gab, und tranken frische Milch aus Holzbechern. Sie ließen sich Zeit und aßen so viel, wie ihre Bäuche vertrugen. Das nächste Mahl würde es erst am Abend geben.

Dann legte Waldmar das bronzene Messer aus der Hand, wischte sich mit dem Handrücken Milchreste vom bartlosen Kinn und lehnte sich entspannt zurück. Dies war für alle das Zeichen, das Frühstück zu beenden. Wer jetzt noch aß, fing sich einen Hieb mit der Gerte ein, die stets neben dem Platz des Vaters an der Bank lehnte. Es durfte nun auch wieder geredet werden.

Waldmar stellte den Tagesplan auf. Schilfrohr musste geschnitten werden, denn das Hausdach war im Laufe der Jahre undicht geworden. Der Herbst mit seinen Regenstürmen war angebrochen, und die schadhafte Stelle bedurfte unbedingt der Ausbesserung. Weiterhin musste Brennholz für den Herd und den Backofen, der draußen stand, gesammelt werden. Drei Weidenkörbe sollten geflickt und Wasser vom Fluss geholt werden.

Aber sie konnten sich Zeit lassen. Nebel und Kälte lockten niemanden hinaus.

Großmutter setzte sich an den Webstuhl und begann mit geschickten Händen das Holzschiffchen zu führen. Trotz ihres Asthmas war sie fleißig und für den Familienverband unentbehrlich. Wenn ihre Atemnot und das Husten zu arg wurden, verabreichte ihr Giesell ein Extrakt aus Bilsenkraut. Danach hatte Sila eine Zeitlang Ruhe.

Aslak war bei solchen Anfällen stets besorgt um die Großmutter. Sie hatte inzwischen vierundfünfzig Sommer erlebt, und nur wenige im Dorf waren älter als sie. Mit Wehmut dachte er daran, dass vielleicht schon bald der Platz am Webstuhl leer sein könnte.

Aslak holte einen Brocken Sandstein und seine Pfeile hervor. Er kniete sich auf den Boden und begann, die eisernen Spitzen vorsichtig über den Stein zu streichen. Immer wieder prüfte er mit dem Finger die Kanten, doch sie schienen ihm noch nicht scharf genug.

„Du willst also zur Jagd, Sohn?"

Waldmar sah Aslak interessiert zu.

„Ja, Vater."

„Kommt Arnim mit dir?"

„Ja."

Waldmar zog die Stirn in Falten. „Ich traue diesem Sachsen nicht. Er ist hinterlistig wie alle Sachsen. Und er ist bärenstark. Als wir sein Dorf überfielen, waren zwei Männer nötig, um ihn zu überwältigen. Und damals war er fast noch ein Kind."

„Aslak ist mindestens ebenso stark", bemerkte Giesell stolz.

„Du musst wissen, was du tust, Sohn", fuhr der Vater ernst fort. „Was willst du überhaupt mit deiner Jagdbeute? Willst du dir ein Schwert eintauschen? Eines, wie es Hermann hat?"

„Er will die Pelze für Svena", antwortete Otterich an Stelle von Aslak und lachte vergnügt. Er war der jüngste der vier

Brüder. Die ersten Barthaare, die als spärlicher Flaum wuchsen, zupfte er sich mittels zweier Knochensplitter heraus.

„Für Svena?" Waldmar lachte laut.

„Wir sind uns einig", bekundete Aslak mit fester Stimme.

„Wer ist sich einig? Noch entscheidet Hermann. Du kannst in zehn Wintern nicht so viele Pelze machen, wie der Preis für Svenas linken Fuß ist. Am besten, du vergisst sie."

Aslak wollte davon nichts hören. Wütend sprang er auf.

„Hast du Mutter vergessen? Hat Fohr Amara vergessen?"

Auch Waldmar wurde wütend. Mit zornesrotem Kopf rief er: „Damals stand ausreichend Vieh im Stall und es gab genügend Hausrat und Silberbecher, um den Preis zu bezahlen."

„Und nur, weil du alles verspielt hast, soll ich auf Svena verzichten?"

Zorn und wohl auch Angst, der Vater könnte Recht haben, hatten Aslak Worte sagen lassen, die ihm jetzt schon wieder Leid taten. Doch bevor er mildernd einlenken konnte, war der Vater auf den Beinen und hatte die Gerte in der Hand. Surrend sauste sie auf Aslaks Oberarm. Das Holz hinterließ eine blutfarbene Spur. Der Striemen würde heilen, aber die Demütigung traf zu tief, um einfach ausgelöscht zu werden.

Schon oft hatte Aslak die Gerte gespürt, weil er ungehorsam oder frech gewesen war. Jedes Mal hatte er die Strafe eingesehen. Doch heute war er ein Mann und kämpfte um seine Liebe. Da duldete er keinen Widerspruch - selbst von seinem Vater nicht.

Unbeweglich stand Aslak vor Waldmar. Dieser, einen Kopf kleiner und halb so breit wie Aslak, starrte ihn mit geröteten Augen an.

„Es ist genug!", rief Aslak.

„Er ist dein Vater", versuchte die Mutter zu schlichten.

„Es ist genug!", wiederholte Aslak. Seine Stimme klang wie das Knurren eines Wolfes, den der Jäger stellt. Keinen Schritt weiter, bedeutete dieses Knurren.

Aslak entriss dem Vater die Gerte und brach sie über dem Knie entzwei.

Waldmar ballte die Fäuste, dass sich die Nägel ins Fleisch gruben. Doch er schwieg. Er schob sich an Aslak vorbei, schnappte seinen Umhang und eilte nach draußen.

In dem Raum war es still wie in einer frostigen Winternacht. Sechs Augenpaare blickten Aslak betroffen und vorwurfsvoll an.

„Das hättest du nicht tun dürfen", hielt Giesell ihm traurig vor.

Aslak sank auf die Bank nieder.

„Es tut mir leid", gab er zu.

Giesell senkte den Kopf. „Es ist zu spät, mein Junge. Du hast Vater zutiefst gekränkt. Du hast ihm vor seiner eigenen Familie die Macht entrissen. Er wird dir das nie verzeihen."

Aslak sah sie traurig an. „Dann ist kein Platz mehr für mich in diesem Haus. Ich bin kein Kind mehr."

Giesell stand jetzt dicht neben Aslak. Zärtlich legte sie die Hand auf die Wunde, die die Gerte gerissen hatte, als könnte sie sie dadurch heilen. Aber die Wunde blieb.

„Du bist kein Kind mehr, und doch benimmst du dich wie ein Kind. Du hältst Vater etwas vor, das er unbedacht verschuldet hat. Vielleicht hast du Recht, wenn du ihm Vorwürfe machst. Aber es ändert nichts daran, dass wir arm sind. Und es ändert nichts daran, dass du Svena vergessen musst."

„Niemals, Mutter!" Seine Stimme zitterte. „Niemals werde ich Svena aufgeben!"

Unerwartet öffnete sich die Tür. Es war Svena. Sie sah matt und krank aus. Ihre Augen waren rot vom Weinen, ihr Gesicht kreidebleich. In einen dicken Fellumhang gehüllt, wirkte sie um Jahre älter.

„Kannst du kommen, Aslak?"

Ohne nach dem Grund zu fragen, nahm Aslak seinen Umhang und folgte Svena nach draußen. Er fühlte, etwas Schreckliches musste geschehen sein.

Wortlos verließen sie das Dorf. Der Nebel löste sich und die ersten zaghaften Sonnenstrahlen glitzerten auf dem Reif. Sie liefen einen schmalen Weg entlang zu der Stelle am Fluss, an der sie sich im Sommer geliebt hatten. Hier brach Svena das Schweigen.

"Es ist vorbei. Unsere Pläne, unsere Träume, alles vorbei."

Sie stand vor Aslak und sah ihn an. Ihre Lippen bebten, Tränen schossen ihr in die Augen. Und dann konnte sie sich nicht mehr halten. Heulend warf sie sich ihrem Geliebten an die Brust. Aufgeregt sprudelte alles aus ihr heraus.

„Mare, der Sohn von Karl, will mich zur Frau. Sie waren im Sommer hier. Sie haben alles mit Vater vereinbart. Der Preis steht fest. Sie werden heute kommen. Ich muss mit. Ich muss mit Mare in Otos Dorf. Aslak, Aslak, ich will nicht weg von dir!"

Die Worte trafen Aslak wie ein Pfeil mitten ins Herz. Sekundenlang war er unfähig zu reden. Dann straffte er sich.

„Ich spreche mit Hermann. Er muss sich umstimmen lassen", sagte er fest.

Er biss die Zähne zusammen und ballte die Hand, als ginge es in den offenen Kampf.

Svena schüttelte resigniert den Kopf. „Als ich gestern Abend davon erfuhr, habe ich Vater angefleht und angeschrien. Es war zwecklos. Karl ist der reichste Mann in seinem Dorf. Vater lässt keinen anderen Bewerber zu."

„Dann werde ich dich rauben. Wir gehen einfach weg. Irgendwo finden wir einen Ort, an dem wir zusammen sein dürfen."

Ihm war es ernst. Er war zu allem bereit, obwohl er die Gefahr kannte: Während der Raub einer Frau aus einem anderen Stamm als mutig, ja als tugendhaft gepriesen wurde, galt ein Raub aus den eigenen Reihen als grobes Verbrechen. Zur Strafe wurde allgemein, wie bei allen schweren Vergehen üblich, die Friedlosigkeit für den Betreffenden ausgerufen. Ein auf diese Weise Geächteter war Freiwild. Jedermann hatte die Pflicht, einen Friedlosen zu töten, sobald er dessen habhaft wurde.

Auch Svena wusste von diesem Gesetz. „Es gäbe keinen Ort, an dem wir glücklich sein könnten. Es gibt keine Zukunft für uns. Unsere Zukunft wurde gestern Abend begraben."

Wieder überwältigte sie der Schmerz. Weinend klammerte sie sich an Aslak.

Aslak spürte den zitternden und zerbrechlich wirkenden Körper in seinen Armen. Arme, die ganze Baumstämme auszuheben vermochten, und die jetzt so ohnmächtig waren.

Er war ratlos. Aber er wollte, er durfte und konnte nicht tatenlos zusehen. Er hätte um Svena gekämpft und getötet. Er hätte alles getan, hätte gar sein eigenes Leben geopfert, doch wäre er seiner Geliebten dann einen Fingerbreit näher als jetzt? Ohne zu einem befriedigenden Entschluss gekommen zu sein, liefen sie zurück ins Dorf. Svena umklammerte während des ganzen Weges Aslaks Hand. Sie seufzte leise.

Sie vermied es, ihn anzusehen. Ihm in die Augen zu sehen, hatte sie sonst mit Glück erfüllt, jetzt würde es ihr das Herz brechen.

Der Nebel war inzwischen einer strahlenden Herbstsonne gewichen. Es schien, als wolle sie ein letztes Mal die Natur erwärmen, um sie für den bevorstehenden Winter zu wappnen.

Aslak und Svena nahmen die Sonne nicht wahr.

Schweigend betraten sie Aslaks Heim. Während ihrer Abwesenheit war auch Waldmar zurückgekehrt. In der Hoffnung, bei seinem Vater Hilfe zu finden, erzählte Aslak von Svenas bevorstehender Vermählung und bat um einen guten Brautpreis.

Waldmar, noch immer erzürnt, lehnte brüsk ab.

„Es gibt nichts, womit der Preis zu entrichten wäre!"

Es half kein Flehen und Betteln. Und als Aslak verzweifelt die Faust auf den Tisch knallte, wusste sich Waldmar in seiner Position als Familienoberhaupt wieder bestätigt. Sein Sohn mochte toben wie er wollte, entscheiden würde er allein. Und seine Entscheidung hieß „Nein".

Sila und Giesell redeten besänftigend auf Aslak ein. Giesell meinte, man könne vielleicht, wenn es der Vater erlaube, eine Ziege, ein paar Hühner und die zwei Gänse einbringen, das aber würde nicht ausreichen. Und alles darüber hinaus würde für die Familie zur Bedrohung werden; sie brauchten das Vieh dringend, um die langen Wintermonate zu überstehen.

Sila fühlte so sehr mit ihrem Enkel, dass ein neuer Anfall sie schmerzhaft heimsuchte. Selbst das Bilsenkraut half nicht.

„Es ist nicht gut, im Zorn zu handeln", brachte sie röchelnd hervor. „Suche Ruhe, Aslak. Nur in der Ruhe kannst du recht entscheiden. Hast ist der Feind allen Erfolgs."

„Sei unbesorgt, Sila", sagte Aslak einlenkend, „ich werde nichts unternehmen, was dich ängstigen müsste."

Hatten sie wirklich alle Recht? Gab es nicht die geringste Chance für ihre Liebe? Die Brüder hielten sich raus. Was sie dachten, war nur ihren Gesichtern abzulesen: Man konnte sich eben nur eine Frau suchen, deren Preis man bezahlen konnte. Amara meinte, sie könne Aslak gut verstehen, die Situation aber sei ausweglos. Die nächsten Worte waren tröstend gemeint, doch Aslak schmerzten sie sehr. Sie sagte: „Der Winter kommt und geht. Nichts ist beständig. Irgendwann wirst du eine andere Frau finden."

Aslak antwortete ihr mit einem verachtenden Blick. Wütend und unverrichteter Dinge verließen er und Svena das Haus. Draußen sah sie ihn fragend an. „Ist es so, dass die Götter gegen uns sind? Haben sie für mich Mare und für dich eine andere Frau vorgesehen?"

Aslak schwieg. Der Weg der Götter war unerklärlich und voller Steine. Niemand kannte ihn; selbst die Priester konnten ihn nur erahnen.

Langsam, als könnten sie dadurch etwas hinausschieben oder gar verändern, trotteten sie durch das Dorf. Wie Verbrecher auf ihrem letzten schweren Weg zum Gericht.

Karl und Mare warteten bereits. Sie standen in Hermanns Hof und unterhielten sich mit dem Brautvater. Sie hatten einen prächtigen Stier, vier Kühe und acht Schweine bei sich. Außerdem auf dem Wagen ihres Ochsenkarren einen großen Beutel mit Bechern und Schüsseln aus Silber. Arnim war gerade dabei, die Geschenke ins Haus zu bringen.

Svena klammerte sich fest an Aslaks Hand.

„Geh jetzt!", flüsterte sie mit tonloser Stimme.

Sie wollte ihn anlächeln, aber es wurde nur eine verzweifelte Grimasse. Sie konnte auch nichts mehr sagen. Ihre Hand glitt aus der seinen, sie wandte sich um und lief in den Hof zu ihrem Vater.

Aslak blieb zurück. Er sah, wie Hermann seine Tochter in den Arm nahm, sie auf die Stirn küsste und dann an die Seite Mares schob. Aslak kannte Mare flüchtig. Er hatte ihn ein paarmal gesehen, als sie in Otos Dorf gewesen waren. Er war groß, aber schmächtig und blass. Er lächelte nie, auch jetzt nicht, als die Frau, die in Zukunft Haus und Hof mit ihm teilen würde, an seiner Seite stand.

Svena wirkte wie verloren, fast leblos. Die Sonne färbte ihr Haar golden, aber selbst das konnte ihr jetzt keinen Glanz abringen. Noch einmal sah sie herüber zu Aslak, senkte dann schnell den Blick und wischte sich verstohlen über die Augen.

Aslak wollte weg. Einfach weg. Doch er zögerte. Dann gab er sich einen Ruck und lief hinein in den Hof, schnurstracks auf Mare zu. Dicht vor ihm blieb er stehen. Er baute sich mit gespannten Muskeln drohend auf, ballte die Fäuste und sah ihn wütend an. Er sah ihn nur an. Lange Zeit. Wie ein Bulle, bevor er losrennt und alles niedermacht, was sich ihm in den Weg stellt.

„Gib ja auf sie acht!", knurrte er. „Ansonsten stecke ich dich in einen Sack und schmeiß dich in den Fluss"

Mare brummte mürrisch, hielt es aber für ratsam zu schweigen.

Arnim war es, der sich zwischen die Kontrahenten stellte und Schlimmeres verhinderte.

„Geh jetzt!", sagte er im ruhigen Ton des Freundes zu Aslak. „Du kannst doch nicht ändern, was beschlossen ist. Vertraue auf die Götter."

Aslak nickte stumm. Ohne Mare eines weiteren Blickes zu würdigen, wandte er sich ab. Ein letztes Mal sah er zu Svena. Svena, die er liebte und die doch nicht sein Weib sein durfte. Svena, der er so viele schöne Tage verdankte. Svena, die er vielleicht nie wieder sehen würde.

Mit einem Ruck riss er sich los. Im Gehen nannte er Hermann einen Verräter, was dieser verständnislos aufnahm. Aslak verließ den Hof, ohne sich nochmals umzuwenden.

Er sah nicht, wie Svena ins Haus stürzte und heulte; wie Hermann ihr nacheilte und sie beschimpfte und dann auch Mare zornig auf sie einredete; wie Svena schließlich weinend und mit gebeugtem Kopf auf das Gefährt kletterte und sie davonfuhren.

All das sah Aslak nicht mehr. Und das war besser so. Aber Arnim hatte alles gesehen. Und das Herz war ihm zerbrochen.

Aslak hielt nichts mehr an diesem Ort. Er wollte weg. Einfach nur weg. Aber wohin? Soweit er auch gehen würde, Schmerz und beißende Sehnsucht würden ihn begleiten. Überall wäre er allein. Ohne Svena.

Aslak war noch jung, erst zwanzig Sommer zählte sein Leben. Sein Leid war vermischt mit ungestümer Wut auf das Schicksal und die Menschen, die ihm seine Liebe genommen hatten. Nur zu gern hätte er seinem brennenden Zorn sofort Luft verschafft. In erster Linie galt sein Hass Mare, diesem nie lächelnden, farblosen Wurm. Aber auch gegen Hermann zielte sein Zorn. Hermann, den er von Kind an verehrt und geachtet hatte. Konnte ein Vater die eigene Tochter jemandem geben, den sie nicht liebte, ja nicht einmal richtig kannte? Nur, weil Karl den Preis bezahlen konnte, den er für Svena ansetzte? Reich zu Reich und Arm zu Arm. So war es immer gewesen. Aslak kannte diese Sitte, er hatte sich nie daran gestört. Er fand diese Sitte bisher sogar zweckmäßig. Auch er hätte seine Tochter nur jemandem anvertrauen mögen, bei dem er sicher wäre, dass sie keine Not zu leiden bräuchte. Aber damals hatte er nicht gewusst, wie es ist zu lieben. Jetzt sah alles anders aus. Er war arm, und trotzdem war er sich gewiss, dass Svena auch bei ihm keine Not leiden würde.

Der dritte, der seinen Zorn hervorrief, war sein Vater. Ihn betrachtete Aslak als Urheber allen Übels. Sie waren zwar nie richtig reich gewesen, so wie Hermann oder Karl, wäre aber Waldmars Spielsucht nicht, sie hätten mit etwas gutem Willen von Hermann den Preis für Svena bezahlen können.

Jetzt war alles zu spät. Svena war fort. Aslak blieb nur die Erinnerung. Und der Zorn.

Aber Aslaks Gefühle wurden zum Glück nicht nur von seiner rebellischen Natur beherrscht. Er war trotz seiner Jugend ein vollwertiges Mitglied im Thing. Und als Mann wägte er eine Seite gegen die andere auf. Vor allem Sila, seine weise Großmutter, war es, die ihn von einer Dummheit abhielt. Sie hatte gesagt: „Hast ist der Feind allen Erfolges." Die umfassende Wahrheit, die in diesen Worten lag, begriff Aslak in seinem momentanen Zustand zwar nur annähernd, doch obwohl es ihm schwerfiel, er wollte sich danach richten. Er musste Ruhe finden, sich auf seine Kraft und seinen Verstand besinnen, dann erst würde er zur Tat schreiten. Welche Tat das sein würde, er wusste es nicht.

Er zog sich warme Fellstiefel über, nahm den Umhang und sein Kurzschwert sowie Bogen und Pfeile, und noch am selben Tag marschierte er hinaus in den Wald. Schon als Junge hatte er die Einsamkeit gesucht, um mit seinen Gefühlen fertigzuwerden. Fern aller Einflüsse hoffte er, die rechte Entscheidung über sein weiteres Leben treffen zu können.

Svena wurde bei ihrer Ankunft in Otos Dorf herzlich empfangen. Ihre Schwiegermutter Kuni wies sie im Haus ein. Es war ein massives Haus aus festen Stämmen und ocker gefärbtem Mauerwerk. Die Einrichtung war vornehm, mit Schnitzereien verziert und teilweise mit Kupferplatten überzogen. Der Hausrat üppig und wertvoll. Es fehlte an nichts. Eine Sklavin half den Frauen, drei Sklaven verrichteten die harte Arbeit.

Obwohl Karl reich genug war, besaß er nur eine Frau, die ihm sechs Kinder geschenkt hatte. Zwei Söhne waren bereits ausgezogen und hatten sich in der Nähe Häuser gebaut. Mit Svena lebten also sieben Menschen in Karls Haus. Mare plante, sich im Frühjahr, wenn der Schnee geschmolzen war, mit Svena an einem etwas erhöhten Platz am Rande des Dorfes ein eigenes Heim zu schaffen.

Um das Glück seines Sohnes zu feiern, veranstaltete Karl ein großes Fest. Schon Tage vorher waren hierfür wilde Tauben und Habichte gefangen worden, die jetzt gebraten und mit Preiselbeeren gefüllt serviert wurden. Zusätzlich wurden gedünstete Schweinerippen und leckere Speckbällchen gereicht. Dazu floss reichlich Met.

Karl wollte alle Dorfbewohner an dem Fest teilhaben lassen. Da aber zu wenig Platz im Haus war, ließ er durch die Sklaven allen von dem köstlichen Mahl zukommen.

Die Frauen beneideten Svena um einen Gatten wie Mare. Zwar war er mürrisch und oft unbeherrscht, aber das waren andere auch, ohne so reich zu sein. Seine Frau würde sich nicht plagen müssen.

Alle freuten sich mit dem jungen Paar.

Nur Svena war unglücklich.

Schon früh war sie auf die Ehe vorbereitet worden. Die Väter werden das Band der Ehe knüpfen, hieß es. So war es immer, und so würde es bleiben. Wie konnte auch ein Mädchen im heiratsfähigen Alter von vierzehn oder fünfzehn Jahren soviel Weitblick besitzen, um die richtige Entscheidung zu treffen. Nein, das mussten schon die Väter übernehmen. Hermann hatte seiner Tochter zuliebe sowieso über die Zeit hinaus mit einer Vermählung gewartet.

Außerdem hatte die Frau dem Manne gehorsam, ergeben und unbedingt treu zu sein, hieß es weiter. Wohin es den Mann auch verschlug, die Frau hatte ihm zu folgen. Und sie hatte das Los, das er ihr aufbürdete, geduldig zu tragen. Und sei es noch so schwer.

Oh ja, es war schwer für Svena. Hier also war ihr Platz. Mit diesen Menschen würde sie ihr restliches Leben verbringen. Konnte sie das? Und was, wenn sie es nicht schaffte? Wenn ihr morgen, in ein paar Tagen oder Jahren die Last, ohne Liebe zu leben, zu schwer wurde? Zurück zu ihren Eltern konnte sie nicht. Mare würde sie umgehend holen. Und das Recht stünde auf seiner Seite.

Es war zwecklos. Soviel sie auch darüber nachdachte, ihr blieb nichts anderes, als sich in ihre Situation zu fügen. Sie musste sich unterordnen, so wollte es die Sitte, so verlangte es das Gesetz, das schon ewig gültig war. Ihren Stolz aber, und das schwor sie sich, ihren Stolz würde sie niemals brechen lassen.

So saß sie nun während des Festes aufrecht und mit erhobenem Kopf auf der Eichenbank, lauschte den Klängen der Laute, die Karl tanzend zupfte, und lächelte tapfer. Nein, niemand sollte die Wunde sehen, die tief in ihrem Innersten brannte.

Die Sonne war lange untergegangen, als sie sich müde auf ihre Schlafpolster fallen ließen. Svenas Bett befand sich zwischen dem von Kuni und dem von Mare. Für die eine empfand sie ein klein wenig Sympathie, für den anderen, ihren Mann, empfand sie nichts. Nicht einmal Hass.

Svena war hellwach. Sie fühlte sich fremd und unwohl. Nur das leise Knistern im Herd erinnerte sie an zu Hause. Sie dachte an Aslak. Wie so oft an diesem Tag.

Irgendwann schlief sie ein. Ein Geräusch weckte sie. Sie spürte eine Hand unter ihre Decke kriechen, sich an ihrem Schenkel entlang über den Bauch zu den Brüsten tastend.

Mit einem Mal saß sie aufrecht, ergriff die Hand und biss mit aller Kraft zu. Mare schrie laut auf. Im nächsten Moment schlug er mit der geballten Faust auf Svena ein. Es war dunkel, und er traf sie nur am Oberarm. Er brummte zornig, fiel aber gleich wieder plump auf sein Polster. Mare war stockbesoffen. In der nächsten Sekunde war er wieder eingeschlafen. Er schnarchte mit offenem Mund, und mit jedem Atemzug blies Svena ein übles Gemisch aus Alkohol und aufgestoßenem Essen entgegen.

Diese Nacht würde sie Ruhe haben. Mare würde es aber immer wieder versuchen. Und irgendwann würde sie sich nicht mehr wehren können.

3. KAPITEL

Aslak streifte ziellos umher. Er wanderte, wenn ihm danach war, und setzte sich ins Gras, um nachzudenken, wenn er darauf Lust hatte.

Das Wetter hielt aus. Der Tag war frisch und sonnig. Er hatte Glück und erlegte ein Eichhörnchen, das er sich bei einbrechender Dunkelheit am Feuer briet. Als er satt war, hielt er die Flammen klein. In den Wäldern trieb sich mancherlei Gesindel umher, das er nicht durch ein unnötig großes Feuer anlocken wollte.

Der nächtliche Himmel war wolkenlos. Hunderte leuchtender Punkte, die Lichter des Baldur, wiesen den Geistern den Weg. Die Geister fanden stets ihren Weg. Sie taten zu jeder Zeit das Richtige. Auch die Götter irrten nicht.

Aslak suchte den Bernstein aus dem Beutel und betrachtete ihn. Im Laufe der Zeit war der Stein glatt und glänzend geworden. Eine Fliege hatte in ihm ihr ewiges Grab gefunden. Sie sah aus, als könnte sie im nächsten Augenblick auf und davon fliegen, so lebendig wirkte sie. Aber sie würde nie wieder frei sein.

Träumend ließ er den Stein zwischen den Fingern gleiten und dachte an Svena. Das knisternde Holz und der schwache Schein der Flammen machten ihn müde. Und als er sich fest in den Umhang hüllte und nah ans Feuer kuschelte, fiel er bald in tiefen, erschöpften Schlaf.

Am Morgen weckte ihn die Kälte. Es lag kein Reif, und es gab keinen Nebel. Dunkle Wolken zogen tief über die Wipfel der Bäume dahin. Die Luft war feucht und roch nach moderndem Holz. Es würde wohl bald regnen.

Im Halbdunkel des erwachenden Tages äste ein Reh vor ihm auf der Lichtung. Ein gezielter Pfeil hätte es leicht getötet. Aber Aslak war nicht hungrig. Er schälte sich aus seinem Umhang und das Reh sprang in großen Sätzen davon und war schon bald zwischen niedrigen Büschen verschwunden. Er nahm seine Waffen und marschierte weiter.

Mehr noch als gestern drängte sich ihm heute der Gedanke auf, in Otos Dorf zu stürmen, um Svena zu rauben. Er würde dadurch das Gesetz brechen und Schuld auf sich laden. Doch das hätte ihn nicht abgehalten. Aber, dass er damit auch Svena mit Schuld beladen würde, machte den Plan unmöglich. Alle Finger wären auf sie gerichtet und sie könnte nie wieder das Leben einer ehrbaren Frau führen. Aslak kannte Svenas Stolz; sie gedemütigt und verachtet zu wissen, würde beide und ihre Liebe zueinander zu sehr belasten.

Trotzdem malte er sich die Situation weiter aus. An Raub zu denken war immer noch besser, als sich eingestehen zu müssen, dass Svena für immer verloren war. Vielleicht gab es einen verborgenen Weg, den er noch nicht sah. Vielleicht würden ihm die Götter diesen Weg weisen.

Er nahm sich vor, drei Tage in den Wäldern zu bleiben. Dann würde er seinen Zorn abgelegt haben und klar entscheiden können, was zu tun sei. Dann würde er vielleicht den Weg erkennen.

Die Wolken verdichteten sich zu einer düsteren Decke, die den Tag in Finsternis hüllte. Es regnete noch immer nicht.

Die Wurzeln vom Sumpfblättrigen Ampfer stellten sein erstes Essen an diesem Tag. Später gelang es ihm, in einem seichten Bach eine Schleie mit der Hand zu fangen, die er roh aß. Kein feudales Mahl, aber es verlieh ihm genug Kraft, um bis in den Abend hinein zu laufen.

In einer Buschgruppe fand er ein geschütztes Lager. Mehrere Gänge waren notwendig, um ausreichend trockenes Holz zu sammeln. Abgeworfene Äste, die alt genug waren, um der Feuchtigkeit zu widerstehen, und doch noch nicht moderten, waren wie geschaffen für ein Feuer im Freien. Dürres Moos diente als Zunder, an dem sich die Funken, die er mit Feuerstein und Schwert schlug, nährten.

Sterne erhellten diese Nacht nicht; nur das Feuer warf einen kleinen Lichtkegel. Was außerhalb war, lag hinter einer schwarzen Mauer verborgen.

Es war still. Selbst der Wind schwieg. Und doch war da etwas. Ein kaum wahrzunehmendes Murmeln. Wie ein kleines Rinnsal murmelt, wenn es über einen Stein plätschert. Und jetzt ein heller Ton - als ob Metall aneinander klirrt.

Zaudernd dachte Aslak an die Geschichten der Alten. Sollte Laurin mit seinen Zwergen unterwegs sein? Oder Bergelmir, der Riese, sein Unwesen treiben? Mit einem Mal war die Nacht lebendig. Der wippende Ast einer Tanne wurde zum schleichenden Werwolf, und dort der kahle Strauch, hatte er nicht die Form eines Luchses, der sich zum Sprung duckt? Oder jener Schatten - ein Geist, eine Elfe?

Die Vorsicht trieb Aslak weg vom wärmenden Feuer. Er schulterte den Fellköcher mit den Pfeilen, nahm Bogen und Schwert an sich und schlich hinaus in die kalte Nacht. Er musste der Ursache der Geräusche auf den Grund gehen. Sollten sie sich als ungefährlich herausstellen, konnte er immer noch zurück ans Feuer und beruhigt schlafen. Aber er musste auf alles vorbereitet sein.

Je weiter er den Geräuschen folgte, desto deutlicher wurden sie. Und dann sah er den Schein eines Feuers hell zwischen Baumstämmen hervor blinzeln. Und noch etwas entdeckte

Aslak; er wäre beinahe darüber gestolpert: Wagenräder hatten tiefe Rinnen in den weichen Boden gegraben. Es war zu dunkel, um Genaueres aus den Spuren zu lesen. Er schätzte aber, dass drei oder vier Wagen gewesen sein mussten, die von Ochsen gezogen worden waren.

Äußerste Achtsamkeit war geboten. Lagerten vor ihm plündernde Räuber oder friedliebende Menschen, die ein neues Zuhause suchten? Wenngleich die Wagenspuren auf letztere schließen ließen, tat er doch gut daran, behutsam näher zu schleichen. Unvorsichtigkeit konnte ihm das Leben kosten.

Das feuchte Laub dämpfte seine Schritte. Einzelne Stimmen ließen sich nun unterscheiden. Schließlich sogar verschiedene Wörter. Erst jetzt, er war nur noch einen Steinwurf von dem fremden Feuer entfernt, erschreckte ihn ein Gedanke: Was war, wenn die Leute vor ihm Wachen aufgestellt hatten? Sie waren in der Dunkelheit so gut wie unsichtbar.

Er verharrte in seinen Bewegungen, lauschte, angestrengt versuchte sein Blick die Nacht zu durchdringen. Zumindest in seiner Nähe rührte sich nichts. Trotzdem verweilte er noch eine Zeit bewegungslos an seinem Platz, ehe er sich langsam, den Griff seines Schwertes fest umklammert, näher schlich.

Das letzte Stück war er auf dem Bauch gekrochen. Keine fünf Schritte lag er nun von den Fremden entfernt. Über dem großen Feuer brieten sie einen Hasen und mehrere kleine Vögel. Der Flammenschein tanzte auf acht wilden Gestalten. Ihre breiten Körper waren in dicke Felle gehüllt. Das Rotblond ihrer Haare, nur zwei waren dunkelhaarig, und die Art, sich den Zopf am Scheitel zu binden, verriet Aslak, dass er es mit Männern germanischer Abstammung zu tun hatte. Aber es waren keine Cherusker. Zwar benutzten sie Worte, die auch ihm geläufig waren, betonten sie aber völlig anders.

Manche Worte verunstalteten sie dermaßen, dass er Schwierigkeiten hatte, ihren Sinn zu erfassen. Nach längerem Lauschen konnte Aslak dennoch heraushören, dass diese Männer unterwegs waren, um Handel zu treiben.

Nur selten waren Händler in Aslaks Dorf gekommen. Er hatte sie als leutselige und friedliebende Menschen kennengelernt. Sie tauschten, was zu tauschen war, und zogen dann ihres Weges. Nichtsdestotrotz waren solche Leute hartgesotten und verstanden zu kämpfen, sonst hätten sie nicht überlebt.

Die acht Männer vor ihm am Feuer waren allesamt mit Langschwertern und Lanzen bewaffnet. Drei klobige Karren standen vollbeladen, mit Lederplanen gegen die Feuchtigkeit geschützt, in ihrer Nähe. Daneben ruhten sechs Ochsen.

Die Männer verlangte es offensichtlich nicht nach Schlaf. Ausgelassen plauderten und lachten sie. Ununterbrochen kreiste der tönerne Metkrug.

Aslak hatte genug gesehen. Von diesen Männern bestand keine Gefahr. Er hätte zurück zu seinem Lager schleichen können und niemand hätte seine Anwesenheit bemerkt. Aber Aslak sehnte sich nach Gesellschaft. dass es trotzdem gefährlich war, wenn er sich jetzt unvermutet zu erkennen gab, kümmerte ihn wenig. Die Händler mussten ihn zwangsläufig für einen Räuber halten. Doch vielleicht war es gerade dieses unberechenbare Risiko, das Aslak reizte. Das Leben war ihm ohne Svena wertlos geworden. Er konnte nichts mehr verlieren. Er konnte nur gewinnen.

Zum ersten Mal spürte er diesen Drang, mit seinem Leben zu spielen. Ein irrationales Verlangen, das später zu einem festen Bestandteil seines Wesens werden sollte. Es gaukelte ihm das Bewusstsein von Unverletzlichkeit vor und machte ihn tollkühn.

Die Alten in seinem Dorf hatten ihm erzählt, dass ein Mann zum Krieger wird, wenn er den Tod als ständigen Weggesellen anerkennt. Aslak hatte die Jugend endgültig hinter sich gelassen: Er würde sein Leben nie verschenken, aber der Gedanke an den Tod ließ ihn nicht jammern.

Entschlossen stand er auf, trat zwei Schritte vor und zeigte sich den Männern.

Diese erstarrten, als plötzlich wie dem Erdboden entsprungen ein hünenhafter Mann vor ihnen stand. Doch es dauerte nur Sekunden, dann waren sie auf den Beinen, Schwerter und Lanzen drohend erhoben.

Doch der Fremde, den Kleidung und Haartracht als Cherusker zu erkennen gaben, legte die Hände auf den Rücken und sah sie gelassen an. Diese Geste zeigte, dass er nicht gewillt war, seine Waffen zu gebrauchen. Sie zeigte aber auch, wie viel Unerschrockenheit und Frechheit dieser junge Krieger besaß. Aufgrund seines Alters konnte er nicht sehr erfahren sein. Die dreiste Art seines Auftretens schindete dennoch Eindruck bei den Männern.

Einer von ihnen trat nun beherzt vor. Er war von kleiner, rundlicher Gestalt; die rot-gelben, kurzgeschnittenen Haare zeichneten ihn als Chatten aus. Dieser Stamm war der südliche Nachbar der Cherusker. Das Gesicht des Mannes war bartlos. Die rosigen Wangen wirkten wie aufgeblasen und glänzten vom fettigen Essen. Aufgeweckte runde Augen musterten den Fremden.

„Was willst du, Cherusker?"

Seine Stimme war hell wie die eines Knaben, der forsche Ton ließ aber keinen Zweifel an seiner Entschlossenheit. Dieser Mann war es gewohnt, dass man seine Befehle befolgte.

„Ist es erlaubt, mich zu setzen? Ich sah euer Feuer und kam her. In Gesellschaft ist die Nacht halb so lang."

Der Chatte lachte. „Ein verwegenes Bürschlein. Hast uns mächtig erschreckt. Wer aber sagt uns, dass du kein Friedloser bist, den es gilt zu töten, wie es die Pflicht jedem ehrbaren Manne vorschreibt."

„Ich sage das."

„Und wie ist dein Name?"

„Ich bin Aslak. Der Sohn Waldmars aus dem Dorfe Hermanns."

Der Chatte zeigte sich beruhigt. Welche Gefahr sollte auch schon von einem so jungen Burschen ausgehen. Er setzte sich und wies Aslak einen Platz am Feuer an. Sein Name war Skyll. Er war tatsächlich Händler und mit seinen sieben Gehilfen ständig unterwegs. Sie waren bei allen Stämmen bekannt, und es gab fast nichts, was man auf ihren Karren nicht finden konnte: Waffen, Silber- und Bronzekessel, edle Pelze, seltene Kräuter und Gewürze, Salz, Bernstein und vieles mehr.

Stolz erzählte Skyll von ihrem unsteten Leben, während einer seiner Leute den inzwischen garen Hasen und die Vögel vom Feuer nahm, sie in gleiche Portionen zerlegte und jedem seinen Teil gab. Auch Aslak wurde freundlich eingeladen. Wie er genießend feststellte, handelte es sich bei den Vögeln um Wachteln, deren Fleisch besonders zart und saftig schmeckte. Einer der Männer verriet ihm, dass sie sie vorher mit Olivenöl eingerieben hatten, was den etwas herben Geschmack ausmachte. Aslak hatte noch nie von diesem Öl gehört, schluckte die Frage danach aber hinunter, um nicht töricht und weltfremd zu erscheinen.

Schon nach kurzer Zeit fand er sich in die ungewohnte Aussprache seiner Gastgeber ein und konnte den farbigen Ausführungen Skylls problemlos folgen. Erst vor wenigen Tagen waren sie von Räubern überfallen worden. Skyll bezifferte die Zahl der Wegelagerer auf zehn. Aus dem Grinsen der anderen zu schließen, mochten es aber nur etwa die Hälfte gewesen sein. Tapfer habe man die Diebe in die Flucht geschlagen, ohne eine einzige Ware einzubüßen. Auch sei diesmal, den Göttern sei Dank, niemand verletzt worden. Vor drei Jahren hatte einer von ihnen bei einem Überfall sein Leben gelassen.

Skyll hatte viele Dörfer besucht. Er besaß sieben Frauen, die über das ganze Land verstreut lebten. Sie seien wie ausgehungert nach ihm, versicherte er mit glänzenden Augen, wenn ihn nach langer Zeit der Handel zu ihnen führe. Und es sei ja schließlich auch ganz angenehm, ab und zu etwas für das Leibeswohl tun zu können.

Er lachte laut und klopfte sich mit den aufgedunsenen Fingern auf den prallen Bauch, den ein von Fett glänzendes Bärenfell umspannte.

Kein Zweifel, Skyll genoss sein ausschweifendes, wenn auch gefährliches Leben. Er war nirgends und überall zu Hause. Und wo er auch hinkam, war er gern gesehen und erfreute sich großer Hochachtung. Wenn man ihn hörte, schien er Herr über das ganze Land zu sein. Was aber viel wichtiger war, er war Herr über sein eigenes Leben. Aslak beneidete ihn darum.

„Die Kelten haben die schönsten Weiber", sprudelte Skyll weiter, froh, jemanden gefunden zu haben, der seine Geschichten noch nicht kannte. Dass man ihm nur einen Bruchteil des Erzählten glauben konnte, nahm Aslak nicht so genau. Er hörte Skyll fasziniert zu.

„Du warst bei den Kelten?", wurde Aslak neugierig.

„Schon öfter, als du Finger an der Hand hast. Die Frauen sind lieblich und schön wie Göttinnen. Schwarz ist ihr Haar und feurig ihr Temperament. Nur ein Barbar wie der Kelte kann ein solches Weib zähmen. Und Barbaren sind sie. Groß wie Eichen, dunkelhäutig und kräftig wie zehn Ochsen. Im Krieg sind sie unersättlich. Einmal war ich dabei. Drei oder vier von ihnen binden sich mit Ketten zusammen. So kann niemand vor dem Feind flüchten, und jeder will den anderen an Tapferkeit überbieten. Sie kämpfen nackt und machen ein solches Gebrüll, dass einem das Mark in den Knochen gefriert. Einen sah ich, der schlitzte seinen Gegner von unten bis oben auf. Dann setzte er sich auf den Leib, ließ sich einen Becher reichen und trank das Blut, während der Aufgeschlitzte unter ihm zuckte und schrie und langsam dahinsiechte."

Aslak versuchte, gelassen zu wirken. Wenn nur die Hälfte von Skylls Bericht wahr war, dann waren die Kelten noch immer ein Volk, vor dem man sich besser versteckte.

„Weshalb warst du bei den Kelten?", fragte er und verlieh seiner Stimme Härte und Tiefe. „Warst du gefangen?"

„Gefangen?" Der Chatte lachte prustend. „Niemand nimmt Skyll gefangen. Schon gar nicht die Kelten. Sie sind froh, wenn ich zu ihnen komme, weil ich ihnen Dinge bringe, die sie selbst nicht haben. Zum Beispiel Muschelketten oben vom Meer. Oder blondes Cheruskerhaar, das mögen sie besonders. Sie verzieren ihre Kleider damit. Oder ich bringe ihnen duftende Öle von den Römern."

„Von den Römern?" Aslak hatte diesen Namen noch nie gehört.

„Die Römer sind viel mehr an Zahl als die Kelten, aber nicht so tapfer. Sie leben weit unten im Süden. Sie haben

Häuser aus massivem Stein und Gewänder aus glänzendem Stoff. In jedem Haus gibt es Goldrohre, aus denen warmes Wasser fließt."

Aslak hielt das für eine von Skylls Phantastereien. Doch die anderen nickten zustimmend, also musste es wohl der Wahrheit entsprechen, auch wenn es noch so phantastisch klang.

Skyll erzählte und erzählte. Von den Friesen, die mit den Chauken im Krieg lagen. Von den Semnonen, bei denen das Fieber letzten Winter drei Frauen und neun Kinder hingerafft hatte. Oder von dem Sachsen-Edlen, der sich aus Verzweiflung über den Tod seiner Frau in das eigene Schwert geworfen hatte. Vieles hatte er selbst erlebt, anderes irgendwo auf seiner Reise erfahren. Vermutlich hätte er noch lange nicht aufgehört, wenn nicht weit nach Mitternacht der Met zur Neige gegangen wäre. Nach dem letzten Schluck befahl er einem seiner Gehilfen, bei den Ochsen und den Wagen Wache zu halten, rollte sich dann in sein Fell, furzte kräftig und schlief kurz darauf ein.

Aslak blieb noch eine Zeitlang wach. Zu verwirrend war all das Gehörte. Von vielem hatte er nichts gewusst. Wie sollte er auch? Er hatte den näheren Umkreis seines Dorfes kaum verlassen. Umso mehr drängte es ihn jetzt, das weite Land und die fremden Völker zu erkunden. Es gab soviel zu erleben.

Dann warf auch ihn der ungewohnte Metgenuss aufs Lager. Er schlief sogleich ein.

Am nächsten Morgen wachten die Händler früh auf. Noch immer hingen die Wolken finster am Himmel. Es war feucht und ungemütlich kalt und nebelig.

„Sieh hier", sagte Skyll mit einem breiten Lächeln, das seine Backen noch runder machte, und lüftete eine der Lederplanen.

Neugierig sah Aslak auf die Ladefläche des zweiachsigen Karrens. Kisten mit Hausrat und Leinensäcke mit Getreide und Salz standen dort. Und am Rand, hinter der Bordwand versteckt, ein paar Waffen.

Stolz holte Skyll ein in einer gesonderten Truhe verwahrtes Langschwert hervor. Schon der erste Blick verriet den hohen Wert der Waffe. Der Griff war aus weißem, poliertem und mit Ornamenten verzierten Material, das Aslak nicht kannte. Die knorpelartige Endung war mit einer dünnen Schicht Gold überzogen. Das geschnitzte Relief einer Kampfszene prägte die aus weißer Hainbuche geschlagene Scheide. Geplättete Kupfernägel verstärkten die Seiten. Vier dünne Lederriemen in den Farben Rot, Blau, Gelb und Schwarz, zu einem festen Band geflochten, dienten als Gürtel.

Sachte, als könne durch eine hastige Bewegung etwas zerbrechen, zog Skyll das Schwert aus der Scheide. Wie einen kostbaren Schatz wiegte er die Waffe in den Händen.

Die Klinge blitzte und funkelte. Mehrfach gehärteter Stahl verlieh ihr seidigen Glanz. In der Mitte eine vertiefte Blutrinne. Unten, nahe der Spitze, war die Form einer alten Eiche fein eingehauen. Die Schneiden waren gerade wie eine gespannte Schnur, dünn und so scharf, dass sie einen armdicken Stamm mit einem Schlag durchtrennen konnten.

Aslak wagte nicht, darum zu bitten, das Schwert einmal nehmen zu dürfen. Zu edel war die Waffe, um sie einem Jüngling anzuvertrauen.

Skyll bemerkte seinen bewundernden Blick. Schmunzelnd reichte er ihm das Schwert.

Aslak zögerte. Dies war das Schwert eines großen Fürsten. Mehr noch, es war würdig, von einem Gott geführt zu werden. Würde er es durch eine Berührung nicht verunreinigen?

Er, der er noch nichts erreicht hatte, der erst zwei Kämpfe hinter sich hatte?

Doch als es ihm Skyll nochmals eindringlich anbot, überwand er seine Scheu und nahm das Schwert mit leuchtenden Augen an sich. Es lag wunderbar angenehm in seiner Hand, war leicht und geschmeidig zu führen und doch robust genug, um jedem Hieb standzuhalten. Als das Schwert surrend die Luft durchschnitt, wuchs in ihm plötzlich ein völlig neues Selbstbewusstsein. Ihm war, als hielte er Blitz und Donner in den Händen, als würde über das Schwert die Macht der Götter in seinen Körper eindringen.

Aslak hielt die Waffe waagerecht vor seine Brust und maß ihre Länge an seinem ausgestreckten linken Arm: Sie war wie für ihn geschaffen.

Traumverloren genoss er noch einmal das heroische Gefühl, dieses Kunstwerk in den Händen zu wiegen, dann gab er es zurück an Skyll.

„Ein keltischer Schmied hat es gefertigt", erklärte Skyll lebhaft. „Die Materialien sind aus der ganzen Welt zusammengetragen: Das Gold stammt von den Skiren, nur sie liefern dieses reine Gold. Und schau dir den weißlichen Griff an, er ist aus Elfenbein. Die Römer nennen das Land, aus dem es stammt, Afrika. Es hat einen sehr weiten Weg hinter sich und ist deshalb wertvoller als Gold. Und die Klinge erst. Die Klinge ist das Beste. Sie wurde so oft erhitzt und behauen, dass es wohl kein härteres Metall gibt. Bei den Kelten gilt der Schmied, der es fertigte, als Zauberer. Und, bei den Göttern, wer ein solches Schwert herstellt, muss ein Zauberer sein. Wenn du den Elfenbeingriff in deiner Hand spürst, bist du allen im Kampf überlegen."

„Was willst du für das Schwert haben?" fragte Aslak hastig.

Skyll brach in Lachen aus, als hätte er nie einen besseren Spaß erlebt.

„Weißt du, was ich dafür bezahlte? Vier wertvolle Hengste bezahlte ich. Und zwei der schönsten Sächsinnen, die ich je gesehen habe. Allein die Frauen hätten mir in Rom vier Schwerter gebracht."

Einer seiner Gehilfen, die inzwischen ihre Sachen auf den Wagen verstaut und die Ochsen angespannt hatten, flüsterte Aslak ins Ohr: „Glaub ihm nicht, er hat es gestohlen."

„Scher dich fort!", polterte Skyll und versetzte dem Gehilfen lachend einen Tritt in den Hintern. „Wie dem auch sei, Aslak, es tut mir leid", entschuldigte er sich. „Selbst wenn du das Schwert bezahlen könntest, ich würde es dir nicht geben. Nur ein Krieger, dessen Name durch das Land hallt wie der Donner, ist würdig, dieses Schwert zu erwerben. Nein, ich glaube, ich werde es niemandem geben."

Aslak nickte enttäuscht.

Skyll legte die Waffe sorgsam in die Truhe zurück, zurrte die Plane fest und kletterte dann mühsam auf den Karren.

„Vielleicht nächsten Sommer, wenn überall nur die Rede ist von Aslak, dem Sohn Waldmars aus dem Dorfe Hermanns", rief er vergnügt, ohne nur im entferntesten an seine eigene Weissagung zu glauben. „Vielleicht verkaufe ich dir dann das Schwert."

Die Peitschen knallten, und die Wagen setzten sich knarrend in Bewegung.

„Gehab dich wohl, Jüngling", rief Skyll, danach verschwand sein beleibter Körper, der auf dem Karren hin und her schaukelte, im Nebel. Eine Zeitlang war noch die helle Stimme des drolligen Händlers zu hören, der sich mit kläglichem Erfolg in einem Lied versuchte. Dann war es wieder still.

Die Gesellschaft der Händler hatte Aslak gut getan. Mehr als vorher fühlte er die Einsamkeit. Die gestern noch ersehnte Ruhe des Waldes empfand er auf einmal als bedrückend.

Als er seinen ziellosen Weg fortsetzte, lenkte er seine Schritte unbewusst nach Osten. Dort lag sein Dorf. Dort lebte Svena.

4. KAPITEL

Um die Mitte des Tages lockerten sich die Nebelschwaden. Doch es war, als wäre die Sonne vom Himmel verschwunden. Es blieb trüb und kalt. Aslak erreichte einen schmalen Bach, der sich durch fahles Gras schlingerte. Hungrig vom Marschieren, kauerte er sich am Ufer nieder, legte einen Pfeil auf seinen Bogen und wartete. Ein paar Mal ließen sich Forellen sehen und sogar eine große Quappe zeigte sich kurz, sie tauchten aber so schnell wieder ab, dass er zu keinem Schuss kam. Schließlich trottete er hungernd weiter. Am Abend traf er auf ein einzelnstehendes Gehöft.

Das Haus war in einem schäbigen Zustand. Das Strohdach war braun und verfault, die Außenwände brüchig und von groben Rissen durchsetzt. Schief hing die Tür in ihrer Fassung. Ein niedriger Pferch mit zwei Ziegen und mehreren Hühnern stand direkt neben dem Haus, dahinter der Misthaufen.

Alles wirkte verwahrlost und unbewohnt. Und doch musste jemand hier wohnen, wie die Tiere und die Rauchsäule, die dünn aus dem Giebeldreieck quoll, verrieten.

Aslak zögerte, doch der knurrende Magen siegte; er trat näher.

Aus dem Inneren der Kate waren nun Stimmen zu vernehmen. Sie verstummten augenblicklich, als Aslak anklopfte. Er wartete eine Zeitlang, dann öffnete er die Tür.

Der Gestank von Dung, Schweiß und Rauch schlug ihm entgegen. In dem fensterlosen Wohnraum war es düster. Nur undeutlich zeichnete sich die karge Einrichtung ab. Am Herd saß eng aneinander geschmiegt ein greises Paar.

„Wer bist du?", fragte der Alte ängstlich. In der Hand hielt er ein rostiges Schwert. Seine Hand zitterte. Die Frau an seiner Seite klammerte sich an seinen Arm.

„Ein Wanderer, der etwas zu essen sucht", sagte Aslak. "Darf ich eintreten?"

„Schickt er dich?", fragte der Mann und musterte Aslak mit aufgerissenen Augen.

„Niemand schickt mich. Ich komme in Frieden. Mein Weg führte mich zufällig hierher."

Zögernd stand der Mann auf und kam vorsichtig näher, das Schwert in der zitternden Hand haltend.

Erschrocken erkannte Aslak jetzt, dass der Mann sicher noch keine vierzig Jahre zählte. In der schmutzigen Hose steckte ein dürrer, ausgemergelter Körper. Das zu einem kümmerlichen Zopf gebundene Haar war ihm ergraut, das Gesicht in tiefe Falten geworfen, der Mund fast zahnlos. Fürchterliche Angst oder großes Leid mussten ihn vor der Zeit zum Greis gemacht haben.

Er forderte Aslak auf einzutreten und deutete auf einen Stuhl, der schon mehrmals ausgebessert worden war. Die Frau, auch sie von Kummer und Sorgen gezeichnet, brachte mit schlürfendem Schritt etwas trockenes Brot und einen Becher Apfelmost.

„Wir haben nur wenig", sagte sie. „Doch wenn du in guter Absicht kommst, wollen wir gern mit dir teilen."

Da es keine weiteren Stühle gab, setzten sie sich wieder auf die Bank am Herd und sahen Aslak beim Essen zu. Ihre Augen waren müde, glanzlos und von tiefer Leere.

„Kommst du von weit her?", fragte der Mann.

„Nicht sehr weit", antwortete Aslak und schob sich ein Stück Brot in den Mund. Satt würde er nicht werden, aber es war besser als mit knurrendem Magen die Nacht zu verbringen. „Ich wohne in Hermanns Dorf", fügte er hinzu.

„Ah." Der Mann hatte von dem Dorf gehört, war aber noch nie dort gewesen.

„Wie heißt du?" fragte er.

„Aslak."

„Ich bin Milan", sagte der Mann. „Das ist meine Frau Brunhild. Deine Augen sind gut, Aslak. Wenn du willst, kannst du die Nacht über hier bleiben."

Aslak nickte kauend.

„Danke."

Nachdem er den letzten Krümel Brot gegessen und den Becher geleert hatte, lehnte sich Aslak erschöpft zurück.

Er versuchte, sich mit dem Paar zu unterhalten. Aber weder der Mann, noch die Frau zeigten sich gesprächig. Es wunderte Aslak, weil die Alten doch sonst wohl keinen hatten, mit dem sie reden konnten. Aber er war ganz froh; im Grunde sehnte er sich danach, so bald wie möglich auf ein weiches Lager zu sinken.

Draußen begann es zu regnen. Erst langsam, dann immer heftiger. Die Wolken, die seit Tagen den Himmel verdeckten, brachen auf und ergossen sich prasselnd über das Land. An mehreren Stellen tropfte es durchs Dach. Pfeifender Wind drang durch das morsche Gebälk. Schlagartig war es dunkel geworden.

Das Paar kroch eng zusammen. Die Augen weit aufgerissen, lauschten die beiden den Geräuschen des Unwetters. Der Schein der Flammen, der schwach auf ihren verängstigten Gesichtern tanzte, verzerrte ihre Mienen zu dämonischen Masken.

„Heute ist die dritte Nacht", murmelte Milan leise, als drohe ihm durch lautes Reden Unheil. „Jede dritte Nacht kommt er."

„Wer?", fragte Aslak.

„Hörst du ihn nicht? Er ist da!"

Aslak hörte nichts Verdächtiges. Nur den Wind hörte er, der heulend in den nahen Bäumen spielte.

„Wer ist da?"

Milan beugte sich vor zu Aslak und flüsterte hinter vorgehaltener Hand: „Er - der Fenriswolf."

Erschrocken fuhr Aslak zurück.

Sila, die Großmutter, hatte oft von dem Ungeheuer erzählt. Nachts kam es, um Ziegen, Ochsen oder gar Menschen zu reißen. Groß wie ein Pferd war es, schwarz wie Ruß und mit glühenden Augen. Sein Heulen fuhr durch Mark und Knochen. Mit einem einzigen Biss des riesigen Mauls verschlang es ein ganzes Schaf, so hatte die Großmutter es gewusst.

Als Kind war Aslak ängstlich an die Mutter gekrochen, später dachte er, die Geschichten dienten nur dazu, unartige Kinder einzuschüchtern. Und jetzt war er also da. Es gab ihn, den Fenriswolf!

Auch die Tiere spürten die drohende Nähe der Bestie. Unruhig geworden, schrien die Ziegen meckernd, und die Hühner schlugen aufgeregt flatternd gegen den verschlossenen Durchlass zum Haus.

„Zuerst dachten wir, er schickte dich voraus", sagte Milan. „Jetzt sind wir froh, dass du da bist."

„Willst du die Tiere nicht rein lassen?", fragte Aslak. „Im Pferch sind sie ihm eine leichte Beute."

„Ich weiß." Milan kicherte hell wie jemand, der etwas sehr Schlaues geplant hat. „Jedes Jahr im Herbst und dann jeden dritten Tag kommt er und holt sich, was er begehrt. Solange er ein Huhn oder eine Ziege findet, lässt er uns in Ruhe."

„Aber irgendwann sind alle Tiere tot. Was dann?"

Der Alte stierte traurig vor sich hin.

„Dann sind wir verloren", sagte er.

„Hast du nie versucht, dich zu wehren, den Fenriswolf zu bekämpfen?"

„Doch", antwortete Milan mit tonloser Stimme. Resigniert stützte er den Kopf auf die Handballen.

„Wir hatten zwei Söhne", sagte die Frau. „Im ersten Jahr, als er uns heimsuchte, ging der älteste, um ihn zu töten. Wir haben unseren Sohn nie mehr gesehen. Im folgenden Jahr versuchte es unser zweiter Sohn. Auch ihn sahen wir nie wieder."

„Und du?", fragte Aslak den alten Mann.

Milan schwieg. Seine Frau blickte beschämt zu Boden.

Die Sache ging Aslak nichts an. Nur zufällig war er auf dieses Haus gestoßen. Es war Milans Angelegenheit, seine Frau und das Heim zu verteidigen. Nein, er hatte damit nichts zu tun.

Lange sah Aslak die beiden an. Wie verängstigte Kaninchen hockten sie am Herd. Ihre Körper waren zerbrechlich geworden und ihre Herzen verzagt. Das Heulen des Windes ließ sie schreckhaft zusammenzucken. Oder war es doch nicht der Wind, der da draußen in der Nacht heulte?

Die ständige Furcht hatte dem Paar jegliche Lebensfreude geraubt. Sie sahen keinen Sinn darin, das Haus herzurichten und das Feld zu bestellen. Für wen auch? Für den Fenriswolf, der ihnen früher oder später alles nehmen würde? Längst hatten sie sich aufgegeben. Und trotzdem teilten sie die Mahlzeit mit einem hungrigen Wanderer.

„Was hab ich zu verlieren?", fragte sich Aslak jetzt. Das einzige, was ihm je wertvoll war und sein würde, hatte er bereits verloren. Ohne Svena bedeutete ihm sein Leben nichts mehr.

Entschlossen stand er auf. Er nahm den Köcher mit den Pfeilen und den Bogen in die Hand, langte prüfend zum Schwert und ging zur Tür.

„Heute sucht er euch zum letzten Mal auf", versicherte er und verließ das Haus.

Betroffen sah sich das Paar an.

„Du kannst ihn nicht gehen lassen." Brunhild starrte Milan mit Augen voller Angst an.

„Aslak ist viel stärker als ich", entgegnete ihr Mann kleinlaut. Es klang wie eine Entschuldigung.

Draußen war es stockfinster. Der Wind peitschte Aslak den Regen ins Gesicht, als er zum Pferch lief. Die Tiere zitterten in panischer Angst; der Sturm allein konnte nicht der Grund sein. Irgendetwas lauerte in der Dunkelheit.

Aslak duckte sich hinter den Zaun und wartete.

Nur das Trommeln des Regens und das Pfeifen des Windes waren zu hören. Die Tiere wurden durch Aslaks Nähe etwas ruhiger.

Lange Zeit geschah nichts.

Abrupt hörte es auf zu regnen. Nur wenig später verstummte auch der Wind wie auf ein geheimes Zeichen.

Die Stille schien fast unnatürlich.

Sollte alles nur Trug gewesen sein? Existierte der Fenriswolf nur in der Fantasie eines verängstigten Mannes, der sich nicht traute, nach Sonnenuntergang einen Fuß vor die Tür zu setzen? Aber was war dann mit den beiden Söhnen geschehen, die spurlos verschwunden waren?

Aslak schätzte, dass es um die Mitte der Nacht war, als er sich entschloss, zurück ins Haus zu gehen. Er stand auf. Da, auf einmal, ohne ersichtlichen Grund, fingen die Tiere wieder an unruhig zu werden. Hektisch versuchten sie, die Umzäunung zu überwinden. Ihr Instinkt verriet ihnen etwas, das Aslak nicht erkannte. Die Ziegen stießen schreckliche Laute aus, wie sie nur die Todesangst hervor bringt.

Einen Pfeil auf die Bogensehne gespannt, drang Aslak in die Dunkelheit vor. Nach jedem Schritt verharrte er bewegungslos und lauschte. Nichts Außergewöhnliches war zu hören. Und nichts war zu sehen. Schwarz und kalt war die Nacht.

Aslak schlich einmal um das Haus, ohne etwas zu entdecken. Er versuchte, die Tiere zu beruhigen. Als ihm das nicht gelang, wollte er zurück zu Milan und Brunhild. Ihn fror und er sehnte sich nach der Wärme des Herdes. Er hatte helfen wollen, aber offensichtlich gab es hier nichts, das die Angst der Alten berechtigt hätte.

Und dann geschah alles sehr schnell.

Ein riesiger, schwarzer Körper sprang aus der Dunkelheit. Rotglühend die Augen und hechelnd der Atem. Eh sich Aslak versah, schleuderte ihn ein gewaltiger Prankenhieb zehn Schritte weit durch die Luft. Der Aufprall schmerzte, doch Aslak war im nächsten Moment wieder auf den Beinen, spannte den Bogen und schoss. Surrend bohrte sich der Pfeil in den Leib der Bestie. Doch ungehindert stürmt sie weiter, Aslak entgegen, der keine Zeit fand, erneut zu schießen, und sich nur mit einem Sprung zur Seite in Sicherheit bringen konnte. Sein Bogen rutschte ihm dabei aus der Hand. An die Hauswand gedrückt, erwartete er den nächsten Angriff. Nichts. Der Angriff blieb aus. Die Bestie war weg, in die Dunkelheit entschwunden. Doch sie war noch da, lauerte;

deutlich waren tiefe, gurgelnde Laute zu hören. Und dann sah Aslak die Augen. Die Augen, die wie Feuer leuchteten. Und er sah das Maul und die gefletschten Zähne.

In diesem Moment wurde Aslak ungewöhnlich ruhig. Er wusste nicht, woher diese Ruhe kam, aber sie gab ihm Stärke und Vertrauen.

Obwohl sein Blick unablässig auf die in der Nachtschwärze funkelnden Augen gerichtet war, erfolgte der Angriff überraschend. Schnell wie eine Schlange schoss die Bestie heran.

Aslak reagierte instinktiv: Das Schwert erhoben, rannte er mit einem schrillen Schrei dem Untier entgegen. Mit aller Kraft stieß er zu. Tief drang die Klinge in den aufgerissenen Schlund.

Das Untier schlug wild um sich. Die Bewegungen wurden unkontrolliert, ziellos. Fauchen ging in Röcheln über. Mit jedem Aufbäumen riss die Wunde tiefer.

Unberührt sah Aslak dem qualvollen Dahinsiechen zu. Er glaubte die Bestie besiegt und trat leichtsinnig näher. Zu früh: Unvorstellbare Kraft ließ den gewaltigen Leib hoch schnellen, Aslak fiel, die Bestie auf ihn. Das Gewicht presste ihn nieder. Er konnte kaum mehr atmen, geschweige denn die Arme bewegen. Hilflos ausgeliefert, erwartete er das Ende.

Doch nichts geschah. Das Röcheln war verstummt. Tote Augen starrten Aslak an.

Nur mit Mühe brachte er sich unter dem schweren Körper hervor. Seine Beine zitterten, wild pochte das Herz. Erschöpft sank er nieder.

Er hatte es geschafft. Das Ungeheuer war tot. Aslak, der Sohn Waldmars, aus dem Dorfe Hermanns, hatte den uralten Spuk besiegt.

Vorsichtig schob Milan nach einer Weile der Stille den Kopf

durch den Türspalt und erkundigte sich ängstlich, ob die Gefahr vorüber sei. Erst als Aslak ihm dies mehrmals versicherte, wagte er sich heraus. Brunhild folgte ihm mit einem brennenden Kienspan. Respektvollen Abstand wahrend, betrachteten beide das Ungetüm im flackernden Licht.

Die Bestie war gewaltiger und furchterregender, als sie sich in ihren schlimmsten Fantasien vorgestellt hatten. Augenscheinlich war es ein Wolf. Aber was für einer. Vier Schritte in der Länge und zwei in der Höhe maß er. Allein der Kopf war wuchtig wie der Brustkorb eines erwachsenen Mannes. Die Zähne lang und spitz wie Dolche. Rabenschwarz war das struppige Fell, von dem ein bestialischer Gestank ausging.

Erlöst fiel Brunhild vor Aslak auf die Knie.

„Die Götter haben dich geschickt", bekundete sie in überschwänglicher Freude. Und als sie hinzufügte: „Fast möchte ich glauben, die Kraft Odins steckt in dir", leuchteten ihre Augen voller Hochachtung.

Aslak waren die Gefühle der Frau peinlich. „Nur weil die Götter es wollten, konnte ich siegen", entgegnete er bescheiden.

Brunhild hielt noch immer den brennenden Kienspan. Im Schein der Flamme bemerkte sie eine Wunde auf Aslaks linker Hand. Sie blutete fast nicht und würde wohl bald verheilen. Die Narbe aber würde Aslak stets an diesen Kampf erinnern. Ansonsten war er unverletzt.

„Ich werde die Wunde mit Salbe behandeln", sorgte sich Brunhild.

„Das ist nicht nötig", lehnte Aslak ab und zog die Frau sanft empor.

Milan, dessen Blick noch immer wie erstarrt auf das tote Untier gerichtet war, behauptete ehrfurchtsvoll: „Dies kann nur der Fenriswolf sein. Loki zeugte ihn, um den Göttern Unheil zu bringen. Du hast ihn getötet, Aslak. Die Götter stehen in deiner Schuld wie wir in deiner Schuld stehen."

Aslak zweifelte. „Der Wolf ist ungewöhnlich groß. Noch nie hab ich ein solches Tier gesehen. dass es der Fenriswolf ist, glaub ich aber nicht."

Aber Milan glaubte es. Er war fest davon überzeugt. Ebenso überzeugt wie von Aslaks göttlicher Auserwählung. „Du wirst sehen", sagte er. „Odin ist dir wohlgesonnen."

Sie ließen das Tier, was immer es auch war, liegen und zogen sich ins Haus zurück. Brunhild und Milan waren wie verwandelt. Im Glück schwelgend, plauderten und lachten sie wie seit Jahren nicht mehr. Mit einer Energie, die seinem dürren Körper kaum zuzutrauen war, tanzte Milan zu einer Musik, die nur er in seinem Kopf wahrnahm. Aslak ließ sich von der Hochstimmung gern anstecken. Und so saßen die drei auch noch ausgelassen beieinander als der Morgen dämmerte.

Bei Tageslicht brachen sie den Wolf auf. Sie trennten den Kopf ab und säuberten das Fell. Milan sprach davon, den gebleichten Schädel über der Tür zu befestigen. So würde er Geister und Dämonen fernhalten. Das Fell sollte Aslak gehören, der es aber dankend ablehnte.

„Euch nützt es mehr als mir", sagte er.

Die Arbeit nahm sie über einen halben Tag in Anspruch. Als der Abend nahte, wurde Aslak zusehends stiller und nachdenklicher. Es war Zeit, in sein Dorf zurückzukehren. Der Gedanke daran stimmte ihn traurig. Er würde zu seiner Familie heimgehen und zu seinen Freunden. Aber er würde Svena nicht vorfinden. Ohne Svena bedeutete ihm das Dorf nichts mehr.

Es tat ihm Leid, Milan und Brunhild am Morgen zu verlassen. Bei aller Gefahr hatte er sich hier zum ersten Mal als freier, selbstbewusster Mann gefühlt, als hätte die Berührung von Skylls Schwert in ihm nachgewirkt.

Brunhild packte ihm getrocknete Beeren und ein Huhn ein, das sie extra für Aslak geschlachtet hatte.

„Nichts kann das gutmachen, was du für uns getan hast", sagte sie und wischte sich die Tränen aus den Augen. Auch Milan weinte. Noch gestern sahen sie ihr Leben befristet. Aslak hatte nicht nur den Wolf getötet, er hatte ihnen die Zukunft geschenkt.

Nochmals bedankten sich beide aus ganzem Herzen. Sie sahen ihm nach, bis er schließlich ihren Blicken im Wald entschwand.

5. KAPITEL

Mare hatte immer alles bekommen, was er sich ersehnte. Als Sohn eines reichen Vaters nahm er dies für selbstverständlich. Jetzt, zum ersten Mal, stand er vor einer Mauer, die nicht ohne Mühe zu bewältigen war. Svena bereitete ihm mehr Schwierigkeiten, als er erwartet hatte. Versuchte er, sich ihr liebevoll zu nähern, wies sie ihn mit kalten Blicken ab. Wollte er ihr helfen, einen Kessel Wasser zu tragen, ließ sie ihn unberührt stehen, als sei er gar nicht vorhanden. Und verlor er schließlich die Geduld und wurde grob, dann biss und kratzte sie.

Karl zog seinen Sohn auf. „Svena wird dir noch beibringen, nach ihrer Laute zu tanzen", schmunzelte er. Doch auch die Leute im Dorf tuschelten hinter Mares Rücken. Er fühlte, dass sie ihn heimlich verlachten.

Svena amüsierte dieses nicht ganz ungefährliche Spiel. Sie hatte sich nicht wehren können, als man sie Mare zur Frau gab, nun genoss sie die Macht, sich zu rächen. Mare sollte seinen Handel - nichts anderes war diese Ehe für ihn - noch bereuen, das schwor sie sich.

„Treib es nicht zu arg", sorgte sich Kuni, die die Unberechenbarkeit ihres Sohnes nur zu gut kannte.

Svena lachte unbekümmert. „Er wollte mich, nicht ich ihn. Jetzt soll er sich die Zähne an mir ausbeißen."

„Auch ich wäre am liebsten fortgelaufen, als ich in dieses Haus kam", beichtete Kuni ehrlich. Sie saßen allein am Tisch und wuschen Mohrrüben, die sie geschnitten und mit Fleisch vermischt kochen wollten.

„Im Laufe der Zeit lernte ich Karl kennen. Ich kenne seine Stärken ebenso wie seine Schwächen und Unarten. Ob ich ihn liebe, weiß ich nicht. Aber das zählt auch nicht. Ich bin die Mutter seiner Kinder und weiß, wo mein Platz ist. Hier gehöre ich her."

„Mein Platz wird nie hier sein", antwortete Svena trotzig. Sie hielt eine Rübe in der Hand, die sie ärgerlich in der Mitte auseinanderbrach.

„Du denkst noch immer an Aslak", folgerte Kuni.

Svena sah die Frau prüfend an. Ob sie ihr eine Falle stellte? Mare und auch Karl wären sicher sehr erzürnt, wenn es einen anderen in ihrem Kopf gäbe. Obwohl sie Kuni nur wenig kannte, traute sie es ihr nicht zu, sie zu hintergehen.

Svena nickte. Betrübt senkte sie den Blick auf ihre Hände.

„Versuch ihn zu vergessen", bat Kuni. „Versuch mit aller Kraft, ihn zu vergessen. Wenn du dich Mare weiterhin verweigerst und ihn nur Kälte spüren lässt - ich weiß nicht, wie er reagieren wird. Er kann sehr eigenwillig sein."

Sie streifte ihr Kleid von den Schultern und entblößte ihren Oberkörper. Dicht neben der rechten Brust verunstaltete eine hässliche Narbe ihre Haut.

„Das war Mare", erklärte sie tonlos. „Er war noch nicht zum Manne geweiht, als er mir das zufügte. Er hatte eine Sklavin verprügelt. Den Grund dafür kenne ich bis heute nicht. Er schlug mit einem dicken Stock auf sie ein und hätte sie vermutlich totgeprügelt, wenn ich nicht eingegriffen hätte. Unbedachterweise ohrfeigte ich ihn. Und das vor den Augen seiner Freunde. Mare reagierte auf seine Art. Der Stock brach meine Rippe. Später entschuldigte er sich bei mir. Er gebot mir aber auch, ihn nie wieder vor seinen Freunden zu demütigen."

Svena war entsetzt, dass ein Sohn seiner Mutter so etwas antun konnte. Was sie betraf, wollte sie lieber Schläge erdulden, als sich dem Willen eines ungeliebten Mannes unterordnen.

Bekräftigend wiederholte sie: „Hier wird nie mein Platz sein."

Kuni nahm es traurig zur Kenntnis. Im Stillen bat sie die Götter um Schutz, so sehr sorgte sie sich um das Leben ihrer Schwiegertochter, die sie insgeheim bewunderte.

Mare saß derweil bei den Männern des Dorfes. Sie trafen sich gelegentlich, um zu reden und sich bei Spiel und Met zu entspannen. Während des Sommers war eine Gruppe von Birken ein beliebter Treffpunkt; die Feuchte des Herbstes trieb sie in die Häuser. So gaben sie sich mal bei dem, mal bei jenem ein Stelldichein, wobei jeder die anderen mit Speise und Trank zu überbieten suchte. Diesmal saßen sie bei Bertt, leerten die Becher und labten sich an geräuchertem Schinken und Hirsebrot. Nach reichlichem Gelage verkürzten sie sich sonst die Zeit mit Würfeln. Diesen Nachmittag kam jedoch keine rechte Laune für ein Spiel auf. Die Unterhaltung plätscherte angenehm dahin, doch wie so oft, wenn der Met die Stimmung macht, musste bald dieser und jener herhalten und den Spott der Anderen über sich ergehen lassen. Über Veit wurde hergezogen, dem im Frühjahr eine Kuh das Bein zertrümmert hatte, und der noch immer humpelte. Oder über Kenn, der betrunken seine Frau nahm und sein erstes Kind zeugte. Was er nüchtern nie geschafft hätte, wie seine Tischgenossen vor Lachen brüllend wussten.

Schließlich kam Mare an die Reihe. Er hatte damit gerechnet und wollte kein Spielverderber sein. Er selbst hatte oft genug über andere hergezogen, und so lange es sich in Grenzen hielt, war gegen einen Spaß nichts einzuwenden.

Bertt aber war ein zu beflissener Gastgeber, der Met floss ständig nach und hatte schon bald ihre Gemüter erhitzt. Es kam, wie es kommen musste. Das Gespräch wurde lauter, die

Worte deutlicher. Rot vor Scham sah sich Mare zum Spotthansl degradiert. Er sei ein windiger Weiberrock, dem die Frau auf der Nase herumtanze, hieß es. Und: Wenn er mit ihr nicht zurecht käme - jeder im Dorf würde sich liebend gern um seine hübsche Frau kümmern.

Ungehalten sprang Mare auf und donnerte die Faust auf den Tisch, dass die Becher kippten. Zorn glühte in seinen Augen. Doch er beherrschte sich. Was sollte er hier Schaden anrichten, wenn die Ursache des Übels woanders lag.

Zähneknirschend und dröhnendes Gelächter in den Ohren verließ er eilig den Raum. Die frische Abendluft kühlte seine heißen Wangen, sie konnte aber seinen Zorn nicht dämpfen. Mit ausholenden Schritten eilte er seinem Haus zu. Er fand die Familie versammelt am Herd.

Ohne ein Wort packte er seine Frau grob am Arm und zog sie mit sich hinaus. Svena wehrte sich nicht. Mares vor Zorn blitzende Augen hielten sie ab: sie hätte ihre Lage nur noch verschlimmert.

„Der Wahn hat ihn gepackt!", rief Kuni entsetzt. „Er wird sie totschlagen."

„Das wird er nicht", besänftigte sie Karl. Aber auch er war beunruhigt. Und um im Voraus zu rechtfertigen, was vielleicht kommen würde, fügte er hinzu: „Sie ist selbst schuld. Sie hätte ihn nicht so behandeln dürfen. Sie hat ihn herausgefordert."

Mare schleppte Svena in den Wald. Dorthin, wo keiner sein Tun beobachtete. Auf einem freien, von Büschen umgebenen Platz, warf er sie zu Boden und riss ihr das Kleid vom Leib.

„Gib mir, was du mir schuldig bist!", rief er mit trunkener Stimme. „Du bist mein Weib und hast mir zu geben, was mir zusteht. Niemand soll mich mehr einen Narren nennen."

Er öffnete seinen Gürtel und stürzte sich auf sie. Jetzt erst wehrte sich Svena. Sie wehrte sich mit aller Kraft und mit allen Mitteln, die ihr zur Verfügung standen. Sie biss, kratzte und stieß. Abgrundtief war der Hass gegen den Mann, der sie mit Gewalt zu nehmen versuchte. Sie wollte lieber sterben, als sich diesem Mann hingeben.

Mit einem Mal ließ Mare von ihr. Er sprang auf und starrte sie mit leeren Augen an. Sein Blick war der eines tollwütigen Fuchses. Er war unfähig, einen klaren Gedanken zu fassen, und unfähig, sein eigenes Handeln zu kontrollieren.

„Ich bin dir zu gering", schrie er wie von Sinnen. „Bist zu stolz, was! Aber ich werde deinen Stolz brechen. Ich werde ihn brechen!"

Fiebernd suchte er im Halbdunkel den Waldboden ab. Einen armstarken Knüppel aufnehmend, trat er irre grinsend vor Svena hin. Dumpf sauste der Knüppel nieder. Zweimal, dreimal. Immer wieder. Svena schlug die Arme vor den Kopf, um sich zu schützen. Sie weinte nicht, sie schrie nicht. Kein Laut klagte ihr Leid.

Wie aus dem Boden gestampft stand da plötzlich der Mann neben Mare. Das erhobene Kurzschwert säbelte nieder und hieb ihm mit einem einzigen scharfen Schlag den Kopf ab. Lautlos sackte der leblose Körper zu Boden.

Noch ehe Svena begriff, was geschehen war, war der Unbekannte verschwunden. Sie sah nur den enthaupteten Mare, ihren Mann. Sie hatte sich schützend abgewendet, und jetzt war er tot. Waren Geister hier? Oder gar Odin selbst?

Kaltes Grauen schüttelte sie. Ihr Schreien drang schrill bis ins Dorf.

Karl war bereits auf halbem Weg. Er hatte sich gesorgt und war aufgebrochen, um Unnötiges zu verhindern. Der Schrei zeigte ihm die endgültige Richtung. Und was er jetzt sah, erschütterte selbst einen Krieger wie ihn. Betroffen sank er neben seinem Sohn nieder. Er sah den Leib, daneben den Kopf. Er brauchte eine Weile, um das Geschehene gedanklich einzuordnen. Weinend nahm er den Kopf auf und fügte ihn an den Hals, aus dem in einem dünnen Rinnsal Blut tropfte, als könne er Mare dadurch zum Leben erwecken. Aber Mare war tot. Auf grausame Art ermordet.

Plötzlich blickte er hastig auf. Die starren Augen suchten die Gegend ab. Nur Svena sah er, die nackt und blutend am Boden kauerte, und die verwirrt und ängstlich war. Sollte sie Mare getötet haben? Das aber war unmöglich, weder sie noch Mare hatten ein Schwert bei sich getragen. Wer aber war es dann gewesen?

Svena konnte keine Auskunft geben. Sie brachte kein Wort heraus, sie weinte und zitterte und schüttelte nur stumm den Kopf.

Kurz darauf schwärmten die Männer des Dorfes aus. Sie hatten Hunde dabei, die schon bald die Spur aufnahmen. Nahe dem Tatort beleuchteten die Fackeln einen Platz, an dem der Boden festgetreten war. Der Unbekannte musste also schon längere Zeit hier verweilt haben. Der Platz lag etwas erhöht und bot bei gutem Licht freie Sicht aufs Dorf. Wer sich hier verborgen hatte, musste großes Interesse am Geschehen im Dorf haben. Oder an einer bestimmten Person.

Rätselhaft war auch, weshalb Mare hatte sterben müssen. Er hatte Svena brutal geschlagen, das bewies der blutende Körper der Frau eindeutig. Wenn jemand vom Dorf die Misshandlung zufällig beobachtet hätte, dann wäre er eingeschritten, aber er hätte Mare nicht getötet, dessen waren sich alle sicher. Der Mörder musste Mare gehasst haben.

Die Hunde folgten der Spur, die in gerader Richtung zu Hermanns Dorf führte. Auf halber Strecke dorthin schien sich der Flüchtende anders zu besinnen. Die Spur wies jetzt nach Norden. Ein gutes Stück weiter endete sie in einem Wasserlauf. Die Hunde konnten sie trotz intensiver Suche nicht wieder aufnehmen.

Hier brach Karl die Verfolgung ab. Er wusste auch so, wer der Mörder seines Sohnes war. Alles wies auf einen bestimmten Mann hin. Dieser Mann hatte großes Interesse an einer Person im Dorf, an Svena, und er würde sie mit seinem Leben beschützen. Dieser Mann war kräftig genug, seinen Gegner zu enthaupten. Und er hasste Mare aus ganzem Herzen.

Karl streckte die geballte Faust empor und schrie den Namen des vermeintlichen Mörders wie einen schrecklichen Fluch in die Nacht.

„A s l a k !"

6. KAPITEL

Unschlüssig trieb sich Aslak in der Nähe seines Dorfes umher. Zum einen zog es ihn heim zu seiner Familie und den Freunden. Doch dort wartete auch der Schmerz. Er würde die Wege sehen, die er mit Svena gegangen war, die Plätze, an denen er mit ihr gespielt, als sie noch Kinder waren, und die heimlichen Orte, an denen sich ihre Körper vereinigt hatten. All das würde ohne Svena, ohne ihr Lachen, ihre Wärme trostlos und öde sein. Die Erinnerungen würden ihm das Herz zerschneiden.

So verbrachte er weitere vier Tage im Wald. Dies war allein seine Welt.

Er dachte an Milan und Brunhild und an das Ungeheuer - um ein Haar wäre er ums Leben gekommen.

Noch immer fragte er sich, was für ein Tier er da besiegt hatte. Sollte es tatsächlich der Fenriswolf gewesen sein - jenes furchterregende Untier, das in den Köpfen der Menschen spukte wie ein böser Dämon? Im Nachhinein bereute er, das Fell nicht angenommen zu haben.

Aslak dachte auch oft an Skyll, den kleinen runden Händler und sein aufregendes Leben. Skyll war ein reicher Mann: reich an Gütern und reich an Wissen und Erfahrung.

Die Gedanken an das einzigartige Schwert holte Aslak hervor wie eine Kostbarkeit. Dieses Schwert stand ihm für Tapferkeit und mentale Größe. Welcher Mann wäre würdig, diese edle Waffe sein Eigen zu nennen? Ihm fiel niemand ein. Und er selbst? Aslak schmunzelte bei diesem kühnen Traum. Das Schwert würde für ihn wohl immer unerreichbar bleiben. So unerreichbar wie Svena.

Die Wolken hatten sich gelockert. Über Nacht hatte es Frost

73

gegeben. Pulvriger Schnee bedeckte in einer feinen Schicht Wiesen und Äcker. Einzelne Eisplatten brachen knirschend unter Aslaks schweren Schritten, als er schließlich zögernd heimwärts trottete. Die Sonne ließ die weiß bepuderte Natur glitzern und funkeln. Der Winter schickte seine Vorboten. Der Schnee würde noch nicht halten, und man durfte sicher noch einige warme Tage genießen, nicht mehr lange aber, und der Winter würde das Land mit eisiger Hand regieren.

Dann tauchten die Häuser seines Dorfes auf. Wie hellbraune Flecken lagen sie im frischen Schnee. Heller Rauch zog aus den Abzugsöffnungen steil in die klare Luft. Eine Schar Krähen flog schimpfend über das Dorf. Ansonsten war es still, das Leben schien erstarrt in der Kälte.

Aslak freute sich schon auf den geheizten Herd und einen Becher warmer Milch.

Ruhland war der einzige, der ihm an diesem Morgen über den Weg lief. Aber anstatt seinen Gruß zu erwidern, wandte sich der Freund ab und verschwand in seinem Haus.

Aslak fand seine Familie im Wohnraum versammelt. Die Großmutter ruhte noch auf ihrem Lager, obwohl es doch schon Zeit war, mit der Arbeit am Webstuhl zu beginnen. Der Husten schüttelte ihren dürren Leib.

Aslak legte die Waffen ab, stellte sich, die Hände reibend, an den Herd und genoss die angenehme Wärme, die langsam in seinen Körper kroch.

Niemand hatte ihn bei seinem Eintreten willkommen geheißen. Und auch jetzt starrten sie ihn an, als wäre ihnen sein Erscheinen sehr unangenehm.

Waldmar war der Erste, der Aslak ansprach.

„Was suchst du hier?"

Seine Stimme klirrte frostig wie die Kälte draußen vor der Tür.

74

Giesell warf einen ängstlich fragenden Blick auf Waldmar, als der ernst nickte, trat sie zögernd zu ihrem Sohn und strich ihm mit zitternden Händen übers Haar. Erst jetzt sah Aslak, dass ihre Augen gerötet waren vom Weinen. Sie schlang die Arme um ihren Sohn und drückte ihn fest an ihre Brust.

„Warum hast du das getan, Aslak? Warum nur?"

Verständnislos sah sich Aslak um. Ohdo, Otterich und Amara wichen seinem Blick traurig aus. Fohr und Waldmar gaben ihm unmissverständlich zu verstehen, dass er hier nicht mehr geduldet war. Giesell und Sila weinten leise.

„Was ist geschehen?" fragte Aslak laut, zornig darüber, dass man ihn behandelte wie einen gemeinen Verbrecher.

„Tu nicht so!", rief Waldmar und sprang von der Bank auf. „Du denkst, du kannst hierher kommen und alles ist vergeben. Aber du irrst. Auch wenn du mein Fleisch und Blut bist, so steht doch das Gesetz über uns allen."

„Das Gesetz? Was hab ich mit dem Gesetz zu tun?"

Giesell packte Aslak am Umhang und zwang ihn, ihr in die Augen zu sehen.

„Mein Sohn, warst du es gar nicht? Sag mir die Wahrheit, Aslak."

„Was soll ich gewesen sein?"

„Du hast Mare getötet!", rief Waldmar verachtend.

Aslak schüttelte verwirrt den Kopf. Der Vorwurf traf ihn zu hart, als dass er sich mit Worten hätte verteidigen können. Das war es also: Mare war tot. Ermordet.

„Und Svena?", war sein erster Gedanke. „Was ist mit Svena?"

„Ihr geht es gut. Sie wohnt wieder bei ihrem Vater", antwortete Giesell. Sie hatte nie so recht an Aslaks Schuld glauben wollen. Aber alle im Dorf waren überzeugt von dessen Tat, denn Karl hatte eindeutige Hinweise vorgelegt. Alles deutete auf Aslak: die Richtung der Spuren, die Art des Tötens, vor allem aber sein offen geäußerter Hass auf Mare.

Giesell sah ihren Sohn an. Seine spontane Reaktion sagte: Er war es nicht. Ihr Mutterherz spürte die Wahrheit.

„Du hast sie nicht vergessen", stellte Waldmar nüchtern fest. „Du hast ja selbst deinen eigenen Vater wegen diesem Weib angegriffen. So bist du hin und hast Mare getötet. Mit deinem Schwert hast du ihn enthauptet. Bildest du dir ein, dass Svena jetzt frei ist für dich?"

„Junge, sprich!", flehte Giesell. „Sag, dass du vor vier Tagen nicht in Otos Dorf warst!"

Aslak kam nicht dazu, ihr zu antworten. Die Tür wurde aufgerissen und Svena stürmte herein. Aslak erschrak, als er sie sah. Ihre Haare waren schmutzig und ungepflegt, die Augen gerötet. Ihr Gesicht zeigte noch immer die Spuren von Mares Schlägen. Es war von blau-schwarzer Farbe. Ein hässliches Blutgerinnsel bedeckte ihre Wange.

„Flieh, Aslak, flieh!" Sie zog an seiner Hand und versuchte verzweifelt, ihn zur Flucht zu bewegen.

„Verschwinde, Weib!" brüllte Waldmar jähzornig. „Du hast genug Unheil über uns gebracht."

„Von wem ist das?", fragte Aslak und deutete auf Svenas Wunden. Die Worte seines Vaters ignorierte er.

„Das ist nicht wichtig. Du musst fliehen! Jetzt sofort!"

„War es Mare?", beharrte Aslak.

„Ja", antwortete sie schnell. „So flieh doch, Aslak!" Dann hielt sie überrascht inne. „Du weißt es ja gar nicht. Dann kannst du es nicht gewesen sein. Du hast Mare nicht getötet!"

Draußen wurden Stimmen laut. Kurz darauf drängten Karl, Hermann und andere in Waldmars Stube.

Ruhland hatte gewartet, bis Aslak im Haus seines Vaters verschwunden war, bevor er zu Hermann rannte, um die dort

Anwesenden über Aslaks Erscheinen zu informieren. Auch Karl, der seit dem Mord in Hermanns Dorf auf Aslak wartete, war unter ihnen. Ein hämisches Grinsen verzerrte seine Lippen, als er die Botschaft vernahm: „Jetzt ist er des Todes!"

Während die Männer ihre Schwerter umschnallten, war Svena durch den Stall entwichen, um Aslak zu warnen.

Unterwegs schlossen sich dem Trupp noch andere an, weil Ruhland beflissen vorauseilte und in jede Tür rief: „Sie holen Aslak!" Sensationslüstern wollten sie alle dabei sein, wenn es galt, denjenigen zu überführen, der das Dorf und seine Bewohner in so große Schande gestürzt hatte. Nichts war verruchter als ein heimtückischer Mord. Niemand erinnerte sich mehr an den Freund, der Aslak allen gewesen war, jetzt war er nur noch ein Verbrecher, ein Abtrünniger.

Hass zeichnete ihre Gesichter, als sie Aslak nun umringten. Karl holte unerwartet aus und schlug die geballte Faust in Aslaks Magen, dass dieser, nach Luft schnappend, zu Boden sank.

„Das hast du doch damals tun wollen", meinte er mit der höhnischen Miene des Überlegenen. „Damals, als Mare, mein Sohn, seine Frau holte. Aber du warst zu feige. Du hast es vorgezogen, ihm aufzulauern und ihn aus dem Hinterhalt zu morden."

„Er war es nicht!", rief Svena überzeugt und stellte sich schützend vor ihren Geliebten. Gleichzeitig wusste sie, dass der Versuch, ihn zu verteidigen, sinnlos war. In den Augen der Männer war Aslak bereits verurteilt.

Karl schob Svena unsanft beiseite, dann führten die Männer Aslak ab. Arnim, der draußen gewartet hatte, sah, wie sein Freund von der aufgebrachten Meute gleich einem räudigen Hund zum Haus des Priesters geprügelt wurde.

Noch für diesen Abend wurde das Thing einberufen, dem man Aslak überantworten wollte. Die freien Männer beider beteiligter Dörfer würden dort über sein Schicksal beraten.

Hermann war nicht mit den anderen gegangen. Er nahm seine Tochter bei der Hand und ging langsam mit ihr aus dem Dorf, um Ruhe zu finden.

Hermann kannte Aslak von Kind an. Er hatte erlebt, dass dieser kräftig zulangen konnte und seinen Willen hin und wieder mit der Faust durchsetzte, wie es jeder gesunde Junge tat. Aber einen Mord, nein, einen Mord traute er ihm nicht zu. Und trotzdem sprach vieles gegen ihn. Die Eifersucht auf Mare und vor allem die Gefahr, in der seine geliebte Svena sich befunden hatte, hatten ihn vielleicht wirklich zum Äußersten getrieben. Und es gab keine Zeugen, die ihn zur Tatzeit gesehen hatten. Er war tagelang verschwunden gewesen. Hermann musste demnach wie alle anderen Aslak für den Täter halten. Doch jetzt hatte Svena etwas gesagt, das ihn verwirrte.

„Warum kann es Aslak nicht gewesen sein?", wandte er sich an seine Tochter.

Svena stierte mit leerem Blick vor sich hin. Die letzten Tage hatte sie all ihre Tränen vergossen. Jetzt konnte sie nicht mehr weinen. Sie war körperlich und seelisch erschöpft; eisige Kälte durchströmte sie.

Erstaunt hob sie den Kopf. Ergriff ihr Vater etwa Partei für Aslak?

„Als er mich ansah, wusste ich es", antwortete sie leise.

„Du hast aber behauptet, du hättest damals niemanden erkannt. Also kann es Aslak doch gewesen sein."

Svena schüttelte den Kopf. „Nein, Vater. Aslak erfuhr heute erst von meinen Verletzungen. Wenn er Mare getötet hätte, dann hätte er auch gesehen, dass Mare mich verprügelte. Aber er hat es nicht gewusst."

„Vielleicht verstellt er sich. Er weiß, was ihn erwartet."

„Erwartet ihn der Tod?"

„Das entscheidet der Rat."

„Und du, Vater? Verurteilst du ihn?"

Hermann hob unschlüssig die Schultern. „Die Götter werden wissen, was zu tun ist."

7. KAPITEL

Geguurg, der Priester, war ein alter Mann. Die Jahre hatten seine Haare schlohweiß gefärbt und tiefe Furchen in sein Gesicht gegraben. Seine Augen waren schwach und müde. Schon lange gab es keinen Acker mehr, den er bestellte, und kein Vieh mehr, das er versorgte. Er lebte mit seiner Frau Anna in einem vornehmen Haus, in dem es an nichts fehlte. Die Dorfbewohner versorgten das Paar reichlich mit Nahrung, Feuerholz und Kleidung. Auch neuen Hausrat trugen sie heran, wenn etwa ein Krug unter seinen zitternden Händen zerbrochen war.

Einst war Geguurg Herr über das Dorf gewesen. Er hatte die Zeit des Krieges und die Zeit des Friedens bestimmt, die Zeit der Aussaat und der Ernte. Längst waren andere an seine Stelle getreten. Mächtige Männer wie Hermann, die ihr Reichtum und ihre Kraft im Kampf an diese Stelle setzte und nicht die Verbindung zu den Göttern.

Geguurg trauerte seiner Zeit nicht nach. Er war weise und wusste, nur ein Krieger konnte ermessen, wann in den Krieg zu ziehen war. Es gab andere Aufgaben, die einen Priester erfüllten und unentbehrlich machten. Er wusste, wann es nötig war, Opfer darzubringen, und er war es, den man ehrfurchtsvoll aufsuchte, um sich verschlüsselte Zeichen des Himmels deuten zu lassen. Seine Stube war angefüllt mit Kräutern und Heilpflanzen, deren Kraft nur er kannte. Manches Kind hatte er aufgrund seiner Kenntnisse vorm sicheren Tod gerettet, das ihm später im reifen Mannesalter dankbar einen Stuhl fertigte oder das morsche Dach ausbesserte. Weil er dem Tod scheinbar über war, glaubten die Menschen, er könne tatsächlich mit den Göttern verhandeln. Entsprechend hoch war ihre Achtung vor dem greisen Priester.

Was nun Aslak betraf, so stellte Geguurg ihm kurz nachdem man ihn in sein Haus gebracht hatte, eine einzige Frage: „Sag mir, Aslak, warum hast du Mare mit dem Schwert getötet? Ich hörte, du bist ein guter Bogenschütze. Ein Pfeil hätte das gleiche Ziel erreicht, du aber wärst nicht der Gefahr ausgesetzt gewesen, gesehen zu werden."

„Wenn ich es getan hätte, Geguurg, dann weder mit dem Pfeil, noch mit dem Schwert. Mit diesen Händen hätte ich ihn totgeprügelt", antwortete Aslak ernst.

Der alte Mann nickte nur. Er setzte sich zu seiner Frau auf die Bank und sprach kein Wort mehr. Er wollte frei sein, um die Stimmen der Götter zu vernehmen. Eine Wache, die man sicherheitshalber zurückließ, schickte er weg. Und er verbot allen, die mit Aslak verwandt waren, in sein Haus zu treten, um mit dem Gefangenen zu reden. Auch Svena verbot er es. Verwandtes Blut oder Bande, die die Liebe knüpfte, veränderten einen Menschen oft und rissen ihn zu Taten oder Worten hin, die er ansonsten nie getan oder gesprochen hätte. Geguurg wollte dies in weiser Voraussicht verhindern.

Aslak war mit den Händen an einen Stützbalken gefesselt, der nahe am Herd war. Der Lederriemen war lang genug und gestattete ihm, auf einem Stuhl zu sitzen.

Es war angenehm warm. Von seinem Platz konnte er durch einen Türspalt nach draußen sehen. Die Sonne gewann an Kraft und verwandelte den harschen Schnee in eine breiige Masse, die den Dorfplatz, von Tritten durchwühlt, schmutzig-braun bedeckte. Ein Spitz steckte neugierig seine Schnauze durch den Türspalt und verschwand wieder. Später sah Aslak Kinder spielen, dann war wieder alles still im Dorf. Und auch in Aslak war eine erstaunliche Ruhe.

Er hatte die Veränderung in sich längst gespürt. Langsam war sie in ihm gewachsen, nachdem er das Dorf verlassen hatte. Er fühlte nicht mehr wie vorher, als er ungestüm und voller Träume war. Tiefer Gleichmut erfüllte ihn und stoische Gelassenheit. Warum das so war, konnte er sich nicht erklären. Aber die Veränderung erschreckte ihn nicht. Ihm war deutlich geworden, dass er nicht nach dem Weg zu fragen brauchte. Die Götter kannten seinen Weg, und er würde ihn selbst mit eisernem Willen keinen fußbreit verlassen können. Weshalb sich also sorgen. Odin hatte in seiner Weisheit ein Ziel festgelegt, dessen er sich nicht widersetzen konnte. Aslak war überzeugt, dass Odin ihm im Kampf mit dem Untier beigestanden hatte, er würde ihn auch jetzt nicht im Stich lassen.

Am Nachmittag löste Geguurg die Fesseln und bat Aslak an den Tisch, um mit ihnen von den Wachteln zu essen. Aslak langte hungrig zu und lobte die Köchin. Anna verstand es, eine köstliche Füllung aus den Innereien, aus Speckstückchen und Gerstenbrei zu bereiten. In Fett gebraten gaben die acht Wachteln ein köstliches Mahl.

„Die Römer nehmen Olivenöl, um die Wachteln einzureiben", erwähnte Aslak, in Gedanken wieder einmal bei dem pfiffigen Händler.

„Die Römer?" fragte Anna.

„Ja. Sie leben in einem weit entfernten Land und besitzen Dinge, die wir nicht kennen."

„Woher weißt du das, Aslak?"

„Von Skyll. Er ist Händler und hat schon viele Völker besucht."

Jetzt wurde auch Geguurg neugierig und brach sein selbst auferlegtes Schweigen.

„Wann hast du diesen Händler getroffen?"

Aslak überlegte kurz. „Vor sechs Tagen."

„Und wo hast du ihn getroffen?"

„Zwei Tagesmärsche von hier in diese Richtung." Er deutete nach Westen.

Otos Dorf liegt im Osten, dachte Geguurg. Wenn Aslak die Wahrheit sagt, kann er unmöglich der Mörder sein.

Aber der Priester wusste auch, dass es kein verlässliches Mittel gab, die Wahrheit herauszufinden. Es blieb nichts anderes übrig, als auf die Einsicht des Rates zu vertrauen. Aslak schien von diesem Vertrauen beseelt. Sein ganzes Verhalten deutete darauf hin.

Geguurg selbst hegte Zweifel. Zu gut war ihm der Starrsinn Karls bekannt, dem es nach Genugtuung verlangte. Der gewaltsame Tod seines Sohnes musste bestraft werden. Mares Blutsverwandten stand eindeutig das Recht zu, den Mörder zu töten. Und Karl würde alles daran setzen, Aslak als Schuldigen zu überführen. Er wollte Rache um jeden Preis.

Nachdem Geguurg Aslak wieder an den Pfahl gebunden hatte, begab er sich in einen gesonderten, mit Schilfmatten abgetrennten Winkel seines Hauses. In einer im nackten Erdboden eingelassenen Mulde entzündete er ein Feuer. Er kniete sich davor nieder und sammelte seine Gedanken. Danach nahm er aus einem Lederbeutel eine Handvoll zerriebener Kräuter und warf sie in die Flammen. Mit tiefen, gleichmäßigen Zügen atmete er den Rauch ein, der ihn schon bald in Trance versetzte. Jetzt war er bereit, mit den Göttern in Verbindung zu treten. Murmelnd bat er um Erleuchtung seines Geistes und um Kenntnis der Wahrheit.

Lange Zeit verweilte Geguurg im Gespräch mit den Göttern. Schließlich erhob er sich schwerfällig und setzte sich zurück an den Tisch. Das faltige Gesicht in die groben Hände gestützt, verharrte er bewegungslos. Nun konnte auch er nichts mehr tun.

Draußen wurde es dunkel. Anna stellte eine Fettlampe auf den Tisch, deren flackernder Schein den Raum nur wenig erhellte und groteske Schatten auf die drei Wartenden warf.

Unbemerkt wurde die Tür geöffnet.

„Darf ich eintreten?", fragte Arnim.

Überrascht hob Geguurg den Kopf. Doch er überlegte nicht lange und nickte. Den Sklaven und Aslak verband kein gemeinsames Blut, durch das ein böser Geist in den Gefangenen hätte fahren können, um ihn zur Flucht zu verleiten.

Wortlos trat Arnim ein und setzte sich neben Aslak auf den Boden. Er wählte den Platz so, dass er in Aslaks Schatten saß und ihn Geguurg kaum wahrnehmen konnte.

Eine lange Weile schwieg er. Er suchte nach Worten, die ihm schwer im Herzen brannten und die er doch nicht über die Lippen brachte. Als er schließlich anfing zu reden, sprach er leise und bedacht. Niemand außer Aslak sollte ihn verstehen.

„Es tut mir leid", brachte er hilflos hervor.

„Das braucht es nicht", antwortete Aslak ebenso leise.

„Du wirst sterben", sagte Arnim, und seine Stimme zitterte. „Heute Nacht noch sollst du sterben. Karl wütet wie ein wilder Stier. Er fordert deinen Tod."

Aslaks Blick hing sinnend am Boden. Der Tod hatte für ihn längst seinen Schrecken verloren. Stolz hob er den Kopf und fragte mit fester Stimme: „Wird es morgen jemanden geben, der an mich denkt? Wird es im kommenden Sommer jemanden geben, der empor zu den Wolken sieht und an mich denkt?"

„Viele werden an dich denken, Aslak. Ich werde dich nie vergessen."

„Dann, Arnim, war mein Leben nicht umsonst. Und deshalb fürchte ich den Tod nicht."

„Aber du darfst nicht sterben!"

„Warum nicht?"

„Weil ...", Arnim zögerte. Ängstlich blickte er zu Geguurg. Dieser hatte sein Gesicht wieder in seine Hände gestützt und kümmerte sich nicht um die beiden Männer. Arnim öffnete den Mund, um zu reden. Doch er schwieg. Wortlos starrte er den Freund an. Seine Augen verrieten die Angst, die ihn quälte. Er griff schnell unter seinen Umhang und zog ein Messer hervor. Kaum hörbar flüsterte er: „Du musst fliehen! Flieh, bevor es zu spät ist!"

Aslak schüttelte entschlossen den Kopf. „Es ist wie ein Kampf", sagte er. „Ich muss mich diesem Kampf stellen."

„Auch einem Kampf, den man nur verlieren kann?"

„Vielleicht werde ich gewinnen. Die Götter werden mir helfen."

„Und wenn nicht?"

„Dann wirst du an meine Stelle treten, Arnim. Kümmere dich um Svena. Versprichst du das?"

„Ich verspreche es, Aslak."

Arnim ließ das Messer im Umhang verschwinden und stand auf. Eine Zeitlang noch sah er seinen gefangenen Freund traurig an. Dann wandte er sich rasch ab und verließ das Haus.

8. KAPITEL

Die Nacht hüllte das Dorf in Finsternis. Schweigend sammelten sich die Männer. Selbst Karl verhielt sich ruhig. Auch als sie Aslak vom Pfahl banden und fortführten, beherrschte er seinen Zorn. Nur die zusammengekniffenen Lippen und die blitzenden Augen verrieten seine innere Erregung.

Frauen, Sklaven und Kinder durften dem Rat nicht beiwohnen. Hermann hatte Svena eingeschärft, unter keinen Umständen das Haus zu verlassen. Er versprach ihr aber, seinen ganzen Einfluss geltend zu machen, um Aslak zu helfen.

Der Weg zum Ratsplatz führte ein Stück den Fluss entlang; matt schimmerte das Licht der Fackeln im Wasser. An einer Brücke überquerten sie den Fluss und hielten sich nun südlich. Sie liefen langsam, weil Geguurg nur mühsam vorwärts kam. Seine Glieder schmerzten bei jedem Schritt, aber er weigerte sich beharrlich, von einem der Männer gestützt zu werden. Mit aufrechtem Gang und stolz erhobenem Kopf führte er den Zug an. In seiner Rechten trug er die mit geweihten Rabenfedern geschmückte Ratslanze.

Hinter Geguurg liefen Karl, Hermann und Waldmar. Ihnen folgte Aslak, dem Ruhland und Siegurd als Wachen zur Seite gingen. Krampfhaft vermieden die zwei, ihrem Kameraden in die Augen zu sehen. Auch Waldmar hatte dem Blick Aslaks nicht standhalten können. Den Schluss des Zuges bildeten sechsundzwanzig Männer aus beiden Dörfern. Unter ihnen Aslaks älterer Bruder Fohr.

Der Pfad führte sie eine Anhöhe hinauf in den Wald und nach einer guten Weile auf eine Lichtung. Hier hielt Geguurg den Zug an. Der Ratsplatz war erreicht.

Mehrere gefällte Baumstämme, kreisförmig um eine Feuerstelle gelagert, dienten als Bänke. Bereits am Nachmittag hatten einige junge Männer trockenes Holz aufgeschichtet, das sie jetzt mit ihren Fackeln entbrannten. Wortlos saßen die Männer nieder. Aslak hatten die Wachen in die Mitte des Platzes geschoben. Man verzichtete darauf, ihn an einen Pfahl zu binden, und ließ es bei den Handfesseln bewenden. Ohne Umschweife ging es zur Sache. Karl erhob sich und klagte Aslak des Mordes an seinem Sohn Mare an. Mit hitzigen Worten schilderte er, wie man den Toten gefunden und die Verfolgung aufgenommen hatte. Die Männer seines Dorfes bezeugten seinen Bericht lautstark. Viele standen empört auf, auch Männer aus Aslaks Dorf, und beschimpften den Angeklagten.

Aslak zeigte keinerlei Reaktion. Ohne eine Miene zu verziehen, ließ er die Schmach über sich ergehen.

„Nur der Tod kann den Tod sühnen!", rief Karl in die aufgeregte Menge. „Aslak muss sterben! Wie Mare soll er durch das Schwert sterben."

Hermann hatte Mühe, die aufgehetzten Männer zum Schweigen zu bringen.

„Wir alle kennen Aslak", begann er mit ruhiger, aber kräftiger Stimme. „Noch vor wenigen Tagen nannten ihn viele von uns ihren Freund. Ich, Hermann, den ihr als euren Führer anerkennt, nenne Aslak auch jetzt noch meinen Freund. Wer beweist, dass er ein Mörder ist? Irgendjemand brachte Mare um. Irgendjemand floh in Richtung unseres Dorfes. Irgendjemand! Wer behauptet, dass es Aslak war? Siegurd, warst du nicht in der selben Nacht unterwegs, um zu jagen? Klage ich dich deshalb als Mörder an?"

„Jeder weiß", rief Karl dazwischen, „dass Aslak meinen Sohn hasste. Und nur er ist groß und kräftig genug, einem erwachsenen Mann den Kopf abzuschlagen."

„Wo es an Kraft und Größe fehlt, tut es Geschicklichkeit und Übung", hielt Hermann dagegen. "Aus Kämpfen mit Langobarden und Sachsen weiß ich, dass es Männern gelungen ist, ihre um einiges größeren Gegner zu enthaupten."

„Was scheren mich die Langobarden und die Sachsen", meinte Karl herablassend. Er versuchte, Hermanns Argumente ins Lächerliche zu ziehen. „War es gar ein Kelte, der zufällig durchs Land zog, der zufällig an jenen Ort kam und der aus einer Laune heraus das Schwert zog, um meinen Sohn zu töten? Nein, Hermann, damit erzielst du nichts. Jeder, der Aslak an jenem Tag, als wir Svena holten, gesehen hat, konnte Aslaks Wut und seinen inbrünstigen Hass erkennen. Schon damals plante er seine Tat. Zu feige für einen offenen Kampf, zog er es vor, sich heimtückisch heranzuschleichen."

Karls Gehässigkeit schüchterte Hermann nicht ein. Geschickt fragte er:

„Sag mir, Karl, was empfand ich an jenem Tag?"

Karl zuckte die Schulter. Gleichgültig meinte er: „Was weiß ich."

„Und Ruhland, was empfand er?" fuhr Hermann selbstsicher fort. „Und Fohr und Siegurd, was dachten sie? War auch in ihnen der Hass?"

Der scheinbar sinnlosen Fragen überdrüssig, zischte Karl gereizt: „Deren Gefühle kümmern mich nicht. Mögen sie gedacht haben, was sie wollen."

„Du weißt es also nicht." Hermann schmunzelte zufrieden. „Du weißt es nicht, weil du auf niemanden geachtet hast. Vielleicht stand noch jemand dabei, den Wut und Hass quälte. Und vielleicht hast du nicht einmal Aslak besondere Beachtung geschenkt. Der Freudentag Mares, den du geliebt hast, machte dich blind. Erst im Nachhinein willst du plötzlich wissen, wie Aslak gefühlt hat. Ebenso könnte Ruhland, Siegurd oder mich dein Hass treffen. Warum Aslak, wo es jeder andere gewesen sein könnte?"

Zweifelndes Murmeln ging durch die Reihen. Viele hatten sich von Karls lautstarkem Hass mitreißen lassen. Jetzt offenbarte ihnen Hermann in aller Ruhe, dass die vermeintlich eindeutigen Beweise auf jeden von ihnen zutreffen konnten.

Karl sah sich in die Enge getrieben. Verbissen starrte er Aslak an. So, als suche er nach einem stichhaltigen Anhaltspunkt, um ihn zu überführen. Und dann schien er tatsächlich etwas gefunden zu haben.

Seine Augen leuchteten, als er sich einem der Seinen zuwandte. Gelassen sagte er zu diesem: „Igur, wohin führte uns die Spur des Mörders?"

Igur wusste nicht recht, worauf das Dorfoberhaupt hinaus wollte. Zögernd antwortete er: „In den Wald."

„Mussten wir nicht auch durch dichtes Unterholz, durch Dornengestrüpp?"

Igur überlegte. Er erinnerte sich an ein Dornengestrüpp, das aber war so lichte gewesen, dass sie es ohne Probleme hatten passieren können. Er selbst würde es nicht als dichtes Unterholz bezeichnen.

„Sag schon, Igur", drängte Karl und sah den Gefragten scharf an.

„Ja", gab Igur nach.

Karl triumphierte innerlich. Jetzt hatte er einen Beweis, an dem nicht zu rütteln war. Als er nun langsam zu Aslak ging, jeden seiner Schritte auskostend, konnte er ein hämisches Grinsen nicht unterdrücken. Er riss Aslaks gebundene Arme hoch und zeigte auf dessen linken Handrücken. Deutlich war das Gerinne einer nur wenige Tage alten Kratzwunde zu sehen.

„Aufgekratzt an einem Dorn", behauptete Karl. „Während der Flucht in der Nacht. Warum sonst sollte ein Mann durch Dornen hetzen?"

Erschrocken eilte jetzt auch Hermann zu Aslak. Er hatte die Verletzung vorher nicht bemerkt. Tatsächlich konnte sie von Dornen herstammen.

Mit leeren Augen blickte er Aslak an. Hatte er sich wirklich in ihm getäuscht?

„Woher hast du die Verletzung?" fragte er.

Aslak zögerte. Die Geschichte mit dem monströsen Wolf war zu phantastisch, als dass sie ihm einer der Männer abgenommen hätte.

„Woher hast du die Verletzung?" wiederholte Hermann seine Frage. Diesmal laut und zornig.

„Von einem Wolf", antwortete Aslak schlicht.

Karl lachte amüsiert.

„Hört ihr das, Männer? Aslak behauptet, ein Wolf habe ihn verletzt. Jedes Kind kann einen Wolf mit einem Stock verjagen. Aslak anscheinend nicht."

Das Gelächter der Männer hielt Aslak zurück, die Herkunft der Wunde näher zu erläutern. Was hätte er auch sagen sollen? dass es ein ungewöhnlich großer Wolf gewesen war? Einer, von dem Milan sagte, es sei der Fenriswolf? Und er, ein jugendlicher Krieger noch, besiegte dieses Ungeheuer?

„Wo war das?" fragte Hermann. Aber auch er glaubte nicht mehr so recht an Aslaks Worte.

„Ich weiß nicht", sagte Aslak ehrlich. „Es war bei einem alleinstehenden Haus. Milan und Brunhild wohnen dort. Sie können den Kampf mit dem Wolf bezeugen. Wo ihr Haus steht, kann ich nicht genau beschreiben. Ich bin danach noch vier Tage ziellos umher gelaufen, bevor ich in das Dorf zurückkam."

Aslaks Erklärungen gingen in lebhaftem Gemurmel unter. Niemand kannte Milan und Brunhild. Außerdem fragten sie sich, weshalb er sich die ganze Zeit umhergetrieben hatte. Den Grund dafür schrieben sie seinem schlechten Gewissen zu.

Geguurg erhob sich mühsam, um die Wunde zu untersuchen. Das Gerinne lag locker auf einer feinen Narbe. Wenn man mit dem Finger drüber kratzte, fiel es ab, ohne zu bluten. Die Wunde musste demnach vier oder fünf Tage alt sein. Zu diesem Zeitpunkt war Mare ermordet worden.

Geguurg schwieg noch immer. Während der ganzen Versammlung hatte er sich nicht zu Wort gemeldet. In seinem Haus, als er Aslak bewacht hatte, war er von dessen Unschuld überzeugt gewesen. Jetzt war er unschlüssig.

Als Priester oblag ihm die Aufgabe, das Urteil zu verkünden. Und wie er sich auch entschied, jeder musste es akzeptieren. Er hatte nie ein Urteil ohne Überzeugung gefällt. Heute wusste er zum ersten Mal nicht, was er tun sollte. Auch die Götter, die er in seinem Haus gerufen hatte, hatten ihm keinen Hinweis gegeben.

Die Männer schimpften und fluchten. Einige warfen mit Stöcken und Steinen nach Aslak. Geguurg hob die Arme und bot ihnen mit gewaltiger Stimme Einhalt. Augenblicklich herrschte Stille. Niemand wagte, den mächtigen Priester zu erzürnen.

„Wir haben gehört, was Aslak vorgeworfen wird", rief der Greis. „Nun soll ihm ein letztes Mal die Möglichkeit gegeben werden, die Wahrheit zu sagen, bevor ich eine Entscheidung treffe."

Aslak drehte sich langsam einmal um die eigene Achse. Er wollte sie alle sehen. Alle, die gekommen waren, um ihn zu töten. Und auch die Zweifler, die lieber feige zusahen, als Partei für ihn zu ergreifen. Er hatte sich in allen getäuscht. Dort saß Ruhland, der Sohn des Schmiedes. Als Kinder waren sie oft auf eine Eiche geklettert und hatten sich einen Spaß gemacht, die unten Vorübergehenden mit Eicheln zu bewerfen. Ruhland hatte kein einziges Mal gefragt: Aslak, warst du es?" Aufgepeitscht von den anderen war er mitgeschwommen in der Woge und hatte seinen Tod gefordert. Und dort Siegurd und Kuhn, auch sie hatten die Kindheitstage vergessen. Und Fohr, sein Bruder: Zweifelte er kein bisschen an Aslaks Schuld? Oder sein Vater - kein Wort war über seine Lippen gekommen, das Aslak geholfen hätte. Weshalb schwiegen sie? War es die Angst, selbst ausgegrenzt zu werden, wenn man sich auf die Seite eines Ausgestoßenen stellte?

Aslak verstand sie nicht. Er empfand nur noch Verachtung für sie.

Als er jetzt seine Stimme erhob, tat er es laut und mit der Sicherheit des Gerechten.

„Man hat mir Svena genommen, das Mädchen, dem meine Liebe gilt. Ich war sehr erzürnt, und es ist auch wahr, dass ich Mare deswegen hasste. Um meinen Zorn zu kühlen, ging ich weg. Ich hatte Svena verloren, aber ich besaß noch gute Freunde, denen ich vertraute, und ich besaß eine Familie, die für mich sorgte. All das besaß ich, als ich das Dorf verließ. Nach wenigen Tagen kehrte ich zurück und hatte alles verloren. Ich habe keine Familie mehr und keine Freunde. Ich habe nur noch Feinde, die mir nach dem Leben trachten.

Ich versichere euch, so wahr ich hier stehe, ich habe Mare nicht ermordet. Aber ich habe heute Svenas Verletzungen gesehen, die ihr Mare zugefügt hat. Und wenn ich dabei gewesen wäre, als er Svena feige schlug, ich hätte nicht gezögert und Mare getötet."

Maßbilligendes Raunen wurde laut. Die Männer deuteten Aslaks Worte als Schuldgeständnis. Jemand stieß Waldmar unsanft in die Seite und schimpfte ihn einen „Mördervater", der es nicht verstünde, seinen Sohn zu ziehen. Waldmar schwieg. Seit Aslaks vermeintliche Tat bekannt geworden war, hatte er keinen ruhigen Schlaf mehr gefunden. Die Leute im Dorf zeigten mit dem Finger auf ihn und mieden seine Gesellschaft. Er hatte einen Gesetzesbrecher erzogen, und man machte ihn dafür verantwortlich.

„Ihr hört es!", rief Karl, die Stimmung nutzend. „Er hat die Tat so gut wie gestanden. Tötet ihn!"

Die Männer sprangen von ihren Plätzen, und vermutlich hätten sie Aslak an Ort und Stelle erhängt, wäre nicht Geguurg dazwischen gegangen. Wie Donner hallte der Ruf des greisen Priesters. Eingeschüchtert wichen sie zurück. Die älteren Männer erinnerten sich plötzlich wieder an den jungen Geguurg, einen tapferen, unfehlbaren Kriegsführer, der ihnen zu manchem Sieg verholfen hatte. Verbundenheit mit den Göttern, Weisheit und Tapferkeit, all das verkörperte der Priester. Trotz seines Alters war seine Macht ungebrochen. Niemand würde versuchen, sich gegen ihn zu stellen, oder sein Wort anzuzweifeln.

„Cherusker!", rief Geguurg. Um den Ernst seiner Worte zu betonen, fasste er die heilige Ratslanze fest mit beiden Händen und hob sie ehrerbietend über seinen Kopf. „Vor vielen Sommern war es, als mir eine Ziege entkam. Ich suchte sie und fand sie tot. Nur ein paar Fetzen ihrer Haut und die Knochen waren übrig. Die Art, wie sie gerissen worden war, sagte mir, dass Wölfe am Werk gewesen sein mussten. Ich spürte großen Zorn in mir aufkommen gegen alle Wölfe, denn es war eine gute Ziege gewesen. Später, im Winter darauf, beobachtete ich während eines Jagdzuges etwas, das mich verwirrte. Ich sah ein Rudel Hunde. Herrenlose Hunde, die ohne menschliche Führung in den Wäldern verwildert waren. Und ich sah, wie das Rudel ein Reh anfiel und es tötete. Sie töteten es in der gleichen Weise wie Wölfe ein Reh töten."

Erschöpft unterbrach sich Geguurg. Das Reden strengte ihn an. Sich auf die Lanze stützend, blickte er forschend in die Runde. Zufrieden stellte er fest, dass die Männer den Sinn seiner Worte begriffen. Noch waren es nur wenige, die zumindest die Möglichkeit einräumten, Aslak sei unschuldig. Mehr aber konnte Geguurg nicht erreichen. Denn auch er selbst, er, der weise Priester, beherbergte zwei Geister in sich. War Aslak ein Dämon, der sie alle täuschte? Dann konnte nur der Tod ihn erlösen. Oder war er das unschuldige Opfer blinder Rachsucht?

„Wir sind zusammengekommen, um über Aslak zu richten", fuhr Geguurg in seiner Rede fort. „Wir kennen die Strafe, die einem Mord folgt. Es ist der Tod. Aber kennen wir auch den Mörder? Wir sind unschlüssig. Niemand von uns kann in Aslaks Herz zu sehen. Auch du nicht, Karl. Aber nur dort, in Aslaks Herz, liegt die Wahrheit.

Odin opferte ein Auge, um aus der Quelle der Weisheit trinken zu dürfen. Deshalb ist Odin der weiseste aller Götter. Nur er kann die Wahrheit sehen. Überlassen wir also Odin die Urteilssprechung."

Fragend sahen sich die Männer an. Mit angehaltenem Atem lauschten sie den Worten Geguurgs.

„Ich, Geguurg, von den Göttern als Priester geweiht, erkläre Aslak ab Sonnenaufgang auf die Dauer von drei Wintern und drei Sommern für friedlos. Es ist Pflicht eines jeden Gerechten, einen Friedlosen zu töten, sobald er ihn als solchen erkennt. Ist Aslak schuldig, wird Odin es zulassen, dass er getötet wird. Sollte aber Aslak unschuldig sein, wird Odin ihn verbergen und ihn vor der tötenden Hand schützen. Ist die gegebene Zeit verstrichen und lebt Aslak dann noch, erkennen wir ihn als unbescholtenen Freien an."

Bekräftigend und zum Zeichen der uneingeschränkten Gültigkeit seiner Worte, rammte Geguurg die Ratslanze in den Erdboden.

Sein Entscheid rief allgemeine Verblüffung hervor. Keiner hatte je von einer Friedlosigkeit auf Zeit gehört. Aber selbst diejenigen, die nach wie vor von Aslaks Schuld überzeugt waren, mussten eingestehen, dass dies ein weises und zufriedenstellendes Urteil war. Denn wer konnte gerechter entscheiden als Odin. Zustimmend schlugen sie die Waffen aneinander.

Nur einer verweigerte die Geste: Karl. Wütend und lautstark forderte er Aslaks sofortigen Tod. Doch die Mauer, die Geguurg mit Hilfe Odins errichtet hatte, war zu stark, um sie zu durchbrechen.

Seine zwei anderen Söhne, die wie der Vater Mares Tod rächen wollten, flüsterten ihm ins Ohr: „Halte dich zurück, Vater. Wenn du dich jetzt an Aslak vergehst, wirst du selbst zum Verbrecher. Geguurgs Wort ist zu mächtig, als dass man es übergehen könnte. Die Männer sind ihm treu ergeben, sie würden dich auf der Stelle töten. Für Aslak bleibt morgen noch Zeit. Wenn die Sonne beginnt, ihre Bahn zu ziehen, werden wir Odins Urteil vollstrecken."

Karl nickte zufrieden. Und um Geguurgs und Hermanns skeptische Blicke zu besänftigen, täuschte er seine Zustimmung vor und durchschnitt Aslaks Fesseln. Kurz darauf verschwanden er und seine Söhne. Doch sie gingen nicht weit. In der Dunkelheit warteten sie.

Beinahe hätten sie Arnim entdeckt, der dort im Gebüsch versteckt lag und das Thing belauscht hatte. Nach Sonnenuntergang, wenn die Arbeit getan war, achtete niemand auf den Sklaven, und es war ihm ein Leichtes gewesen, sich fort zu schleichen. Er hatte das Übungsschwert aus dem Versteck in der umgebrochenen Tanne geholt und hielt es jetzt fest in seinen Händen. Hätte man versucht, Aslak zu töten, wäre er entschlossen dazwischen. Nun, da sein Einschreiten unnötig geworden war, wartete er, bis er sich unbemerkt entfernen konnte.

Aslak akzeptierte den Entscheid des Priesters gelassen. Er war unschuldig, so war Odins Schutz ihm gewiss.

Er bedankte sich bei Geguurg und auch bei Hermann, die beide für ihn eingetreten waren.

„Ich werde dich nicht enttäuschen, Geguurg", sagte er und drückte dem Priester die Hand.

„Ich weiß", sagte der Greis. Seine Augen waren müde und seine Glieder schwer von der Anstrengung. „Jetzt aber geh! Die Zeit ist kostbar. Morgen werden sie dich jagen."

„Karl und seine Söhne?"

„Ja. Ihr Durst nach deinem Leben ist ungestillt geblieben. Sei auf der Hut."

Aslak versprach es. Dann verließ er den Ratsplatz. Er sah nicht zu seinem Vater, nicht zu Fohr, seinem Bruder, und nicht zu den Männern, die einst seine Freunde gewesen waren. Sein Blick war stolz nach vorne gerichtet in die Nacht, die ihn alsbald verschlang.

9. KAPITEL

Aslak haderte nicht lange mit seinem Schicksal. Er hatte lediglich genug von den Menschen - ihrer Niedertracht und ihren sinnlosen Gesetzen. Er war zum Verbrecher gebrandmarkt, und als Verbrecher würde er leben müssen.

Auf halbem Weg zum Dorf traf er auf Svena. Ihre Mutter hatte sie schließlich nicht halten können, und in quälender Ungewissheit war sie fortgerannt.

„Du bist frei?"

Überrascht und glücklich fiel sie ihrem Geliebten um den Hals. Tränen der Freude rollten über ihre Wangen.

„Ich wusste es", keuchte sie, vor erregtem Glück zitternd. „Ich wusste, sie werden deine Unschuld erkennen."

Aslak schüttelte traurig den Kopf. In wenigen Sätzen erzählte er, zu welchem Beschluss der Rat gekommen war.

„Friedlos!", wiederholte Svena verbittert. Für sie bedeutete dieses Wort nur eine andere Form des Todes.

„Sie schimpfen sich Rat und erheben sich zu Richtern. Und doch sind sie verblendet!", rief Svena wütend in Richtung des Things. „Und der Priester? Selbst er sieht die Wahrheit nicht?"

„Ohne Geguurg wäre ich jetzt tot", verteidigte Aslak den Auserkorenen.

„Und ich dachte, wir beide ..." Mit leerem Blick stierte Svena in die Dunkelheit.

„Eh du dich besinnst, wird die Zeit vorüber sein. Du wolltest doch vier Kinder. Wenn ich heimkehre, werden wir vier Kinder haben."

„Sie werden dich töten wollen, Aslak. Oh, Aslak, warum musste alles so kommen?"

Beide verbrachten die Nacht zusammen. Die letzte gemeinsame Nacht, die ihnen blieb - sie war Aslak kostbarer als die Zeit, die er bitter nötig gehabt hätte, um sich in Sicherheit zu bringen.

Sie suchten den Platz am Fluss auf, an dem sich ihre Körper zum ersten Mal vereinigt hatten. Wie ein Rausch war es gewesen. Nur wenige Monate waren seitdem verstrichen. Monate, die ihr ganzes Leben, ihre Zukunft verändert hatten.

Sie sprachen nicht viel. Sie fragten nicht, was morgen sein würde oder übermorgen oder in drei Jahren. Nur der Moment war wichtig. Alles andere schoben sie weit von sich.

Eng aneinander gekuschelt, sahen sie empor zu den Sternen. Sie spürten die Wärme ihrer Körper und den Hauch ihres Atems. Mehr verlangten sie nicht.

Kurz vor Sonnenaufgang trennten sie sich. Aslak küsste Svena noch einmal auf die Stirn und wandte sich wortlos um. Svena sah ihm lange nach. Die Nacht über war sie tapfer gewesen und hatte Aslak nicht durch sinnloses Klagen belastet. Jetzt brach sie kraftlos zusammen.

Aslak lief, ohne sich umzudrehen. Irgendwann blieb er einfach stehen und setzte sich auf einen Baumstumpf. Der Tag war inzwischen angebrochen. Ein sanfter Wind wehte. Die aufsteigende Sonne vertrieb die Wolken und die Kälte. Es versprach, ein herrlicher Tag zu werden. Aber es würde ein Tag ohne Svena sein. Und es würde der erste Tag der Friedlosigkeit sein.

Vor ihm dehnte sich eine waldlose Ebene aus. Der Schnee bedeckte nur noch stellenweise das welke Gras. Erst jetzt bemerkte er, dass er ohne Waffen gegangen war. Aber wie hätte er sie auch holen können. Mit Bestimmtheit wartete Karl in der Nähe seines Elternhauses. Aslak besaß also nur den Beutel mit dem Feuersteinkeil und dem Bernstein. Seine Kleidung bestand aus warmen Fellstiefeln, einer Hose, die für den Sommer gemacht war, und dem Umhang. Er musste sich zuerst um neue Kleidung kümmern. Zwar würde es noch ein paar sonnige, halbwegs warme Tage geben, der Winter aber stand bereits vor der Tür.

Er lief, wohin ihn seine Füße trugen, ohne Ziel, ohne feste Richtung. Schon bald machte sich der Hunger bemerkbar. Mit knurrendem Magen dachte er an Geguurgs Wachteln. Sie waren sein letztes Mahl gewesen.

In einer kleinen Baumgruppe entdeckte er schließlich Tauben. Er suchte sich Steinchen, die er auf sie schleuderte. Gurrend flatterten sie davon. Später grub er mit dem Faustkeil nach Wurzeln, die seinen Hunger zwar nicht stillten, ihm aber zumindest das Gefühl der Hilflosigkeit nahmen.

Er wusste, ohne Waffen konnte er nicht überleben. Ein Speer war am einfachsten zu fertigen und würde erste Dienste tun. Mühsam schlug er mit dem Faustkeil einen angemessen starken Haselstecken ab, der so lang war wie er selbst. An dem dickeren Ende formte er eine kurze, stabile Spitze. Die abfallenden Späne dienten ihm bei hereinbrechender Dunkelheit zum Anfeuern. Er hielt die Speerspitze in die Flammen, um sie zu härten - nicht zu lange, sonst wäre das Holz angebrannt, und nicht zu kurz, sonst wäre die Spitze beim ersten Gebrauch abgestumpft.

Die Gedanken an Svena hielten ihn wach. Aber auch das Urteil wurde ihm erst jetzt richtig bewusst. Wie Würmer fraßen sich die Gedanken fest und hinderten ihn am Schlaf. Das Geschehene kam ihm nun vor wie ein schrecklicher Traum. Ohnmächtig hatte er die Anklage über sich ergehen lassen.

Gleichgültig war ihm das Leben gewesen. Hier, in der Einsamkeit, begriff er, zu was er verdammt war: Zu quälender Verlassenheit, zu Freudlosigkeit, zu Hunger und Elend, zu Angst und zu nagender Sehnsucht war er verurteilt. Wäre der Tod nicht barmherziger gewesen?

Noch vor der Morgendämmerung machte er sich auf, um die neue Waffe zu testen. Doch das Wild schien wie vom Erboden verschluckt. Auch an einem Wechsel, der zu einem trüben Tümpel führte und den er bis weit in den Tag hinein bewachte, zeigte sich kein Tier. Aslak stellte sich darauf ein, dass er auch heute ohne ausreichende Nahrung sein Nachtlager einnehmen würde. Doch am frühen Nachmittag suchte ein Hase die Tränke auf. Die Aussicht auf ein saftiges Stück Fleisch erfüllte ihn mit neuer Kraft. Hinter seiner Deckung hervorspringend, warf er den Speer, der dem Hasen über den Rücken streifte und sich in den Boden grub. Von der Wucht niedergeworfen, schnellte Meister Langohr doch im nächsten Moment wieder hoch und hoppelte davon. Die Verletzung behinderte ihn und Aslak versuchte ihm nachzurennen, doch vergebens. Vergrämt sah der Jäger die Beute entkommen.

Schmerzlich wurde ihm das Fehlen des Bogens bewusst. Im Umgang mit dem Speer war er ungeübt, aber in der Handhabung des Bogens machte ihm niemand etwas vor. Er traf genauer und schneller sein Ziel als alle, die er kannte. Jetzt aber nützte ihm diese Fähigkeit nichts.

Frierend und hungernd lauerte er am Tümpel. Nur der Wind leistete ihm Gesellschaft. Doch dann bekam Aslak eine zweite Chance: Dicht vor dem Strauch, hinter dem er sich duckte, schnürte eine Füchsin vorbei. Behutsam, jeden Muskel seines Körpers anspannend, erhob er sich. Der Wind stand günstig; die Füchsin bemerkte ihn nicht. Mit einem gezielten Wurf schleuderte er den Speer. Dumpf drang er in den Tierkörper, durchbohrte ihn und nagelte ihn am Boden fest. Die Füchsin lebte noch. Japsend versuchte sie, das Stück Holz mit den Fängen zu greifen. Aslak setzte den Fuß auf ihre Brust, zog den Speer heraus und erschlug sie damit.

Die nüchterne Art des Tötens hatte ihn als Knabe erschreckt, doch früh lernte ein cheruskischer Jüngling die lebenserhaltende Notwendigkeit der Jagd kennen.

Wieder erwies sich der Faustkeil als unentbehrliches Werkzeug. Aslak enthäutete die Füchsin damit und säuberte die Haut von Fett. Er stach vier Löcher in das Fell und spannte es zum Trocknen an in die Erde gerammte Stöckchen. Später würde es zum Teil einer Hose oder zum Behälter für Pfeile werden. Sorgsam trennte er Fleisch und Sehnen von den Knochen. Die Sehnen würde er zu einem Faden und zu einer Bogensehne verarbeiten. Die Knochen, mit dem Keil zugeschnitten, sollten Nadeln, Löffel und primitive Stechwerkzeuge abgeben. Alles in allem war Aslak mit seiner Ausbeute zufrieden.

Als er bei Einbruch der Dunkelheit am Feuer saß und das Fleisch briet, betrachtete er mit Stolz sein Tageswerk. Es hatte ihm viel Mühe und Geduld gekostet. Aber es sagte ihm auch, dass er alles erreichen konnte, wenn er sich nur genügend anstrengte. Die Natur schaffte es nicht, ihn kleinzukriegen, und auch die Männer, die nach seinem Leben trachteten, würden es nicht schaffen.

In diesem Augenblick, als der Duft gebratenen Fleisches ihn einhüllte, fühlte er sich unbesiegbar.

Aslak hatte sein Lager am Rande eines Waldes aufgeschlagen. Düster lag die Wiese vor ihm in der Dämmerung.

Das Fleisch war noch nicht gar, als ihn das Trommeln eines Fasans misstrauisch machte. Irgendein Tier musste den Vogel aufgescheucht haben. Oder waren Menschen in der Nähe? Aslak dachte daran, das Feuer zu verlassen, um nach dem Rechten zu sehen. Dann aber beruhigte er sich. Wahrscheinlich war ein Marder auf Beutezug. Oder ein alter Wolf. Und auch wenn es ein Bär war, er brauchte sich vor keinem Tier zu fürchten, solange er am Feuer saß.

Sicherheitshalber stapelte er das gesammelte Brennholz vor dem Feuer, damit der Schein nicht weit zu sehen war, und hielt die Flammen nur gerade so groß, um das Fleisch zu braten.

Nichts Verdächtiges war mehr zu hören. Und als Aslak wenig später den Braten vom Feuer nahm und den ersten Bissen hastig herunterschlang, zerbrach er sich nicht mehr den Kopf darüber, was dort draußen vor sich gegangen sein mochte. Doch plötzlich hielt er inne. Angestrengt versuchte er, den Nachtschleier zu durchdringen. Irgendetwas oder irgendjemand war in seiner Nähe. Er legte das Fleisch beiseite und nahm den Speer wurfbereit in seine Rechte. Mit der Linken legte er Feuerholz nach. Knisternd züngelten die Flammen. Sie mussten jetzt schon von fern erkennbar sein. Aslak schlich sich leise weg. Im Schatten einer Buche kauerte er sich nieder und verharrte still. Nun konnte er nur noch warten.

Tatsächlich dauerte es nicht lange. Angelockt vom Feuer, schälte sich eine menschliche Gestalt aus der Dunkelheit. Noch war sie nur schemenhaft zu erkennen. Die Gestalt blieb stehen, duckte sich nieder und schlich langsam näher. Aslak konnte einen Umhang erkennen, dann ein Schwert. Plötzlich sprang Aslak freudig überrascht hinter dem Baum hervor.

„Arnim!", rief er glücklich.

Arnim fuhr erschrocken zusammen. Dann lachte er und umarmte seinen Freund herzlich.

„War gar nicht einfach, dich zu finden", sagte er. Seine Stimme zitterte vor ehrlicher Freude.

„Du hast mich gesucht?"

„Ja. Ich werde dich begleiten."

„Nein, Arnim. Mich begleitet nur der Tod. Kennst du das Urteil nicht?"

„Ich kenne es", antwortete Arnim traurig. „Aber ich sagte mir, vier Hände verteidigen sich besser als zwei. Und wie ich sehe, hast du nicht einmal ein Schwert bei dir."

Aslak sah seinen Freund ungläubig an. Wollte er tatsächlich sein Schicksal teilen?

Sie setzten sich ans Feuer, aßen von der Füchsin - auch Arnim hatte den ganzen Tag noch keinen Bissen zu sich genommen - und erzählten.

Arnim berichtete, wie er dem Thing gelauscht hatte. Und wie dann Karl und seine Söhne dicht neben ihm Halt machten und er von ihrem Verfolgungsplan erfuhr. Da sei sein Entschluss gereift, Aslak zu begleiten. Als Karl weg war, wollte er ins Dorf, um sich mehr Waffen, Messer und eine Axt zu besorgen. Er brachte es aber nicht übers Herz, Hermann zu bestehlen, der ihm stets ein guter Herr gewesen war. Also machte er sich nur mit dem Schwert aus ihrem Versteck auf den Weg, um seinen Freund zu suchen. Immer wenn Aslak in die Wälder gezogen war, war er nach Westen gegangen. Warum das so war, wusste er nicht. Aber der Westen schien die einzige Chance, ihn zu finden. Und hier sei er nun.

Aslak versuchte noch einmal, Arnim zur Umkehr zu bewegen. Der aber wehrte sich so bockbeinig dagegen, dass es Aslak schließlich aufgab. Im Grunde war er sehr froh. Zu zweit war vieles leichter zu ertragen. Und im Kampf war der

Sachse eine wertvolle Hilfe. Trotzdem fragte er sich, was Arnim wirklich bewogen hatte, ihn zu begleiten. War es nur ein Freundschaftsdienst? Er sprach aber nicht mehr davon, und auch Arnim vermied das Thema.

Noch lange blieben sie wach, stopften sich mit Fleisch voll, holten Erinnerungen hervor und lachten. Und als sie endlich einschliefen, taten sie es in jugendlicher Unbekümmertheit.

Die nächsten Tage sammelte die Sonne noch einmal ihre Kraft und vertrieb die letzten Wolken vom tiefblauen Himmel.

Arnim konnte sich gar nicht satt sehen an der Schönheit der Natur. Der ansonsten ruhige und wortkarge Sachse fand immer wieder etwas, das es zu bewundern galt. Mal saß er den ganzen Vormittag regungslos im trockenen Gras und fand Gefallen am tollenden Spiel der Hasen. Oder er bestaunte die Geschicklichkeit der Eichhörnchen, die jetzt emsig dabei waren, ihren Wintervorrat zu ergänzen. Der erhabene Flug der Adler faszinierte ihn ebenso wie das helle Plätschern eines Baches, das ihm die Geschichte ferner Länder erzählte.

Er fühlte sich zurückversetzt in seine Kindheit. Die Cherusker lehrten, dass Geister und Zwerge die Wälder beherrschten. In ihren Augen war die Natur finster und Furcht einflößend. Arnim musste erst langsam wieder lernen, wie ein Sachse zu sehen. Die Sachsen betrachteten die Natur in ihrer vielfältigen Schönheit. Wie Kinder gingen sie durch die Wälder und entdeckten ständig Neues und Wunderbares. Sie erforschten das Land nicht mit den Augen, sondern mit den Herzen.

Arnim fiel es nicht schwer, Aslak mit seiner fröhlichen Begeisterung anzustecken und seinen Schutzpanzer aus Gleichmut aufzubrechen. Das Leben gewann wieder an Wert, und Aslak würde es bis aufs Äußerste verteidigen.

Nur manchmal, wenn er nachts auf seinem Lager ruhte und an Svena dachte, wurde ihm das Herz schwer. Dann bereute er, dass er vor dem Thing nicht gekämpft hatte. Vielleicht hätte sich ein Weg gefunden, seine Unschuld zu beweisen. Jetzt war es zu spät.

Trotz aller Sorglosigkeit vergaßen die Freunde nicht, an den Winter zu denken. Sie brauchten eine Unterkunft und warme Kleidung. Das Wichtigste aber waren Jagdwaffen. Das Schwert war für Jagdzwecke völlig untauglich, und der Speer taugte nur für kurze Entfernungen. Pfeil und Bogen waren weit effektiver. Ein erlegtes Tier bedeutete ja nicht nur Nahrung, sondern auch Kleidung und Werkzeug. Eine gute Waffe bildete also die Grundlage fürs Überleben.

Während Arnim zunächst weiterhin mit dem Speer zur Jagd ging, machte sich Aslak daran, Pfeile zu fertigen. Mit dem Schwert fällte er eine junge Eibe und schlug mehrere armlange Stücke heraus. Diese spaltete er zu gleichmäßig starken Splittern, die so dick waren wie sein Mittelfinger. Doch nicht alle Splitter hielten seinen Ansprüchen stand. Die einen waren zu dünn, andere krumm gefasert; die tauglichen rieb er so lange über einen Stein, bis sie rund, geschmeidig und gerade waren.

Der nächste Schritt stellte ihn vor ein Problem. In das vordere Ende war ein Schlitz zu schneiden, in dem später die Spitze gesteckt werden sollte. Das Schwert war für solche Feinarbeit zu klobig. Viele der mühevoll bearbeiteten Stöckchen brachen oder splitterten.

Aslak musste eine andere Möglichkeit finden. So versuchte er es mit dem Faustkeil. Das Schaben erforderte zwar mehr Zeit, aber das Holz brach nicht.

Er war gerade dabei, seinen zweiten Pfeil auf diese Weise zu präparieren, als Arnim aufgeregt zurückkehrte.

„Schau nur!", rief er begeistert und hielt Aslak einen kopfgroßen, unförmigen Stein entgegen.

„Was ist das?"

„Feuerstein. Das ist ein Feuerstein, aus dem du Pfeilspitzen schlagen kannst."

Der Stein kam wie gerufen. Das Material war widerstandsfähig und doch weich genug, um es fein zuzuarbeiten. Weil solche Steine nicht einfach so herumlagen, fragte er verwundert: „Wo hast du ihn her?"

Arnim schnalzte geheimnisvoll mit der Zunge.

„Komm mit!"

Er führte Aslak zu einem Bach, dessen Lauf sie folgten. Das Gelände weitete sich hier zu einem breiten, grasbedeckten Tal, in dessen Mitte sich der Bach in einen kleinen See ergoß. Sie liefen den Hang hinunter, durchschritten die ebene Sohle und stiegen auf der nördlichen Seite die Böschung, die mit lichtem Nadelwald bewachsen war, bis auf halbe Höhe hinauf. Hier blieb Arnim stehen. Beide waren außer Atem, weil sie die ganze Strecke im Laufschritt zurückgelegt hatten.

„Das hab ich entdeckt", verkündete Arnim stolz und wies auf ein Loch vor ihnen. Etwas ungewöhnlich war das Loch schon. Es war größer als ein Dachs- oder ein Wolfsbau, doch auch wenn sich Aslak nicht erklären konnte, wie es entstanden war, so sah er doch keinen Grund, deswegen so in Aufregung zu geraten.

„Ich verfolgte einen Vielfraß, der sich hier vor mir versteckte", erklärte Arnim eifrig. „Zuerst wagte ich mich nicht rein, weil ich nicht wusste, wie tief das Loch ist. Dann aber kroch ich hinterher."

Aslak wusste immer noch nicht, worauf sein Freund hinauswollte. Der aber machte weiter keine Worte und war schon bald im Loch verschwunden. Achselzuckend folgte ihm Aslak.

Die Ausbuchtung hinter dem Eingangsloch war groß genug, um beiden Platz zu bieten, und sie dehnte sich noch weiter aus. Sie rutschten auf Geröll und Erde tiefer und konnten sich hier sogar aufrichten. Jetzt staunte auch Aslak: Arnim hatte eine Höhle entdeckt.

Das Sonnenlicht drang nur schwach durch die Öffnung, aber es reichte, um das Ausmaß der Höhle zu erkennen. Sie maß etwa zwölf Schritte in ihrer Länge und fünf in der Breite. Steine, Knochen und Staub bedeckten den felsigen Boden. Mehr war nicht zu erkennen.

Die Höhle war ein Geschenk der Götter; sie gab eine vorzügliche Winterbehausung ab. Der Raum war mit einem Feuer leicht angenehm zu erwärmen, der See in unmittelbarer Nähe würde sie mit Wasser versorgen, und Wild gab es auch, wie die zahlreichen Fährten bewiesen.

Der Erdrutsch, der den Zugang zur Höhle verschüttet hatte, konnte noch nicht allzu lange her sein, die Erde war noch recht locker. Mit Händen und Stöcken machten sie sich sofort daran, den Eingang freizulegen. Erst mit einbrechender Nacht gingen sie zurück zu ihrem alten Lagerplatz. Sie machten Feuer und aßen von den Nüssen, die Arnim gesammelt hatte. Lange konnten sie nicht einschlafen, weil die Höhle sie zu sehr beschäftigte. Mit einem Mal hatte der Winter seinen Schrecken verloren. Aslak schlug vor, den Eingang mit Baumstämmen zu verbarrikadieren und eine Art

Tür zu schaffen. Dadurch bliebe die Wärme im Innenraum und Bären oder Wölfe würden am Eindringen gehindert.

Aslak lächelte zufrieden. Geguurg hatte also doch Recht: Odin beschützte den Gerechten. Mit neuem Vertrauen sah er der Zukunft entgegen.

Doch Aslak und Arnim waren nicht die einzigen Menschen, die sich an diesem Tag für die Höhle interessierten.

10. KAPITEL

Karl und seine Söhne Gunna und Chlodwig waren, nachdem sie das Thing verlassen hatten, zu Aslaks Haus geschlichen, weil sie vermuteten, Aslak würde hier auftauchen, um seine Waffen und Wegproviant zu holen. Aber der Verurteilte erschien nicht. Als sie bei Sonnenaufgang nach Spuren suchten, fanden sie keine. Das Vorhaben, Mares Tod zu rächen, würde nun mehr Zeit in Anspruch nehmen, als Karl erwartet hatte. Er entschloss sich deshalb, zunächst in sein Dorf zurückzukehren, um sich und seine Söhne für die Verfolgung zu versorgen: Sie brauchten warme Kleidung, Messer, einen Bronzekessel, um Wasser zu kochen, Trinkbecher und Essen, das für mehrere Tage reichen würde. An Waffen nahmen sie außer ihren Langschwertern nur Pfeil und Bogen mit. Karl wollte Aslak mit dem Schwert töten, wie Mare getötet worden war. Und er wollte ihm dabei in die Augen sehen. Der Bogen sollte nur dazu dienen, sie nötigenfalls mit Wild zu versorgen.

Als sie schließlich auf ihre Pferde stiegen, schwor Karl, er würde nur mit Aslaks Kopf heimkehren. Dann brachen sie auf.

Trotz intensiver Suche ließen sich keine Spuren ausfindig machen, die auf Aslak hinwiesen. Er konnte in jede erdenkliche Richtung entkommen sein. Zufällig entdeckten sie Arnim, der zielstrebig nach Westen lief. Karl wusste von der Freundschaft zwischen ihm und Aslak. Er glaubte, sie müssten einfach Arnim verfolgen, dann würden sie irgendwann auch auf Aslak stoßen. Doch am nächsten Morgen war der Sklave spurlos verschwunden.

Zumindest aber wusste Karl jetzt, in welcher Richtung Aslak zu suchen war. Drei Tage später war es soweit. Der

Abend begann zu dämmern, und sie hielten Ausschau nach einem geeigneten Nachtlager, als sie die Höhle entdeckten. Hier hatten erst vor kurzem Menschen gearbeitet. Deutlich waren Fußspuren auf der lockeren Erde zu erkennen. Nur die Flüchtenden konnten hier am Werke gewesen sein. Wer sonst gab sich die Mühe, eine Höhle freizulegen, um sie offensichtlich als Unterkunft zu nutzen.

Schon vor Sonnenaufgang erwachten Aslak und Arnim. Sie löschten das Feuer und beseitigten die Spuren der Feuerstelle. Sie würden nicht mehr zurückkehren, und niemand sollte erfahren, dass sie hier gelagert hatten. Sie sammelten die Sehnen und Knochen ein, die teilweise schon bearbeitet waren, rollten die Felle zusammen, nahmen das Kurzschwert, den Speer und die Pfeilschäfte und machten sich in bester Stimmung auf den Weg zu ihrem neuen Domizil. Unterwegs verzehrten sie die restlichen Nüsse; die Arbeit an der Höhle würde sie sicher bis zum Abend beschäftigen. Für ein gemütliches Mahl wurde keine Zeit eingeplant. Wie Kinder waren sie, die begeistert zum Spielen liefen und alles andere darüber vergaßen. Die Freude schläferte ihre Wachsamkeit ein. So blieben die Hufspuren unentdeckt, die sich nicht weit entfernt im weichen Waldboden abzeichneten.

Sie hatten den Eingang gestern schon soweit vergrößert, dass sie fast aufrecht eintreten konnten. Das Tageslicht erhellte jetzt ungehindert den Innenraum. In einer Mulde des felsigen Bodens fand Aslak unter Staub und Erde verkohltes Holz. Die Überreste eines längst erloschenen Feuers. Hier mussten schon früher Menschen gehaust haben.

Sie suchten weiter und fanden Knochen, die angespitzt waren, und Holzlöffel und Holzschalen. Ein Hammer aus Stein lag herum und ein grob aus Stein gehauener Gegenstand, der einem Messer ähnelte.

Die Höhle war voller Geheimnisse. Die Menschen, die hier gelebt hatten, waren vermutlich auch auf der Flucht gewesen. Wie sie hatten sie wohl versucht, sich Eisenwerkzeuge durch Knochen und Steine zu ersetzen.

Je mehr Aslak darüber nachdachte, desto fester war er überzeugt: Diese Höhle war eine Fluchthöhle, die Odin in Not geratenen Menschen zur Verfügung stellte. Aslak und Arnim hatte er den Vielfraß geschickt, damit sie diesen Ort entdeckten.

Noch vor wenigen Tage hatte Aslak gezweifelt. Jetzt aber war er sicher: Odin leitete ihn, und nichts konnte ihm geschehen. Und in drei Jahren würde er in sein Dorf zurückkommen und all diejenigen, die ihn verdammt hatten, beschämen.

Außer den Gebrauchsgegenständen fand Aslak etwas, das ihn sehr verwirrte. In einer Ecke der Höhle, die das Tageslicht nicht erreichte, lag unter einer dicken Staubschicht ein seltsamer Knochen verborgen. Er sah aus wie der Schenkelknochen einer Kuh, war aber mehr als doppelt so groß. Noch nie hatte Aslak einen solchen Knochen gesehen. Er fand keine Erklärung; es gab kein Tier solchen Ausmaßes in dieser Gegend.

Dann aber, schoss es Aslak erschrocken in den Sinn, konnte der Knochen nur von einem Riesen stammen: Von Ymir gar, den die Götter ermordet und aus dem sie die Welt erbaut hatten. Hier also hatte der Kampf stattgefunden. Die Geschichten der Alten erzählten davon. Aber kein Mensch kannte bisher den Ort.

Die Höhle bekam nun eine völlig neue Bedeutung. Aslak stand auf heiligem Grund. Angst erfüllte ihn, aber auch Ehrfurcht und Stolz.

Weshalb, fragte er sich, hatten die Götter sie hierher geführt? Ihn, den Sohn eines armen Bauern, und Arnim, den rechtlosen Sklaven. Was hatten die Götter mit ihnen vor? Welcher Weg war ihnen zugewiesen? Und: Wie konnte er diesen Weg erkennen? War es ihm überhaupt möglich, die Zeichen zu deuten, die die Götter sandten?

Aber war das denn überhaupt seine Aufgabe? Die Götter würden ihn einweihen, wenn die Zeit gekommen war. Er musste ihnen vertrauen.

Arnim, der Sachse, hatte andere Götter und war mit anderen Sagen aufgewachsen. Von einem aber waren beide überzeugt: Die Höhle war ihnen zugedacht. Und als sie sich jetzt wieder an die Arbeit machten, den Eingang zu erweitern, taten sie es mit heiligem Eifer.

Der Platz vor der Höhle fiel schräg ab. Aslak hatte die Idee, das Geröll nicht den Hang hinunter zu werfen, sondern damit einen ebenen Zugang zu schaffen. So würden sie sich bei schönem Wetter auch außerhalb der Höhle bequem aufhalten können. Dazu mussten Pfähle in den Boden gerammt werden, die das lockere Erdreich am Wegrutschen hinderten. Nach abgebrochenen Ästen und umgestürzten jungen Bäumen Ausschau haltend, wanderte Aslaks Blick die Böschung hinauf. Und dort, oben am Kamm, sah er sie: Karl und seine beiden Söhne.

Karl war gekommen, ihn zu töten. Aslak wusste das. Er hatte täglich damit gerechnet. Er erschrak nicht, noch fürchtete er sich.

Mit einer Ruhe, die ihn selbst befremdete, sagte er zu Arnim: „Sie sind hier."

Arnim wusste sofort, wer gemeint war. Der Gedanke an das Kommende fuhr ihm wie ein Blitz in den Körper. Arnim hatte Angst. Nicht um sich, um Aslak sorgte er sich. Zögernd trat er aus der Höhle.

„Ich hoffte, es würde nie dazu kommen." Mit flehenden Augen suchte er den Blick des Freundes. Der aber war starr auf Karl gerichtet.

„Ich halte sie auf. Flieh, Aslak!"

Aslak schüttelte entschlossen den Kopf. Wortlos ergriff er das Kurzschwert. Langsam, als schlendere er zum Wasserholen an den See, lief er den Hang hinunter. Die Wiese unten war eben und bot einen besseren Kampfplatz als der Hang. Hier blieb er stehen und wartete.

Karl war verblüfft. Er hatte erwartet, dass Aslak davonrennen und um sein Leben jammern würde. Und jetzt empfing er ihn wie ein Krieger, der den Tod nicht scheute.

„Odin muss ihm die Sinne geraubt haben", knurrte er.

Er zog das Schwert aus der Scheide, riß es drohend empor, stieß dem Schimmel die Ferse in die Flanke und jagte den Berg hinunter. Das Ross strauchelte mehrmals, doch Karl trieb es in blinder Wut an. Die Söhne folgten ihm. Bei Arnim angelangt, sprangen Gunna und Chlodwig von ihren Pferden und hielten den Sachsen fest. Sie wollten verhindern, dass er aus dem Hinterhalt in den Kampf eingriff.

Auf der Wiese brachte Karl seine Stute so heftig zum Stehen, dass sie wiehernd auf die Hinterläufe ging. Er grinste höhnisch. Endlich hatte er Aslak dort, wo er ihn haben wollte. Endlich würde Mare Frieden finden.

Provozierend langsam glitt er vom Rücken des Pferdes.

„Lähmt dich die Angst und hindert dich an der Flucht?", spottete er.

Aslak schwieg. Kein Zucken, keine Bewegung der Augen verrieten seine Gedanken. Den Kopf stolz erhoben, das Schwert kampfbereit in der Rechten, stand er breitbeinig da und wartete. Er durfte Karl nicht angreifen. Wenn er das tat, musste er zwangsläufig dem erfahrenen Krieger unterliegen, der jede Blöße nutzen würde. Aslaks einzige Chance war die Verteidigung.

„Einen Mann von hinten überfallen und ihn feige ermorden, das ist leicht, nicht wahr, Aslak? Wir werden sehen, wie du dich in einem ehrlichen Kampf benimmst."

Scheinbar spielerisch wandte er Aslak die rechte Seite zu, ohne ihn dabei aus den Augen zu lassen, und senkte das Schwert. Und dann, aus der Drehung Schwung gewinnend, schlug er zu. Das war so unvermutet geschehen, dass Aslak zu keiner Reaktion fähig war. Messerscharf zog sich die Klingenspitze über seine linke Schulter. Der Umhang war durchtrennt. Ein feiner Strich zeichnete sich auf der Haut. Auf den nächsten Hieb jedoch war er gefasst und wich ihm geschickt aus.

Wie besessen führte Karl das Schwert. Erfahrung und Vorsicht außer Acht lassend, erteilte er Schlag auf Schlag. Nur ein Gedanke beherrschte ihn: Rache für seinen Sohn. Aslak musste sterben.

Was Aslak an Erfahrung und Können abging, glich er durch Gewandtheit aus. Wieder und wieder hieb Karls Schwert ins Leere. Doch dann geschah das Unvermutete. Karl holte kraftvoll aus, und ohne einen Augenblick zu zögern, stach Aslak zu.

Das Schwert riss eine tiefe Wund in Karls rechten Oberarm. Der Muskel war zerschnitten. Schlaff hing der Arm herab. Wie ein verletzter Bär, der im Blutrausch um so gefährlicher wird, ging er auf Aslak los, die Waffe in seiner Linken unkontrolliert schwingend. Maßloser Zorn lenkte seine Hand. Und wieder stach Aslak zu. Bis zum Griff steckte die Klinge im Leib des Gegners.

Karl sank zu Boden. Seine Hände auf den Bauch gepresst, versuchte er, das Blut zu halten, das ihm zwischen den Fingern hervorquoll. Mit aufgerissenen Augen stierte er den Jüngling verständnislos an, der ihn besiegt hatte. Mit einem letzten Zucken, das seinen Körper schüttelte, wich das Leben aus ihm. Noch im Tod war der starre Blick voll Hass auf Aslak gerichtet.

Aslaks Atem raste, seine Gedanken überschlugen sich. Das hatte er nicht gewollt. Aber hatte er eine andere Möglichkeit gehabt? Nur Karls Tod bewahrte ihm das eigene Leben.

Ein plötzlicher Schmerz durchfuhr ihn. Gunna und Chlodwig hatten, als sie ihren Vater fallen sahen, Arnim mit einem Stockschlag auf den Kopf betäubt. Dann waren sie den Hang hinunter gerannt. Gunna hatte den Bogen gespannt und geschossen. Der Pfeil durchschlug Aslaks Oberschenkel. Einen schrillen Kampfruf ausstoßend, kamen sie schnell näher.

Die Zähne zusammenbeißend, zog Aslak den Pfeil aus dem Fleisch. Die Wunde schmerzte, aber was war der Schmerz verglichen mit dem Tod. Das Schwert erhoben, stürmte er den Brüdern entgegen.

Gunna war der erste. Kurz vor ihm, Gunna war im Begriff zuzuschlagen, scherte Aslak blitzartig aus und schlug zu, ohne zu sehen, wohin er traf. Durch die schnelle Seitwärtsbewegung ins Stolpern geraten, stürzte er zu Boden. Im nächsten Moment war er wieder auf den Beinen, bereit, einen Schlag zu parieren. Doch es kam kein Schlag. Entsetzt sah Aslak, dass sich Gunna vor Schmerzen am Boden krümmte. Die Klinge hatte ihm den Hals aufgeschlitzt. Spritzend schoss das Blut heraus.

Gunnas Todeskampf war kurz.

Chlodwig, der nach dem Vater den Bruder sterben sah, packte die Angst. Er floh. Er rannte nicht zu seinem Pferd, um es zu holen, er rannte einfach weg.

Wie versteinert stand Aslak bei den Leichen. War er es, der sie getötet hatte? War es seine Hand, die den Tod erwirkt hatte? Er konnte all das nicht fassen. Was war geschehen?

Geguurgs Worte kamen ihm in den Sinn. Odin würde Aslaks Unschuld dadurch beweisen, dass er ihn am Leben ließ, hatte der Priester geweissagt. Und jetzt waren zwei Menschen tot. Sollte das das notwendige Zeichen der Unschuld sein? Und wie viele würden noch folgen? Wie viele mussten sterben, damit der Rat ihn freisprechen würde? Sollte das wirklich der Weg sein, den die Götter ihm auserwählt hatten? Sollte der Tod sein Wegbegleiter sein?

Erst heute war das Urteil zum Fluch geworden.

Kraftlos brach Aslak zusammen. Tränen linderten den Druck, der seine Brust wie eine eiserne Hand umklammerte.

11. KAPITEL

Der Winter kam. Tobend fegte der Nordwind, gnadenlos begrub er das Land unter einer dicken Schneeschicht. Bäume barsten in seinem eisigen Atem, die Gewässer erstarrten. Kein Wesen wagte sich seinem Zorn in den Weg zu stellen. Die Natur schien wie tot.

Aslak und Arnim verkrochen sich in ihrer Höhle. Noch rechtzeitig vor dem Unwetter hatten sie alles Nötige fertiggestellt. Der Eingang war mit Stämmen verbarrikadiert, die Ritzen mit Lehm abgedichtet; Feuerholz hatten sie gesammelt und einen kleinen Vorrat an Nahrung angelegt. Sogar für die ebene Fläche vor dem Eingang hatte die Zeit gereicht.

Der Tod der beiden Männer belastete Aslak schwer. Auch wenn er sich Mühe gab, seine Gefühle zu verbergen, so war er doch nicht mehr wie vorher. Er lachte und sprach wenig. Oft saß er den ganzen Tag in einer Ecke der Höhle und stierte wie abwesend auf den alten Riesenknochen. Er schnitt sein Haar nicht mehr und ließ es offen auf die Schultern fallen. Kein Mann in irgendeinem der bekannten Stämme trug das Haar so. Als Arnim eine Bemerkung deswegen machte, meinte Aslak mit leerem Blick: „Ich gehöre zu keinem Stamm mehr."

Mehr als einmal versuchte ihn Arnim, aus seiner Lethargie zu reißen. Aslak zwang sich dann zu einem Lächeln oder einem Gespräch. Mit seinen Gedanken war er aber weit entfernt.

Sein Bein war inzwischen verheilt. Von dem Kratzer auf der Schulter war nur noch eine hauchdünne Narbe zu sehen. Die inneren Narben würde er keinem zeigen.

Karl und Gunna hatten sie in der Nähe der Höhle bestattet. Nach cheruskischem Brauch hatten sie die Toten gewaschen und samt ihrer Kleidung und ihren Schwertern auf die Reise nach Walhalla geschickt. So würden sie auch dort ein ihnen würdiges Dasein als Krieger führen.

Die zwei Bogen aus harter Eibe und mit gedrillten Sehnen sowie eine beträchtliche Anzahl Pfeile nahmen sie an sich. Auch die warmen Fellumhänge, die Karl mitgenommen hatte, den Bronzekessel, die Trinkbecher und die drei Messer. In Walhalla würden die Bestatteten all das nicht gebrauchen. Aslak und Arnim dagegen waren sie sehr willkommen.

Die drei Pferde hatten sie weg gescheucht. Nach kurzer Zeit waren sie aber wieder aufgetaucht, und Aslak brachte sie in die Höhle. Solange es Gras gab, war die Versorgung der Tiere gesichert gewesen. Als sie dann der erste Schneesturm überraschte, wurde die Futterbeschaffung zum Problem. Nur über Wasser, das sie aus geschmolzenem Schnee gewannen, verfügten sie reichlich.

Nach vier Tagen starb der Falbe, der Chlodwig gehört hatte. Die anderen beiden, Karls Schimmel und Gunnas Fuchs, waren bis auf die Knochen abgemagert und kaum mehr fähig, sich auf den Beinen zu halten. Und als weitere zwei Tage verstrichen, ohne dass der Sturm nachließ, zog sich Aslak den Umhang über und stampfte hinaus in das Unwetter.

Bäume und Sträucher verbarg der Schneewirbel wie ein milchig-grauer Vorhang. Die Welt war auf wenige Schritte im Umkreis begrenzt. Eiskristalle schlugen Aslak scharf ins Gesicht, und heftige Böen rüttelten ihn, aber er kämpfte sich weiter. Als er schließlich durchfroren in die Höhle zurückkehrte, trug er Zweige und Rinde bei sich, die die Pferde ein oder zwei Tage am Leben erhalten würden.

Im Gegensatz zu den Pferden mangelte es Aslak und Arnim an nichts. Sie hatten zu trinken, der tote Falbe, der zerlegt und gefroren draußen in der Kälte hing, würde sie für mehrere Wochen mit Fleisch versorgen, und die Höhle erwies sich als hervorragender Wärmespeicher.

Der Sturm endete so plötzlich, wie er begonnen hatte. Als sie am nächsten Morgen aufwachten, bot sich ihnen eine zauberhafte Welt. Der Wald war zur bizarren Eisskulptur erstarrt. Eine geschlossene Schneedecke verhüllte das Tal und den See, sie gab dem Land Unschuld und Reinheit zurück. Das Blau des Himmels, die klare Luft und die Sonne vibrierten vor Lebendigkeit und Frische.

Arnim zog sich aus und sprang lachend hinaus in den Schnee. Beißend kroch die Kälte in seinen Körper. Sein Blut begann zu rasen, er fühlte sich wie neugeboren.

Nach kurzem Zögern sprang Aslak ihm nach. Wie Kinder warfen sie sich übermütig in die Schneedünen. Für kurze Zeit waren der Schrecken des Winters und die Last des Todes vergessen.

Die Pferde zu versorgen blieb schwierig. Aslak beschloss, sie abermals freizulassen. Ihrem Instinkt folgend, verhalfen sie sich selbst zu Nahrung, indem sie Löcher in die Schneedecke schlugen und so an das Gras gelangten. Oder sie knabberten Bäume und Sträucher an. Satt wurden sie nicht, aber es reichte zum Überleben. Sie verließen nie den näheren Umkreis der Höhle. Wenn es dunkel wurde, kehrten sie zurück an das wärmende Feuer ihrer neuen Herren.

Aslak und Arnim waren noch nie geritten. Nur Fürsten und wohlhabende Krieger konnten sich Pferde leisten. Vogelfrei wollten sie nun das erhabene Gefühl der Macht kosten. In ihren Augen verkörperte niemand deutlicher Macht und Freiheit als ein Mann aufrecht auf einem Pferd sitzend.

Bei den ersten Versuchen konnten sie sich kaum auf den Rücken der Tiere halten. Die mit Fransen verzierten Wolfsfelle, die als Sättel dienten, rutschten, und immer wieder landeten sie unsanft im Schnee. Doch jeder Tag brachte mehr Sicherheit, und noch ehe eine Woche vergangen war, wussten sie die Schenkel richtig einzusetzen, um sich selbst zu halten und dem Pferd die Richtung zu weisen.

Kein Mann jagte oder kämpfte vom Rücken eines Pferdes aus. Diese Tiere waren lediglich Symbole des Reichtums, vergleichbar mit einem stattlichen Ochsen, Goldschmuck oder einem kunstvollen Schwert. Aslak und Arnim nahmen sie deshalb als herrlichen Zeitvertreib, doch wenn der Winter es verlangte, würden sie sie töten und essen. Das nahmen sie sich zumindest vor.

Trotzdem wuchs langsam eine Art Verbundenheit. Besonders der Schimmel wurde Aslak vertraut. Eine stolze Stute mit goldfarbener Mähne und goldfarbenem Schweif. Die Flanken waren von graziöser Schlankheit, der Hals kurz und kräftig. Der schön geformte Kopf mit rosa Nüstern und dunklen, klugen Augen berührte Aslaks Herz.

Ohne dass es ihm bewusst geworden wäre, verbrachte Aslak täglich mehr Zeit bei dem Schimmel. Er striegelte ihn mit einem gezahnten Beckenknochen und bürstete seine Decke mit einem Fetzen Fell, bis es glänzte. Aslak nannte die Stute Elfe. Die Elfen waren ein stolzes und hilfsbereites Geschlecht. Er hatte nie Elfen gesehen, aber die Alten erzählten von ihrem eleganten Aussehen und ihrem geheimnisvollen Zauber. Aslak fand, dass kein anderer Name besser passte.

Acht Wochen waren seit dem Kampf mit Karl und Gunna vergangen. Wie gewöhnlich wachte Aslak früh auf. Es drängte ihn, zur Jagd zu gehen. Halbnackt wie er war, ging er nach draußen. Die eisige Luft erfrischte ihn. Der Mond stand voll am Himmel, noch düster ruhte der Wald in der Morgendämmerung. Aslak rieb Gesicht und Brust mit Schnee ein und sah zu, dass er schnell wieder zurück ans wärmende Feuer kam.

Die Höhle war inzwischen gemütlich eingerichtet. In der Mitte brannte Tag und Nacht das Feuer. Arnim hatte ein Holzgestell gebastelt, an dem sie den Kessel über den Flammen aufhängen konnten. Er kannte auch viele Rezepte, zauberte aus Wurzeln schmackhafteste Gemüsesuppen oder bereitete eine kraftvolle Brühe aus Nadelzweigen und Fleischresten. Auch einen kleinen Backofen hatte der findige Sachse gefertigt. Wenn er dann aus getrocknetem und zerriebenem Kambium Mehl herstellte und Brot buk, erfüllte herrlicher Duft die Höhle.

Die Schlaflager der beiden Männer befanden sich links und rechts vom Feuer. Inzwischen besaßen sie etliche Felle, die eine wärmende und weiche Unterlage abgaben. Hinten in der Höhle lag noch immer der riesige Knochen an seinem Platz. Sie hatten nicht gewagt, ihn zu berühren. Ob er wirklich von Ymir, dem Riesen, stammte - sie wussten es nicht. Die Möglichkeit jedenfalls bestand. Und solange das Geheimnis nicht geklärt war, behandelten sie den Knochen wie eine Reliquie.

Elfe scharrte erwartungsvoll mit dem Huf, als sie Aslak rumoren hörte. Die Pferde hatten ihren Platz neben dem Eingang. So gewöhnten sie sich nicht zu sehr an die Wärme. Außerdem gaben sie gute Wachen ab; ihre feinen Nüstern witterten jedes Raubtier, das sich der Höhle näherte, und zuverlässig schlugen die Tiere mit lautem Wiehern Alarm.

Aslak war Elfe schon ein paarmal zur Jagd geritten. Zu Pferd war er nicht nur auf die nähere Umgebung beschränkt, sondern konnte weite Gebiete durchstreifen. Elfe hatte sich schnell an den täglichen Ausritt gewöhnt, und sobald Aslak sich von seinem Lager erhob, forderte sie ihren Herrn zum Ritt auf, indem sie mehrmals mit dem Huf auf der harten Erde scharrte.

Inzwischen war auch Arnim erwacht. Gähnend sah er zu Aslak, der sich dicke Kleidung überzog und den Bogen, den Beutel mit dem Feuersteinkeil und dem Bernstein, ein Messer und das Kurzschwert bereitlegte.

„Wofür brauchst du das Schwert?", fragte er und rieb sich den Schlaf aus den Augen.

Verwundert sah Aslak auf die Waffe. Er hatte sie genommen, ohne sich dessen bewusst zu sein. Zur Jagd brauchte er sie nicht, da störte sie nur. Weshalb legte er sie dann bereit?

„Soll ich mitkommen?", fragte Arnim.

„Nein", antwortete Aslak. „Das Brennholz geht zur Neige. Du kannst welches sammeln, während ich fort bin."

„Ja."

"Und schau im See nach, ob etwas in der Reuse ist."

„Ja", antwortete Arnim wieder.

Trotz des fast brüderlichen Verhältnisses, das beide verband, hatte sich im Laufe der Zeit eine Art Rangordnung herausgebildet. Diese war nicht bewusst entstanden, noch hatte sie etwas mit dem Maßstab, der im Dorf gegolten hatte, zu tun. Sie war einfach durch ihre Persönlichkeiten gegeben. Die Friedlosigkeit, die Aslak verdammte, ohne Freunde, ohne Familie, ohne Heimat zu sein, und die oft schlimmer zu ertragen war als der Tod, hatten ihn hart und unabhängig gemacht. Er folgte in seinen Entscheidungen nur noch der Stimme, die in ihm wohnte. Früher hatte ihm sein Vater gesagt, was zu tun war, und die Gesetze und die Überlieferungen hatten über sein Handeln und sein Leben bestimmt. Jetzt war er frei. Er war friedlos, und jeder, der den Drang verspürte, ihn zu töten, durfte dies tun, ohne Strafe zu erwarten, nichtsdestotrotz war Aslak frei. Und er würde sich diese Freiheit von niemandem jemals wieder nehmen lassen.

Arnim wusste das, ohne dass sie je darüber gesprochen hatten. Widerstandslos fügte er sich in seine Rolle. Rein äußerlich hatte er die Bande der Versklavung zerrissen, als er aus dem Dorf floh. Innerlich aber war er in viel tieferer Verpflichtung gekettet. Er selbst hatte diese Kette aus glühendem Eisen geschmiedet. Aus diesem Grunde war er bei Aslak - als Freund und als Untergebener.

Aslak legte Elfe das Wolfsfell auf den Rücken, tätschelte sie liebevoll am Hals und führte sie hinaus vor die Höhle. Nach kurzem Zögern nahm er das Schwert und band es sich an den Gürtel. Dann hob er die Hand zum Abschied, schwang sich auf die Stute und ritt weg.

Zunächst prüfte er die Schlingenfallen, die Arnim und er an Wildwechseln aufgestellt hatten. In der sechsten hatte sich immerhin ein schmächtiger Hase verfangen. Aslak nahm ihn aus der Schlinge und band ihn an einen hohen Ast. Dort war er vor hungrigen Wölfen sicher. Auf dem Rückweg würde Aslak ihn mitnehmen.

In der Zwischenzeit war es Tag geworden. Hell stand die Sonne am klaren Himmel. Ein Reiher zog behäbig seine Bahn, in den Wipfeln der mit Schnee behangenen Bäume erwachte die Amsel. Es war kalt, aber windstill.

Aslak lenkte Elfe nach Norden. Folgsam stampfte die Stute durch tiefe Wehen und sprang über gefrorene Bäche. Wenn es das Gelände erlaubte, fiel sie in Trab. Der Schnee stob unter ihren Hufen und ihr Atem quoll dampfend aus den Nüstern. Voller Kraft und Ausdauer war ihr Lauf. Das Tier gehorchte Aslak auf den leichtesten Schenkeldruck. Und ihm war es längst mehr als sportliches Vergnügen oder äußerliches Attribut.

Etwa zur Mitte des Tages stieß Aslak auf eine frische Reh-fährte. Die Gegend war offen, nur von einzelnen Sträuchern bewachsen. Große, von Schnee umhüllte Steine lagen herum, auf denen die Sonne sich grell verfing.

Aslak band Elfe an einen der Sträucher und folgte der Fährte zu Fuß. Der Hase aus der Schlinge würde ihn und Ar-nim zwei, vielleicht auch drei Tage ernähren, aber man wusste nie, wann Ullr, der Gott des Winters, wieder einen so klaren Tag wie diesen verschenkte und eine Jagd ermög-lichte. Es war deshalb ratsam, Fleisch auf Vorrat zu besorgen.

Aslak vermutete das Reh ganz in der Nähe. Doch er täuschte sich. Zwar stieß er mehrmals auf Ässpuren, die das Wild an Zweigen hinterlassen hatte, von ihm selbst war aber nichts zu sehen. Aslak wollte schon aufgeben, als er es end-lich entdeckte: Auf einer kleinen Erhebung, auf der der Wind welkes, hellbraunes Gras freigelegt hatte, äste ein vierjähri-ger Bock, etwa dreihundert Schritte von Aslak entfernt. So weit konnte auch ein Bogen aus verstärktem Eibenholz und gedrillter Sehne nicht tragen. Vorsichtig schlich Aslak näher. Als er schließlich einen gezielten Schuss abzugeben wagte, drehte ihm der Bock das Hinterteil zu und trottete weiter - so gemächlich, als wolle er den Jäger foppen.

Aslak folgte ihm entschlossen. Nur Geduld und Ausdauer konnte die Jagd entscheiden. Doch auch das half nichts. Als es zu dämmern begann, brach er die Verfolgung ab. Er-schöpft und hungrig kehrte er zu Elfe zurück. Um die Höhle zu erreichen, war es zu spät. Aslak fand gerade noch Zeit, sich in einer Baumgruppe ein Lager zu bereiten, etwas Brennholz zu sammeln und ein kleines Feuer zu entfachen, das ihn notdürftig wärmte, dann wurde es schon finster.

Mitten in der Nacht wachte er verwirrt auf. Ein seltsamer Traum hielt ihn auch jetzt noch gefangen: Er saß auf Elfe und ritt zur Jagd. Vor ihm tauchte, im Nebel verschwommen, ein kapitaler Hirsch auf. Der Hirsch bemerkte ihn und floh. Aslak verfolgte ihn, aber nicht zu Fuß, sondern auf Elfe. Der Schimmel war so schnell, dass er den Hirschen bald einholte, und Aslak schoss unterm Reiten. Er schoss so viele Pfeile kurz hintereinander, dass er jetzt in der Erinnerung darüber schmunzelte. Er hatte zwar von Kriegern gehört, die sehr viele Pfeile in kürzester Zeit ins Ziel brachten, sie waren aber alle mit beiden Beinen auf dem Boden gestanden. Von einem Pferd, noch dazu von einem galoppierenden herunter, das schien ihm völlig unmöglich.

Der Hirsch war im Traum schwer getroffen. Aber er stürzte nicht. Und dann wurde es noch seltsamer: Der Hirsch verwandelte sich in einen feindlichen Krieger. Aus dem Kopf des Kriegers wuchs ein anderer Krieger, und aus dessen Kopf wieder einer und so weiter. Schließlich waren es so viele Krieger, dass sie das ganze Land bedeckten. Sie stürmten auf Aslak los, und er ihnen entgegen. Elfe flog wie der Nordwind durch das Heer, und Aslaks Pfeile streckten einen nach dem anderen nieder. Wie verschmolzen waren Reiter und Pferd. Und plötzlich hielt Aslak etwas in den Händen, das er nicht erkennen konnte. Es glänzte und schimmerte, sah aus wie ein prachtvolles Schwert, dann wieder wie ein Blitz. Jedenfalls musste es eine geheimnisvolle Waffe sein, die ungeheure Macht besaß. Denn sobald Aslak einen Feind damit berührte, fiel dieser tot zu Boden. Aslak wütete wie ein Orkan. Und als er fertig war, lag ihm das gesamte Heer vernichtet zu Füßen.

Dann wurde es hell - so gleißend hell wie nur die Sonne selbst. Was jetzt geschah, wusste Aslak nicht mehr. So sehr er versuchte, es sich ins Bewusstsein zu bringen, er konnte es nicht mehr greifen.

Eine Zeitlang saß Aslak wach am Feuer. Der Traum war so unrealistisch wie rätselhaft. Manchmal führten einen die Geister schlafend in eine andere Welt. Aber was sollte das für eine Welt sein, in der ein einzelner Mann eine Schar von Kriegern vernichtete. Noch dazu vom Rücken eines Pferdes aus.

Plötzlich erinnerte sich Aslak wieder an einen ähnlichen Traum, er lag noch gar nicht lange zurück. Letzten Sommer, als er nahe bei seinem Dorf auf dem Felsen gesessen hatte, war es gewesen. Und doch kam es Aslak vor, als lägen viele Jahre dazwischen. So viel war geschehen seitdem. Er vermisste das Dorf und die Menschen dort nicht mehr. Er war ein anderer geworden. Seine Familie, seine Verwandten und seine Freunde hatten ihn zu einem anderen werden lassen. Jetzt passte er nicht mehr zu ihnen.

Und doch schmerzte Aslak die Sehnsucht: Svena würde ihm immer fehlen. Ob auch sie an ihn dachte? In drei Jahren würde er sie holen. Dann hatte sie an seiner Seite nichts mehr zu befürchten. Sie würden ein Haus bauen und glücklich sein.

Die Gedanken an Svena vertrieben den Traum. Er schlief bald wieder ein.

12. KAPITEL

Am Morgen weckte ihn die Kälte. Durchgefroren machte er sich sofort auf den Weg. Über Nacht war Wind aufgekommen, der nun eisig an seinem Umhang zupfte. Er sehnte sich nach der warmen Höhle und nach Arnims guter Suppe. Unterwegs sammelte er den Hasen auf und sah noch einmal nach den Fallen. Sie waren alle leer.

Zu der Höhle war es nicht mehr weit. Aslak schlug nicht den direkten Weg ein, sondern lenkte Elfe östlich. Unweit von hier hatte er vor einigen Tagen Fasane gesehen. Vielleicht würde er Glück haben und Arnim außer mit einem Hasen noch mit einem Fasan überraschen können. Er war noch nicht lange geritten, als er vor sich einen Reiter bemerkte. Etwa vierhundert Schritte entfernt strebte dieser in gerader Linie der Höhle zu. Das Gelände war offen und eben. Pfeifend strich der Wind darüber und hüllte den Fremden in eine Wolke aus Schnee.

Das nächste Dorf lag vier Tagesritte entfernt. Aslak ahnte, weshalb der Mann allein den weiten Weg auf sich genommen hatte. Er war gekommen, ihn zu töten.

Aslak hätte sich, ohne von dem Fremden gesehen zu werden, entfernen können. Da aber dieser augenscheinlich den Weg zur Höhle von Chlodwig kannte, war einem Kampf auf Dauer nicht auszuweichen.

„Heja!", rief Aslak deshalb und hob die Hand.

Der Fremde lauschte in den Wind und sah sich um. Als er Aslak erblickte, zügelte er seinen Rappen und wartete.

Aslak ritt langsam näher. Er kannte den Mann nicht, der etwa so alt war wie Arnim. Er steckte in fester Winterkleidung, die Fellkapuze tief ins Gesicht gezogen. Dunkle Augen blickten Aslak misstrauisch an. Über seinem Rücken hing ihm ein Bogen und an seinem Gürtel ein Schwert.

Aslak war völlig gefasst. Noch immer wusste er nicht, woher diese plötzliche Ruhe kam, oder wer sie ihm sandte. Aber sie schien stets über ihn zu kommen, wenn er dem Tod ins Auge sah: Damals, im Kampf mit dem Riesenwolf, dann mit Karl und seinem Sohn und jetzt also wieder. War er seinem Leben gegenüber wirklich so gleichgültig geworden?

Stolz hielt er dem Blick des Fremden stand. Der Wind zauste an seinem langen Haar. Sein Gesicht blieb hart und unbewegt wie Stein. Die selbstsichere Ruhe spottete der Gefahr.

„Bist du Aslak, der Cherusker, den sie den Gewaltigen nennen?"

„Der bin ich", antwortete Aslak mit fester Stimme. Das Attribut, mit dem ihn der Fremde bezeichnete, hörte er zum ersten Mal.

Der Fremde lachte laut, um seine Unsicherheit zu verbergen.

„Du also hast Karl getötet. Karl, den unerschrockenen Krieger. Und seinen Sohn Gunna."

„Hast auch du einen Namen?", fragte Aslak kühn.

Der Fremde schlug sich prahlerisch mit der geballten Faust an die Brust.

„Ich bin Siegmar. Siegmar aus dem Dorf am kahlen Berg. Ich bin gekommen, dich zu töten. Chlodwig hat erzählt, du seist unbesiegbar. Aber das hat er wohl nur gesagt, um seinem Vater und seinem Bruder Ehre zu erweisen. Ich glaube nicht, dass du unbesiegbar bist. Wenn ich mit deinem Kopf in mein Dorf zurückkehre, wird man mich wie einen ehrbaren Fürsten empfangen."

„Und wenn ich doch unbesiegbar bin?", entgegnete Aslak ruhig. „Dann werden dich die Krähen empfangen und dir das Fleisch von den Knochen schlagen."

Siegmar knirschte mit den Zähnen. Die Frechheit des jungen Cheruskers verblüffte ihn. Aber jetzt gab es kein Zurück mehr. Mit einem Satz sprang er von seinem Rappen. Er warf den Bogen und den Umhang ab und zog das Schwert. „Wenn du Mut hast, dann kämpf mit mir!", rief er.

Geruhsam ließ sich Aslak von seinem Pferd gleiten. Als er sich seines Umhangs und der überflüssigen Waffen entledigte, wandte er Siegmar den Rücken zu. Diese nach außen gezeigte Überlegenheit musste zwangsläufig provozieren. Die Geste verfehlte ihr Ziel nicht. Gereizt und hitzköpfig griff Siegmar an. Aslak konnte den unkontrollierten Schlägen leicht ausweichen und geschickt kontern. Siegmars Blut wallte. Er geriet schnell außer Atem. Er war nicht sehr erfahren im Kampf und war nur gekommen, sich einen Platz unter den ehrbaren Kriegern zu sichern.

Aslak beendete den Kampf schnell. Unversehens stach er zu. Ins Herz getroffen, sank Siegmar in den Schnee. Er war sofort tot.

Aslak gab sich nicht die Mühe, Siegmars Leiche zu bestatten. In dem gefrorenen Boden wäre dies unmöglich gewesen. Er schleppte sie zu einem Baum und hing sie dort auf, wo sie jeder sehen konnte, der in Zukunft kommen würde, um ihn zu töten. Die Leiche würde vielleicht den einen oder anderen abschrecken.

Er tötete Siegmars Rappen, nahm Waffen und alles Brauchbare an sich, schwang sich dann auf Elfe und ritt heimwärts zur Höhle.

Arnim fragte nicht, woher die fremden Gegenstände kamen. Er ahnte, dass es einen Kampf gegeben hatte. Seit Karls und

Gunnas Tod rechnete er damit. Und Siegmar würde noch lange nicht der Letzte sein.

Arnim wusste nicht, wie schnell seine Ahnung bestätigt werden sollte. Nachdem Siegmar nicht in sein Dorf zurückkehrte, zogen schon bald andere Männer aus, um Aslak zu töten. Jeder Kampf brachte dem Cherusker mehr Achtung ein, weckte aber auch den Drang junger Recken, sich mit ihm zu messen. Nicht mehr Rache führte sie hinaus in die Wildnis, sondern der Durst nach Ruhm. Aslak war nicht mehr irgendwer. Seinen Kopf auf das Schwert zu spießen, bedeutete, besser zu sein als er und damit besser als die meisten; es bedeutete Anerkennung und Ehre.

Und dann sprach sich auch Aslaks Sieg über den Fenriswolf herum. Als Milan von Aslaks Verstoßung erfuhr, zeigte er allen, die es wissen wollten, stolz das rabenschwarze Fell und den gebleichten Schädel. Diese Tat, dieser glorreiche Sieg über das allseits gefürchtete Untier, verlieh Aslak Charisma. Der Hauch des Göttlichen haftete ihm auf einmal an. Vom gemeinen Verbrecher erhob ihn der Fenriswolf zum selbstlosen Krieger, der stolz das ungerechte Urteil ertrug. Aslak war zum Mythos geworden.

Noch ehe der Winter vorbei war, hatte Aslak acht Männer getötet. Cherusker, Marser, Semnonen und Sweben. Einige, die gekommen waren, flüchteten wieder, sobald Aslak das Schwert aus der Scheide zog. Nur die Mutigsten stellten sich einem Kampf.

Aslaks Ruf hallte über das Land, an allen Feuern erzählte man von seinen gewaltigen Siegen. Einer suchte den anderen in seinen Schilderungen zu übertreffen. Die wenigsten hatten Aslak leibhaftig gesehen, aber viele versuchten sich hervorzutun, indem sie behaupteten, sein persönlicher Freund zu sein. Und sie beschrieben ihn wie Ymir den Riesen und dichteten ihm die Kraft an, ganze Bäume zu entwurzeln. Bei dem Gedanken an diesen gottgleichen Krieger wurden Frauen schwach, und ungehorsamen Kindern lehrte man das Fürchten, indem man ihnen mit Aslak drohte.

Irgendwann würde jemand kommen, der besser, schneller und stärker war, das wusste Aslak. Und er hatte seinen Traum nicht vergessen. Die Zeit, die ihm zwischen Jagen und Kämpfen blieb, verbrachte er damit, den Kampf vom Pferd aus zu üben. Mit dieser ungewöhnlichen Art des Angriffs musste er jedem Gegner überlegen sein.

Elfe erwies sich auch hier als treuer und geduldiger Partner. Sie waren nicht länger nur Reiter und Pferd, sie waren Freunde geworden. Aslak brauchte Elfe nicht mehr festzubinden, sie wusste, wohin sie gehörte und folgte ihrem Herrn auf Schritt und Tritt. Manchmal schubste sie ihn zart mit dem Kopf, als wolle sie ihre Dankbarkeit und Zuneigung ausdrücken.

Sobald sich die ersten Frühlingsboten zeigten, verließen Aslak und Arnim die Höhle. Es war Zeit geworden weiterzuziehen. Zu viele kannten inzwischen ihren Aufenthaltsort. Sie schnürten ihre wenigen Habseligkeiten, stiegen auf ihre Pferde und ritten los. Wohin, das wussten sie nicht. Der Wind würde sie treiben.

Die Höhle zu verlassen, fiel Aslak nicht leicht. Sie war ein Heim geworden. Und hier hatte er die Kraft der Götter gespürt wie nie zuvor. Er war noch immer überzeugt, der Riesenknochen stamme von Ymir, und die Höhle sei, zumindest zeitweise, Unterschlupf eines Gottes gewesen. Dieses Bewusstsein hatte ihm die Kraft gegeben zu siegen. Doch allmählich merkte er, dass in allem, in den Bäumen, den Flüssen und der Erde, die Kraft der Götter steckte. Und so trug auch er diese Kraft in sich, egal wohin ihn sein Weg führte.

Aslak benutzte seit dem Kampf mit Siegmar dessen Schwert. Sein eigenes Kurzschwert ließ er in der Höhle zurück. Die geringe Reichweite war ein gefährlicher Nachteil gewesen. Als Erinnerungsstücke an sein Dorf besaß er jetzt nur noch den Faustkeil seiner Mutter und den Bernstein, den ihm einst Svena geschenkt hatte. Diese beiden Gegenstände würde er immer in Ehren halten. Sie symbolisierten die Liebe zu zwei Menschen, die er nie vergessen würde.

Das Land war weit, und die Dörfer lagen oft viele Tagesmärsche voneinander entfernt. Trotzdem ließ es sich manchmal nicht vermeiden, auf Menschen zu stoßen. Und Menschen bedeuteten für Aslak stets Gefahr. Immer wieder stöberte man ihn in seinen Schlupfwinkeln auf, die er sich aus Zweigen oder Steinen notdürftig errichtet hatte. Aslak und Arnim führten das Leben von Nomaden. Sie hatten gehofft, die Zeit würde die Menschen vergessen lassen. Doch wie süchtig nach seinem Blut, zogen sie aus, um den Friedlosen zu töten. dass der tote Wolf seine Unschuld bewies, schien keiner wissen zu wollen.

13. KAPITEL

Svena kam der Abschied von Aslak schwer. Seine Flucht hinterließ eine tiefe Leere in ihr. Und dann, als sie hörte, dass Karl mit seinen Söhnen loszog, um Aslak zu töten, kam zum ersten Mal die Angst hinzu. Und sie ließ sie nicht mehr los. Zwar erfüllte sie die Botschaft, Aslak ginge immer wieder als Sieger hervor, mit Stolz, doch die Angst um ihn blieb.

Wenn es das Wetter erlaubte, lief sie hinaus aus dem Dorf und hielt nach Aslak Ausschau. Vielleicht trieb ihn die Sehnsucht gegen alle Vorsicht in die Nähe des Dorfes. Und dann würde sie sich nicht mehr zurückhalten lassen. Sie würde Aslak begleiten.

Aber Aslak kam nicht. Und so ging sie nach jedem vergeblichen Warten enttäuscht in das Haus ihres Vaters zurück. Jedes Mal war ihr Schritt müder und ihr Herz schwerer.

Im Mond der großen Kälte hielt sie das sorgenvolle Warten nicht länger aus. Heimlich holte sie einen Laib Brot, etwas gepökelte Wurst und Räucherschinken aus der Vorratskammer ihres Vaters, packte es in ein Leinentuch und stahl sich des Nachts davon. Von Berichten kannte sie die ungefähre Lage von Aslaks Höhle: Drei Tage in gerader Linie westlich, bis man auf einen Fluss stößt, diesem in seinem Lauf folgen, eine Hügelkette überqueren und dann nochmals zwei Tage westlich. Svena hatte sich die Berichte gut eingeprägt.

Am zweiten Tag überraschte sie der Schneesturm. In einem Wald fand sie Schutz. Sie hatte warme Kleidung an, aber die Kälte kroch ihr bis auf die Haut. Mit steifen Fingern gelang es ihr, ein Feuer zu entfachen. Sie war noch nie über Nacht allein im Wald gewesen, und die fremden Geräusche ängstigten sie sehr. Einmal zog neugierig ein Wolfsrudel vorüber. Svena hüllte sich fest in ihren Umhang und verharrte ganz still. Sie trug keine Waffen bei sich, nur ein Messer, mit dem sie das Brot und das Fleisch schnitt. Spätestens jetzt wurde ihr bewusst, welche Dummheit sie begangen hatte. Zum Glück zeigten die Wölfe wenig Interesse und trotteten weiter. Der Schneesturm hielt sie drei Tage gefangen. Ihr Proviant ging zur Neige, und das Sammeln von Brennholz wurde täglich schwieriger. Die Kälte war unerbittlich und biß sich in ihre Muskeln und ihre Gelenke. In diesen Tagen sah Svena den Tod dicht vor Augen.

Hermann bat am Morgen, nachdem er Svenas Verschwinden bemerkt hatte, mehrere Männer des Dorfes, ihm bei der Suche nach seiner Tochter zu helfen. Schnell war das Notdürftigste zusammengepackt, dann machten sie sich zu Fuß, weil die meisten der Helfer kein Pferd besaßen, auf den Weg. Anfangs ließen sich Svenas Spuren im Schnee gut verfolgen. Doch der Sturm verwischte die Spuren und nahm den Männern jede Hoffnung. Jetzt konnten sie nur noch durch Glück auf das Mädchen stoßen.

Schließlich gaben die Helfer auf. Hermann aber wollte seine Tochter nicht aufgeben. Allein durchstreifte er das vom Winter beherrschte Land. Ständig in der Furcht, Svena nicht mehr lebend zu finden.

Dann kam ihm der Gedanke, Svena könnte es ja bis zu Aslak geschafft haben und längst in Sicherheit sein. Mit neuer Zuversicht machte er sich auf den Weg zur Höhle. Ihm war bewusst, dass ihn das Zusammentreffen mit Aslak vor ein großes Problem stellen würde. Die Überlieferung verpflichtete ihn nämlich, den Friedlosen zu töten, aber das wollte und konnte er nicht. Er war noch immer nicht überzeugt von dessen Schuld.

Das Schicksal schließlich nahm ihm die Entscheidung ab. Der Schneesturm hatte inzwischen aufgehört. Die Sicht war klar, und er erkannte, dass er näher an seinem Dorf war als vermutet. Der Sturm hatte ihm jede Orientierung genommen. Hermann wollte einen Bach überspringen, als er ausglitt und sich den rechten Knöchel brach. Mit Schmerzen stützte er sich auf einen abgebrochenen Ast und schleppte sich heim. Geguurg versorgte den Bruch. Hermann würde nie mehr richtig laufen können, das aber war ihm im Moment unwichtig. Schlimmer war, dass Svena noch immer nicht zurück war. Lebte sie überhaupt noch?

Auch Giesell quälte der Kummer um Svena. Die gemeinsame Liebe und die gemeinsame Sorge um Aslak hatte die beiden Frauen eng verbunden. Waldmar hatte nach dem Urteil verboten, Aslaks Namen im Haus auszusprechen. Er betrachtete ihn nicht mehr als seinen Sohn. Giesell saß deshalb oft weinend am Herd, doch wenn sich die Tür öffnete, flammte für einen Augenblick die Hoffnung in ihr auf, es könnte Aslak sein, der unversehens nach Hause kam. Mit jedem Tag schmolz ihre Hoffnung, und sie musste sich eingestehen, dass ihre Sohn ihr wohl für immer verloren war.

Jetzt kam zur Angst um Aslak die Angst um Svena. Und als das Mädchen am neunten Tag nicht zurück war, fasste sie den Entschluss, etwas zu unternehmen. Waldmar war mal wieder unterwegs, um in irgendeinem Haus bei den Männern zu sitzen und Met zu trinken. Die Gelegenheit war günstig. Unter einem Vorwand entschuldigte sie sich bei ihrer Familie, huschte in den Stall, band eine Ziege los und verließ ungehört das Haus. Es war gewiss, dass ihr Mann das Fehlen einer Ziege bemerken würde, und ebenso gewiss waren die Schläge, die sie erwarteten. All das war ihr egal. Sie würde die Schmerzen ertragen, aber sie würde es nicht länger ertragen, untätig, im Kummer versunken, zu warten. Sie wollte die Ziege zu Geguurg bringen, der sie den Göttern opfern sollte. Nur die Götter konnten Svena und Aslak helfen. Die Ziege war nicht viel, aber vielleicht erkannten die Götter, dass sie mehr war, als Giesells Familie entbehren konnte.

Draußen war es dunkel geworden. Um keinen Verdacht zu erregen, hatte sie auf den Umhang verzichtet. Eisiger Wind rüttelte an ihrem Kleid. Aber tapfer kämpfte sie sich die Straße entlang, die leer und düster vor ihr lag. Vorbei an kahlen, schneebedeckten Häusern, aus denen Waldmar unvermutet treten und sie bei ihrem heimlichen Tun ertappen konnte.

Plötzlich hielt sie inne. War da ein Geräusch gewesen? Sie lauschte. Nein, nur der Wind, der sich in den Balken der Häuser fing, pfiff sein monotones Lied.

Die Ziege fest am Riemen haltend, eilte sie weiter. Der Harsch unter ihren leicht beschuhten Füßen knisterte und knarrte. Und da hörte sie es wieder. Ganz deutlich. Eine Stimme. Ein schwaches Flehen, das verzweifelt gegen den Wind kämpfte. Dort, zwischen den Häusern - dort musste jemand sein.

Vorsichtig trat Giesell näher. Und was sie jetzt sah, verschlug ihr den Atem. Giesell erkannte sie zuerst nicht, so sehr hatte sie die Kälte und der Hunger verunstaltet, doch es bestand kein Zweifel, es war Svena, die sich mit zerzausten Kleidern und letzter Kraft ins Dorf geschleppt hatte.

Allein war Giesell zu schwach, um Svena zu tragen. Sie rannte zu Hermanns Haus und holte Hilfe. Dort wollte man zuerst nicht glauben, was man hörte, dann eilten sie alle hinaus in die Nacht, und gemeinsam brachten sie das Mädchen an das wärmende Feuer. Die Freude über Svenas Heimkehr währte nicht lange. Das Mädchen wollte sich trotz liebster Fürsorge nicht erholen. Es redete und aß nicht. Apathisch und fiebernd lag Svena auf ihrem Lager, kaum fähig die Augen offenzuhalten.

Besorgt rief man nach Geguurg. Als der alte Priester kam und Svena sah, erschrak er. Ihre Haut war weiß und blutleer. Ihre Lippen waren von bläulicher Färbung, und ihre Augen lagen tief und dunkel in ihren Höhlen. Schweiß stand ihr kalt auf der Stirn und ihr abgemagerter Körper zitterte vor Schwäche.

Geguurg hatte viel gesehen in seinem langen Leben. Er hegte wenig Hoffnung. Der Dämon, der heimtückisch in Svenas Leib gefahren war, hatte schon zu sehr Macht über sie gewonnen. Trotzdem wollte er es versuchen.

„Du musst sie retten", rief ihn Hermann flehend an. „Ich bezahle dir, was du verlangst."

„Tu, was du willst!", entgegnete Geguurg zornig. „Die Götter kannst du dadurch nicht beeinflussen. Du kannst sie nur durch ein Opfer beeinflussen. Wenn dir das Leben deiner Tochter lieb ist, dann gehe hin und opfere das, was dir am wertvollsten ist."

Geguurg ließ sich Wasser kochen, dann scheuchte er alle aus dem Haus. Er füllte einen Becher mit Wasser, mischte Kräuter aus einem Beutel dazu und rührte es mit einem Kupferstab. Behutsam hob er Svenas Kopf und ließ sie den Dampf einatmen. Danach flößte er ihr den lauwarmen Trunk in den Hals.

Schmerzhafter Husten schüttelte Svenas Körper. Sie spie gelblichen Schleim, dann sank sie wieder matt aufs Lager. Flach und schnell hob sich ihr Brustkorb. Jeder Atemzug tat ihr weh.

Anhand der Reaktion auf seine Kräuter wusste Geguurg jetzt, welcher Dämon sich Svena bemächtigt hatte. March war es, der Stärkste und Schlimmste von ihnen. Ihn zu bekämpfen war schwer. Schon mehrmals hatte er sich machtvoller als der Priester erwiesen und die Befallenen in einen grausamen und qualvollen Tod gerissen.

Doch Geguurg stellte sich der Machtprobe. Alles, was nötig für den Kampf war, trug er bei sich.

Er holte eine Walnußrassel hervor und schlug sie in gleichmäßigem Takt. Seine Stimme erhob sich zu einer schrillen Oktave. Geheimnisvolle Wörter, deren Bedeutung nur ihm bekannt waren, beschworen monoton den Dämon. Dazu bewegte er sich in stampfendem Rhythmus. Hin und wieder unterbrach er sich und schrie den Dämon wütend an, um ihn zu veranlassen, aus dem Leib des Mädchens zu treten.

Die Nacht und den halben Tag zelebrierte Geguurg am Lager der Kranken. Danach war er so erschöpft, dass er sich kaum mehr auf den Beinen halten konnte. Doch der greise Priester wollte nicht aufgeben.

Svenas Zustand verschlechterte sich. Ihr Atem ging rasend. Die wenige Luft, die sie keuchend einsog, drang schmerzend wie Nadelstiche in die Lunge. Gleichzeitig stieg das Fieber. Sie aß nicht. Sie schlief nicht und war doch nicht wach. Der Dämon führte sie einen schmalen Grat zwischen Leben und Tod. Und oft sprach er durch sie in verklärter, dunkler Stimme. Diese Stimme rief nach Aslak. Immer wieder nach Aslak.

Geguurg wusste, dass er auf dem rechten Weg war. March kämpfte, und das war gut so.

Der Priester tauchte Tücher in kaltes Wasser und legte sie um Svenas Waden und auf ihre Stirn. Er bereitete eine Tinktur aus den Knollen des Blauen Eisenhuts und Wasserfenchel und verabreichte sie in kleinen Schlücken der Kranken.

Hermann und die restliche Familie waren in einem Nebengebäude untergekommen. Des öfteren kam Giesell und erkundigte sich nach Svenas Befinden. Doch man schüttelte nur traurig den Kopf. Svena ging es nicht besser.

Hermann überlegte lange, welches Geschenk die Götter beeinflussen könnte. Und so lange er auch überlegte, es gab nur eines, das ihm nicht nur symbolisches Opfer war, sondern dessen Hergabe ihn tief schmerzte. Aber auch dieses Opfer war ihm recht, wenn nur Svena dadurch gesund würde.

So humpelte er schweren Herzens in den Stall, band sein treues Pferd los und führte es hinaus aus dem Dorf. Auf einem vom Wind umwehten Hügel hielt er an. Ein letztes Mal tätschelte er den Hals des braven Tieres.

Zögernd zog er das Schwert.

„Ihr Götter!", rief er flehend. „Seht, was ich euch gebe! Kein Gut ist mir so wertvoll wie mein Pferd. Nur das Leben meiner Tochter steht mir darüber. Und um das bitte ich euch. Odin, dich flehe ich an, auch dich, Ullr, und alle euch Götter, verschont meine Tochter."

Dann schlug Hermann mit dem Schwert zu. Blut färbte den Schnee rot.

Drei Tage und drei Nächte kämpfte Geguurg, ohne dass sich die Fronten klärten. In Abständen wiederholte er die Behandlung mit Wickeln und Tinktur; drei Tage war sein monotoner, schriller Gesang und das Klappern der Rassel zu hören.

Geguurg trank kaum und aß nichts. Die Erschöpfung zeichnete seinen greisen Körper. Geister erschienen ihm in visionärer Ekstase und versuchten ihn von seinem Vorhaben abzubringen. In der dritten Nacht schienen sie zu siegen. Svena glühte und stöhnte verzweifelt in wirren Fieberfantasien. Doch der Priester gab noch immer nicht auf.

Dann, am Morgen des vierten Tages, zeigte sich eine Besserung. Svena verlangte zum ersten Mal etwas zu essen.

Geguurg rief nach der Familie und ließ von Svenas Mutter eine Suppe zubereiten, die er dem Mädchen behutsam einträufelte. Alle im Dorf freuten sich über Svenas Gesundung und lobten die Kraft des Priesters. Der aber warnte sie. Oft wendeten die Dämonen solche Tricks an, um die Menschen zu täuschen. Noch immer war Svenas Körper schwach, und der Dämon noch nicht ganz vertrieben. Er konnte jederzeit wieder Besitz von ihm ergreifen.

Jetzt lag es an Svena zu kämpfen. Geguurg konnte nur noch wenig tun. Er ließ einen Beutel Kräuter und Wurzeln zurück, erklärte, wie sie zuzubereiten waren, und verließ dann das Haus. Falls der Dämon an Stärke gewinnen würde, sollte man ihn holen. Müde und am Ende seiner Kraft sank er daheim auf sein Lager und fiel in einen tiefen, erholsamen Schlaf.

Von Tag zu Tag wuchs in Svena der Wille zum Überleben. Aber erst nach fast zwei Wochen war sie kräftig genug, um aufzustehen. Auf wackeligen Füßen unternahm sie, von ihrem Vater gestützt, die ersten Gehversuche. Eine weitere Woche verstrich, bis sie kräftig genug war, allein das Haus zu verlassen. Sofort lief sie zu Geguurg, um ihm zu danken.

Der Priester bot ihr zu essen und zu trinken an und sagte dann leise: „Du hast mehrmals Aslaks Namen erwähnt. Erinnerst du dich daran?"

Svena brauchte nicht zu überlegen. Der Traum war ihr noch lebendig bewusst, und hätte Geguurg nicht davon angefangen, hätte sie selbst die Rede darauf gebracht, obwohl es ihr etwas unangenehm war, darüber zu sprechen. Verlegen fuhr sie sich mit der Hand durchs Haar, das jetzt wieder einen gesunden Glanz besaß, wie Geguurg erleichtert feststellte. Ihre

Wangen waren allerdings noch recht blass, aber mit der Zeit würde auch das werden. Der Priester hatte das Mädchen schon immer gern gehabt; Dank den Göttern, dass er sie heilen konnte. Doch nun brauchte ihre Seele Hilfe, also ermunterte er sie zu sprechen.

„Ich sah Aslak auf einem großen, weißen Pferd", begann sie zögernd. „Er stieg ab und küsste mich. Es war ein wunderbares Gefühl, seine Nähe zu spüren. Aslak aber hatte sich verändert. Ich weiß nicht, was es war. Er schien irgendwie gewachsen. Sein Körper war der gleiche geblieben, trotzdem wirkte er größer. Eine seltsame Kraft ging von ihm aus. Ich fühlte mich geborgen und sicher wie noch nie in seinen Armen."

„Was hast du sonst noch gesehen?" fragte der Priester teilnahmsvoll.

„Nichts. Alles war hell erleuchtet, und ein wunderbarer, lieblicher Gesang umgab uns. Sag mir, Geguurg, was bedeutet der Traum? Werde ich Aslak bald wiedersehen?"

Geguurg hatte aufmerksam zugehört. Viele Menschen vertrauten ihm ihre Träume an. Aufgrund des Verständnisses für die Götter und deren symbolischer Sprache und aufgrund seiner Lebenserfahrung war es ihm oft möglich, aus den Träumen einen Teil der Zukunft zu erkennen. Doch warnte er stets, dass er sich auch täuschen könne. Manchmal waren die Zeichen der Götter zu verwirrend oder die Träumenden erinnerten sich nur noch sehr vage an den Inhalt ihres Traums.

Bei Svenas Traum musste Geguurg nicht viel rätseln. Und diesmal stimmte ihn das sehr traurig. Aslaks veränderte Ausstrahlung, die lichte Atmosphäre, all das waren Zeichen des Totenreiches. Woher sollte Aslak ein großes, weißes Pferd besitzen? So sah man nur Menschen, die ruhmreich in Walhalla eingekehrt waren. Man sah sie größer und stärker als sie in Wirklichkeit gewesen waren, weil der Glanz der Götter sie nun umgab.

Geguurg senkte betrübt das ergraute Haupt und legte es in die faltigen Hände. Durfte er Svena die Wahrheit sagen? Konnte sie heute schon die Wahrheit verkraften? Und was, wenn er sich doch täuschte? Er war alt, und schon seit einigen Monaten merkte er, dass ihm sein Geist manchmal nicht mehr richtig gehorchte. Nein, er durfte ihr den Traum nicht deuten.

Müde hob der Greis den Kopf, vermied es aber, Svena in die Augen zu sehen.

„Ja", sagte er und zwang sich zu einem Lächeln. „Ja, du wirst Aslak wiedersehen."

„Ich wusste es!", rief Svena glücklich. „Jetzt kann ich warten. Mein Versuch, ihn zu finden, war umsonst, es war nur noch nicht an der Zeit."

Sie bedankte sich herzlich, küsste den alten Mann auf die Stirn und rannte nach draußen. Nach diesem Gespräch fühlte sie sich endgültig gesund.

Geguurgs Frau hatte die ganze Zeit still in einer dunklen Ecke gesessen. Jetzt trat Anna in den Schein des Herdfeuers und setzte sich zu ihrem Mann an den Tisch. Sie nahm seine Hand in die ihren und streichelte sie sanft.

„Warum hast du ihr nicht die Wahrheit gesagt?", fragte sie vorsichtig.

Sie kannte ihren Mann zu gut und hatte gelernt, aus seinen Augen und aus seinen Gesten zu lesen.

Geguurg nickte müde. „Der Traum sagte tatsächlich etwas anderes. Aber das ist unwichtig. Wichtig ist, woran Svena glaubt. Wenn sie überzeugt ist, Aslak wiederzusehen, dann kann sie die Zukunft vielleicht ändern. Die Götter bestimmen das Leben eines jeden Menschen. Wenn sie erkennen, welche Kraft Svenas Liebe besitzt, werden sie einsichtig sein. Das hoffe ich jedenfalls sehr."

Anna lächelte liebevoll. Es war für sie ein Teil seiner Größe, dass Geguurg stets die Menschlichkeit voranstellte, selbst wenn es um die Zeichen der Götter ging. Sie zwinkerte schelmisch und neckte ihn: „Wenn du ehrlich bist, dann warst du doch nur auf den Kuss des Mädchens aus."

Jetzt lachte auch Geguurg. „Tatsächlich gibt es heute kein schöneres Mädchen als Svena. Ein Kuss von ihr mag so manchen Mann um den Verstand bringen. Ich aber habe die Küsse der bezauberndsten Frau genossen. Meiner Frau." Er sagte es mit zärtlichem Stolz.

Anna stand auf und küsste ihren Mann dankbar auf die Lippen. „Mag sein, dass wir alt sind", sagte sie, seine Stimmung erahnend, „doch auch so bist du noch immer Geguurg, der Priester. Der Magier. Der weise Heiler."

„Bin ich das noch immer?" murmelte Geguurg, aber das hörte Anna nicht mehr. Sie war zurückgegangen in ihre Ecke.

Hermann belohnte den Priester fürstlich für seinen Dienst. Giesell stahl ein zweites Mal die Ziege aus dem Stall ihres Mannes und brachte sie Geguurg, der sie als Dank für Svenas Genesung und als Bitte um Aslaks Heil opfern sollte. Der erfahrene Greis merkte schnell, dass Giesell damit wider den Willen ihres Mannes handelte. Deshalb ging er hin und dankte Waldmar vor Freunden für die Ziege, worauf dieser nicht mehr wagte, seine Frau zu strafen.

Svena war wie verwandelt. Sie lachte und sang wieder wie früher. Nur manchmal blickte sie verträumt nach Westen, und für kurze Zeit quälte sie die Sehnsucht. Dann aber erinnerte sie sich wieder an Geguurgs Worte, und voller Hoffnung sah sie der Zukunft entgegen.

14. KAPITEL

Endlich schmolz der Schnee. Bäche und Flüsse schwollen an und tränkten den Boden. Vorsichtig streckten sich die ersten Blätter der ersehnten Frühlingssonne entgegen, Blumen bemalten die Wiesen, und das Wild fand wieder ausreichend Nahrung. Das Land erblühte in neuer Pracht.

Mit den Enten, die sich in großen Scharen an den Gewässern niederließen, kam Skyll. Der Händler war den Winter über im warmen Land der Römer gewesen. Dieses Jahr brachte er soviel Waren mit, dass er vier Wagen benötigte. Die Römer waren wie versessen auf Bernstein, Leder und das blonde Haar der germanischen Frauen gewesen. Skyll hatte eine Menge Waffen, kostbares Olivenöl, Silberbecher und etliche Fässer edlen Weines tauschen können.

Kurz hielt er sich auf seinem Weg nach Norden auch bei den Kelten auf und erfuhr so von deren geplantem Kriegszug gegen ihre germanischen Nachbarn. Sie hatten im letzten Jahr eine empfindliche Schlappe von den Römern erhalten, jetzt dürstete es sie danach, ihre Verluste bei den Germanen wettzumachen. Skyll wusste, dass er sich bei den kriegslüsternen Kelten mit seinen Waren nichts weiter als Foppereien und Gemeinheiten einhandeln konnte, und war deshalb schnell weitergezogen.

Dennoch war der Aufenthalt bei ihnen nicht umsonst gewesen. Die Nachricht eines bevorstehenden Krieges verbreitete sich in Windeseile. Die Nachfrage nach Waffen war daher enorm. Und als pfiffiger Geschäftsmann besaß Skyll ein untrügliches Gefühl, wie hoch er den Preis für ein Schwert, ein Schild oder eine Lanze ansetzen durfte. So mancher schimpfte wie ein Rossknecht, was ihm allerdings nichts nützte. Wohl oder übel musste er das Doppelte bezahlen als noch im Jahr zuvor. Skyll deshalb aber als kaltherzig hinzustellen, wäre falsch gewesen. Seine Helfer wussten von Fällen zu berichten, wo er Waren unter dem bloßen Materialwert hergab, wenn er den Eindruck gewann, der Käufer litt Not oder Armut. Den Verlust, den er dadurch hatte, holte er sich eben bei den Reichen wieder.

Skyll war ein Heimatloser, ein Pendler zwischen den Völkern. dass es Krieg gab, kümmerte ihn wenig. Er schlug Profit daraus, um alles andere scherte er sich nicht. Im umgekehrten Fall hätte er vielleicht die Kelten mit Waffen versorgt. Aber das würde wahrscheinlich nie in Betracht kommen. Die Germanen bekämpften sich zu oft untereinander, so gab es keine gemeinsame Organisation, die einen geplanten Angriff auf die Kelten ermöglicht hätte. Sie sahen sich als Einzelstämme, nicht als einheitliches Volk. Dies war auch der Grund, weshalb es den Kelten immer wieder gelang, ihre Plünderungen siegreich durchzuführen.

Seit zwei Tagen regnete es. Tief gruben sich die hölzernen Räder der Händlerwagen in den morastigen Boden. Die Ochsen schnaubten unter dem schweren Joch, doch unermüdlich trieb sie die Peitsche an.

Obwohl es erst Nachmittag war, ließ Skyll anhalten. Unter einem natürlichen Dach ausladender Buchen, die jetzt im Monat der Erdbeeren ihr volles Blätterkleid trugen, schlugen sie ihr Lager auf.

Die Männer waren bis auf die Haut durchnässt. Noch war die Luft kühl und frisch, und es war ratsam, wenigstens die Kleidung zu trocknen. Man mühte sich deshalb, ein wärmendes Feuer zu entzünden. Zwar züngelten schon bald kleine Flammen, sie zeigten sich aber von dem feuchten Holz wenig angetan. Statt Wärme zu verbreiten, entwickelten sie eine dichte Rauchsäule, die qualmend und stinkend das Laubdach durchdrang.

„Bin ich ein Fisch, den ihr räuchern wollt?", schimpfte Skyll. Und wenn der stets vergnügte Mann schimpfte, dann war das schon eine ernste Angelegenheit.

Also rafften sich seine Leute auf und gingen nochmals hinaus in den Regen. Diesmal kamen sie mit langen, oben gegabelten Ästen zurück, die sie links und rechts vom Feuer in den Boden rammten; einen dritten Ast legten sie quer darüber, um ihre nassen Sachen zum Trocknen aufzuhängen. Unter den ledernen Wagenplanen fanden sich ein paar Wolldecken, in die sie sich hüllen konnten - mehr war gegen Skylls schlechte Laune nicht zu tun. Den Rest musste der Met besorgen, den sie haltlos zu sich nahmen. Plaudernd, singend und saufend durchwachten sie so die Nacht.

Am nächsten Morgen konnten sie es kaum glauben: Die Wolken waren wie von Zauberhand vom Himmel gewischt. Die Sonne strahlte, als hätte es nie Regen gegeben, sanfter Wind hauchte ihnen lauwarme Frühlingsluft entgegen.

Nachdem sie gegessen hatten, drängten die Männer darauf weiterzuziehen. Skyll aber weigerte sich, seine Kleider anzulegen, die noch klamm waren und nach feuchtem Rauch stanken. Kurzerhand bestimmte er, erst aufzubrechen, „wenn alles seine Ordnung hat", wie er sich ausdrückte.

Dem Murren der Gehilfen zum Trotz, nahm er das Holzgestell, trug es flink nach draußen in die Sonne und hängte seine Sachen darauf. Der Grund für Skylls ungewöhnliche Umständlichkeit war im nächsten Dorf auf ihrer Route, nur noch einen Tagesmarsch entfernt, beheimatet. Skyll kannte dort ein Mädchen, das ebenso rund war wie er.

„Was aber die bestimmte Sache angeht, ist sie unübertroffen", prahlte er und grinste breit über das speckige Gesicht.

„Merkt euch eines, Männer", fügte er philosophierend hinzu. „Was eine Frau auf ihren Knochen trägt, das trägt sie auch in ihrem Herzen."

Die sieben Helfer lachten lauthals. Herwig rief vergnügt: „Was glaubst du, Skyll, wie groß dann das Herz deiner Geliebten sein muss. Sicher ist es so groß wie mein Kopf."

„Das mag schon sein", antwortete Skyll schmunzelnd. „Nur ist ihr Herz nicht so häßlich wie dein Kopf."

Herwig, nicht gerade mit äußerer Schönheit von den Göttern beschenkt, nahm`s gelassen, betrachtete den Spott jedoch als Herausforderung.

„Ob du mir wohl eine Frage beantworten kannst, Skyll?", meinte er lapidar und zwinkerte den anderen grinsend zu.

„Nur heraus damit", frotzelte Skyll. „Die Fragen, die du hast, kann ich mit meiner linken Gehirnhälfte beantworten."

„Ich frage mich nur, ob Eichhörnchen eine gute Nase haben." Herwig tat ganz ernst.

„Hört euch den Dummerjan an." Skyll lachte. „Wir erörtern das schwierige Thema Liebe, und der kommt mit Eichhörnchennasen daher. Aber wenn du es unbedingt wissen musst: Sie haben eine sehr gute Nase."

„Das verstehe ich nicht", meinte Herwig trocken. „Wie kann es dann den Gestank von ranzigem Käse aushalten. Eines spielt nämlich gerade mit deinen Schuhen."

Der Punkt ging eindeutig an ihn. Alle - außer Skyll - brachen in herzhaftes Lachen aus. Ein Eichhörnchen rupfte in der Tat verspielt an Skylls Schuhen herum.

Vergrämt sprang der rundliche Eigentümer auf und rannte nackt auf die Wiese, um den frechen Nager zu verscheuchen. Der stellte sich auf die Hinterpfoten, schaute den nach Atem japsenden Fleischberg keck an, als mache er sich lustig, ließ dann das Leder fallen und huschte geschwind davon.

Nun fand auch Skyll seinen Humor wieder. Lachend ging er hin und hob den Schuh auf, als er plötzlich stutzte.

War da etwas? Er blinzelte gegen die Sonne, hielt sich die Hand an die Stirn, und da sah er sie: Die Umrisse zweier hochgewachsener Gestalten, die stolz auf ihren Pferden saßen - mehr war im grellen Gegenlicht nicht zu erkennen.

Mit einem Mal wurde ihm bewusst, dass er völlig nackt war. Ohne Waffen. Wehrlos.

Die Fremden kamen näher. Mit jedem Schritt wuchs Skylls Angst. Nun sah er auch, dass beide mit Bogen und Schwertern bewaffnet waren. Der eine saß auf einem Fuchs, war breitschultrig und hatte dunkles Haar. Der andere übertraf den ersten noch an Körpergröße und Muskelmasse. Das blonde Haar, in dem der Wind zauste, war ungewöhnlich lang und fiel ungebunden über die Schultern. Skyll hatte bei einem Krieger noch nie solches Haar gesehen. Das Gesicht des Mannes war bartlos und von markanter Schönheit. Blaue Augen blickten den erstarrten Händler vergnügt an.

Und endlich erkannte Skyll den Reiter.

„Aslak!", rief er in ehrlicher Freude.

„Ich dachte, du bist Händler", schmunzelte Aslak. „Und nun sehe ich, dass du Jagd auf Schuhe machst."

Dem Chatten war es sichtlich peinlich, seine Wangen glichen sich den kurzgeschorenen roten Haaren an. Doch Skyll war zu sehr Frohnatur, um sich lange Gedanken über solche Lappalien zu machen. Lachend begrüßte er Aslak und Arnim und lud sie ein, sich zu ihm und seinen Kameraden zu gesellen. Die hatten die Szene zunächst voll Angst, dann mit Verwunderung verfolgt. Als Skyll nun in Begleitung der fremden Reiter auf sie zukam und ihnen beruhigend zuwinkte, legten sie ihre Schwerter zögernd beiseite.

„Wisst ihr, wer das ist?", rief Skyll mit vor Stolz geschwollener Stimme. „Dieser Krieger ist Aslak, der Cherusker!"
Natürlich erinnerten sich die Männer an Aslak. Zudem war ihnen in allen Dörfern, die sie besucht hatten, der Name des heroischen Kriegers zu Ohren gekommen. Viele verbanden mit ihm Angst und Schrecken. Andere wieder priesen ihn als glorreichen Helden. Alle aber sprachen seinen Namen mit Achtung aus. Es wurden sogar Stimmen laut, die ihm Unverletzlichkeit und göttliche Abstammung zusprachen.

Und jetzt stand Aslak leibhaftig vor den Händlern, die ihn vor einem halben Jahr noch als kecken, aber ganz normalen jungen Mann kennen gelernt hatten. Die Männer umringten ihn und schüttelten seine Hand. Skyll, der schnell in Hose und Schuhe geschlüpft war, ließ den Gästen Brot, Hartkäse und gepökeltes Fleisch reichen. Schon lange nicht mehr hatten Aslak und Arnim ein so köstliches Mahl genossen.

Skyll lud sogar eigenhändig ein Fässchen vom Wagen und goss von dem Wein in zwei Becher, die er Aslak und Arnim reichte.

„Was ist das?", fragte Arnim.

„Trinkt!", forderte Skyll schmunzelnd auf. „Trinkt nur, es wird euch schmecken."

Neugierig beobachtete er, wie sie erst vorsichtig nippten, dann zügig die Becher leerten.

Die beiden Freunde hatten noch nie Wein getrunken. Er schmeckte nicht so süß wie Met, war vielmehr angenehm frisch und süffig. Und nach dem zweiten Becher bemerkten sie auch, dass er schneller als Met den Geist verwirrte. Einen weiteren Becher lehnten sie deshalb dankend ab.

Aslak musste natürlich berichten, wie es ihm seit dem letzten Treffen ergangen war. Er war es nicht gewohnt, von sich zu sprechen, und seine Taten zu rühmen, lag ihm ganz und gar fern. Auch sah er nicht ein, weshalb man solchen Wirbel um ihn machte. Als er dann aber im Erzählen war, tat es ihm gut, seine Seele zu befreien: Da war Svena und seine hoffnungslose Liebe zu ihr, die Männer, die er aus Selbsterhaltung getötet hatte, der Kampf mit der Natur, aber auch das völlig neue Gefühl der Freiheit.

„Den Rest kennt ihr", schloss Aslak seinen Bericht. „Aber glaubt nicht alles, was ihr in den Dörfern erfahrt. Die Menschen übertreiben gern. Und ohne die Hilfe der Götter säße ich nicht hier. Auch Arnim habe ich zu danken. Er trägt großen Teil daran, dass ich es schaffte. Mehr als einmal trotzte er dem Tod und setzte sich für mich ein."

Arnim senkte den Kopf. Was wie demütige Bescheidenheit wirkte, war Betroffenheit und Scham.

Die Händler konnten sich nicht satthören und überschütteten Aslak mit Fragen. Was mit Svena sei, wollten sie wissen, ob er Mares wahren Mörder kenne und was er jetzt vorhabe.

Aslak beantwortete ihre Fragen kurz und schlicht, wie es seine Art war. Überhaupt war ihm das große Interesse an seiner Person peinlich.

Die ganze Zeit schon dachte er an das wundervolle Schwert, das ihm Skyll letzten Herbst gezeigt hatte. Es war ihm zum Symbol für Macht und Unsterblichkeit geworden.

Er bat Skyll, das Schwert sehen zu dürfen.

„Ich hab es nicht mehr", antwortete der Händler kurz.

„Du hast es hergegeben? Wer besitzt es jetzt?" Erstaunt und enttäuscht sah Aslak Skyll an.

„Niemand besitzt es", antwortete dieser gelassen. „Ich versteckte es an einem sicheren Ort. Kurz nachdem wir uns das letzte Mal getroffen hatten, war es mir beinahe gestohlen worden. Es ist zu wertvoll, um es ständig mit auf die Reise zu nehmen. Und es ist zu wertvoll, um es irgendjemandem zu geben."

„Du bist Händler, und du willst es nicht verkaufen?"

Aslak hatte das seltsame Gefühl, etwas sehr, sehr Wichtiges verloren zu haben. Warum er so versessen auf das Schwert war, wusste er selbst nicht genau. Er spürte nur, er musste es besitzen. Gleichzeitig war ihm, als wäre er noch immer des Schwertes unwürdig. Skyll hatte vollkommen Recht: es war zu wertvoll, um es irgendjemandem zu geben.

„Ich werde es nie verkaufen", sagte Skyll, und dem ungewohnten Ernst des Händlers war anzumerken, dass daran nicht zu rütteln war.

Aslak musste sich wohl oder übel damit zufriedengeben.

Obwohl die Sonne den Boden schnell trocknete und der Weiterfahrt nichts mehr entgegenstand, blieben die Männer noch einen weiteren Tag im Buchenhain. Aslak und Arnim hörten gespannt, was Skyll über die Römer, die ständig an Macht gewannen und ihr Gebiet nach Norden auszudehnen suchten, berichtete und über die Kelten, die vielleicht schon zu dieser Zeit wie ein Schwarm Heuschrecken über die Hermunduren, Chatten und Marser herfielen. Dass es für die Cherusker gefährlich werden könnte, bezweifelte Skyll, da deren Land zu weit entfernt lag. Er nahm damit eine große Sorge von Aslak.

Skyll genoss, dass die beiden Krieger ihm so aufmerksam zuhörten. Er ließ es natürlich nicht an dramatischen Ausschmückungen fehlen. Seine Männer kannten die Geschichten, die er prahlerisch von sich gab, schon auswendig, und immer wieder musste der gute Skyll für einen Scherz herhalten. Skyll schien dies in keinster Weise zu stören. Er forderte es geradezu heraus. Aslak stellte aber fest, dass der Anführer seine Männer nichtsdestotrotz jederzeit im Griff hatte. Ein Wort von ihm, und sie parierten wie ergebene Hunde.

Aslak fragte sich, woher Skyll diese Autorität nahm. Er war weder besonders groß, noch war er kräftig. In einem Kampf musste er unbedingt unterliegen. Erst später erfuhr Aslak, dass Skyll seine Männer im ganzen Land bei verschiedenen Stämmen aufgelesen hatte. Sie waren verarmte Bauern gewesen oder Ausgestoßene. Der Chatte gab ihnen Brot und das Gefühl, gebraucht zu werden. Wie ein liebevoller Vater war er zu ihnen. Sie waren jetzt eine Familie, die in allen Notlagen fest zusammenhielt. Jeder von ihnen wäre sofort bereit gewesen, das Leben für die anderen zu opfern.

Und noch etwas ging Aslak durch den Kopf. Die Händler waren alle gutmütige Kerle, waren aber trotzdem geübt im Umgang mit der Waffe. Zwei von ihnen waren fast so groß und kräftig wie er. Zu acht wäre es ihnen leicht gefallen, ihn und Arnim zu überwältigen.

„Weshalb hast du nicht versucht, mich töten zu lassen?", wandte er sich an Skyll. „Wie du weißt, bin ich friedlos. Die Überlieferung gebietet jedem Mann, einen Friedlosen zu töten."

Skyll sah ihn verwundert an.

„Was schert mich die Überlieferung. Jeder Stamm macht sich seine eigenen Gesetze. Ich gehöre keinem Stamm an. Schon lange nicht mehr. Ich ziehe durch das Land, und überall bin ich zu Hause. Nein, die Gesetze kümmern mich nicht. Schau dir die Männer an, die dir nach dem Leben trachten. Die Gesetze verbieten ihnen das Töten. Aber weil sie nun mal danach dürsten, stürzen sie sich fortwährend in wilde Kriege oder fallen wie ein Rudel ausgemergelter Wölfe über einen Friedlosen her. Auf diese Weise können sie ungestraft das Gesetz umgehen und ihrem Trieb folgen. Bei uns gelten andere Werte. Die Werte der Freundschaft und des Vertrauens. Weshalb also sollten wir dich töten?"

Skylls Worte berührten Aslak tief. Er hatte gelernt, die Menschen zu verachten. Der Händler hatte die Doppelmoral der Gesetze und ihrer Hüter treffend beschrieben. In ihm und seinen Gehilfen traf Aslak auf Menschen, die von ganz anderem Schlag waren - Menschen, denen er vertraute, wie sie ihm vertrauten.

Und als Skyll ihn jetzt fragte, ob er und Arnim sie nicht eine Weile begleiten wollten, stimmte er gerne zu. Diese Nacht sank Aslak in einen tiefen, erholsamen Schlaf. Er wusste sich unter Freunden und fühlte sich seit langem einmal wieder geborgen.

Am anderen Tag brachen sie früh auf. Die Ochsen wurden eingespannt, die Peitschen knallten und die Wagen setzten sich unter einer strahlend emporsteigenden Sonne knarrend in Bewegung. Sie kamen zügig voran. Schon am späten Nachmittag, früher als erwartet, sahen sie das Dorf vor sich, das zum Stamm der Friesen gehörte. Eingebettet in saftige Wiesen, lag es beschaulich und ruhig am Fuße eines bewaldeten Hügels.

Frohgelaunt trieben die Händler die Ochsen an, denn das Dorf versprach schon wegen seiner Größe einen guten Gewinn. Aslak und Arnim sahen sich fragend an. Wie würden die Menschen dort einen Friedlosen empfangen?

15. KAPITEL

Der Ort war von einer Palisade umgeben und bestand aus zweiundvierzig niedrigen Häusern, die kreisförmig um einen freien Platz angeordnet waren. Aslak fielen sofort die seltsamen Gebilde auf den Dächern auf, aus denen der Rauch abzog. Sie waren aus Holzlatten gezimmert und wurden nach oben hin schmäler. Abgesehen von dieser Besonderheit, erinnerte ihn das Dorf an sein eigenes. Diese friedliche Normalität: Der warme Duft von Dung erfüllte die Luft, und in den Ställen war das Muhen der Kühe und das Meckern der Ziegen zu hören, die darum baten, gemolken zu werden. Kinder spielten lachend mit einer aufgeblasenen Tierblase. Gackernd scharrten Hühner, und zwei Hunde stritten sich knurrend um einen weggeworfenen Knochen. Da war die Schmiede, in der ein kräftiger Bursche ein glühendes Stück Eisen mit klirrenden Hammerschlägen bearbeitete, und dort das schwere Mühlrad, das im Herbst, wenn das Getreide abgeerntet war, von Ochsen oder Sklaven gedreht wurde.

Hier und da trat vorsichtig ein Mann aus dem Haus, um die Fremden misstrauisch zu begutachten. Dann hallte der Ruf „Die Händler kommen" durch das Dorf, und überall kamen die Leute erwartungsvoll vor die Tür. Männer in schmutzigen Hosen und rötlichen Haaren, die kurz unterhalb der Ohren abgeschnitten waren, als habe man ihnen zum Maßnehmen einen Topf übergestülpt, schritten forsch auf die Ankommenden zu. Wie alle Friesen trugen sie wilde Bärte; auf den wuchtigen Köpfen saßen kleine Lederhüte.

Die Frauen waren scheuer. Nur zaghaft kamen sie näher. Sie hatten schönes, langes Haar von mattem Bronzeschimmer. Jetzt, da der Sommer vor der Tür stand, waren sie barfüßig, luftige Trägerkleider bedeckten ihre schlanken Körper.

Einige ließen ihren Oberkörper völlig frei und trugen nur ein kurzes Leinenröckchen. Die wenigsten Männer und Frauen waren mit Schönheit gesegnet, aber ihre Körper waren gut gewachsen und muskulös. Freundlich begrüßten sie die Händler. Skyll brauchte sich nicht lange vorzustellen. Alle kannten ihn und seine Helfer noch aus den Jahren zuvor. Und auch Skyll erinnerte sich an viele Gesichter. Da war Kall, dem ein Hausbrand das Gesicht entstellt hatte, und Fihl, der immer mehr tauschen wollte, als er geben konnte. Oder Muur, der Schmied, dem der Priester wegen einer eitrigen Knochenverletzung den rechten Fuß hatte abschlagen müssen. Weil er deshalb keine Kriegsehren erlangen konnte, grollte er aller Welt. Mit Muur legte man sich wegen seiner Bärenkräfte besser nicht an. Er hatte aber eine ganz ansehnliche Schwester, die trotz ihrer fleißigen Hände und ihres wohlgeformten Körpers noch immer keinen Mann gefunden hatte. Sie hieß Vana.

Und da war natürlich Hildegard. Sie wartete Jahr für Jahr sehnsüchtig auf ihren Skyll, um mit ihm ein paar Tage des Glückes zu genießen. Sie war noch runder als der Chatte, Haar und Gesicht waren rot wie das Feuer und ihr Temperament überschäumend wie ein rauschender Wildbach. „Skyll", tönte es laut über den Platz, und schon eilte sie auf den Händler zu, riss ihn vom Wagen, schlang ihre dicken Arme um ihn, dass ihm fast der Atem wegblieb, und presste ihre Lippen auf die seinen.

Diese Art der Begrüßung rief bei allen herzhaftes Lachen hervor. Skyll nahm es gerne in Kauf. Die Grundlage für ein gutes Geschäft war geschaffen, der eigentliche Handel würde aber erst am nächsten Tag beginnen, denn für ein genaues Betrachten der Güter war es schon fast zu dunkel.

Die Dorfbewohner wiesen Skyll einen Platz zu, an dem er und seine Männer übernachten konnten. Sie brachten ihre Wagen dorthin, schirrten die Ochsen aus, die sie in einem Stall des Dorfes unterbringen konnten, und ließen dann den Abend gemütlich angehen. Ein Feuer war bald entzündet, um Essen und Trinken brauchten sie sich nicht zu kümmern, denn Männer und Frauen setzten sich zu ihnen; jeder brachte irgendeine köstliche Speise, Most oder Met mit, und Schüsseln und Krüge kreisten reihum. Die Händler stellten eine neutrale Nachrichtenquelle zwischen den Dörfern und Stämmen dar. Ihnen zu lauschen war oft spannend, manchmal auch amüsant und sehr informativ. Skyll wusste seine Position denn auch geschickt zu nutzen. Ausführlich berichtete er von den Kelten und dem drohenden Krieg. Und eingedenk der Waffen, die er mit sich führte, schürte er die Angst, die die Zuhörer ergriff. Als die Männer sich erkundigten, ob er genügend Waffen bei sich habe, die man tauschen könne, und die Frauen nach Mehl und Salz fragten, das im Kriegsfall ausreichend vorhanden sein musste, wusste Skyll sein Spiel gewonnen.

Als eine weitere Runde Met die Gemüter wieder etwas beruhigt hatte, wollten die Dorfbewohner endlich wissen, wer die beiden Fremden waren, die so gar nicht wie Händler wirkten. In weiser Voraussicht stellte Skyll den Cherusker als Hanns vor, und Arnim, auch sein Name konnte bekannt sein, nannte er kurzerhand Wig.

„Sie sind Semnonen", begann er eifrig zu fantasieren, in seinem Kopf spann sich bereits eine fabelhafte Geschichte zusammen. Sie lebten friedlich in ihrem Dorf bei ihren Frauen, die sie liebend umsorgten. Bis zu jenem schrecklichen Tag, an dem ihr Frieden ein jähes Ende fand. Da verfinsterte sich der Himmel, und die Erde bebte. Es war, als bräche das Land mitten entzwei. Suttung, der Riese, näherte sich in gewaltigen Schritten, die wie der Donner hallten. Seine Keule mähte Bäume nieder wie Grashalme, und alles Lebende, das sich ihm in den Weg stellte, tötete er in seiner grausamen Wut. Mit einem Streich vernichtete er das Dorf. Nur Hanns und Wig und deren Weiber überlebten. Suttung griff mit seiner Riesenhand nach den Frauen, schnappte sie und verschwand mit ihnen. Seitdem wurden sie nie wieder gesehen. Hanns und Wig trieb es hinaus ins weite Land. Ständig auf der Suche nach ihren geliebten Frauen. Bis jetzt haben sie noch keine Spur von dem Riesen entdeckt, der sich irgendwo verborgen hält. Aber der Tag wird kommen, an dem sie ihn finden, und dann wird ihn grausame Rache treffen."

Skylls Geschichte hinterließ tiefen Eindruck, aber so richtig mochte niemand daran glauben. Zumindest aber war ihre Vorliebe für gute Geschichten befriedigt, und im Moment fragte keiner mehr nach Aslak und Arnim.

Hildegard, die dicht neben ihrem Skyll saß, stieß ihm den Ellenbogen unsanft in die Rippen. „Schweig jetzt!", knurrte sie ungeduldig. „Trink und iss lieber, damit du zu Kräften kommst! Bist ganz abgemagert von der langen Reise." Und um ihre Anteilnahme auszudrücken, drückte sie ihm einen schmatzenden Kuss auf die Lippen. Aber Skyll war ein viel zu leidenschaftlicher Erzähler, als dass er sich durch sein Weibsbild hätte ablenken lassen. Alte und neue Geschichten wurden vorgetragen, vieles, was er erzählte, fiel ihm eben erst ein.

Irgendwann kam auch die Rede auf jenen Friedlosen, der sich in den Wäldern versteckt hielt und schon acht Männer getötet hatte.

„Man behauptet, er sei groß wie ein Bär und kein Krieger könne es an Kraft mit ihm aufnehmen", sagte jemand. „Er soll sogar den Fenriswolf getötet haben."

„Das ist doch alles Firlefanz", meinte ein Anderer.

„Ich jedenfalls möchte ihm nicht über den Weg laufen", sagte der erste. „Es hat noch keinen Krieger gegeben wie Aslak. Wenn er nicht Tyr, der Kriegsgott, selbst ist, so muss er zumindest die Gunst der Götter genießen. Anders sind sein Mut und seine Kraft nicht zu erklären."

Auch hier im Dorf, wie überall im Lande, ging die Meinung auseinander. Vom gemeinen Verbrecher bis zum bewundernswerten Helden wurde Aslak alles geheißen. Vor allem die Frauen verehrten ihn.

Aslak saß schweigend dazwischen. Wenn sich jetzt einer der Gehilfen verplapperte, dann war er verloren. Aber wieder erwies sich Skyll als talentierter Redner und als treuer Freund. Geschickt lenkte er zu einem anderen Thema über. Die Gefahr war fürs erste gebannt.

Eine der Frauen, die mit in der Runde saßen, war Vana. Sie war ohne ihren Bruder gekommen und lauschte fasziniert den lebhaft vorgetragenen Erzählungen. Sie saß Aslak gegenüber, dem sie über das Feuer hinweg verstohlene Blicke zuwarf, die er zu ihrem Bedauern aber kaum beachtete. Schließlich nahm sie sich einen mit Met gefüllten Tonkrug, lief um das Feuer herum und kniete sich neben Aslak nieder.

„Du solltest nicht so sparsam sein", sagte sie und lächelte ihn an. Aslak hielt ihr den Becher hin, und als sie eingoss, waren sich ihre Gesichter ganz nah. Es war jetzt schon finster, der Schein der Flammen tanzte auf ihren rosigen Wangen. Sie hatte volle Lippen, und ihre Augen waren groß und dunkel. Ihre pralle Brust spannte unter einem dünnen Leinenkleid. Unverhohlen blickte sie Aslak an.

Eine Weile blieb sie hocken. Dann, weil kein Gespräch mit ihm in Gang kam, stand sie enttäuscht auf und ging zurück an ihren Platz.

„Weshalb hast du sie nicht eingeladen, sich neben dich zu setzen?", flüsterte Arnim.

Aslak hob die Schulter. „Ich weiß es nicht."

Aber Arnim wusste es.

„Es ist wegen Svena. Sie ist ständig gegenwärtig, nicht wahr?"

„Ich darf Svena nicht betrügen."

„Du betrügst sie nicht", entgegnete der Freund. „Betrügen kann man nur mit dem Herzen. Solange Svena in deinem Herzen wohnt, kannst du sie nicht betrügen. Aber ich verstehe dich. Auch ich würde so fühlen."

Aslak nahm sich vor, weiter keinen Gedanken mehr an Vana zu verschwenden. Die Liebe zu Svena saß zu fest in ihm, als dass er das Beisammensein mit einer anderen Frau hätte genießen können. Vielleicht wartete er insgeheim darauf, dass ihm die Götter einmal die Entscheidung abnahmen. Sie hatten ihn immer wohlwollend beraten.

Während des weiteren Abends ertappte er sich jedoch ein paarmal dabei, dass er den Blick der Frau suchte. Und wenn er ihr dann in die Augen sah, lächelte sie, und Aslak spürte, wie sein Körper reagierte.

Spät in der Nacht zogen sich die Dorfbewohner zurück. Drei von Skylls Gehilfen wurden für die Nacht eingeladen. Auch Vana dachte daran, Aslak zu sich einzuladen. Da sie aber bei ihrem Bruder wohnte, durfte sie nicht über dessen Haus verfügen. So warf sie Aslak einen letzten Blick zu und ging dann schnell weg.

Sie waren jetzt einschließlich Hildegard nur noch zu acht. Stille kehrte ein, nur das Holz knisterte im Feuer. Sie waren alle müde, rollten sich in ihre Felle und schliefen bald ein.

Kurz darauf wachte Aslak auf. Vorsichtig blickte er sich um. Das Feuer war fast niedergebrannt, aber es gab noch so viel Licht ab, dass Aslak Skyll und Hildegard erkennen konnte. Eng umschlungen liebten sie sich. Schweiß perlte auf ihren nackten Körpern, und ihr Keuchen verriet wilde Begierde.

Aslak legte sich wieder nieder. Aber er konnte lange nicht einschlafen.

Am Morgen kamen die drei anderen Gehilfen aus den Häusern und gesellten sich wieder zu ihnen. Sie brachten warme Milch, frisches Brot und Käse mit. Nachdem sie reichlich gefrühstückt hatten, zogen sie die Lederplanen von den Wagen. Dies war das Zeichen, dass der Handel beginnen konnte. Da aber jeder wusste, die Händler würden mehrere Tage im Dorf bleiben, hatte es niemand eilig. Und während des Vormittags waren es nur zehn, die an die Wagen kamen. Viele hatten feste Vorstellungen von dem, was sie benötigten. Skyll konnte ihnen fast alles bieten. In Anbetracht des bevorstehenden Krieges waren natürlich Waffen besonders gefragt. Skyll konnte deshalb weit mehr verlangen als noch im Vorjahr. Einige wandten sich enttäuscht ab, weil sie den geforderten Preis trotz heftiger Diskussionen nicht drücken konnten. Später aber kamen dann die meisten doch zurück und brachten die geforderten Handelswaren. Skyll tauschte gegen alles, was sich auf seiner weiteren Reise wieder an den Mann bringen ließ. So erhielt jedes Dorf das, was es brauchte, und gab das, was es entbehren konnte.

Ein Mann war so arm, dass er nichts anderes für ein Schwert bieten konnte als seine fünfzehnjährige Tochter. Das Mädchen war hübsch, war gerade gewachsen, und die kräftigen Arme ließen vermuten, dass sie an Arbeit gewöhnt war. Für viele Händler hätte das Mädchen zweifelsfrei ein passables Tauschobjekt dargestellt, Skyll aber lehnte wütend ab.

Hinter der Tür der Schmiede war hin und wieder ein klobiger Kopf mit wirrem Haar erschienen, dann aber wieder rasch im Schatten verschwunden. So, als wollte er die Händler erst prüfen. Schließlich schien sich Muur entschlossen zu haben, trat mit finsterer Miene hinaus vor die Schmiede, stemmte seine Hände an die Hüften und hinkte entschlossen auf die Wagen zu.

Muur benötigte neues Eisen. Auf dem Wagen lagen elf schwere Barren. Muur bot für zwei Barren vier große Leinentücher. Skyll forderte sieben, was dem Schmied gar nicht schmeckte. Polternd blieb er dabei, nur vier Tücher bezahlen zu wollen. Und da keiner gewillt war nachzugeben, lagen sie sich schon bald lautstark in den Haaren.

Aslak, der dabei war, seine Stute zu versorgen, trat beherzt hinzu, um seinem Freund zu helfen. Muur, der es an Größe und Kraft mit Aslak aufnehmen konnte, stellte sich breitbeinig vor den Cherusker, bereit, seine Meinung mit den Fäusten zu verteidigen. Den Fuß seines verkürzten Beins hatte er mit mehreren Lagen Fell umwickelt, so konnte er schmerzfrei gehen. Dennoch stand er etwas schief, was ihn aber nicht weniger gefährlich machte. Allein seine muskelbepackten Arme flößten Respekt ein. Und sein finsterer, unnahbarer Charakter schlug die meisten schon in die Flucht.

Aslak sah den Schmied ruhig an.

Skyll war zwar stolz, dass Aslak sich für ihn einsetzte, doch auch wenn Muur im Dorf nicht gerade beliebt war, so war er doch einer von ihnen, und ein Kampf konnte das ganze Geschäft mit den Friesen vermasseln.

„Mit fünf bin ich einverstanden", lenkte er deshalb schlichtend ein.

„Gut", antwortete Muur knurrend, ohne den Blick von Aslak zu wenden. „Lass die Barren in die Schmiede bringen."

Er brummte etwas in seinen Bart, machte eine wegwerfende Handbewegung und humpelte nach Hause.

Skyll atmete erleichtert auf.

„Das war gut gemeint, Aslak. Aber ein Streit bringt nichts ein. Trotzdem danke ich dir."

„Du hättest nicht nachgeben sollen", entgegnete Aslak vorwurfsvoll. „Ich habe gelernt, wer einmal nachgibt, muss immer wieder nachgeben. Nicht mehr lange, und der Mann hätte seine sieben Tücher bezahlt."

„Vielleicht", antwortete Skyll nachdenklich. „Vielleicht auch nicht."

Damit hakte Skyll den Vorfall ab. Voller Eifer befahl er Herwig, die zwei Barren in die Schmiede zu bringen.

Auch Aslak, der zu seinem Schimmel zurück ging, dachte nicht weiter über die Angelegenheit nach.

Herwig musste zweimal laufen, um die Eisen in die Schmiede zu schaffen. Und weil Skyll um die Dummheit seines Gehilfen wusste, rief er ihm nach: „Fünf Tücher. Vergiss das nicht!"

Muur wies Herwig an, die Barren neben die Esse zu legen. Er hatte auch schon die Tücher bereit, die er dem Gehilfen überreichte.

„Zähl nach!", forderte der Schmied ihn auf.

„Wird schon recht sein", meinte Herwig kurz und war schon halb durch die Tür verschwunden.

Muur hielt ihn schnell am Arm fest.

„Wer ist der Mann, der Haare wie ein Weib hat?"

„Er und sein Freund begleiten uns", gab Herwig lapidar zurück. Wieder wollte er weg. Doch nach zwei Schritten blieb er stehen, drehte sich um und meinte wichtig: „Du kannst von Glück reden, dass du dich nicht mit ihm angelegt hast, sonst stündest du nicht mehr hier. Er hätte dich in Grund und Boden gestampft."

„So, meinst du?"

„Das meine ich. Und ich will dir auch sagen, weshalb. Weißt du, wer das ist? Das ist kein anderer als Aslak."

Muurs Augen verfinsterten sich. „Aslak, der Friedlose?"

„Genau der. So, jetzt zitterst du im Nachhinein. Sei froh, dass ich dich rechtzeitig warnte."

„Ich danke dir", erwiderte der Schmied.

Herwig war sich nicht im Geringsten bewusst, etwas Falsches gesagt zu haben. Im Gegenteil, er war stolz auf die Bekanntschaft mit Aslak und der Meinung, dem Schmied einen Dienst erwiesen zu haben. Und in gewisser Weise hatte er das auch.

„Sag mir, wie lange bleibt ihr noch bei uns im Dorf?"

„Das weiß nur Skyll. Vielleicht drei Tage. Vielleicht auch länger. Jetzt muss ich aber gehen. Skyll wartet sicher schon."

„Geh nur."

Er schob Herwig zur Tür hinaus, sah, wie dieser vergnügt den Dorfplatz überquerte, die Tücher bei Skyll ablieferte und sich dann wieder seinen Aufgaben widmete. Skyll zählte die Tücher nach, prüfte sie auf ihre Qualität, faltete sie und legte sie beiseite. Muurs Blick wanderte weiter, über die Wagen der Händler hinweg zu Aslak, der mit Arnim plaudernd bei den Pferden saß.

„Das also ist Aslak", dachte Muur und fuhr sich grübelnd durch den Bart. Aslak, der unerschrockene Krieger. Aslak, den alle fürchten. Wer ihn besiegt, dessen Ruhm wird durch das ganze Land hallen. Jeder Stamm wird den Mann preisen, der Aslaks Kopf in Händen hält.

Leise schloss Muur die Tür. „Drei Tage", murmelte er. „In drei Tagen wird sich bestimmt eine Gelegenheit finden."

Dass ihm gerade Vana, seine Schwester, diese Gelegenheit bieten würde, wenn auch unbewusst, war ein seltsames Spiel der Götter.

16. KAPITEL

Zweimal schon hatte Vana die Wagen der Händler aufgesucht. Sie plauderte mit Skyll oder feilschte mit ihm um Dinge, die sie nicht benötigte. Während sie bei dem Händler stand, waren ihre Gedanken bei Aslak, dem sie, an Skyll vorbei sehend, neckische Blicke zuwarf.

Aslak musste sich eingestehen, dass er Gefallen an der Frau fand. Jetzt, bei Tageslicht, sah er sie anders als noch in der Nacht zuvor. Sie hatte ein rundes, ebenmäßiges Gesicht und blaue, in kindhafter Freude strahlende Augen. Ihre Figur war schlank. Die Brüste waren üppig, und die Schenkel zeichneten sich bei jedem Schritt deutlich durch das Kleid ab. Ihre Hände waren rissig von der Arbeit und ihre Arme kräftig. Ihr Lächeln war eine reizende Aufforderung, der sich Aslak kaum mehr entziehen konnte.

Während der Mittagszeit war Vana verschwunden.

Noch immer fesselten die seltsamen Rauchabzüge auf den Dächern Aslaks Neugierde. Um sich von Vana abzulenken, ging er deshalb zu einem der Bauern und fragte danach.

Der Bauer hieß Heinerrich. Er war sehr freundlich und führte Aslak stolz ins Haus. Der Wohnraum unterschied sich nicht wesentlich von denen, die Aslak von daheim her kannte. Er war fensterlos und vom Geruch der Menschen und Tiere angefüllt. Auch hier nahm der Herd die Mitte des Raumes ein. Eine Elle über dem Herd begann das sonderbare Gebilde, streckte sich geradewegs nach oben, durchbrach das Dach und ragte über es hinaus. Es war aus Holz und direkt dort angebracht, wo der Rauch aus dem Herd zog.

„Das ist ein Schlot", erklärte Heinerrich beflissen. „Er leitet den Rauch nach draußen."

Interessiert sah sich Aslak die Konstruktion näher an. Vier dünne Stämme, die so lang wie das ganze Gebilde waren, steckten um den Herd im Boden. Schmale, in der Länge geplättete Leisten, die mit Riemen an den Stämmen befestigt waren, umgaben es an den vier Seiten und bildeten so einen gestreckten, kantigen Hohlkörper.

„Ist das nicht gefährlich?", fragte Aslak. „Der Schlot ist aus Holz und kann leicht brennen."

„Nicht, wenn du einen genügenden Abstand zum Herd einhältst", versicherte ihm der Bauer. „Das Holz ist trocken und steinhart. Die Hitze allein kann es nicht entfachen. Wie du siehst, ist der Schlot hier unten ziemlich breit. Dadurch wird der ganze Rauch aufgenommen. Manchmal hängen wir Fische und Fleisch hinein, um sie zu räuchern. Oben ist die Öffnung so klein, dass kaum Regen oder Schnee eindringt."

Die Erfindung war einfach und doch genial. Der Wohnraum blieb frei von Qualm und der Schlot ersparte obendrein die Räucherkammer. Schon seit vielen Jahren kannten die Friesen diese Vorrichtung, die sie den Kelten und Römern abgeschaut hatten, wusste Heinerrich zu berichten. Aslak nahm sich vor, sollte er irgendwann ein Haus bauen, auch einen Schlot anzubringen, und ließ sich von Heinerrich genau erklären, wie er zu fertigen sei. Der Bauer tat das gern und mit sichtlichem Stolz.

Zufrieden bedankte sich Aslak und verließ Heinerrichs Haus. Er schlenderte durchs Dorf, an den spielenden Kindern vorbei zu Arnim, dem er die neuen Erkenntnisse lebhaft mitteilte.

Die Sonne besaß jetzt im Spätfrühling ungewöhnlich viel Kraft. Glühend stand sie am Himmel. Aslak und Arnim streckten sich ins Gras, genossen die Wärme und träumten von der Zukunft. Von einem Haus mit Schlot und einer Frau am Herd, die sie liebten. Und vor allem von Frieden und einer Zeit, in der es ihnen möglich war, ungestört am Tisch zu sitzen, ohne Gefahr zu laufen, überfallen zu werden.

Beide Männer lagen mit offenen Augen im Gras, und beide führte der Traum unweigerlich zu Svena. Zu jener Frau, die ihren Träumen Leben verlieh.

„Was wirst du jetzt tun?", fragte Arnim nach einer Weile. Seine Frage zielte auf Vana.

„Was soll ich tun?" fragte Aslak zurück und schob sich einen Halm zwischen die Zähne.

„Ich kann dir nicht sagen, was du zu tun hast", sagte Armin. „Du hast bis jetzt immer selbst deine Entscheidungen getroffen. Ich kann dir nur sagen, wie ich mich entscheiden würde."

Aslak richtete sich halb auf und stützte sich auf seinen Ellenbogen.

„Du bist frei", sagte er. „Du kannst leicht Entscheidungen treffen."

„Ich bin weniger frei, als du denkst."

„Dann hast auch du ein Mädchen? Ich wusste gar nichts davon. Ist sie aus unserem Dorf?"

„Ja."

„Liebst du sie?"

„Ich liebe sie sehr."

„Wer ist sie? Sag mir, wer ist sie? Ich habe all die Jahre nur Augen für Svena gehabt und nicht bemerkt, dass mein Freund eine Geliebte hat."

„Du hast vieles nicht bemerkt, Aslak, eben weil du nur Svena gesehen hast. Und auch jetzt bemerkst du nichts."

Aslak legte sich zurück ins Gras. Sinnend sah er hinauf in den wolkenlosen Himmel. Gedankenverloren kaute er auf dem Halm.

„Mag sein, dass du Recht hast", gab er schließlich zu. „Aber weshalb im Trüben schwelgen. Das Nichtstun schadet nur. Die größten Dummheiten kommen dabei heraus. Wir schwingen uns jetzt auf unsere Pferde und erkunden die Gegend. Vielleicht können wir einen Hirschen jagen. Das wird uns aufmuntern."

Sie holten Pfeil und Bogen, schnürten sich die Schwerter um, sagten schnell Skyll Bescheid und ritten schon kurz darauf durch die Öffnung der Palisade aus dem Dorf.

Sie folgten ein Stück dem Bach, bogen dann aber nördlich ab. Ein sanfter Hügel brachte sie auf ein weites, grasbewachsenes Plateau. Hier trieben sie ihre Pferde an.

Es tat gut, das Haar im Wind zu spüren und zu wissen, dass man frei war und nur die eigene Kraft Grenzen setzte. So liebten sie das Leben.

Auch die Pferde genossen den Ausritt. Elfe ließ Arnims Fuchs weit hinter sich; in gestrecktem Galopp berührte ihr Bauch fast das Gras.

Aslak hatte längst gelernt, seine Schenkel richtig einzusetzen. Wie verwachsen waren Reiter und Pferd.

Einer Laune folgend, nahm er jetzt, während er mit Elfe dahinjagte, den Bogen zur Hand, zog einen Pfeil aus dem Köcher und spannte ihn auf die Sehne.

Links von ihm, etwa hundert Schritte entfernt, stand eine Gruppe Birken. Auf die größte von ihnen zielte er. Der Pfeil schnellte von der Sehne, pfiff surrend durch die Luft und bohrte sich in den Stamm. Getroffen! Hundertmal hatte er dies in der Nähe der Höhle probiert, aber es hatte nie so perfekt geklappt wie heute.

Es war also doch möglich, vom Pferd aus zu kämpfen. Ohne den Traum wäre er nie auf diesen Gedanken gekommen.

Er brachte Elfe zum Stehen. Streichelnd lobte er das brave Tier.

Ungeduldig erwartete er Arnim und zeigte voller Stolz auf den Pfeil. Arnim hatte den Schuss aus der Entfernung beobachtet, auch er hatte noch nie einen Mann vom galoppierenden Pferd schießen sehen.

Voller Enthusiasmus schwang sich Aslak abermals auf Elfe, entfernte sich ein Stück, trieb die Stute an, und wieder schoss er. Auch jetzt bohrte sich der Pfeil in sein Ziel. Ein drittes und ein viertes Mal wiederholte er das Kunststück.

Wenn es ihm gelänge, mehrere Pfeile in schneller Folge abzuschießen, dann trüge er seinen Namen zu Recht. Dann wäre er Aslak, der Unbesiegbare. Dann könnte er selbst einer ganzen Kriegerschar standhalten. Noch aber war es nicht soweit. Der Weg dorthin würde viel Fleiß und Übung erfordern.

Aslak verspürte jetzt keinerlei Lust mehr auf Jagd. Zu aufregend war der Gedanke, der heute erstmals greifbar geworden war. Hochgestimmt kehrten sie zurück ins Dorf.

Sie legten die Waffen ab und rieben die Pferde mit Grasbüscheln trocken. Aslak besorgte von einem Bauern ein paar Rüben für ihre vierbeinigen Gefährten. Elfe dankte es ihm mit einem zufriedenen Schnauben.

Es war inzwischen spät am Nachmittag. Den ganzen Tag hatte sich keine Wolke sehen lassen. Heiß strahlte die Sonne vom Himmel. Skyll war rundum beschäftigt.

Aslak und Arnim legten sich in den Schatten. Nur ein Thema beschäftigte sie. Und das war der neue Kampfstil.

Arnim hatte bisher nicht wirklich geglaubt, dass es einem Mann möglich sein konnte, vom Pferd aus zu kämpfen. Er selbst war ein hervorragender Bogenschütze, dennoch war Aslaks Bemühen in seinen Augen ein hoffnungsloses Unterfangen gewesen. Skeptisch hatte er Aslaks vergebliche Versuche von der Höhle aus beobachtet. Aber er hatte nie etwas gesagt. Er hatte die Zuversicht des Freundes bemerkt, sein glückliches Strahlen über jeden kleinen Fortschritt. Aslak war wahrlich wenig geblieben, er wollte ihm nicht auch noch diese Freude nehmen.

Und jetzt erlebte er, dass es Aslak doch schaffte. Aber mehr als dessen Erfolg zählte für Arnim, seinen Freund seit langem wieder glücklich zu sehen.

Aslak erzählte und erzählte. Immer wieder kaute er den grandiosen Ritt durch. Mit einem Mal hielt er inne. Sein Blick war hinüber gewandert zu den in der Sonne spielenden Kindern, vorbei an der Schmiede, dann zu Muurs Haus. Dort trat jetzt Vana ins Freie. Drei Lederbeutel hielt sie in der Hand. Sie war auf dem Weg zum Bach, um Wasser zu holen. Sie lächelte Aslak freundlich an. Als dieser ihr Lächeln nicht erwiderte, senkte sie traurig den Kopf und lief schnell weiter.

Aslak stand auf und sah ihr nach, wie sie kurz darauf hinter der Palisade verschwand.

„Geh schon!" munterte ihn Arnim schmunzelnd auf.

Aslak zögerte. Die Hochstimmung in ihm wirkte wie ein Rausch, der das Denken einschränkt, das sonst den Trieben Einhalt gebietet. Er gab sich einen Ruck und folgte Vana.

Nur wenig später wurde vorsichtig die Tür der Schmiede geöffnet. Sich mit grimmigem Blick umsehend, das Schwert am Gürtel, verließ Muur humpelnd das Dorf.

Bis zum Bach war es nicht weit. Vana war gerade dabei, Wasser in die Beutel zu füllen, als sie Aslak bemerkte.

Überrascht richtete sie sich auf. Sie hatte geglaubt, er sei nicht interessiert an ihr, und jetzt stand er vor ihr. Ein scheues Lächeln huschte über ihre Lippen. In ihrem Haar spielte die Sonne. Jetzt erst bemerkte Aslak richtig, wie hübsch sie war.

Wortlos nahm er sie bei der Hand. Vana ließ die Beutel zu Boden gleiten und beide überquerten den Bach, schlenderten durch das Gras, erreichten den bewaldeten Hügel und ließen sich an einem schattigen Platz hinter jungen Tannen nieder.

Aslak hatte seit Svena keine Frau mehr gehabt. Und jetzt war dieses Weib da, das voller sinnlicher Schönheit war und das Blut in ihm zum Wallen brachte. Ein Weib, das ihn offen begehrte.

In wilder Leidenschaft rissen sie sich die Kleider vom Leibe. Ineinander verschlungen wälzten sich ihre nackten Körper auf dem Boden. Ihre Lippen brannten heiß auf der Haut, ihre Finger gruben sich ins weiche Fleisch.

So wie die Leidenschaft über Aslak hergefallen war, so endete sie. Überraschend und schnell. Aslak schob Vana von sich. Er stand auf, zog sich an und warf auch Vana ihr Kleid zu.

Was war an dieser fremden Frau? Aslak wusste nicht, was er denken sollte. Verwirrt setzte er sich neben sie.

„Dann ist doch etwas Wahres an Skylls Geschichte." Ihre Stimme klang dünn und heiser. In ihren Augen sammelten sich Tränen. „Es gibt also eine andere Frau, die du liebst."

Aslak nickte stumm. Er mochte Vana gern, und es tat ihm weh, ihr Schmerzen zuzufügen.

„Warum ist sie dann nicht hier? Aber ich bin hier. Und ich will dir eine gute Frau sein." Die letzten Worte verschluckten die Tränen. Ungehemmt weinte sie.

„Ich dachte... wir beide..."

„Es ist unmöglich", sagte Aslak. „Schon bald werde ich weiterziehen."

„Und dann wirst du mich vergessen."

„Nein", versprach Aslak ehrlich.

„Warum bleibst du dann nicht? Die Leute im Dorf mögen dich. Du wirst es nicht bereuen. Wir bauen ein Haus, in dem wir glücklich sind. Wenn du willst, ziehen wir auch weg. Ich werde dir folgen, wohin du gehst. Ich falle dir bestimmt nicht zur Last."

„Versteh doch, es kann nicht sein."

„Warum nicht?"

„Weil ich Aslak bin", dachte er. „Weil ich Aslak, der Geächtete bin, den sie jagen wie ein Tier."

„Ich bin nicht Hanns, wie du annimmst", sagte er.

„Ich weiß." Sie hob den Kopf und sah ihn ernst an. „Du bist Aslak, den alle suchen."

Aslak war erstaunt. Und er war verwirrt.

„Wer weiß es sonst noch im Dorf?" fragte er schnell.

„Niemand. Als gestern Abend die Rede auf dich kam, bist du kurz erschrocken. Es hat keiner bemerkt. Nur ich bemerkte es, weil ich dich fortwährend ansehen musste. Schon als ich dich das erste Mal sah, fühlte ich es. Ich kann dich jetzt nicht einfach wieder vergessen."

„Du wirst ihn vergessen müssen!"

Muur war unbemerkt herangeschlichen, hatte die letzten Sätze belauscht und stand plötzlich vor ihnen. Aslak wollte aufspringen, doch Muurs Schwert drückte ihn zu Boden.

„Verschwinde!" fauchte Muur Vana an. „Du hast gewusst, wer er ist, und du hast geschwiegen. Dafür solltest auch du sterben."

„Du darfst ihn nicht töten!" flehte Vana.

„Ich darf nicht?" Muurs klobiges Gesicht verzog sich zu einem hämischen Grinsen. „Dieser Cherusker wird mir zu dem verhelfen, was mir wegen meinem verdammten Bein nicht vergönnt ist. Du weißt ja nicht, was es bedeutet, ihn zu töten. Ruhm bedeutet es und Ehre."

„Und es bedeutet, dass du feige einen wehrlosen Menschen ermordest."

„Schweig!" zischte Muur. Seine Augen glühten hasserfüllt.

„Warum hast du Angst vor mir?" Aslaks einzige Chance bestand darin, Muur abzulenken.

„Angst? Ich habe keine Angst vor dir."

„Dann lass mich aufstehen und mit dir kämpfen."

„Nein! Niemand wird fragen, wie du getötet wurdest. Alle werden sagen: Muur hat Aslak getötet. Und sie werden mich behandeln wie einen Fürsten."

Die Klinge drückte auf Aslaks Brust. Ein kurzer Ruck und sie würde ihn durchdringen.

„Vana wird wissen, wie feige du warst", versuchte es Aslak weiter. „Sie wird dich stets an deine Hinterhältigkeit erinnern. Jedes Mal, wenn du ihr in die Augen schaust, wirst du dich vor ihr schämen. Und viel schlimmer: Vor dir selbst wirst du dich schämen. Und was ist, wenn sie dein Geheimnis ausplaudert? Was bleibt dann von deinem Ruhm? Sie werden dich prügeln wie einen Hund. Nichts wird mehr verachtet als Feigheit."

Für einen kurzen Moment schien es, als käme Muur ins Grübeln. Jemanden in einem ehrlichen Kampf zu töten war eine heldenhafte Sache, einen am Boden liegenden Mann umzubringen, wurde dagegen mit Schimpf und Schande belegt und nicht selten mit dem Tod bestraft.

Muur war groß und kräftig, in einem Schwertkampf mit Aslak musste er aber seines Beines wegen ohne Zweifel unterliegen. Das wusste er nur zu gut. Und eben das fraß seit Jahren an seiner Seele. Jetzt war er dem Cherusker über.

Er riss das Schwert zum tödlichen Schlag empor.

Vana stieß einen schrecklichen Schrei aus. Gleichzeitig surrte der Pfeil von der Sehne, durchschlug Muur eine Sekunde später die Bauchdecke und fuhr ihm tief in die Eingeweide.

Das Schwert entglitt Muurs erhobenen Händen, langsam sank er zu Boden. Mit aufgerissenen Augen starrte er hinauf, dorthin, wo Arnim stand.

Arnim hatte beobachtet, wie Muur das Dorf verließ. Dessen grimmiger Blick hatte ihn stutzig gemacht. Und da er von dem Streit zwischen ihm und Aslak wusste, war er ihm gefolgt.

Muur war nicht tot. Vana kniete bei ihm nieder und weinte. Und als sie jetzt empor sah zu Aslak, waren ihre Augen leer und dunkel.

„Du hast Recht gehabt", sagte sie leise. „Ich kann dir nicht folgen. Dir kann niemand folgen. Nur der Tod ist dein Begleiter."

Aslak wollte noch etwas sagen, doch kein Wort hätte das ausgedrückt, was er fühlte. So sah er Vana, deren Körper vor Angst zitterte, ein letztes Mal an. Dann verschwand er mit Arnim.

Sie rannten bis zum Dorf. Dort verlangsamten sie ihren Schritt und liefen ruhig durch die Öffnung der Palisade. Niemand sollte Verdacht schöpfen. Sie zogen Skyll beiseite und schilderten ihm kurz, was vorgefallen war. Skyll erschrak, doch er verhielt sich gelassen und fragte nicht weiter. Sie nahmen ihre Waffen und die wenigen Habseligkeiten, die sie besaßen, stiegen auf ihre Pferde und ritten langsam aus dem Dorf. Erst als sie außer Sicht waren, trieben sie die Tiere an.

Vana beobachtete, wie Aslak weg ritt. Und auch, als sie ihn nicht mehr sehen konnte, wartete sie noch eine kurze Weile.

Dann eilte sie ins Dorf. Mehrere Männer rannten sofort hinaus, um Muur zu holen. Sie brachten ihn zum heilkundigen Priester. Muurs Verletzung aber war zu schwer, noch am selben Tag starb er.

Zehn Männer nahmen die Verfolgung auf. Vana hatte sie nicht überzeugen können, dass ihr Bruder in Notwehr erschossen worden war. Es waren erfahrene Jäger, die eine Spur selbst dann noch fanden, wenn sie mehrere Tage alt war. Diesmal scheiterten sie. Spät in der Nacht kehrten sie erfolglos zurück.

Der Zorn der Dorfbewohner richtete sich jetzt auf Skyll und seine Leute. Niemand glaubte, dass sie nicht wussten, wer Aslak war. Hätten die Händler nicht einem Verbrecher Obhut gewährt, dann wäre Muur noch am Leben.

Schimpfend und mit Knüppeln drohend, wurden Skyll und die Seinen aus dem Dorf vertrieben. Über Jahre hinweg würde er sich hier nicht mehr sehen lassen dürfen.

Vana war froh, dass Aslak entkommen war. Wenngleich er Schuld am Tod ihres Bruders trug, sie liebte ihn noch immer. Würde er kommen und ihr die Hand reichen, sie würde ihm bedingungslos folgen. Und so manchen Tag, wenn sie zum Wasser holen an den Bach ging, sah sie mit Wehmut nach Norden. Dorthin, wo Aslak verschwunden war.

17. KAPITEL

Aslak kannte ungefähr Skylls Route und fing ihn wenige Tage später ab. Hier erfuhr er erst, dass der Händler aus dem Dorf gejagt worden war. Es tat ihm sehr Leid, doch Skyll war nicht nachtragend.

„Ohne solche Abenteuer wäre das Leben halb so lebenswert", meinte der Chatte unbekümmert und schmunzelte. „Hauptsache, du bist heil davongekommen."

Aslak musste nun alles, was zwischen ihm und Muur vorgefallen war, bis ins kleinste Detail erzählen.

„Auweh, das hätte ins Auge gehen können", folgerte Skyll. „Wie ich das Ganze sehe, würden sich ohne Arnim jetzt die Würmer um dich kümmern. Kannst froh sein, einen so hellen Burschen bei dir zu haben. Ich kann mir vorstellen, dass du für die nächsten Tage genug hast, dich in einem Dorf blicken zu lassen."

„Deswegen haben wir auf dich gewartet. Wir wollten euch nicht ohne Abschied verlassen."

Skyll sah ein, dass es notwendig geworden war, getrennte Wege zu gehen. Da er Aslak aber nicht so ohne weiteres ziehen lassen wollte, ließ er flugs ein Fässchen und Becher für alle holen. Eine Zeitlang saßen sie dort und plauderten. Nach dem zweiten Becher nahm Skyll Aslak beiseite und führte ihn zu einem der Wagen. Er löste die Lederplane und lud Äxte, Hämmer und Säcke von der Ladefläche. Geheimnisvoll klopfte er mit der flachen Hand auf die Planken.

„Weißt du, was hier drunter ist?"

„Du wirst es mir sicher verraten."

Behutsam löste Skyll zwei der Bretter und schob sie zurück. Zum Vorschein kam eine Truhe, die mit Birkenpech verdichtet war, um sie gegen Regen zu schützen. Sie war flach, und von außen war dem Wagen nicht anzumerken, dass sie hier verborgen lag.

Fast feierlich öffnete Skyll die Truhe und holte einen länglichen Gegenstand hervor, der in mehrere Lagen Leder gehüllt war. Er legte das Bündel auf den Boden und entrollte es mit ruhigen, gemessenen Bewegungen.

Aslaks Herz tat einen Sprung: Vor ihm lag das Schwert. Das wundervolle Schwert mit dem Elfenbeingriff und der mit Schnitzereien verzierten Scheide aus Hainbuche.

„Ich dachte...“

„Ich sagte nur, es sei an einem sicheren Ort. Und es war an einem sicheren Ort. Das alte Versteck schien mir zu waghalsig. Deshalb bastelte ich diesen doppelten Boden. Und jetzt nimm es schon. Es gehört dir.“

Aslak wusste nicht, was er sagen sollte. Seit er das Schwert zum ersten Mal gesehen hatte, träumte er davon, es zu besitzen. Und jetzt schenkte es ihm Skyll.

„Weshalb tust du das?“, fragte er verunsichert. Wollte ihn der pfiffige Händler foppen, sich vielleicht für den erlittenen Verlust im Dorf revanchieren?

Aber Skyll spaßte nicht.

„Wenn das Schwert jemand verdient, dann du“, sagte er und schlug Aslak seine fleischige Hand anerkennend auf die Schulter. „Ich kenne dich als rechtschaffenen Menschen, der zu unrecht verdammt wurde. Jeder andere hätte darauf im Zorn gehandelt. Du hast das nicht getan. Du bist der geblieben, der du warst. Und eines Tages wird dein Kampf gegen das Unrecht belohnt werden. Das Schwert wird dir helfen, die Bösartigkeit der Menschen zu besiegen. Trag es in Ehren, Sohn.“

Aslak sah den kleinen, runden Mann lange an. Feierlich versprach er es. Ehrfürchtig nahm er endlich das Schwert auf.

Und als er die vierfarbige Kordel um seine Hüfte band, war ihm, als fließe ein Abglanz göttlicher Macht durch dieses Schwert in ihn.

„Irgendwann werde ich es gutmachen", versicherte Aslak.

„Das hoffe ich sehr", meinte Skyll schmunzelnd. „Und jetzt geh, sonst wird der alte Skyll noch sentimental. Na, verschwinde schon!"

„Werden wir uns wiedersehen?"

„Das wissen nur die Götter."

Ein letztes Mal drückten sie sich die Hand. Aslak und Arnim verabschiedeten sich noch bei seinen Gehilfen, dann schwangen sie sich auf ihre Pferde, winkten den lieb gewonnenen Freunden zu und galoppierten über die Ebene davon.

Skyll sah ihnen lange nach.

„Lass dich nicht unterkriegen", murmelte er.

Nicht umsonst hatte er Aslak „Sohn" genannt. Der Cherusker war ihm mehr ans Herz gewachsen, als er sich eingestand.

Er schluckte seinen Wehmut hinunter, und im nächsten Moment schien er wieder der Alte. Ungestüm und voller Leben scheuchte er seine Männer auf. Doch auch wenn er kurz darauf, ein Lied johlend, auf dem Wagen saß und die Peitsche knallen ließ, er dachte doch noch viel und oft an den jungen Cherusker. Und so manchen Tag bangte er um dessen Leben, wenn ihm zu Ohren kam, Aslak sei erneut in Kämpfe verwickelt worden.

Aslak hatte von Anfang an eine eigenartige Kraft von dem Schwert ausgehen gespürt. Er hatte es als Geschenk der Götter betrachtet. Wer es besaß, musste unverwundbar sein. Dass er es nun war, der es an seinem Gürtel trug, erfüllte ihn mit Stolz, Dankbarkeit und einem neuen Verantwortungsgefühl.

Eine Woche später spürte man ihn auf. Zwei Männer waren es, die zufällig auf das Lager der Freunde trafen. Seit Muurs Tod war in den umliegenden Dörfern bekannt, dass sich der Friedlose in der Gegend aufhielt. Trotzdem hegten die Männer Zweifel an Aslaks Identität. Als die Männer ihn nach seinem Namen fragten, war er es leid, diesen zu verbergen wie ein Schimpfwort, dessen man sich schämen musste. Laut sagte er ihnen, wer er war. Die Männer zogen ihre Schwerter, und in dem folgenden Kampf befleckte Aslak zum ersten Mal sein Wunderschwert mit Blut. Einer der Männer wurde getötet, der andere entkam verletzt. Ihm war es zuzuschreiben, dass Aslak künftig von jedermann schon von weitem erkannt wurde. Das unverwechselbare Schwert war zum eindeutigen Erkennungszeichen geworden. Viele konnten sich die Haare wachsen lassen und einen Schimmel zulegen und dann prahlerisch behaupten, Aslak, der Cherusker zu sein. Aber ein Schwert wie dieses konnte kein anderer besitzen. Dieses Schwert war einzigartig.

Noch mehr als bisher war Aslak gezwungen, die Menschen zu meiden. Wie Tiere trieben er und Arnim sich in den Wäldern umher. Kein Platz war sicher.

Aslak forderte Arnim mehrmals auf, ihn zu verlassen. Der Sachse könnte in seine Heimat zurückkehren und wäre nicht ständiger Gefahr ausgesetzt. Weshalb Arnim sein Leben teilte und mit ihm von Ort zu Ort flüchtete, war Aslak nach wie vor nicht ganz begreiflich. Gab es wirklich eine solch selbstlose Freundschaft?

In den Nächten dachte er noch immer voll Sehnsucht an Svena. Auch würde er Vana nie vergessen, aber Svena gehörte sein Herz, eine andere Frau hatte keinen Platz darin.

Der Sommer war nur mäßig warm und regenreich. Sie verbrachten ihn hauptsächlich im fruchtbaren Gebiet der Warnen und Angeln. Zum ersten Mal erblickten die Freunde das tobende Meer. Fasziniert folgten sie eine Zeitlang der Küste ostwärts, zogen dann aber wieder nach Süden.

Bald schon färbte sich die Natur in bunten Farben. Die Tage wurden kürzer, und erster Reif mahnte Tiere wie Menschen, sich einen Vorrat anzulegen. Es wurde Zeit, dass sie sich nach einem Winterquartier umsahen.

An einem sonnigen Tag im Mond der gelben Blätter stießen sie im Land der Burgunder auf einen Fluss, dem sie folgten. Er durchzog Wiesen und schattige Wälder, und zusehends wurde er wilder und ungestümer. Schließlich stürzte er über eine Felswand an die hundert Schritte in die Tiefe. Ergriffen von dem gewaltigen Anblick stand Aslak am Rand der Schlucht und wusste, dies war der Platz, den sie gesucht hatten.

Das Wasser sammelte sich nach seinem Fall in einem kleinen, sauberen See, hellblau schimmerte es über dem felsigen Grund. Am anderen Ufer trat der Fluss wieder aus und bahnte sich seinen Weg durch eine weitflächige, mit hohem Gras bewachsene Ebene. Es schien, als könne er sich nicht recht entscheiden, floss erst südwärts, dann eine lange Strecke nach Osten, um schließlich wieder in südlicher Richtung in einem Mischwald zu verschwinden. Während die schroff aufragende Felswand die Ebene an drei Seiten abgrenzte, schloss der Wald den Kreis und bot Schutz vor Eindringlingen.

Die freie Ebene war groß genug, um fünf Dörfern samt Feldern Platz zu geben, und bot sich in atemberaubender Schönheit dar. Das Gras war von saftigem Grün, im Flusswasser glitzerte und funkelte die hochstehende Sonne. Der Wald stand in farbiger Pracht, und über dem See, dort wo sich die Gischt des herabstürzenden Wassers zu einer Wolke sammelte, stand in den herrlichsten Schattierungen ein Regenbogen.

„Diesen Platz müssen die Götter geschaffen haben", staunte Aslak.

Arnim pflichtete ihm bei. „Hier sind wir sicher aufgehoben. Die Felswand versperrt jedem Feind den Weg. Wir können uns auf die Waldseite konzentrieren, und da ist jeder schon von weitem erkennbar."

Sie mussten lange suchen, um einen geeigneten Weg nach unten zu finden. Und der war so steil, dass sie absitzen und ihre Pferde vorsichtig führen mussten. Aber auch jetzt war ein Zugang zu der Ebene kaum zu entdecken. Immer wieder versperrten Felsen den Weg. Schließlich gelangten sie auf die Wiese.

Von hier aus war der Blick genauso schön wie oben von der Klippe. Langsam ritten sie weiter. Der Boden war feucht, aber nicht sumpfig, und im Fluss tummelten sich Forellen, Barsche, Krebse und Enten.

An der gegenüberliegenden Seite angekommen, sagte Aslak: „Hier wird unsere Hütte stehen!"

Die Felswand trat hier wie eine Nase hervor und bot Schutz vor Regen und Steinschlag. Der Fluss war nicht weit, und die Ebene ließ sich gut übersehen. Der Platz war wie geschaffen für die Flüchtlinge.

Fürs erste waren sie zu fasziniert von diesem herrlichen Stückchen Land und zu müde vom langen Ritt, um mit dem Bau der Winterhütte zu beginnen. Erst zwei Tage später, nachdem sie die nähere Gegend ausgiebig erforscht hatten, gingen sie daran, Bäume zu fällen, die die Pferde hinüber zu der Felswand schleiften. Die nun fast ein Jahr andauernden Überfälle hatten ihnen nicht nur Gefahr gebracht, sondern auch nützliche Gebrauchsgegenstände, die sie den Besiegten nach cheruskischem Recht abgenommen hatten. So besaßen sie neben ausreichend Waffen auch zwei Äxte, mehrere Messer, Trinkbecher, einen Kessel, einen Kupferkrug, zwei Lederbeutel zum Wasser holen und ein aus Hanf gedrehtes Seil. Dinge, die ihnen jetzt sehr nützlich waren.

Der sonnige Herbst machte den dürftigen Sommer wieder wett. Die Felswand schützte obendrein vor Wind. Aslak und Arnim kamen zügig mit dem Bau der Hütte voran. Da der Unterschlupf nur für wenige Monate dienen sollte, war es nicht notwendig, größer als vier mal vier Schritte zu bauen. Die Wände bestanden aus Eckpfosten, die mit mehreren Streben stabilisiert wurden. Auf ein Spitzdach verzichteten sie, weil die Felsnase genügend Schutz vor schweren Schneemassen bot. Ein Pultdach, das nur gering nach hinten abfiel, war schneller und einfacher zu fertigen. An der höchsten Stelle des Daches wurde ein Spalt für den Rauchabzug freigelassen.

Nach nur drei Wochen stand das Rohgerüst. Nun gingen sie daran, kopfgroße Steine vom Fluss zu sammeln, diese in die freien Räume zwischen den Balken zu schlichten und das Ganze mit getrocknetem Moos abzudichten und mit Lehm zu verschmieren. Zum Schluss bastelten sie eine Tür, die sie mit Lederriemen befestigten.

Sie dachten noch daran, einen Herd zu bauen, aber der Boden war über Nacht an der Oberfläche gefroren und Lehm deshalb nur schwer zu beschaffen, so begnügten sie sich mit einer einfachen Feuerstelle. An einem Stecken, der auf zwei gegabelten Ästen ruhte, hingen sie den Kessel auf, in dem sie Fleisch kochen oder eine Suppe zubereiten konnten.

Zwar schneite es noch nicht, die Luft aber war seit Tagen feucht und kalt. Aslak nutzte nun die Zeit, solange noch kein Schnee fiel, seinen Kampfstil zu verbessern. Im Galopp Pfeile in ein handgroßes Ziel zu treffen, war ihm keine Schwierigkeit mehr. Elfe jagte so gleichmäßig dahin, als ob sie wüsste, worauf es ankam. Probleme bereiteten Aslak noch das Ergreifen und Auflegen der Pfeile. Der Köcher hing ihm links an der Hüfte. Einen Pfeil aufzulegen, machte es notwendig, den Körper nach rechts zu beugen, den Pfeil unter dem Bogen hindurch aus dem Köcher zu ziehen, um ihn dann erst auf die Sehne zu spannen. Eine umständliche Handhabung, die das Leben kosten konnte. Aslak probierte deshalb, sich den Köcher auf den Rücken zu binden. Von hier war ein Pfeil wesentlich schneller zu ziehen. Aber auch das stellte ihn nicht zufrieden. Er befestigte nun das Halteband anders, so dass der Köcher weiter oben auf dem Rücken lag und die Pfeilschäfte schräg über die linke Schulter ragten. Als er nun mit Elfe über die Ebene galoppierte, gelang es ihm, die doppelte Anzahl Pfeile in gleicher Zeit abzuschießen. Zwar waren noch viele Tage intensiver Übung notwendig, um genügend Sicherheit zu erlangen, Aslak wusste aber, dass er am Ziel war. Sein Traum war ein Stück weit Realität geworden.

Er hatte sich damals als Milan gesehen, dessen einer Flügel sich in einen Pfeil verwandelte. Ob ihm die Götter damit die Zukunft geweissagt hatten? Eine Zukunft, in der er sich wie ein Milan auf seine Beute stürzte und die Gegner vernichtete? Welche Gegner aber sollten seine Pfeile treffen? Er hatte es immer nur mit wenigen zu tun, nie mit einem ganzen Heer, wie es der Traum zeigte.

Aslak hätte zufrieden sein können mit dem, was er an Kampffertigkeit erreicht hatte. Aber nun übte er sich mit

Arnim im Schwertkampf. Eher unbewusst suchte er die Perfektion. Es war, als strebte der Traum in ihm nach Verwirklichung.

Zum Üben verwendete Aslak sein gewöhnliches Schwert. Als könnte sich die Kraft des Wunderschwertes verbrauchen, bewahrte er es für den Ernstfall auf, doch holte er es oft hervor, um es still zu betrachten. Und je länger er das Schwert besah, desto mehr gewann es an Schönheit und Ausdruckskraft. Seine Finger glitten dann ehrfurchtsvoll über die fein herausgearbeiteten Ornamente des Elfenbeingriffes, über das Goldemail am Knauf und über die Klinge aus gehärtetem Stahl. In der Spitze war eine Eiche eingeprägt; die Rinde war ebenso zu erkennen wie die einzelnen Blätter. Die Arbeit war Aslak ein weiteres Rätsel, denn der Stahl war so hart, dass ihm selbst Granit keinen Kratzer zufügen konnte. Vor dem Härten konnte die Prägung nicht geschehen sein, sonst wären die feinen Striche nicht so deutlich. Wer diese Waffe geschmiedet und verziert hatte, musste von Techniken wissen, die zumindest den Cheruskern unbekannt waren. Dieses Geheimnis machte die Waffe jedenfalls noch wertvoller. Irgendein Zauber ging von ihr aus, eine Kraft, wie sie Aslak ähnlich bei dem Riesenknochen in der Höhle empfunden hatte.

Mysteriös war auch das geschnitzte Relief der Scheide, das eine Kampfszene darstellte. Die Krieger wirkten groß und stark, waren der Tracht nach aber keine Germanen. Vermutlich waren es Kelten, da Skyll das Schwert ja von ihnen erworben hatte. Sie trugen Lanzen, die sie zur Mitte auf eine Person in langem Umhang richteten. Die Schnitzerei war nicht so detailliert und exakt wie die Prägung der Eiche, und vielleicht täuschte er sich. Doch auch wenn es in dieser Szenerie völlig unsinnig erschien, er kam nie zu einem anderen Eindruck, als dass es eine Frau sein sollte.

Während der Zeit des Hüttenbaues versorgte meist Aslak sie mit Wild. Die Jagd führte ihn weit in der Gegend herum. An Rehen, Gänsen, Hasen, aber auch an Gemüse und Früchten mangelte es nicht; Menschen begegnete er nie. Die Gegend schien von unberührter Schönheit, Aslak war auf besondere Weise fasziniert, ja jeder Tag, den er hier verbrachte, verband ihn mehr mit diesem Land.

Als dann der erste Schnee fiel und der eisige Nordwind über sie hinwegfegte, setzte sich Aslak eines Tages zu Arnim ans Feuer und sagte:

„Ich werde hier bleiben. Auch wenn das Frühjahr kommt, werde ich nicht weiterziehen. Ich werde Svena holen, und wir werden uns im Sommer ein Haus am Fluss bauen. Es wird einen großen Herd haben, eine gemütliche Bank aus fester Eiche und einen hölzernen Rauchabzug."

Arnim lächelte zufrieden. Er hatte längst gespürt, wie sehr sein Freund an dem Land hing. Auch er kannte keine Gegend, in der sich angenehmer leben ließ.

„Wenn das dein Wille ist", antwortete er in seiner schlichten Art, „dann bleibe auch ich."

Jetzt, da sich der Gedanke an ein baldiges Wiedersehen mit Svena in Aslak gefestigt hatte, fieberte er mit Ungeduld dem Tag entgegen, an dem er aufbrechen und in sein Dorf reiten würde. Natürlich war noch immer Vorsicht geboten. Die drei Jahre der Friedlosigkeit waren noch nicht vorüber, und selbst bei seinen eigenen Leuten musste er damit rechnen, getötet zu werden, wie es ihnen die Überlieferung vorschrieb. Er würde Svena deshalb heimlich fortführen müssen. Hier, in diesem geschützten Stück Land drohte ihr aber keine Gefahr. Dieses Gefühl wurde bestätigt, da während des ganzen Winters kein einziger Krieger den Weg zu der Hütte fand. Als sich die erste Frühlingssonne zeigte, packte Aslak das Nötigste für den langen Ritt zusammen. Arnim sollte bei der Hütte bleiben und ein Feld anlegen. Dem treuen Sachsen gefiel es gar nicht, den Freund allein ziehen zu lassen. Aslak aber beruhigte ihn. Er werde vorsichtig sein und sobald wie möglich zurückkehren. So blieb Arnim nichts anderes übrig, als Aslak nachzusehen, wie dieser den Fluss entlang ritt und schließlich im Wald verschwand.

18. KAPITEL

Die Kelten begnügten sich anfangs mit einzelnen Überfällen auf die im Grenzgebiet lebenden germanischen Stämme. Kein nennenswerter Widerstand stellte sich dem mächtigen Heer entgegen. Niemand vermochte dieser Kraft zu trotzen. Jubelnd kehrten die Kelten nach jedem Sieg in ihre Heimat zurück. Der Ruhm ihres Anführers Caucax wuchs, über die Germanen ergoss sich Schimpf und Spott. Caucax nannte sie feige Hühner, die beim bloßen Anblick der Kelten schreiend und jammernd davonliefen. Die Kelten standen ihrerseits vom Süden her unter dem Druck der Römer. Lange würden sie sich deren Übermacht nicht mehr erwehren können. Was lag also näher, als das eigene Stammesgebiet nach Norden auszudehnen. Die Grenzscharmützel hatten ja gezeigt, dass die Germanen keine ernstzunehmenden Gegner waren. Caucax sammelte also die tapfersten der Stämme und zog mit ihnen in einen gewaltigen Krieg. Das Grenzgebiet hatten sie bald vereinnahmt. Und immer weiter fraß sich das Heer der Kelten wie ein grimmiger Bär in germanisches Land. Ihre Schwerter brachten Schrecken und Tod. Das Ziel war die Vernichtung aller germanischen Stämme.

Geguurg, der Priester, machte sich große Sorgen. Ab und zu kamen Leute in das Dorf und berichteten von den grausamen Überfällen der Kelten, die ihren Weg unaufhaltsam nach Norden nahmen. Viele im Dorf klammerten sich an die Hoffnung, die Feinde würden an ihnen vorüberziehen. Geguurg aber wusste es besser. Mit einem Aufguss aus Bilsenkraut hatte er sich mehrere Male ins Land der Träume versetzt und gesehen, dass die Kelten dem Dorf den Tod brachten. Unermüdlich suchte der alte Mann, seine Leute zur Flucht zu überreden. Nur wenige folgten seinem Rat. Vor allem die Männer lehnten eine Flucht strikt ab. Vor dem Feind zu fliehen, war gegen den Ehrenkodex des Kriegers. Selbst wenn der Feind nicht die geringste Aussicht auf einen Sieg ließ.

Geguurg ging auch zu Hermann, um ihn von der Notwendigkeit der Flucht zu überzeugen. Hermann war erst heute von einer Reise zurückgekehrt, während der er sich mit anderen Stammes-edlen beraten hatte.

Gebeugt saß Geguurg nun auf Hermanns Bank. Im letzten Winter hatte ihm eine schwere Krankheit arg zugesetzt. Noch immer war sein Körper von Schwäche gezeichnet. Seine faltigen Hände zitterten und die bleichen Wangen waren eingefallen. Spitz trat das Jochbein hervor. Nichts erinnerte mehr an Geguurg, den einstigen Krieger.

Hermanns Familie hatte sich um den Tisch versammelt und betrachtete den Priester nachdenklich. Weshalb riet Geguurg zur Flucht? War es nicht besser zu sterben, als das Land, die Felder und das Vieh dem Feind kampflos zu überlassen? Selbst die Frauen, auch Svena, waren gegen eine Flucht. Im Stillen aber hofften sie, von einem Kampf verschont zu bleiben.

„Vielleicht überleben wir, wenn wir uns in die Wälder zurückziehen", hielt Hermann Geguurg entgegen. „Aber was wird sein, wenn wir irgendwann in das Totenreich einziehen? Man wird uns mit Füßen treten wie räudige Hunde. Die Männer werden zu Sklaven und die Frauen werden geschändet. Nein, Geguurg, lieber hier einen frühzeitigen Tod, als auf ewig gedemütigt."

Den Priester überzeugte das nicht.

„Die Cherusker sind ein tapferes Volk. In vielen Kämpfen gegen andere Stämme haben sie ihren Mut bewiesen. Aber die Kelten sind zu mächtig. Und ihre Art zu kämpfen ist grausam. Sie werden uns nicht sofort töten, sie werden uns langsam in den Tod quälen."

Bei dem Gedanken daran verdunkelten sich seine Augen, und seine Hände verkrampften sich. Hermann kannte den Priester seit vielen Jahren, er hatte nie Angst bei ihm bemerkt. Weshalb war er jetzt so von Furcht ergriffen? War es das hohe Alter, das ihn zaghaft machte, oder steckte etwas anderes dahinter - etwas, von dem nur ein Priester wissen konnte?

„Nur der feige Tod ist schrecklich", widersprach Hermann. „Niemand will sich einem Kampf entziehen. Die Cherusker nicht, die Chatten, die Semnonen und die Marser nicht. Auch unser Dorf wird keine Ausnahme machen. Alle werden sich zur Wehr stellen."

„Jeder Stamm wird sein wie ein Marder, der sich dem Prankenhieb des Bären aussetzt."

„Ich weiß. Die Fürsten betrachten eine Vereinigung deshalb als sinnvoll. Noch aber gibt es Streit. Zwar sprechen wir ähnliche Sprachen, aber die Sprachen unserer Herzen gehen weit auseinander. Viele erinnern sich an die blutigen Kämpfe, die wir untereinander ausfochten. Jeder sieht den Nachbarn noch als Feind. Es wird schwer, alle Stämme zu vereinigen. Und sei es nur für kurze Zeit."

In einer Vereinigung sah auch Geguurg eine Chance, wenn auch nur eine sehr geringe.

„Die Schwierigkeit liegt wohl darin, einen Führer zu bestimmen, den alle akzeptieren", dachte Geguurg weiter.

„Niemand will sich einem Krieger aus einem anderen Stamm unterstellen. Aber auch hier gäbe es einen Ausweg.

Es gibt einen Krieger, den alle als Anführer gutheißen. Dieser Krieger hat wie kein anderer Reden von sich gemacht. Aus vielen Kämpfen ist er ungeschlagen hervorgegangen. Die Marser, die Hermunduren, Semnonen und andere Stämme sagen ihm nach, er sei unverletzlich. Es gibt sogar Männer, die ihn für Tyr, den Kriegsgott, halten. Und dieser Krieger, den alle preisen, gehört keinem Stamm an."

„Wie kann ein Mann keinem Stamm angehören?" mischte sich Svena neugierig ein. „Jeder muss irgendwo geboren sein und somit einen Stamm haben, dem er angehört."

„Nur in einem Fall nicht", antwortete Geguurg. Er ahnte, wen Hermann meinte, und ein zufriedenes Lächeln huschte über seine müden Züge. „Ein Mann gehört dann keinem Stamm mehr an, wenn er geächtet wird. Wenn er als Friedloser zwischen den Welten lebt."

„Aslak!" rief Svena mit leuchtenden Augen. Jeden Tag dachte sie mit Sehnsucht an ihren Geliebten. Seit Monaten aber hatte sie nichts mehr von ihm gehört. Von keinem Kampf, noch wo er sich gerade aufhielt. Und jetzt war auf einmal die Rede von ihm.

„Wo ist er?" sprudelte es aus ihr hervor. „Ist er gesund? Wird er bald zurückkehren?"

„Schweig!" herrschte sie ihr Vater zornig an. Als Frau war es Svena strengstens untersagt, sich in Männergespräche zu mischen. Dass sie es dennoch manchmal tat, schrieb Hermann ihrem temperamentvollen Wesen zu, und sah geduldig darüber hinweg. Heute aber war das Thema ihres Gespräches zu ernst, um sich von einer Frau drein reden zu lassen.

„Ja, es stimmt", fuhr Hermann fort. „Aslak wird von allen Stämmen als Kriegsfürst anerkannt. Und ich bin stolz, dass er einer von uns ist. Noch aber findet ihn niemand. Er ist spurlos verschwunden."

„Wundert dich das, Vater?" redete Svena erneut frech dazwischen. „Ihr habt ihn geächtet, ihr habt ihn vertrieben und gejagt wie einen Wolf. Viele sind ausgezogen, um ihn zu töten. Und jetzt suchen sie nach ihm, weil sie seine Hilfe benötigen. Dieselben Menschen, die noch gestern seinen Tod wünschten, diese Menschen wollen ihn jetzt bitten, sich an ihre Spitze zu stellen."

Wütend schlug Hermann die Faust auf die Tischplatte und befahl Svena, das Haus zu verlassen. Beleidigt gehorchte die Tochter. Sie lief ein paar Schritte und lehnte sich an einen Baum. Nachdenklich sah sie den Kindern beim Spiel zu. Ruhland trottete über den Platz, den der schmelzende Schnee weich und matschig gemacht hatte, scheuchte die Kinder missgelaunt auseinander und verschwand in einem Haus.

„Ruhland!", dachte Svena bitter. Ruhland war einmal Aslaks Freund gewesen. Und er hatte nichts Eiligeres zu tun gehabt, ihn zu verraten. Viele hier im Dorf schimpften auf Aslak. Wenn sie erfahren, wie man anderswo über ihn spricht, würden sie vor Neid erblassen. Und wie würden sie erstaunt sein, wenn Aslak die Stämme in den Sieg führte. Dann würde niemand mehr schlecht über ihn reden. Dann werden sie ihn bejubeln und seine Freundschaft suchen. Und dann wird ihnen Aslak ihre Gemeinheiten heimzahlen.

Voller Stolz strahlten ihre Augen, als sie über das Dorf hinweg in die Ferne träumte.

Eine Woche später griffen die Kelten an. Im Morgengrauen fielen sie über das Dorf her. Nur die wenigsten waren beritten. Alle anderen, etwa zweihundert an der Zahl, stürmten zu Fuß.

Hier sah Svena zum ersten Mal den Keltenführer Caucax. Er saß auf einem Rappen und wirkte wie ein furchterregendes Tier. Sein Haar war schwarz und zu einem Zopf gebunden, der ihm senkrecht vom Kopf stand. Das Gesicht war dunkel bemalt, die Augen blitzten vor Bosheit. Nackt war der Oberkörper, Brust- und Oberarmmuskeln mit hässlichen Narben bedeckt. Den Hals zierte ein goldener Torques, jener Ring, der den Kriegshelden auszeichnete. Hell funkelte das Schwert in der aufgehenden Frühlingssonne.

Einige Cherusker schafften es, in den Wald zu fliehen. Die meisten wurden gnadenlos niedergestreckt. Das Schreien der Kinder und das Weinen der Frauen mischte sich in das grausame Brüllen der Kelten. Wahllos wütete das Schwert und die Lanze.

Geguurg wurde von zwei Männern am Boden niedergedrückt. Ein dritter schlitzte ihm den Bauch auf. So ließ man ihn liegen. Anna, seine Frau, stürzte hinzu, um ihren Mann zu retten. Eine Lanze, die sich in ihre Brust bohrte, beendete schnell ihr Leben. Der Priester schrie nicht, noch flehte er um Gnade. Mit letzter Kraft bewegte er seinen Arm, nahm Annas Hand und hielt sie fest. Ein schwaches Lächeln glitt über das faltige Gesicht. Dann erlosch auch dieses letzte Lächeln. Seine Augen wurden matt und starr. Geguurg starb einen langsamen, qualvollen Tod.

Hermann versuchte verzweifelt, seine Familie zu schützen. Hinkend stürzte er sich in den Kampf. Fünf Kelten tötete er, bevor er überwältigt wurde. Man fesselte ihn an Händen und Füßen und ließ ihn zusehen, wie sein Vieh und seine Sklaven getötet wurden.

Svena rannte aus dem Versteck, in dem sie sich mit anderen Frauen und Kindern verborgen hatte, schnappte sich die Lanze eines toten Kelten und eilte ihrem Vater zu Hilfe. Mit einem geschickten Griff entwand Caucax ihr die Waffe und riss, einen grässlichen Schrei ausstoßend, den Arm zum tödlichen Hieb empor. Sein Körper war mit Blut beschmiert und seine Augen rot wie die eines tollwütigen Stieres. Loki, dachte Svena noch, so kann nur Loki sein, der schrecklichste aller Götter. Dann sauste die Lanze nieder. Aber nicht die eiserne Spitze traf sie, sondern der hölzerne Stiel. Caucax hatte die Lanze blitzschnell gedreht. Bewusstlos sank das Mädchen zu Boden.

Nun stellte sich Caucax vor Hermann. Der bäumte sich stolz auf und spuckte den Kelten an. Ohne eine Miene zu verziehen, nahm Caucax das Schwert und stieß es Hermann in den Bauch. Und als dieser stöhnend auf die Knie sank, holte Caucax abermals aus und schlug ihm den Kopf ab.

Hermann, der die Cherusker in viele ruhmreiche Kriege geführt hatte, war tot. Er war der tapferste Krieger im Dorf gewesen. Wie ein endgültiger Schlag traf seine Männer der Tod des Edlen.

Die Cherusker lieferten einen verzweifelten Kampf. Doch noch ehe die Sonne zwei Finger breit gestiegen war, erstarb jede Gegenwehr. Fast alle Männer waren tot. Aufgeschlitzt, enthauptet, an Armen und Beinen verstümmelt. Ihre Leichen lagen verstreut im Dorf und in der näheren Umgebung. Ihr Blut klebte an den Hauswänden und vermischte sich mit dem Dreck und dem Schmelzwasser zu einem schmutzigen Brei.

Es war still geworden im Dorf.

Die Überlebenden, hauptsächlich Frauen und Kinder, nur wenige Männer waren dabei, sperrte man unter Bewachung in ein Haus. Verängstigt zusammengekauert warteten sie auf den Abtransport. Ihr Schicksal war ungewiss. Je nach Laune der Kelten würden sie entweder getötet oder als Sklaven verkauft werden. Manche wünschten, lieber getötet zu werden.

Sie waren ein stolzes Volk, und von anderen gedemütigt und erniedrigt zu werden, war für sie schlimmer als der Tod.

Die Kelten wurden von vierundzwanzig Frauen begleitet, die sie bekochten und ihre Wunden versorgten. Sie waren als Nachhut bei den Ochsenkarren geblieben. Am Nachmittag zogen sie in das Dorf ein und feierten mit den Kriegern den triumphalen Sieg. Auch Caucax Lieblingsfrau Beatrix war dabei. Sie hatte schwarzes, offenes Haar und ein markantes Gesicht von herber Schönheit. Ihren schlanken, hochgewachsenen Körper bedeckte ein schlichtes Leinenkleid. Ein breiter Gürtel mit Goldschnalle lag ihr um die Hüfte, an dem ein Kurzschwert hing. Schon mehrmals hatte sie ihren Mut im Kampf bewiesen.

Zwei Tage blieben die Kelten im Dorf. Sie aßen von den Vorräten, die sie in den Häusern fanden, und nahmen sich an Waffen, Schmuck und Hausrat, was sie benötigten. Der geplünderte Met ließ sie bis tief in die Nacht hinein lachend und plärrend an einem großen Feuer sitzen und auf dem blutgetränkten Boden tanzen. Sie waren die neuen Herren des Landes.

Viele der Krieger, die ihre Weiber nicht dabei hatten, plagte die Sehnsucht nach einer Frau. Einer von ihnen, sein Name war Buc, schlich sich am Abend vor ihrem Aufbruch vom Feuer weg. Obwohl es Caucax strengstens untersagt hatte, betrat er das Haus, in dem die Gefangenen eingepfercht waren. Mit einer Fackel beleuchtete er die sich ängstlich duckenden Menschen. Seine Wahl fiel auf Svena. Er packte sie grob am Arm und zog sie nach draußen. Svena wehrte sich nicht, sie schrie auch nicht. Ihre Angst hätte nur Verspottung hervorgerufen. Stolz hob sie den Kopf und folgte Buc, der sie aus dem Schein des Feuers in die Dunkelheit zerrte.

Plötzlich schoss ihr der Gedanke an Flucht in den Sinn. Die Gelegenheit war günstig. Mit einem heftigen Ruck riss sie sich von Bucs Hand los und rannte weg. Doch Buc war trotz seiner Trunkenheit ungewöhnlich flink. Nach wenigen Schritten hatte er sie eingeholt. Svenas Widerspenstigkeit reizte ihn nur noch mehr. Er ohrfeigte sie und warf sie unsanft zu Boden.

In diesem Moment trat Caucax hinzu. Zufällig hatte er gesehen, wie Buc mit Svena das Gefangenenhaus verlassen hatte, und war ihnen gefolgt. Sein Zorn war maßlos. Er hasste nichts mehr, als dass seine Befehle hintergangen wurden. Er zog sein Schwert und tötete Buc.

Caucax reichte Svena die Hand und half ihr auf.

„Dir wird nichts geschehen", versicherte er.

Er sprach Svenas Sprache mit leichtem Akzent. Da er sehr wissensdurstig war, hatte er sie von germanischen Sklaven erlernt.

Prüfend betrachtete er sie. An ihrer linken Schläfe klebte Blutgerinnsel. Dort hatte er sie mit der Lanze verletzt. Aufrecht stand sie vor ihm und sah ihn furchtlos an. Ihr ungebrochener Stolz imponierte ihm. Dieser Stolz verwies auf eine vornehme Herkunft.

„Wie heißt du?"

„Svena", antwortete sie mit kräftiger Stimme.

„Wer ist dein Vater?"

„Hermann. Den du getötet hast." Ihre Augen funkelten vor Zorn.

„War er der Stammesfürst?"

„Ja. Er war edler, als du es je sein wirst."

Caucax schmunzelte. Die Frechheit des Mädchens gefiel ihm.

„Hast du einen Mann?" fragte er weiter.

Svena nickte.

„Sein Name ist Aslak", sagte sie. Mare, ihr Mann, den sie gehasst hatte, war tot. Sie hatte immer nur einen geliebt. In ihrem Herzen war Aslak ihr Mann.

„Aslak?", wiederholte Caucax nachdenklich. „Ich glaube, ich habe von ihm gehört. Ist er unter den Toten?"

„Nein, Aslak ist nicht tot."

„Dann hat er sich verkrochen?"

„Aslak würde sich nie vor einem Kampf verstecken. Wenn er gewusst hätte, dass sein Dorf in Gefahr ist, dann wäre er gekommen. Dann hätte er dich getötet."

Caucax lachte laut. Svena aber sah ihn überzeugt an.

„Dieser Aslak kann froh sein, eine so tapfere Frau zu haben."

Er streichelte Svena übers Haar und lächelte mild.

„Dir wird nichts geschehen, Svena", versprach Caucax noch einmal.

Er ließ sie vor sich gehen und brachte sie zurück in das Haus zu den anderen Gefangenen.

Als er sich wieder ans Feuer zu seinen Kriegern setzte, wollte Beatrix sofort wissen: „Wer ist dieses Weib?"

Caucax fuhr sie schroff an und verbot ihr, sich in seine Angelegenheiten zu mischen. Er nahm einen vollen Becher, trank ihn in einem Zug leer und wandte sich dann wieder seinen Männern zu.

Beatrix aber kniff die Lippen zusammen und sah mit finsteren Augen hinüber zu dem Gefangenenhaus.

Bevor sie am nächsten Morgen weiterzogen, setzten sie die Häuser in Brand. Die Leichen der Besiegten ließen sie liegen wo sie waren. Auch ihre eigenen Toten ließen sie achtlos zurück. Neunzehn Kelten waren gefallen. Das waren mehr als in jeder Schlacht zuvor.

Die Gefangenen wurden mit Lederriemen an die Wagen gebunden; für manche kam der Tod auf diesem grausamen Weg.

19. KAPITEL

Drei Tage später erreichte Aslak das Dorf. Ein grauenhaftes Bild bot sich ihm. Von den meisten Häusern war nicht mehr übrig als verrußte Steine und ein Haufen Asche, aus dem dünner Rauch quoll. Viele der Toten erkannte er nicht. Sie waren auf grausamste Weise entstellt. Schwerer Leichengeruch lag in der Luft, und Hunderte von Krähen belagerten das Dorf und rupften an den toten Körpern. Ein alter, abgemagerter Wolf war vom Geruch des Blutes angelockt worden und steckte sein Maul in die offene Bauchdecke eines Toten. Er blickte er kurz auf, ließ sich bei seinem Mahl von Aslak aber weiter nicht stören.

Dumpfe Ohnmacht packte Aslak. Eine Weile war er unfähig zu denken und zu handeln. Er glitt von Elfe und sank gebrochen auf den Boden.

Dass die Kelten das Dorf überfallen hatten, stand außer Zweifel. Kein germanischer Stamm brächte es fertig, so schonungslos vorzugehen. Er hatte von der Brutalität der Kelten gehört, was sich aber hier seinen Augen bot, überstieg seine Vorstellungskraft. Nein, das konnten keine Menschen getan haben. Das mussten Dämonen gewesen sein, wilde Bestien.

Das zufriedene Knurren des Wolfes, der mit blutbeschmierter Schnauze im Bauch der Leiche fraß wie aus einem gefüllten Kessel, und das Krächzen der Krähen, die sich um ein Stück Haut oder um einen abgerissenen Brocken Menschenfleisch stritten, weckte Aslak aus seiner Gefühlsstarre. Er sprang auf, nahm sich einen herumliegenden Stecken und rannte schreiend und um sich schlagend durch das Dorf. Schimpfend flohen die Krähen in die Luft, aber sie kehrten sofort wieder zurück. Der Wolf verteidigte sein Futter hartnäckig. Aslak musste ihm den Stecken mehrmals über den Rücken dreschen, ehe er geduckt das Weite suchte. Und jetzt erst erkannte Aslak den Mann, an dem der Wolf gefressen hatte. Es war Geguurg, der alte Priester. Kaltes Entsetzen schüttelte ihn. Geguurg, der jedermann hilfreich zur Seite gestanden hatte und der es letztendlich gewesen war, der mildernd auf Aslaks Urteil eingewirkt hatte, Geguurg, der viele Leben gerettet hatte, er war tot. Noch immer hielt Geguurg die Hand seiner Frau Anna fest umschlungen. Anna war fast unversehrt. Das Kleid wies über ihrer Brust einen dunklen Flecken auf. Hier war die Lanze eingedrungen.

Hilflos sah sich Aslak um. War niemand hier, der überlebt hatte? War niemand hier, der sich um die Toten kümmerte? Waren alle im Dorf getötet worden?

Svena! schoss es ihm plötzlich in den Sinn. Was war mit Svena? Lag auch sie irgendwo, und die Krähen fraßen an ihr?

Der Schock, der ihn beim Anblick des verwüsteten Dorfes gelähmt hatte, war wie eine Betäubung gewesen. Erst langsam war er wieder fähig, einzelne Gedanken zu fassen. Er rannte dorthin, wo einst Hermanns Haus gestanden hatte. Verzweifelt suchte er nach Svena. Da lagen die Kadaver von Kühen und Ziegen und die Leichen der Sklaven. Ein Mann lag da, der an Händen und Füßen gefesselt war. Er war enthauptet. Aufgrund der edlen Kleidung erriet Aslak den Namen des Toten: Hermann! Auch er hatte also nicht überlebt. Es hatte wenige gegeben, die Hermann an Kraft gewachsen gewesen waren, dass man ihn dennoch überwältigt hatte, erschütterte Aslak. Viel war von den Kelten erzählt worden, jetzt wusste er, dies alles war noch untertrieben. Die Kelten waren weit gefährlicher, und ihr Blutrausch schien unmenschlich zu sein.

Svena war nicht zu finden. Aslak schrie nach ihr. Vielleicht hielt sie sich irgendwo verborgen und hatte den grauenhaften Kampf überstanden. Nur das Krächzen der Krähen antwortete seinen Rufen.

Durch die leichenfleddernde Vogelschar rannte er zum Haus seines Vaters. Es war eines der wenigen, das noch stand. Zögernd trat er ein. Schwerer Modergeruch schlug ihm entgegen. Als ersten sah er seinen Vater. Neben dem Eingang lag er auf dem Boden, das Schwert noch in der Hand. Am Oberschenkel klaffte eine tiefe Wunde, im Bauch steckte der abgebrochene Schaft einer Lanze. Und da lag Fohr, dort Ohdo. Auch sie waren gefallen, als sie versucht hatten, das Haus zu verteidigen. Und jetzt sah Aslak die anderen. Seine Mutter, Otterich und Sila, die Großmutter. Zusammengedrängt hatten sie in einer Ecke Schutz gesucht. Sie waren alle tot. Giesell hing ihr Haar zerzaust ins Gesicht. Ihr Zopf war gewaltsam aufgerissen worden, um in den Besitz der bronzenen Fibel zu gelangen. Der Schmerz beim Anblick der toten Mutter zerschnitt den Nebel, der sich auf Aslaks Seele gelegt hatte. Ihm war, als begreife er erst jetzt, was hier geschehen war.

Amara, Fohrs Frau, fehlte. Sollte ihr als einzige der Familie die Flucht gelungen sein?

Matt sank Aslak auf die Bank. Mit geronnener Milch gefüllte Becher, ein angeschnittener Laib Brot und schimmliger Haferbrei standen auf dem Tisch. Die Familie war demnach während des Frühstücks überrascht worden.

Aslak erinnerte sich, wie es damals war, wenn sich die Familie zum Essen versammelt hatte. Er sah den Vater mit strenger Miene die Tagesarbeit zuteilen; sah das milde Lächeln der Mutter, wenn sie Aslak bei einem seiner Streiche erwischt hatte oder ihm einen extra Brocken Wurst zuschob, damit er groß und kräftig würde. Die Großmutter hatte unter ihrer Krankheit zu leiden gehabt, und ihr Husten war ständig gegenwärtig gewesen. Aber sie war immer hilfsbereit gewesen und hatte ihm mit manchem guten Rat beigestanden. Auch Otterich war noch lebhaft in Aslaks Erinnerung. In Gedanken sah er den kleinen Bruder am Boden sitzen und sich die ersten Barthaare auszupfen. Otterich war immer vergnügt und zu Schabernack aufgelegt gewesen.

Jetzt waren sie alle tot. Er war allein. Er hatte geglaubt, in den Monaten auf der Flucht gelernt zu haben, was Einsamkeit ist, doch bisher war da stets die Hoffnung auf ein Wiedersehen gewesen.

Ob Svena und Amara noch lebten, war ungewiss. Es war üblich, Kriegsgefangene, vor allem hübsche Frauen und kräftige Männer, als Sklaven mitzunehmen. Einige wurden dann im Dorf der Sieger als Arbeitskräfte eingesetzt. Es kam aber auch häufig vor, dass sie an andere Stämme weiterverkauft wurden. Trotzdem bestand die Möglichkeit, so schrecklich sie auch sein mochte, dass Svena und Amara nicht als Sklavinnen entführt worden waren, sondern sich aus irgendeinem Grund in einem der Häuser versteckten und verbrannt waren. Es war also fraglich, ob es überhaupt noch jemanden gab, mit dem Aslak eine Beziehung verband.

Lange saß er im Haus seines Vaters auf der Bank und stierte vor sich hin. Irgendwann stand er auf und ging nach draußen. Der Tod lag schwer über dem Tal. Der Tod erdrückte ihn.

Sein gläserner Blick wanderte aus dem Dorf, über die brachen Felder hinweg, die die Leblosigkeit des Dorfes spiegelten, und blieb schließlich an dem turmartigen Felsen hängen. Damals war er sein Lieblingsplatz gewesen. Oft hatte er dort oben in der Sonne gesessen und geträumt und an Svena gedacht.

Dort hinten war der Platz, an dem er sie aus dem Fluss gerettet hatte. Dort, im Schatten der Bäume, hatte er zum ersten Mal den nackten Körper der Geliebten gespürt. Alles war noch lebendig in ihm, als wäre es gestern gewesen.

Aslak fragte sich, weshalb alles so hatte kommen müssen. Lag ein Sinn dahinter verborgen, den er nicht erkannte? Warum nur hatten ihn die Götter auf diesen schweren Weg geschickt? War der Schmerz in seinem Herzen und der Tod all der Menschen im Dorf wirklich notwendig? Und wohin sollte dieser Weg führen? Führte er überhaupt wohin? Oder waren die Menschen der spielenden Laune der Götter ausgesetzt, ohne einem wahren Ziel, einer Fügung zu dienen?

Das plötzliche Aufflattern der Krähen riss ihn aus seinen Gedanken. Er sah sich um und erkannte Menschen. Sollten die Kelten zurückgekehrt sein? Nein, das waren Cherusker, Menschen aus seinem Dorf. Es gab also doch Überlebende.

Voller freudiger Erwartung rannte Aslak ihnen entgegen. Doch er wurde enttäuscht. Svena war nicht dabei. Auch Amara nicht. Ruhland war unter ihnen und noch zwei Männer. Die anderen waren Frauen und Kinder. Insgesamt waren es zwölf. Zwölf Menschen, die das Massaker überlebt hatten.

Mit Augen, denen das Angesicht des Todes jeden Glanz genommen hatte, starrten sie Aslak an. Eineinhalb Jahre hatten sie ihn nicht gesehen, nur immer wieder von ihm gehört. Und jetzt, da sie das Schicksal hart bestraft hatte, stand er unvermutet vor ihnen.

Ruhland fasste sich als Erster.

„Du kommst zu spät, Aslak. Sie sind alle tot. Von den Kelten feige umgebracht. Dein Vater, deine Mutter, deine Brüder. Alle sind sie tot.”

Ruhland weinte. Auch die anderen weinten.

„Wenigstens habt ihr überlebt. Den Göttern sei gedankt dafür."

„Wir haben begonnen, die Toten zu bestatten." Ruhland wischte sich mit dem Handrücken die Tränen von den Wangen. „Dort hinten, auf dem Hügel, schicken wir sie auf ihre letzte Reise."

Aslak sah ihn angstvoll an. „Ist Svena unter den Toten?", fragte er leise.

„Nein." Ruhland schüttelte den Kopf. „Svena wurde gefangen. Sie haben sie mitgenommen. Auch Amara und andere Frauen und die meisten Kinder."

Aslak atmete erleichtert auf. Svena lebte, das war ihm jetzt das Wichtigste.

„Wohin sind die Kelten gezogen?" fragte er.

Ruhland deutete nach Osten. „Dorthin. Sie haben alles geplündert, was ihnen unter die Finger kam. Den Rest verbrannten sie."

„Zuerst werde ich euch helfen, die Toten zu bestatten", sagte Aslak. „Danach werden wir zusammensuchen, was die Kelten an Brauchbarem zurückließen."

Sie legten die Leichen auf Felle und transportierten sie zu dem Hügel. Da der Boden noch immer hart war, begnügten sie sich mit dem Ausheben einer einzigen Grube, in die sie die Leichen gleiten ließen. Weil der Hügel ein gutes Stück vom Dorf entfernt lag, verstrichen zwei Tage, ehe sie alle Leichen hierher geschafft hatten. Es war üblich, den Toten ihren persönlichen Besitz auf ihrer Reise beizulegen. Aber es gab nichts mehr, das man ihnen hätte mitgeben können.

Als Aslak seine Mutter in das Grab legte, fiel ihm ein, dass er noch den Feuersteinkeil besaß, den sie ihm vor Jahren geschenkt hatte. Mit Tränen in den Augen gab er ihn seiner Mutter in die steif gewordene Hand.

„Ich danke dir, Mutter", flüsterte er traurig. „Ich weiß, du hast nie an mir gezweifelt. Heute tut es mir Leid, dass ich damals ohne Abschied gegangen bin. Deshalb will ich mich jetzt von dir verabschieden. Der Stein, den du mir einmal gegeben hast, war mir immer sehr nützlich. So manches Mal hat er mir das Leben gerettet, weil ich mit ihm ein Feuer entzünden konnte und er mir als Messer diente. Nun gebe ich ihn zurück an dich. Möge er auch dich beschützen."

Ein letztes Mal sah Aslak seine Mutter an. Ein schmaler Ritz unter ihrem Herzen verriet, dass sie durch einen Stich mit dem Schwert ums Leben gekommen war. Er streichelte ihr Haar und band es zu einem Zopf, so wie sie es zu Lebzeiten gerne getragen hatte. Sie sah aus, als schliefe sie.

Nachdem alle Leichen auf den Hügel geschafft worden waren, bedeckten sie die Grube mit schweren Steinen. So waren die Toten sicher vor hungrigen Raubtieren und konnten ungestört ihre Reise antreten.

Die Bestattung sah Aslak als letzte Pflicht an, die er dem Dorf schuldig war. Jetzt band ihn nichts mehr an seine Heimat und die Menschen hier. Er konnte weiterziehen. Und er wollte nie wieder zurückkehren. Die Erinnerung war alles, was ihm blieb.

Während die anderen begannen, die Tierkadaver aus dem Dorf zu schleppen, um sie zu verbrennen, holte er Elfe und seine Waffen. Er war reisefertig. Nur eines interessierte ihn noch. Keiner der Männer hatte eine Wunde. Er kannte alle drei und wusste, sie waren nur mittelmäßige Kämpfer. Wie war es ihnen dann gelungen, den Kampf heil zu überstehen, wenn selbst ein hervorragender Krieger wie Hermann getötet worden war?

Darauf angesprochen, senkten die Männer verlegen den Kopf.

„Ihr habt euch versteckt!", zürnte Aslak. „Ihr seid davongerannt wie Weiber, die um ihr Leben jammern."

„Was würde es nützen, wenn auch wir bei den Toten lägen", verteidigte sich Ruhland. „Die Kelten waren weit in der Übermacht. Drei Schwerter mehr, das hätte den Sieg auch nicht gebracht."

„Weißt du, Ruhland, was einen Freund ausmacht? Vermutlich weißt du es nicht. Ein Freund steht für den anderen ein. Wenn nötig mit seinem Leben. Einst waren hier alle Freunde. Denn nur dadurch, dass alle zusammenhalten, nur dadurch kann ein Dorf und ein Stamm leben. Wo kein Zusammenhalt ist, lauert der Tod. Dieses Dorf ist tot. Aber es war schon zum Tode verurteilt, als Männer wie ihr geboren seid. Feige Männer, die nichts sehen als den eigenen Vorteil. Wenn es gilt, einen Friedlosen zu hetzen, da steht ihr vorne dran. Wenn aber die Familie zu verteidigen ist, verkriecht ihr euch und jammert."

Aslak spuckte höhnisch aus. Er wollte nie wieder etwas mit diesen Männern zu tun haben. Er schwang sich auf sein Pferd und ritt weg, ohne sie eines weiteren Blickes zu würdigen.

Eine der Frauen rannte ihm nach.

„Bleib bei uns, Aslak", bat sie.

Aslak schüttelte entschlossen den Kopf. „Hier ist nichts, das mich hält. Ich werde versuchen, Svena zu finden, und wir werden uns irgendwo niederlassen. Aber nicht hier."

„Wir sind wehrlos", flehte die Frau. „Willst du uns den Wölfen und dem Willen der anderen Stämme überlassen?"

„Habt ihr nicht Männer bei euch?" entgegnete Aslak hart. „Ihr alle habt mich fortgejagt wie ein Tier. Und jetzt soll ich euch helfen? Wenn ihr alleine nicht zurechtkommt, schließt euch einem anderen Dorf an. Vielleicht sind dort Männer, die euch Schutz bieten. Ich kann es nicht."

Mit diesen Worten ließ er sie stehen. Später erfuhr er, dass sie seinem Rat gefolgt waren. Weiter im Norden waren die Cherusker von den Feinden verschont geblieben. Eines dieser Dörfer nahm sie auf.

Die Kelten hielten sich geradewegs östlich. Wie eine Feuerwand walzten sie alles nieder, was sich ihnen in den Weg stellte. Nach vier Tagen stieß Aslak auf ihr Lager. Sie hatten sich auf einer weiten, grasbewachsenen Ebene niedergelassen. Ein einziger Baum, eine uralte Eiche, stand in ihrer Nähe.

Aslak entdeckte das Lager so unvermutet, dass er Elfe hart zügeln musste. Er hatte sich durch einen Wald genähert, der hier schmäler wurde und sich wie eine Zunge in die Ebene streckte. Keine dreihundert Schritte trennten ihn von den Feinden. Ein kahler Busch verbarg ihn. Von hier aus konnte er das gesamte Lager überblicken.

Aslak schätzte das Heer auf etwa zweihundert Krieger. Sie lungerten entweder gelangweilt herum, brachten ihre Waffen in Ordnung oder saßen in kleinen Gruppen zusammen und würfelten. Wie es schien, warteten sie auf etwas.

In der Mitte des Platzes war eine Lanze in den Boden gerammt. Auf ihre Spitze war ein Kopf gespießt. Schaudernd erkannte Aslak ihn. Es war der Kopf Hermanns, der zur Abschreckung gut sichtbar aufgestellt worden war. Er war Trophäe und Drohung. Um die Wirkung auf etwaige Angreifer zu verstärken, hatte man dem Kopf die Haare geschoren. Das Haar war der Stolz eines jeden Mannes und wurde mit Ausdauer und Liebe gepflegt. Kein cheruskischer Krieger ließ sich freiwillig den Kopf scheren.

Entsetzt wandte Aslak seinen Blick ab. Wer einen Krieger nach seinem Tode auf derart grausame Weise entehrte, konnte nur ein Dämon sein.

Die Furcht vor diesen keltischen Unmenschen war mit einem Mal so stark, dass er bestimmt umgekehrt wäre, wäre nicht Svena gewesen. Also wandte er sich wieder dem Lager zu.

Auf der gegenüberliegenden Seite des Lagers standen die vierzehn Karren, auf denen sich der Wegproviant und die Plünderware befanden. Daneben die Ochsen und zehn Pferde. Und da entdeckte er Svena. Aslak spürte sein Herz bis zum Hals. Eineinhalb Jahre hatte er sie nicht gesehen. Eineinhalb Jahre hatte er sich nach ihrer Nähe, nach ihrer Wärme, nach dem erregenden Gefühl, ihre Haut zu berühren, gesehnt. Und jetzt war sie da. Fast zum Greifen nahe. Nur dreihundert Schritte entfernt. Und doch unendlich weit weg. Zweihundert Kelten trennten ihn von Svena.

Mit anderen Gefangenen, Aslak zählte nicht nach, es mochten etwa dreißig sein, hockte sie bei den Wagen. Es waren Gefangene aus Aslaks Dorf und aus anderen Dörfern, die am Hals mit Riemen aneinander gebunden waren. Auch Amara befand sich unter ihnen. Vermutlich gab man ihnen genügend zu essen, denn keiner der Gefangenen sah hungrig oder krank aus. Ihre Haare waren ungepflegt und die Kleider schmutzig, ansonsten schien es ihnen aber an nichts zu mangeln.

Trotz seiner Furcht vor den Barbaren drängte es Aslak, sofort in das Lager zu schleichen, um Svena zu befreien. Doch es wäre Wahnsinn gewesen. Es war noch heller Nachmittag; er wäre unweigerlich entdeckt worden. Außerdem befand sich Svena auf der ihm abgewandten Seite des Lagers.

Aslak beschloss deshalb, ein Stück in den Wald zurückzuweichen und dann das Lager in einem großen Bogen zu umgehen. Inzwischen würde es finster sein, und er könnte vom Osten her an die Wagen schleichen.

Wenn alles gutginge, wäre es ihm schon bald möglich, Svena in die Arme zu nehmen.

Kurz bevor er aufbrach, wurde seine Aufmerksamkeit abermals auf das Lager gelenkt. Dort wurde es jetzt lebhaft. Aus östlicher Richtung näherten sich drei Reiter, die herzlich begrüßt wurden. Aslak nahm an, dass es Kundschafter waren, die die Gegend erforscht hatten und jetzt zurückkehrten.

Er konnte aus der Entfernung nicht ausmachen, welche Nachricht die Späher mitbrachten. Doch selbst wenn diese die Kelten veranlasste, während seiner Abwesenheit weiterzuziehen, er kannte nun ihren Standort und würde den Wagenspuren leicht folgen können.

Aslak kümmerte sich deshalb nicht weiter darum und verließ seinen Beobachtungsplatz.

20. KAPITEL

Svenas Schönheit hatte Caucax sofort berührt. Sehr zum Ärger von Beatrix suchte er die Nähe der blonden Cheruskerin, die ihm ihren Hass aber deutlich spüren ließ. Um ihr seine Gunst zu beweisen, band er Svena eine Woche nach ihrem Aufbruch aus Hermanns Dorf los, drohte ihr aber, alle Gefangenen zu töten, sollte sie versuchen zu fliehen. Zwei Tage bewegte sich Svena frei im Lager. Aber auch wenn sie keine Fesseln trug, so war sie doch nicht ungebunden. Dass Caucax seine Drohung eiskalt ausführen würde, daran bestand nicht der geringste Zweifel. Die Gefangenen zu töten, würde ihn nicht mehr kosten als ein kurzer Befehl an seine Krieger. Oft saß sie weinend bei der Lanze, die den Kopf ihres Vaters auf so schreckliche Weise präsentierte. Verzweifelt flehte sie die Götter an, diese möchten all ihren Zorn herabschleudern und Caucax vernichten. Aber die Götter blieben stumm.

Am Abend des zweiten Tages, also einen Tag bevor Aslak die Waldzunge erreichte, forderte Caucax Tribut.

Svena hielt sich bei Herda, ihrer Mutter, bei Amara und den anderen Überlebenden ihres Dorfes auf, als Caucax sie bat, ihn zu begleiten.

Seine Stimme war ungewohnt weich und einfühlsam. Die schwarze Kriegsfarbe, die sein Gesicht im Kampf entstellt hatte, war abgewaschen und gab seine männlich-herben Züge zu erkennen. Die Nase war gebogen wie der Schnabel eines stolzen Adlers, die Lippen schmal und die Augen dunkel und freundlich. Die gebräunte Haut wies auf seine südliche Heimat hin. Nur an dem goldenen Torques war jetzt noch der Krieger in ihm zu erkennen, er verdeutlichte den Rang, den Caucax unter seinen Männern einnahm.

Seine Freundlichkeit konnte Svena nicht täuschen. Barsch lehnte sie ab.

„Sei nicht dumm, Svena", versuchte es Caucax im Guten. „Viele Frauen wären glücklich, von mir auserwählt zu werden."

„Lieber sterbe ich", beharrte Svena. Der Ernst ihrer Worte spiegelte sich in ihren Augen, die den Kelten kalt und mit ungebrochenem Stolz musterten.

„Es wäre schade um dich", entgegnete Caucax und ließ seinen Blick über ihren wohlgeformten Körper gleiten. „Bedenke doch nur die Vorteile, die du hättest. An meiner Seite wärst du die Herrscherin über das mächtigste Heer. Alle würden dir zu Füßen liegen. Du könntest in unendlichem Reichtum schwelgen."

„Nein!", wiederholte sie; diesmal härter und zorniger.

„Wie du willst", sagte Caucax und lächelte. Vor diesem verlogenen Lächeln hatte Svena mehr Angst als vor Caucax` Schwert.

„Pierac!", rief Caucax nach einem seiner Männer.

Pierac saß mit anderen Kriegern am Feuer. Lachend hatten sie den keltischen Frauen beim Tanz zugesehen und sie mit schnalzender Zunge begafft.

Nur unwillig stand er auf und trottete hinüber zu Caucax. Pierac war Unterführer und ein leidenschaftlicher Krieger. Mit Genuss trank er das Blut seiner Opfer. Mit ebensolcher Vorliebe aber war er auch dem Met zugetan. Auch jetzt hatte er bereits soviel getrunken, dass er sich nur mit Mühe gerade halten konnte.

„Töte sie!", befahl Caucax und wies auf Svenas Mutter.

Herda zuckte erschrocken zusammen. Auch Svena durchfuhr der Befehl des Keltenführers wie ein Blitz. Noch hoffte sie, Caucax würde sie nur täuschen wollen, um so ihren Willen zu brechen.

Aber Caucax war nicht nach Spielen zumute.

„Worauf wartest du!", herrschte er Pierac an.

Pierac zog das Schwert, riss Herdas Kopf an den Haaren zurück, hob die Hand zum tödlichen Schlag ...

„Hör auf!" rief Svena. Sie war aufgesprungen.

Auf ein Zeichen von Caucax ließ der Unterführer Herda los.

„Nun?", wandte sich Caucax an Svena. „Wie lautet jetzt deine Antwort? Wirst du mich begleiten?"

Svena senkte betrübt den Kopf. Sie hatte keine Wahl.

„Tu es nicht!", bat ihre Mutter. „Der Tod ist eine schnelle Erlösung. Aber du wirst immer darunter leiden, wenn du ihm jetzt folgst."

Svena sah sie traurig an. Ihr Blick sank mutlos zu Boden und wanderte an Caucax vorbei zu der Lanze, die den entstellten Kopf ihres Vaters trug.

Sie nickte.

„Ich werde dir folgen, Caucax."

Caucax grinste zufrieden. Er nahm Svena bei der Hand und führte sie aus dem Lager.

Beatrix, die beide weggehen sah, kniff die Lippen zusammen und schnaubte wütend. Sie hatte Caucax viele Frauen nehmen sehen, und er hatte nie lange gefackelt. Wenn Svena nichts weiter gewesen wäre als ein flüchtiges Abenteuer, dann wäre er am ersten Tag über sie hergefallen wie ein Stier, und am zweiten Tag wäre sie vergessen gewesen. Svena aber machte er den Hof, seit er sie in ihrem Dorf zum ersten Mal gesehen hatte. Diese fast liebevolle Annäherung beunruhigte sie. Beatrix war sich sicher, dass Caucax Svena auch jetzt nichts antun würde, wogegen sie sich sträubte, aber gerade deswegen wurde die Cheruskerin zur ernsthaften Konkurrentin. Beatrix sah durch sie ihre Machtposition gefährdet.

Caucax verließ mit Svena das Lager in nordöstlicher Richtung. An der Eiche vorbei, liefen sie noch ein Stück, dort setzte er sich ins Gras.

Mit der untergehenden Sonne war es unangenehm frisch geworden. Svena hüllte sich fest in ihren Umhang. Aber nicht wegen der Kälte fror sie. Dennoch war sie entschlossen, alles ohne einen Laut des Leides zu ertragen, wenn sie dadurch das Leben ihrer Mutter und das der anderen Gefangenen retten konnte.

Wieder wanderte Caucax' Blick an der Gestalt der Cheruskerin entlang. Ihre Füße steckten in leichten, mit Stickereien verzierten Lederschuhen. Das Kleid war aus feinem, khakifarbenem Leinen gewoben. Strohblondes, langes Haar umhüllte die weich geschwungenen Züge ihres Gesichts und die moosgrünen Augen funkelten wie die eines in die Enge getriebenen Wolfes.

„Setz dich!", sagte Caucax.

Svena gehorchte. Die Arme vor der Brust verschränkt, sah sie abweisend an dem Kelten vorbei in die dämmrige Nacht.

„Du brauchst dich nicht zu fürchten", versicherte Caucax. „Du bist eine begehrenswerte Frau. Eines Tages wirst du meine Seite zieren. Jetzt bin ich Krieger, und nur als solcher denke und fühle ich. Ich habe dich hierher gebeten, damit du mir ohne den Einfluss deiner Leute ein paar Fragen beantwortest."

Überrascht sah Svena den Kelten an. Er wollte ihr nur ein paar Fragen stellen und hätte deshalb beinahe ihre Mutter töten lassen. Seine berechnende Kaltschnäuzigkeit ängstigte sie. Zu was mochte dieser Mann alles fähig sein, um seinen Willen durchzusetzen?

„Du hast gesagt, Aslak ist dein Mann", fuhr Caucax fort. „Ich habe mehr von ihm gehört, als ich bisher zugab."

„Wer erzählte dir von ihm?"

Caucax schmunzelte vergnügt. „Es gibt immer wieder Männer, die zu uns überlaufen und sich dadurch etwas erhoffen. Sie berichten uns viel, weil sie hoffen, dadurch ihr jämmerliches Leben zu retten. So erfuhr ich von Aslak und davon, dass er die Stämme vereinen und führen soll. Jetzt sollst du mir sagen, wo er sich gerade befindet."

„Ich weiß es nicht", antwortete Svena ehrlich.

„Lüg mich nicht an! Du bist seine Frau und weißt es nicht?" Ihm lag sehr daran, Aslaks Aufenthalt zu erfahren. Ein Krieger, von dem alle redeten, und der doch auf geheimnisvolle Weise wie unsichtbar war, musste großen Zauber besitzen.

Vor vierzehn Tagen hatte er Boten in die Heimat entsandt und zusätzliche Krieger angefordert, weil ihm die Germanen mehr zusetzten, als er erwartet hatte. Schon mehrere Tage war die Verstärkung überfällig. Caucax befürchtete, dass Aslak etwas mit deren Ausbleiben zu tun habe.

„Ich habe Aslak über ein Jahr nicht gesehen", behauptete sie fest.

„Ich glaube dir nicht!" Caucax wurde zornig. "Du weißt, was geschieht, wenn du nicht redest."

„Ich weiß", gab Svena forsch zurück. „Dann wirst du dich wieder an wehrlosen Menschen vergreifen."

Caucax quittierte ihre Frechheit mit einer schallenden Ohrfeige.

„Red, oder ich prügle die Wahrheit aus dir!"

„Wenn ich wüsste, wo Aslak ist, dann würde ich es dir nicht verraten", beharrte Svena.

Caucax sprang auf. Wut verzerrte seine Züge, und er schlug Svena mit der geballten Faust ins Gesicht. Die Wucht des Schlages warf sie zurück, aber sie raffte sich mit der Kraft ihres Stolzes wieder auf. Und Caucax schlug erneut zu.

„Redest du jetzt?"

Svenas Gesicht war ein einziger Schmerz, doch wieder hob sie den Kopf und bot sich unerschrocken seiner Gewalt an. „Schlag zu!", provozierte sie ihn. „Schlag zu, wenn du so stolz darauf bist, eine Frau zu schlagen!"

Und als Caucax wieder aufzog, war ihr Blick starr und kalt. Er ließ den Arm sinken. Verbittert betrachtete er die Frau, die selbst mit Schlägen nicht zu bezwingen war. Ihm wurde klar, dass er sie totschlagen konnte, ohne ihren Willen zu brechen. Seine Gefühle schwankten zwischen maßloser Wut und ehrlicher Achtung. Svena war wie ein wildes Pferd, das sich niemandem unterwarf. Caucax kannte keine keltische Frau, die so war wie sie. Jetzt wollte er nicht nur den Körper dieser Frau besitzen.

Sich zur Ruhe zwingend, sagte er: „Es ehrt dich, wenn du ihn in Schutz nimmst. Aber dein Edelmut hilft Aslak auch nicht. Er wird uns in die Hände fallen. Und dann wird er Qualen erleiden müssen wie noch kein Mann vor ihm."

Beatrix sah Caucax und Svena zurückkommen. Caucax hielt die Cheruskerin mit festem Griff am Arm. Svenas Wange war blutunterlaufen, aber sie weinte nicht.

Der Keltenführer verriet mit keiner Miene, was vorgefallen war; seine Züge waren glatt und nichtssagend wie aus Eis. Er brachte Svena zu den Wagen und ließ sie von Pierac mit einem Riemen um den Hals festbinden.

Am nächsten Morgen gab sich der Anführer wie immer. Er

lachte und scherzte mit seinen Kriegern und sorgte mit Strenge und Härte für Ordnung, wo es nötig war. Er genoss es, an der Spitze des mächtigsten Heeres zu stehen. Aber noch mehr genoss er den unbedingten Gehorsam, den ihm seine Männer entgegenbrachten.

Um Svena kümmerte er sich nicht mehr. Sie schien ihm völlig egal.

Während ihres Kriegszuges war es den Kelten zur Gewohnheit geworden, die Gefangenen von Zeit zu Zeit in die Heimat zu transportieren. Die zweiunddreißig Gefangenen, die sie nun mit sich führten, bedeuteten eine unnötige Last. Es war schon bei kleineren Trupps vorgekommen, dass Caucax die Germanen aus einer üblen Laune heraus einfach töten ließ.

Am Nachmittag gab er Pierac den Befehl zum Abtransport.

„Such dir sieben Männer und bring das Gesindel fort!"

„Und was ist mit ihr?"

Pierac deutete auf Svena. Er war schon wieder angetrunken und schwankte leicht, sonst hätte er die Frage wohl kaum gewagt.

Caucax blieb erstaunlich ruhig; er zögerte kurz, dann antwortete er entschlossen: „Sie bleibt hier."

Pierac wollte noch etwas entgegnen, als seine Aufmerksamkeit auf drei Reiter fiel, die sich aus östlicher Richtung schnell näherten: Die Späher kehrten zurück.

Die Ankunft der drei Männer brachte alle auf die Beine. Jeder war neugierig; endlich würden sie erfahren, wo das nächste Dorf lag. Ihr Hunger nach Plünderei und Kampf war in den Tagen der Ruhe schon wieder gewachsen.

Caucax ließ die Späher an einem Feuer Platz nehmen und bewirten; die anderen rangen sich um sie und lauschten gespannt ihrem Bericht. Auch Pierac hätte gern zugehört, aber er hatte seinen Befehl. Er bestimmte sieben Männer für den Gefangenentransport und überwachte die Vorbereitungen.

Beatrix beobachtete es voll Zufriedenheit. Endlich! Nun würde Caucax wieder ihr allein gehören.

Doch da zog Pierac das Messer aus dem Gürtel, um Svena loszuschneiden. Schnell eilte Beatrix zu ihm und fragte verwundert: „Was tust du da? Lässt du diese Frau hier?"

„Caucax will es so", antwortete Pierac gleichgültig.

„Das kann nicht sein", entrüstete sich Betrix verbittert. „Du musst dich täuschen. Caucax sagte mir diese Nacht, dass ihm die Cheruskerin für immer aus den Augen soll", log sie. „Sicher hast du dich verhört, Pierac."

„Ich mag zwar ein Trunkenbold sein", erwiderte Pierac ruhig, „aber auf meine Ohren kann ich mich noch immer verlassen."

Unbeirrt durchschnitt er den Riemen, der Svena an ihre Mutter band, und fesselte sie an einen der Wagen.

Beatrix bebte vor Zorn. Mit einem hasserfüllten Blick auf Svena wandte sie sich ab. Jetzt blieb ihr nur noch eine List, um die Rivalin loszuwerden. Zwar nahm sie dadurch das Risiko auf sich, dass Caucax sie brutal strafte, sobald er dahinter kam, das aber war es ihr wert.

Entschlossen eilte sie zu ihm.

„Pierac lässt fragen, wann er aufbrechen soll", schwindelte sie.

Caucax, in seiner Besprechung mit den Spähern gestört, fuhr sie wütend an: „Ich sagte ihm, er soll sofort aufbrechen. Und jetzt lass mich in Ruhe, Weib!"

Befriedigt lief Beatrix zurück zu Pierac.

„Es ist, wie ich sagte", behauptete sie. „Du sollst die Sklavin mitnehmen."

Pierac sah Beatrix zweifelnd an. Sollte er sich tatsächlich verhört haben?

„Ich werde Caucax selbst fragen", beharrte er.

„Das kannst du tun", meinte sie gelassen. „Hast du gesehen, wie wütend er war, als ich ihn störte? Geh nur hin und störe ihn noch einmal."

Pierac, der den unberechenbaren Zorn des Führers schon mehrmals am eigenen Leib gespürt hatte, wollte es nicht unbedingt auf eine weitere Probe ankommen lassen.

„Sagst du mir wirklich die Wahrheit?"

„Es ist die Wahrheit", versicherte sie. „Die Späher machten ein reiches Dorf aus. Vermutlich werden wir schon morgen aufbrechen. Caucax will dann alle Gefangenen aus dem Lager haben. Auch dieses Weib."

Diese Gründe leuchteten Pierac ein. Er löste also Svenas Fessel vom Wagen und band sie wieder an ihre Mutter. Kurz darauf brach der kleine Trupp auf.

Beatrix sah ihnen zufrieden nach, wie sie langsam in südlicher Richtung verschwanden. Jetzt blieben ihr immerhin mehrere Wochen, bis dahin würde Caucax Svena vergessen haben. Und sollte er später in der Heimat wieder Gefallen an Svena finden, dann würde ihr sicher etwas einfallen. Fürs erste sollte Pierac, dessen Trunksucht bekannt war, als Sündenbock herhalten.

Caucax bekam von den Ränken seiner holden Beatrix nichts mit. Der Bericht der Späher nahm ihn zu sehr in Anspruch. Sie hatten tatsächlich ein reiches Dorf ausgemacht und obendrein den Verstärkungstrupp gesehen, der sie morgen oder übermorgen erreichen würde.

21. KAPITEL

Bei einbrechender Dunkelheit erreichte Aslak die Stelle, von wo aus er sich ins Lager der Kelten schleichen wollte. Nur der Schein der Feuer verriet noch die Anwesenheit der Feinde.

Aslak legte Schwert und Bogen ab, sie würden ihn beim Anpirschen nur behindern. Allein das Messer und Svenas Bernstein behielt er bei sich; der Stein war ihm zum Glücksbringer geworden, und den konnte er diesmal gebrauchen.

Er band seine Waffen mit Riemen zusammen und befestigte sie auf Elfes Rücken. Dann flüsterte er dem treuen Tier ins Ohr, hier zu warten. Seine Verbundenheit mit der Stute war so tief, dass er sicher war, sie würde ihn verstehen. Er tätschelte ihr nochmal den Hals und streichelte ihr zart über die Nüstern, dann ließ er sie zurück. Schon bald wollte er Elfe mit Svena bekannt machen.

Die Dunkelheit bot ihm den einzigen Schutz; Bäume waren kaum vorhanden, und die paar Sträucher, hinter die er sich hätte ducken können, waren jetzt im Frühjahr noch zu niedrig und kahl.

Auf halber Strecke vernahm er gedämpft die Stimmen der Feinde. Wie das leise Murmeln eines entfernten Baches drangen sie an sein Ohr. Aslak setzte sich nieder und wartete. Solange die Kelten wach waren, war es zu gefährlich, sich dem Lager weiter zu nähern.

Unendlich langsam verstrich die Zeit. Der Mond stand als schmale Sichel am klaren Himmel, und Aslak war froh, dass er den Fellumhang mitgenommen hatte, denn die Nacht war empfindlich kalt.

Als die Geräusche allmählich verstummten, ließ er noch einige Zeit vergehen. Aslak schätzte, dass es nach Mitternacht war, als er schließlich mit äußerster Vorsicht weiter schlich. Er war nur wenige Schritte weit gekommen, da zögerte er. Wieder war diese Stimme in ihm, die ihn in seinem gefährlichen Leben schon ein paarmal gewarnt hatte. Manchmal waren es deutliche Worte, die er in sich wahrnahm, oft aber waren es nur gedankliche Eingebungen, die ihm spontan in den Sinn drangen. Aslak glaubte fest daran, dass die Götter auf diese Weise Kontakt mit ihm aufnahmen. Den Winter über hatte er sie nicht gehört. Er hatte schon befürchtet, die Götter hätten sich von ihm abgewandt, doch hatte er ihres Beistandes in dem friedlichen Tal vielleicht nicht bedurft.

Jetzt riet ihm die Stimme eindringlich, das Keltenlager zu meiden.

Aslak war verwirrt. War sein Leben bedroht? War durch seinen Plan Svenas Leben bedroht?

Zum ersten Mal zweifelte er an der Stimme.

Der Gedanke an Svena drängte Aslak, die Stimme diesmal zu ignorieren. Ihretwegen würde er sich fraglos der größten Bedrängnis aussetzen. Seit er sie am Nachmittag gesehen hatte, brannte die Sehnsucht nach ihr mehr denn je in ihm. Und jetzt, so kurz vor dem Ziel, sollte er zurückweichen?

Nein, diesmal würde er der Stimme nicht folgen. Er musste ins Lager, und wenn es sein Leben kostete. Würde er jetzt nicht gehen, er würde sich das nie verzeihen.

Vorsichtig schlich er weiter.

Nur noch hundert Schritte trennten ihn vom Lager. Dort war kein Laut zu hören. Die Feuer brannten niedrig, gaben aber noch genügend Licht, um die in Felle gerollten Körper der Kelten zu erkennen. Sie schliefen tief und fest. Rechts von ihm streckte sich eine knorrige Eiche in den Nachthimmel. Leise säuselte der Wind in den Ästen. In gerader Linie vor ihm standen die Wagen, daneben die Ochsen, die kauend im Gras lagen, und an Pfähle gebunden die Pferde. Vor den Pferden würde er sich in Acht nehmen müssen; ihr feiner Geruchssinn konnte sein Vorhaben schnell zum Scheitern bringen.

Die Wagen versperrten ihm die Sicht. Hinter ihnen aber mussten die Gefangenen sein; Aslak hatte sie dort gesehen, als er das Lager von der Waldzunge aus beobachtet hatte.

Wieder verharrte er. Er durfte jetzt nichts übereilen. Ein falscher Schritt konnte den Tod bedeuten.

Waren vielleicht doch Wachen aufgestellt? Kein Germanenstamm würde das Risiko auf sich nehmen, das Keltenheer anzugreifen - dennoch war es möglich, dass Vorposten das Lager sicherten.

Aslak wollte eben weiter, als zwischen den Wagen ein Krieger hervortrat.

Geräuschlos warf er sich zu Boden. Der Kelte, mit Lanze und Schwert bewaffnet, kam langsam näher. Aslak presste sich ins Gras, den Griff des Messers fest umklammert. Nur noch wenige Schritte und der Kelte musste unweigerlich auf ihn treten. Aslak war zu allem bereit.

Unvermutet blieb die Wache stehen. Aslak wagte nicht, den Kopf zu heben. Angestrengt lauschte er. Nichts war zu hören. Der Kelte musste bewegungslos stillstehen. Oder hatte er ihn längst entdeckt und im nächsten Moment sauste die Lanze nieder?

Sachte drehte er den Kopf: dort stand die Wache, nicht weiter als eine Körperlänge von ihm entfernt, und sah über ihn hinweg in die Dunkelheit.

Aslaks Gedanken überschlugen sich. Von ihm konnte nicht mehr zu erkennen sein als ein Schatten im Gras. Der aber würde genügen, um den Kelten misstrauisch zu machen. Und dann wäre es für Aslak zu spät, er musste ihm zuvorkommen, ihn überraschend angreifen und töten.

Ein glücklicher Umstand bewahrte ihn vor einem übereilten Angriff. Eine zweite Wache rief den Kelten zu sich. Beide unterhielten sich laut und setzten ihren Kontrollgang nordwärts fort.

Aslak wartete noch einen Moment, um sicher zu gehen, dass die beiden nicht zurückkehrten, dann rannte er los. Bei den Wagen warf er sich wieder auf die Erde und robbte zu dem Platz, an dem er die Gefangenen wähnte. Nichts, der Platz war leer. Sollten die Gefangenen an eine andere Stelle des Lagers verlegt worden sein? Doch soweit er erkennen konnte, boten die Wagen die einzige Möglichkeit, Gefangene festzubinden.

Ihm fiel der Baum ein, die Eiche, die er nur silhouettenhaft in der Dunkelheit gesehen hatte. Sie stand aber außerhalb des Lagers. Waren die Kelten so unvernünftig, Svena und die anderen dort unterzubringen, wo sie niemand beobachten konnte?

Wie dem auch war, Aslak blieb nichts anderes, als zu der Eiche zu schleichen. War Svena auch dort nicht zu finden, würde er das ganze Lager nach ihr absuchen. Sie musste ja irgendwo sein. Noch am Nachmittag hatte er sie gesehen.

Im Osten färbte sich der Himmel schon rot. Nicht mehr lange, und die aufgehende Sonne würde die Kelten wecken. Die Wache hatte ihn wertvolle Zeit gekostet. Nun war Eile geboten.

Unter den Wagen robbte er zurück. Doch er kam nicht weit. Eine der Wachen schlenderte gähnend an ihm vorüber. Was nun? Jede Minute zählte. Und schon im nächsten Moment konnte ein anderer Krieger auftauchen und ihn abermals zwingen, unter dem Wagen zu verharren.

Er machte leise kehrt, an die Wagen gedrückt, tastete er sich vorsichtig weiter. Unversehens stand er bei den Pferden. Aslak war wie gelähmt. Aber keines der Tiere schnaubte oder wieherte; neugierig schauten sie ihn an.

Die Eiche war jetzt wie ein schwarzes Gespinst in der Nacht zu erkennen, doch noch war sie an die zwanzig Schritte entfernt.

Einer der Kelten erwachte. Er setzte sich auf, legte Holz in die Glut und zog das Schlaffell enger um sich. Aslak den Rücken zukehrend, rieb er sich die Hände über den wärmenden Flammen.

Aslak erhob sich leise, spähte noch einmal nach den Wachen und lief geduckt hinüber zu der Eiche. Das vom Tau benetzte Gras dämpfte seine Schritte.

Der Kelte saß noch immer ruhig am Feuer, und bis hierher reichte der Schein nicht. Aslak war in Sicherheit.

Aber auch bei der Eiche war von den Gefangenen nichts zu sehen. Sein gewagtes Unternehmen war vergeblich gewesen. Weiter nach Svena zu suchen, war töricht. Im Osten hatte sich der Himmel zu hellem Gelb verfärbt: Der Tag brach an. Aslak wollte so schnell wie möglich verschwinden. Nötigenfalls würde er in der nächsten Nacht wieder kommen.

In diesem Augenblick sprang eine Wache hinter dem Stamm hervor, die Lanzenspitze auf den Eindringling gerichtet. Es kam so überraschend, dass Aslak unfähig war zu handeln. Und was hätte er mit dem Messer auch gegen die Lanze ausrichten können? Selbst zum Fliehen war es zu spät.

Der Ruf der Wache alarmierte die Anderen. Im Nu sah sich Aslak von seinen Feinden umringt.

22. KAPITEL

Aslak sah einen hünenhaften Krieger auf sich zuschreiten. Mit steinernem Blick baute er sich breitbeinig vor ihm auf. „Wer bist du?", fragte Caucax mit der Stimme des Überlegenen.

„Ich bin Aslak. Der Sohn Waldmars aus dem Dorfe Hermanns, das du zerstört hast."

„Aslak", wiederholte der Kelte überrascht und musterte den Gefangenen genau. Er hatte ihn sich älter vorgestellt, und dass ein so junger Bursche all die glorreichen Taten vollbracht haben sollte, konnte er kaum glauben. Er hatte auch erwartet, den Cheruskerhelden an der Spitze eines Heeres zu sehen. Und jetzt fiel er ihm unvermutet in die Hände.

„Ich habe von dir gehört, Aslak. Die Stämme diesseits der Grenze verehren dich. In ihren Augen bist du ein hervorragender Krieger. Für mich bist du ein Tölpel, ein törichter Narr, der allein seine Feinde beschleicht. Oder bist du nicht allein? Treibt sich noch irgendwo feiges Gesindel herum?"

Er gab dreien seiner Männer einen Wink, worauf diese zu ihren Pferden eilten und davon ritten, um die Gegend abzusuchen.

„Es ist unnötig, deine Männer fortzuschicken", versicherte Aslak. „Sie werden niemanden finden."

„So bist du nicht nur ein Narr, sondern obendrein noch dumm. Was treibt dich überhaupt in unser Lager?"

Noch bevor Aslak antworten konnte, fing der Kelte laut zu lachen an.

„Du suchst Svena, deine Frau. Unglücklicherweise ist sie nicht mehr hier. Durch die Trunkenheit einer meiner Krieger ist sie versehentlich mit den anderen abtransportiert worden. Ich hätte sie gern behalten."

Svena ist also tatsächlich weg, dachte Aslak. Alles war umsonst gewesen. Die Stimme, die ihn in der Nacht gewarnt hatte, hatte also Recht behalten.

„Du redest von deinen Kriegern. Dann bist du ihr Anführer. Hast auch du einen Namen?"

„Heja!" rief der Kelte verwundert. „Nicht zu Unrecht rühmen dich deine Landsleute. Selbst bei den Kelten sucht man Männer, die so unerschrocken sind wie du. Dein wahrer Mut wird sich aber erst zeigen müssen. So manchem, der eine flinke Zunge hatte, blieb das Herz stehen, sobald man ihm das Schwert auf die Brust setzte. Du hast dir eine gute Zeit gewählt, uns deinen Mut zu beweisen, Cherusker. Wir werden wohl noch bis morgen hier bleiben, bis ein zweiter Trupp eintrifft."

„Du hast Verstärkung angefordert?"

Der Anführer verzog höhnisch den Mund. „Bild dir ja nicht ein, wir hätten Angst vor euch. Mit hundert Männern mehr werden wir euch nur noch schneller vernichten. Wir werden euch zerquetschen wie lästige Mücken. Die Stämme der Cherusker, der Chatten, der Semnonen und wie sie alle heißen, werden für immer vom Erdboden verschwinden."

Bildhaft rieb er die rechte Faust in der flachen Linken und sah Aslak mit finsterer Arroganz an.

„Du verschweigst mir noch immer deinen Namen", erwiderte Aslak nur, ohne dem Blick des Kelten auszuweichen.

„Caucax", antwortete Beatrix. Sie hatte sich durch die Reihe der Männer geschoben und an die Seite ihres Mannes gestellt. Neugierig betrachtete sie die kräftige Gestalt des jungen Cheruskers. Seine Gelassenheit imponierte ihr.

„Du hörst es, Aslak. Ich bin Caucax, der Führer der unbesiegbaren Kelten. Selbst die mächtigen Römer zittern vor meinen Kriegern. Im Moment allerdings ist uns langweilig.

Bis morgen müssen wir hier noch aushalten. Ich könnte dich sofort töten lassen, das aber wäre nicht besonders unterhaltsam. Wenn du wirklich so tapfer bist, wie behauptet wird, dann wirst du uns eine Zeitlang Freude bereiten. Danach, sei sicher, Cherusker, bettelst du um den Tod."

Was Caucax damit meinte, erfuhr Aslak sofort. Unter allgemeinem Jubel wurde ihm der Umhang vom Leib gerissen, die Hände auf den Rücken gebunden und die Füße gefesselt. Ein längerer Strick wurde zusätzlich um seine Füße gebunden, das andere Ende über einen starken Ast der Eiche geworfen. Daran zog man nun. Kopfunter, hüfthoch über der Erde, hing Aslak an der Eiche.

Es war inzwischen hell geworden. Die Kelten versammelten sich wie zu einem spektakulären Schauspiel. Die Frauen, nicht die Männer, sollten Aslak peinigen. Caucax beabsichtigte, den Gefangenen zu demütigen und damit dessen gefährlichen Ruhm zu zerstören.

„Seht gut hin!" rief Caucax seinen Männern zu. „So verfahren keltische Weiber mit cheruskischen Helden."

Die Frauen brachen Gerten von dem Baum oder suchten sich Steine. Damit traktierten sie Aslaks wehrlosen Körper. Einige begnügten sich damit, ihn an den Haaren zu ziehen oder ihn zu bespucken.

Der Schmerz, den Gerten und Steine ihm zufügten, drang kaum in Aslaks Bewusstsein. Um so mehr peinigte ihn die Erniedrigung. Dieser Schmerz grub sich tief in sein Herz und fraß sich dort fest. Lange Zeit sollte er daran tragen. Und je lauter das Lachen wurde, desto intensiver sein stummer Schrei nach Vergeltung.

Beatrix verlor schnell die Lust, einen wehrlosen Menschen zu quälen. Angewidert setzte sie sich neben ihren Mann.

„Wie mutig doch Caucax ist", schmiss sie ihm sarkastisch hin.

Caucax Augen blitzten vor Zorn.

„Wie redest du mit mir?", herrschte er sie an und schlug ihr schallend ins Gesicht, worauf Beatrix wortlos aufstand und wegging.

Eine Weile noch belustigte die Kelten das ungleiche Schauspiel, schließlich aber verlor es seinen Reiz.

Caucax ließ Aslak von der Eiche binden. Die Gerten hatten feine Striemen hinterlassen, die kaum bluteten. Eine größere Wunde trug Aslak nicht davon, aber er wusste, dass ihm die eigentliche Folter noch bevorstand - und diesmal würde es nicht mit Striemen ausgehen.

Sie hingen ihn an Caucax` Rappen. Der Anführer selbst schwang sich auf sein Pferd, hieb ihm die Fersen in die Flanken, dass es sich wiehernd aufbäumte, und preschte quer durch das Lager.

Der Boden war zwar noch feucht und weich, aber mit großen, flachen Steinen durchsetzt; wie stumpfe Messer rissen sie Aslaks Fleisch wund. Er versuchte, den Oberkörper hochzubringen, was ihm aber nicht gelang. Mit letzter Kraft biss er die Zähne zusammen. Lieber wollte er sterben, als Caucax einen Laut der Schwäche zu gönnen.

Als Caucax schließlich anhielt, lag Aslak reglos am Boden. Jede Bewegung war eine einzige Tortur. Die Hose hing ihm in Fetzen an den Beinen, blutendes Fleisch lag frei. Kraftlos hob er den Kopf.

Über ihm stand Caucax, er grinste zufrieden.

„Wie steht es, Cherusker? Ein Wort von dir, und ich töte dich. Auch wenn uns dadurch der Spaß entgeht, weiterhin mit dir zu spielen."

„Binde mich los!", forderte Aslak geschwächt. Selbst das Sprechen bereitete ihm Schmerzen. „Oder fürchtest du dich, mit mir zu kämpfen?"

Caucax` Lachen dröhnte höhnend durch das Lager.

„Hört ihr das, Männer? Der Adler soll sich vor dem Wurm fürchten. Caucax fürchtet sich vor niemandem, das solltest du dir merken, Cherusker. Bindet ihn los! Er soll seinen Kampf haben."

Schwankend brachte sich Aslak auf die Beine. Jeder Muskel schmerzte. Ein Rückzug aber kam auf keinen Fall in Frage.

Caucax sah ihn spöttisch von der Seite an. Enttäuscht schüttelte er den Kopf.

„Ich kämpfe nicht mit dir. Es wäre fairer, mit einer alten Frau zu kämpfen. Leg dich nieder und ruh dich aus!"

Grob stieß er Aslak gegen die Brust. Der torkelte rückwärts und stürzte flach zu Boden. Erneut dem Gelächter der Männer ausgesetzt, raffte er sich langsam wieder hoch. Schwer atmend stand er dem Keltenführer gegenüber.

„Feigling!" keuchte Aslak. Er brauchte den Kampf, um wieder Achtung vor sich selbst zu haben, auch wenn er aussichtslos war.

„Wenn du unbedingt willst." Caucax gab sich gelangweilt, als erfülle er einem trotzigen Kind einen unsinnigen Wunsch. „Du hast dein Messer noch. Benutze es also!"

„Und du?"

„Für dich brauche ich keine Waffe."

Caucax schnallte sein Schwert ab und reichte es einem seiner Männer.

„Dann brauch auch ich das Messer nicht", behauptete Aslak überheblich und warf das Messer weg.

„Wie du willst. Los, komm, Cherusker! Zeig mir, wie stark du bist!"

Um seine Überlegenheit zu demonstrieren, wandte er Aslak den Rücken zu.

Aslak wusste, dass dies jetzt seine einzige Chance war. All seine Kraft zusammennehmend, sprang er vorwärts, deutete einen Schlag auf Caucax` Rücken an, und als sich dieser, wie erwartet, drehte, duckte sich Aslak und schlug ihm mit voller Wucht in den Bauch. Stöhnend ging der Kelte auf die Knie. Wieder schlug Aslak zu. Dumpf knallte seine Faust gegen den Schädel des Feindes. Der Hieb war so heftig, dass er Caucax langgestreckt ins Gras warf. Mit einem Satz schmiss sich Aslak über Caucax, packte ihn an den Haaren und knallte seinen Kopf auf den Boden. Immer und immer wieder.

Doch der Kelte war noch nicht am Ende. Mit der Kraft des Stieres packte er Aslak an der Hüfte und warf ihn von sich. Gewandt sprang er auf. Seine Lippen waren zusammengekniffen, seine Augen funkelten vor Zorn und der Zopf hing ihm wild vom Kopf. Wie ein besessener Dämon, wie eine ausgehungerte Bestie schlug er auf Aslak ein, angefeuert von den kehligen Rufen seiner Krieger. Unaufhaltsam und brutal sausten seine Fäuste nieder. Und noch, als Aslak kraftlos am Boden lag, unfähig, auch nur einen Hieb abzuwehren, trafen die Fäuste in haltloser Rage.

Schließlich unterbrach Beatrix den ungleichen Kampf.

„Es ist genug!", schrie sie. „Willst du dadurch Ehre erlangen?"

Verstört blickte Caucax auf. Als ob er aus einem Traum erwache, starrte er Beatrix an. Und er starrte Aslak an, der blutend und halb bewusstlos unter ihm lag.

Langsam erhob er sich.

„Du hast Recht, Weib. Er soll leben. Die Qual wäre zu kurz gewesen. Er soll die Stärke der Kelten ausgiebig kosten. Und wenn er morgen ins Reich des Todes geht, soll er von meiner Macht erzählen."

Sie schleiften Aslak zu den Wagen, fesselten ihm die Hände und banden ihn mit einer Schlinge um den Hals an einer der Deichseln fest. Beatrix versorgte ihn. Caucax hatte nichts dagegen. Um so früher würde Aslak gestärkt sein, um die nächste Folter zu ertragen.

Die drei Reiter, die unterwegs waren, um die Gegend nach Aslaks vermeintlicher Kriegerschar zu durchsuchen, sie kehrten jetzt zurück. Sie hatten keine Feinde entdeckt, dafür die Verstärkung, die schon bald eintreffen würde. Und einen herrenlosen Schimmel hatten sie gesehen. Ein prachtvolles Tier, wie sie meinten. Sie hatten versucht, es einzufangen, die kluge Stute hatte ihnen aber dauernd Schnippchen geschlagen, und so waren sie unverrichteter Dinge abgezogen.

Beatrix goss Wasser in einen Becher, hielt ihn an Aslaks Lippen und ließ ihn behutsam trinken.

„Ich habe noch nie einen Mann so verbissen kämpfen gesehen", sagte sie. „Aber auch noch nie einen so dummen Mann. Caucax zu reizen, ist noch Keinem bekommen."

Sie befeuchtete einen Fetzen Tuch und wusch das Blut von den Wunden.

„Wer bist du?", fragte Aslak erschöpft.

Matt lehnte er am Wagen. Beatrix´ Berührungen spürte er nicht. Sein Körper war durch die Verletzungen an vielen Stellen geschwollen und wie betäubt. Der Kopf dröhnte, und manchmal schwebte er an der Grenze zur Bewusstlosigkeit.

„Ich bin Beatrix", sagte sie. Sie sprach leise, weil Caucax es nicht gerne sah, wenn sie sich mit Gefangenen unterhielt. Verstohlen blickte sie hinüber zu den Männern. Obwohl diese außer Hörweite an den Feuern saßen und sich lachend unterhielten, flüsterte sie, als sie hinzufügte: „Caucax ist mein Mann." Aus ihrem Munde klang das jetzt wie ein Schuldbekenntnis, wenngleich Aslak auch den Stolz darin heraushörte.

„Wo ist Svena?" Fordernd sah er Beatrix an.

„Sie ist auf dem Weg in unsere Heimat. Gestern sind sie aufgebrochen."

„Was geschieht mit ihr?" fragte Aslak und versuchte, sich aufzurichten. Die Bewegung schien seinen Brustkorb zu zerreißen.

„Ruh dich aus!"

Beatrix legte ihm die Hand auf die Stirn und drückte ihn sanft zurück.

„Du wirst deine Kraft noch brauchen. Um Svena mach dir keine Sorgen. Ihr wird kein Leid zugefügt."

Aslak fühlte nun die Müdigkeit wie einen schweren Stein auf sich lasten. Beatrix` zartes Streicheln wirkte beruhigend; sie verteilte Wundsalbe aus geriebener Wurzelrinde der Zaubernuss dick auf Gesicht, Brust, Bauch und Schenkel. Die Salbe würde eine Eiterung verhindern, sie musste allerdings mehrere Tage auf den Wunden belassen werden. „Morgen aber wird er schon tot sein", dachte Beatrix.

Entkräftet schlief Aslak schließlich ein. Eine Weile betrachtete Beatrix den Gefangenen. Ihr Blick ruhte auf den harten und zugleich gütigen Zügen des jungen Mannes. Dieser scheinbare Gegensatz vereinnahmte sie und berührte sie seltsam.

Unschlüssig erhob sie sich und setzte sich zu den Frauen.

23. KAPITEL

Am Nachmittag traf die Verstärkung ein. Einhundertacht Krieger waren es und sechs Frauen. Nur vier der Krieger waren beritten. Drei Ochsenkarren führten sie mit sich. Im Lager herrschte nun reges Leben. Es gab viel zu berichten und zu erfragen. Die Jäger der Ankömmlinge hatten kurz vor ihrem Eintreffen einen Hirschen geschossen, der schon bald in Portionen zerlegt war und an den zahlreichen Feuern briet, um später von der Elite der Krieger zelebriert zu werden. Gelegentlich interessierte sich einer der Neuen für den Gefangenen. Mit hinfälligem Spott erklärte Caucax dann, wie ein unerfahrenes Rehkitz sei ihm der tapferste aller Cherusker in die Hände gefallen. Worauf man seine Missachtung durch Anspucken oder einem Fußtritt Ausdruck verlieh, Aslak ansonsten aber in Ruhe ließ.

„Morgen werden wir ihn nach einer langen Folter töten", versprach Caucax. „Sein Kopf wird seinen Landsleuten von unserer Macht künden."

Aslak hatte hinreichend Zeit, das Treiben im Lager zu beobachten. Nie hatte er sich das Heer so gewaltig vorgestellt. Selbst bei vereinigter Gegenwehr der Germanen, war gegen diese Ansammlung bestialischer Dämonen kaum anzukommen. Diese Kelten schienen keine Menschen; wie Tiere stritten sie sich um ein Stück Hirschlende oder um eines ihrer Weiber. Mit Fäusten und Schwertern versuchten sie ihren Anspruch durchzusetzen. Skrupellos schreckten sie auch davor nicht zurück, den eigenen Landsmann wegen einer Bagatelle zu töten. Jeder wollte hier jedem seinen Mut beweisen. Wer zurücksteckte, war zweifellos verloren und musste sich schmähende Erniedrigung gefallen lassen. Die Frauen standen ihren Männern in nichts nach.

Zweimal kam Beatrix, um sich nach Aslaks Befinden zu erkundigen und um ihm neue Wundsalbe aufzulegen. Weil ihm die Hände auf dem Rücken gebunden waren, fütterte sie ihn mit einer fleischigen Hirschrippe, die ihr Caucax gegeben hatte. Dem Führer lag daran, Aslak wieder zu Kräften zu bringen. Einen Gefangenen zu foltern, der vor Schwäche dem Tode nahe war, brachte ihm in den Augen seiner Krieger wenig Ehre.

Aslaks Verletzungen schmerzten nach wie vor höllisch, aber Wille und Kraft wuchsen langsam wieder. Nur noch ein Gedanke beschäftigte ihn: Flucht! Sobald er sich unbeobachtet fühlte, zerrte er an den Handfesseln. Das trockene Leder scheuerte auf der Haut, ohne nur einen Deut nachzugeben. Schon bald war die Haut abgerieben und das Leder schnitt in das blanke Fleisch. Die Schmerzen waren schier unerträglich, aber Aslak gab nicht auf. Er ließ auch nicht locker, als das Blut aus dem Fleisch tropfte.

Das Blut, das in einem dünnen Film seine Handgelenke bedeckte, tränkte das Leder. Aslak spürte, dass nicht mehr viel fehlte, dann würden die Hände aus den Fesseln rutschen. Aber die Hände waren zu groß. Der kleinste Ruck brannte wie glühendes Holz. Dennoch musste er es versuchen.

Inzwischen war es Abend geworden. Die Kelten saßen angetrunken an lodernden Feuern. Ein eigenwilliges Spiel erhitzte ihre Gemüter. Ein Gürtel wurde reihum gereicht und von jedem um die Hüfte geschnallt. Derjenige, dem er zu eng war, wurde unter höhnischem Gelächter von den Frauen, die mit Gerten bewaffnet waren, quer durch das Lager gepeitscht. Auf diese Weise dem Spott preisgegeben, achtete zukünftig jeder auf eine tadellose Figur. Ein Umstand, der besonders im Kampf von großem Nutzen war. Ein durchtrainierter, schlanker Körper war gewandt und Strapazen leichter auszusetzen.

Dieses Spiel war allen bekannt und wurde regelmäßig ausgetragen. Es zeigte aber auch, wie sehr der Krieg das Leben der Kelten bestimmte. Alles in ihrem Leben diente dem Krieg. Bereits im Knabenalter wurden sie zu Kämpfern erzogen. Das Ergebnis rang Aslak Respekt ab und ließ die eigenen Leute wie plumpe Greise wirken.

Beatrix brachte Aslak einen Becher mit Bitterklee-Aufguss, der zusätzlich zu der Salbe Entzündungen hemmte und die Wundheilung beschleunigte.

„Weshalb bleibst du bei Caucax?", fragte Aslak. Er hoffte, Beatrix dadurch abzulenken, damit ihr Blick nicht zufällig auf seine Handgelenke fiel.

„Ich weiß nicht", antwortete Beatrix ehrlich. „Er kann sehr zärtlich sein. Vielleicht liebe ich ihn. Und du? Du musst Svena sehr lieben, wenn du dich für sie in solche Gefahr begibst. Caucax würde das für mich nie tun."

„Ich sah Svena fast eineinhalb Jahre nicht. Und jetzt ist es zu spät. Werden sie mir morgen eine Chance lassen?"

Sie senkte traurig den Kopf.

„Sie werden dich foltern, dann töten. Je eher du ihnen den Gefallen tust und jammernd um dein Leben bettelst, desto früher wird dich der Tod erlösen."

„Vielleicht werden sie alle unsere Stämme auslöschen, aber sie werden nie behaupten können, dass die Cherusker feige sind."

Beatrix antwortete nicht mehr. Ihre Feinde waren ihr egal, deren Tod kümmerte sie nicht. Bei Aslak war das anders. Mit Schaudern dachte sie an den morgigen Tag.

Ohne dass es ihr bewusst war, glitten ihre Hände sanft über seinen Körper. Die Wunden bluteten nicht mehr, aber sie würden noch viele Tage brauchen, um zu verheilen. Tage, die der Cherusker nicht mehr hatte.

Ihre Hände streichelten die geschundenen Schenkel, an der die Hose nur noch in Fetzen hing, wanderten hinauf zur Brust und zu dem bartlosen, männlich-schönem Gesicht. Lange sah sie ihn an.

Mit einem Ruck riss sie sich los. Und jetzt, sie beugte sich zur Seite, um aufzustehen, bemerkte sie Aslaks blutende Handgelenke. Ein schneller Blick hinter Aslaks Rücken brachte Gewissheit: Nur noch eine Fingerbreite trennte den Cherusker von der Freiheit.

Erschrocken fuhr sie hoch. Ihr Gesicht war starr und ihre Augen ausdruckslos. Einen Moment zögerte sie. Dann eilte sie weg.

Aslak sah, wie sie sich ans Feuer zu Caucax setzte. „Sie muss mich verraten", dachte er. „Sie ist eine Keltin, ich bin ihr Feind." Aber Beatrix verriet ihn nicht. Sie redete nicht mit Caucax und mit keinem der Männer, die am Feuer saßen. Immer wieder blickte sie fragend und verstört hinüber zu Aslak.

Später kam sie zurück, kniete sich scheinbar belanglos neben ihn und begann, seinen Körper mit Wundsalbe einzureiben. Während sie mit der linken Hand Aslaks Wunden massierte, nahm sie mit der rechten ein Tuch, schob die Hand heimlich hinter Aslaks Rücken und wischte das Blut von den Gelenken.

„Weshalb tust du das?"

Aslak war schon erstaunt, als sie ihn nicht verriet, dass sie ihm obendrein noch zu helfen versuchte, verwirrte ihn. Was hatte sie vor?

„Lass dir nichts anmerken", flüsterte sie. „Sonst sind wir beide verloren. Und wenn du fliehst, dann erst spät in der Nacht. Svena wirst du in südlicher Richtung finden."

Nachdem sie die Handgelenke vom Blut gereinigt hatte, schmierte sie eine dicke Schicht Wundsalbe darauf. Wieder sah sie ihn lange an. Ihr Blick huschte hinüber zu den Männern, und als sie sich vergewissert hatte, dass sie unbeobachtet war, drückte sie schnell ihre Lippen auf Aslaks Mund.

„Ich wünsch dir Glück", hauchte sie, stand auf und entfernte sich rasch.

Es war das letzte Mal, dass sie Aslak aufsuchte. Fortan wich sie nicht mehr von der Seite ihres Mannes. Wenn Aslaks Verschwinden entdeckt würde, sollte Caucax nicht auf den Gedanken kommen, sie hätte etwas damit zu tun.

Die ganze Zeit hatte sie daran gedacht, Aslak zu befreien. Sie empfand eine unerklärliche Zuneigung für den Gefangenen, außerdem würde er versuchen, Svena zu befreien. Sollte ihm dies gelingen, brauchte sie nicht mehr zu befürchten, die Gunst ihres Mannes an die schöne Cheruskerin zu verlieren. Aber alle Pläne, Aslak die Freiheit zu ermöglichen, hatte sie aus Furcht vor Caucax wieder verworfen. Nun, da Aslak sich selbst befreien würde, war Beatrix sehr froh; ihr zärtlicher Abschied war ehrlich gemeint.

Nur langsam kam die Nacht. Die Dunkelheit schützte Aslak. Aber er durfte jetzt nichts übereilen. Eine falsche Bewegung konnte alles verderben.

Die Salbe auf seinen Handgelenken wirkte wie geschmeidiges Fett. Das Scheuern der Fessel verursachte nur geringe Schmerzen. Aber auch jetzt war das Leder nicht über die Handballen zu bringen. Wieder spürte er, wie die Wunden zu bluten begannen.

Nur wenige der Kelten schliefen. Die meisten saßen plaudernd an den Feuern. Das hatte immerhin den Vorteil, dass noch keine Wachen die Umgebung sicherten, und niemand achtete auf Ruhe.

Endlich, Aslak hatte es kaum mehr zu hoffen gewagt, rutschte seine Hand durch die Fessel. Er war frei.

Die Feuer warfen nur ein schwaches Licht zu den Wagen. Aslak war also weitgehend unbeobachtet. Trotzdem konnte jederzeit jemand plötzlich zu ihm treten, vielleicht um sich an seiner Qual zu ergötzen oder um seine Fesseln zu überprüfen.

Aslak brachte die rechte Hand vorsichtig hinter dem Rücken hervor, bewegte sie langsam bis zum Hals und tastete nach der Schlinge. Die Schlinge zu lockern war einfach. Jetzt war nur noch das Band über den Kopf zu bringen. Das würde keine Schwierigkeit bereiten, und Aslak wollte damit so lange warten, bis sich eine günstige Gelegenheit zur Flucht ergab.

Kurz darauf war es soweit. Beatrix half ihm noch einmal, indem sie die Frauen anstachelte, zur Belustigung der Männer einen aufreizenden Tanz vorzuführen. Sie selbst brachte sich geschickt in den Mittelpunkt. Wie erwartet, richteten sich alle Blicke auf die Tanzenden. Ihre Bemühungen, für Stimmung zu sorgen, fielen auf fruchtbaren Boden. Zwei Männer wurden von einer blonden Schönheit so sehr gegeneinander aufgepeitscht, dass sie wie wild übereinander herfielen. Das amüsierte die Krieger noch mehr als die Darbietung der Frauen. Eifrig spornten sie die Kontrahenten an.

Mit einem stummen Dank an Beatrix zog sich Aslak die Schlinge vom Kopf und war im nächsten Moment in der Dunkelheit verschwunden.

Ungehindert verließ er das Lager. Da die Wagen den östlichen Rand des Lagers bildeten, musste Caucax vermuten, er sei nach Osten geflohen. Aslak rannte deshalb einen weiten Bogen und erreichte schon bald in westlicher Richtung den Wald, der sich wie eine Zunge nahe an das Lager streckte. Von hier aus war das Geschehen bei den Kelten gut zu beobachten.

Die beiden buhlenden Männer hatten sich inzwischen beruhigt. Die Frauen tanzten wieder und das Grölen und Lachen der Krieger drang weit in die Nacht. Einige Zeit verging, dann erst durchschnitt der Ruf „Der Cherusker ist entflohen!" das fröhliche Treiben.

Aslak sah, wie Caucax von seinem Platz aufsprang und wütend dorthin eilte, wo Aslak gelegen hatte. Der Keltenführer schickte sofort vier Reiter los, die das Lager in östlicher Richtung verließen. Caucax nahm die blutbefleckten Handfessel auf, ging damit in den Schein eines Feuers und betrachtete sie genau. Zu der Erkenntnis gekommen, dass sich Aslak ohne fremde Hilfe befreit haben musste, rief er nach demjenigen, der die Fessel angelegt hatte. Verängstigt meldete sich ein schmächtiger Mann. Caucax brauchte jetzt jemanden, an dem er seine Wut entladen konnte. Er ließ sich eine Peitsche reichen und drosch auf den Sündenbock ein.

Aslaks Blick suchte Beatrix. Er fand sie etwas abseits stehend. Sie war wirklich eine begehrenswerte Frau. Er wusste nicht, weshalb sie ihm geholfen hatte, aber er würde ihr das nie vergessen.

24. KAPITEL

Unbemerkt gelangte Aslak zu dem Platz, an dem er Elfe zurückgelassen hatte. Von der Stute war nichts zu sehen. Die drei Kelten, die nach Aslaks vermeintlichem Heer Ausschau gehalten hatten, hatten von einem herrenlosen Schimmel berichtet - sollte sich Elfe deswegen so erschreckt haben, dass sie ziellos geflüchtet war?

Nach ihr zu rufen, wagte Aslak nicht. Es war jetzt früher Nachmittag. Seit seiner Flucht gestern Nacht hatte er keine Kelten mehr gesehen, sie konnten sich aber noch immer auf der Suche nach ihm in der Nähe herumtreiben. Er war ohne Waffen und durfte nicht daran denken, was Caucax mit ihm anstellen würde, sollte er ihm nochmals in die Hände fallen.

Offene Flächen meidend, lenkte er seine Schritte durch Buschgruppen und lichte Wälder, die hier wieder häufig anzutreffen waren.

Seine Wunden schmerzten noch immer grausam; er fühlte sich wie von glühenden Nadeln durchdrungen. An Brust und Schenkeln war das bloße Fleisch zu sehen, jede Anspannung der Muskeln wurde zur Qual. Von Geguurg wusste er, dass Schmerzen die Heilung bewirken. Die guten Geister versuchten in einem erbitterten Kampf im Inneren des Körpers die bösen Geister zu vertreiben. Dies ging natürlich nicht ohne Qualen vonstatten. Der Priester hätte pflanzliche Mittel gekannt, die die Schmerzen linderten, doch Aslak musste wohl oder übel den Heilungsprozess so ertragen.

Gegen Abend gestand er sich ein, dass es sinnlos war, weiter nach Elfe zu suchen; sie konnte überallhin geflüchtet sein. Aslak hielt sich nun geradewegs südwestlich. Der Gefangenentrupp war nach Süden gezogen, irgendwann musste er also auf deren Spur treffen. Unterwegs gelang es ihm, ein

Rebhuhn mit einem Stein zu töten, das er sich bei anbrechender Nacht briet. Obwohl er annahm, dass Caucax jetzt nicht mehr nach ihm suchte, hielt er das Feuer so niedrig wie möglich; die Flammen wärmten ihn kaum. Doch erschöpft übermannte ihn schließlich tiefer Schlaf. Als Aslak erwachte, stand die Sonne bereits klar über den nahen Hügeln. Ein Schwarm Enten zog schweigend über ihn hinweg, und in den Ästen einer Ulme flötete eine Rotdrossel ihr vergnügtes Morgenlied. Leise spielte der Wind im jungen Laub.

Aslak erinnerte sich an zu Hause, an damals, als es noch keinen Krieg gab. An die Zeit, die er mit Svena verbrachte und sie von einer gemeinsamen Zukunft träumten. Irgendwann würde dieses Glück wiederkehren, daran wollte, musste er glauben. Dort, beim Wasserfall und der blühenden Wiese, jenem Ort, den er und Arnim entdeckt hatten, dort sah er sich mit Svena. Der Geliebten würde der Platz gefallen, dessen war sich Aslak sicher. Und niemand würde ihr Glück stören.

Noch aber war Svena nicht bei ihm. Irgendwo hinter den Hügeln, die wie eine Mauer die Sicht begrenzten, schleppten sie die Kelten ihrer Heimat entgegen.

Er war noch nicht weit gelaufen, als er unvermutet Elfe entdeckte. Seelenruhig genoss sie die Triebe eines Haselnussstrauches. Eine Zeitlang sog Aslak den Anblick des herrlichen Tieres, das ihm nun ein zweites Mal geschenkt wurde, in sich auf. Erst als die Stute sich bewegte, sah er, dass auf der Lederdecke, die als Sattel diente, noch immer der Bogen aus Eibe samt den Pfeilen und das kunstvolle Schwert befestigt waren. Es war wie ein Wunder; die Götter mussten tatsächlich mit ihm sein, auch wenn er die leidvollen Wege, die sie ihm zuwiesen, noch nicht verstand.

Auf einen kurzen Pfiff hob Elfe den Kopf. Sie wieherte freudig, trabte Aslak entgegen und begrüßte ihn eifrig, indem sie ihn zärtlich schubste. Aslak drückte sich fest an ihren Hals und streichelte sanft über ihr Fell.

Er nahm nun das Schwert an sich. Es tat wohl, den Elfenbeingriff zu spüren. Aber erst, als er auf Elfes Rücken in geschmeidigem Galopp dahinjagte und der Wind in seinen Haaren zauste, erst da fühlte er sich wieder als Krieger.

Noch am selben Tag stieß Aslak auf die Spur des Gefangenentrupps. Das mitgeführte Packpferd hinterließ deutliche Abdrücke im weichen Erdboden. Zwei Tage später war es dann soweit: Er hatte sie eingeholt.

Aus der Ferne sah er Svena. Aufrecht und mit stolz erhobenem Kopf lief sie neben Herda, ihrer Mutter, und Amara. Alle Gefangenen waren mit Bändern um den Hals aneinander gefesselt. Sechs Wächter säumten den Trupp links und rechts. Sie waren mit Lanzen und Schwertern bewaffnet.

Aslaks Wunden brannten nicht mehr so sehr wie noch vor zwei Tagen. Ein dünner Schorf hatte sich über dem blanken Fleisch gebildet; ein Fausthieb oder die bloße Berührung mit einer Lanze würde aber die Wunden wieder zum Platzen bringen und seine Kampfeskraft verringern.

Aslak wusste, dass er nur mit einem Überraschungsangriff eine Chance hatte. Er musste den Ort des Überfalls deshalb sorgsam wählen und durfte nichts überstürzen, um sein körperliches Handicap auszugleichen.

Am Abend lagerte der Trupp an einem kleinen Bach. Der Proviant, den das Packpferd getragen hatte, war rasch verzehrt gewesen. Ein Jäger war deshalb ausgesandt worden, der jetzt mit einem Rehbock zurückkehrte. Zu Aslaks Glück näherte er sich dem Lager von der gegenüberliegenden Seite. Es waren jetzt also sieben Wächter. Aslak fragte sich besorgt, ob noch mehr Kelten irgendwo umherstreiften. Sicherheitshalber würde er die Nacht über wach bleiben.

In einer Buschgruppe verborgen, beobachtete er aus sicherer Entfernung das Lager, das die Dämmerung allmählich einhüllte. Für kurze Zeit wurde seine Aufmerksamkeit durch ein seltsames Schauspiel abgelenkt: Östlich von ihm zog eine kleine Schar Krähen dahin. Er zählte acht Krähen; ihre breiten, gefingerten Flügel und die hässlichen Schnäbel waren deutlich erkennbar. Plötzlich schoss ein Steinadler aus dem Halbdunkel auf die kleine Schar und hieb mit scharfen Krallen auf die Krähen ein. Was den Adler bewogen haben mochte, eine Schar Krähen anzugreifen, war unklar. Mutig und voll entschlossener Kraft kämpfte der Angreifer, und eine Krähe nach der anderen fiel, mit verletzten Flügeln verzweifelt flatternd, zu Boden. Erst als alle Krähen besiegt waren, brachte sich der Adler mit gewaltigen Schlägen hoch in den Himmel und segelte gemächlich davon.

Aslak erinnerte sich nicht, jemals einen solchen Kampf gesehen zu haben: Ein Adler, der sich selbstmörderisch auf eine Schar Krähen stürzte. Wie ein Gleichnis zu seiner eigenen Situation stand die Szene vor ihm.

Die Nacht ging ereignislos vorüber. Der Gefangenentrupp brach früh auf. Aslak ließ ihm einen großzügigen Vorsprung, in diesem Gelände konnte er die Schar nicht verlieren.

Weitere drei Tage verfolgte Aslak den Trupp. Dann endlich erschien ihm das Gelände günstig für einen Überfall. Das Land war baumlos und nur von wenigen einzelnstehenden Büschen und kniehohem Gras bewachsen. Der Boden warf hohe Wellen, wechselte zwischen Senken und Hügeln. Die Deckung dieser Hügel nutzend, jagte Aslak auf Elfe dahin und brachte sich vor den Gegner. Dass er von vorne angreifen wollte, hatte seinen guten Grund. Es war um die Mitte des Tages, und die Kelten hielten ihre Richtung geradewegs südwärts. Die hochstehende Sonne musste sie also blenden und Aslak für eine gewisse Zeit tarnen. Jede Sekunde, die er unerkannt gewann, konnte entscheidend sein.

Noch aber war es nicht soweit. Er ließ Elfe am Fuß eines Hügels stehen, robbte hinauf, legte sich flach ins Gras und wartete. Der Trupp kam nur langsam näher, sicher waren die Gefangenen völlig erschöpft.

Etwas anderes beunruhigte Aslak: Als er vor wenigen Tagen vor dem Lager der Kelten gelegen hatte, war diese warnende Stimme in ihm gewesen. Warum blieb sie jetzt aus? Sie warnte ihn nicht, noch ermunterte sie ihn. Waren die Götter zornig auf ihn, weil er nicht auf sie gehört hatte?

Das Warten zehrte an seinen Nerven. Ungewöhnlich lange blieben die Kelten hinter dem letzten Hügel verborgen. Längst hätten sie die Senke durchschreiten und sich seinem Blick zeigen müssen. Was war, wenn ihnen eingefallen war, die Richtung zu ändern, und sie plötzlich links oder rechts von ihm auftauchten? Oder hatten sie gar einen Späher voraus geschickt, den Aslak nur noch nicht bemerkt hatte, und der ihm unvermutet von hinten die Lanze in den Leib rammen konnte? Immerhin bewegten sie sich in feindlichem Gebiet, sie mussten demnach mit einem Überfall rechnen. Oder waren sie sich ihrer Macht so sicher, dass sie jede Vorsicht vernachlässigten?

Seine Gedanken wurden abrupt abgebrochen. Denn jetzt tauchten sie auf. Es waren nicht mehr sieben, sondern acht Kelten. Es hatte also doch einen Späher gegeben, der unbemerkt von Aslak in der Senke zu ihnen gestoßen war.

Acht Kelten galt es nun zu besiegen. Zu allem Überfluss war die Sonne inzwischen weiter gewandert; sie würde die Kelten nicht mehr blenden, wie er gehofft hatte.

Sollte er sein Vorhaben aufgeben? Svena im Stich lassen - nie!

Ihm fiel das seltsame Schauspiel der Krähen und des Adlers ein. Acht Krähen waren es gewesen. Hatten die Götter also doch zu ihm gesprochen, und er hatte es nur nicht als ihr Zeichen verstanden? Nun blieb keine Zeit mehr zu irgendwelchen Deutungsversuchen. Der Trupp war jetzt gefährlich nahe.

Er rannte zu Elfe zurück, schwang sich auf sie, nahm den Bogen griffbereit, schob den Köcher so, dass er die Pfeile schnell erreichen konnte und prüfte den Halt des Schwertes. Dann trieb er Elfe entschlossen an.

Überrascht bemerkten die Kelten den Angreifer. Doch noch ehe sie ihre Schwerter gezogen hatten, streckte Aslaks Pfeil den Ersten von ihnen nieder. Erschrocken drängten sich die Gefangenen zusammen.

Ein glückliches Lächeln huschte über Svenas Lippen, das aber im selben Moment erstarb, als sie sich der gefährlichen Lage bewusst wurde, in der sich Aslak befand.

Als ob Elfe wüsste, was alles von ihr abhing, preschte sie zwischen die Feinde und sprengte sie auseinander. Ein Pfeil nach dem anderen surrte von Aslaks Sehne und bohrte sich in die Leiber der Feinde.

Den Kelten war Aslaks Art zu kämpfen unbekannt. Sich auf Schwerter und Lanzen verlassend, waren sie gezwungen, nahe an den Angreifer zu treten. Der aber war auf seinem Ross wie ein Fisch im Wasser. Kaum hoben sie zum tödlichen Schlag aus, war Aslak entwischt, stob davon, machte kehrt und jagte wieder heran. Seine Pfeile kamen wie Blitze.

Nur noch Pierac, der mutigste der acht Kelten, war am Leben. Nicht umsonst zählte er zu Caucax` hervorragendsten Kriegern. Und seit ihrem Aufbruch hatte er noch keinen

Tropfen Alkohol getrunken. Das erhobene Schwert selbstsicher in der Hand, erwartete er Aslaks Angriff.

Der spannte den Bogen, zielte, doch er senkte den Pfeil und schoss dicht vor Pierac in den Boden. Gelassen rutschte er vom Pferd, legte den Bogen beiseite und zog das Schwert. Erstaunt sah ihn Pierac an. Der Cherusker hätte ihn töten können. Weshalb tat er es nicht?

„Du musst Aslak sein. Ich habe von dir gehört. Du hast gut gekämpft, Aslak. Alle meine Männer sind tot. Ich weine ihnen nicht nach. Es sind Tölpel, die es nicht besser verdienen."

„Und du? Fürchtest du mein Schwert nicht?"

„Pah!", machte Pierac geringschätzig und sah Aslak mit finsteren Augen an. „Ein Schwert ist nur so gut wie der Mann, der es führt. Du verstehst zu kämpfen, aber du bist nicht unschlagbar."

„Ich will dich nicht töten", erwiderte Aslak ruhig. "Geh zurück und erzähl Caucax von meinem Sieg."

Pierac lachte höhnisch.

„Ich werde zu Caucax gehen, und ich werde ihm deinen Kopf mitbringen."

Ohne dass es ein Zeichen angedeutet hätte, sprang er mit einem Satz vor und schlug mit dem Schwert auf Aslak ein. Obwohl der Cherusker flink zurückwich, streifte ihm die Klinge über die Brust. Wie eine reife Kastanie platzte die Wunde. In dünnen Rinnsalen quoll das Blut heraus.

Wütend spuckte Aslak aus.

„Wenn du um deinen Tod bettelst, dann sollst du ihn haben."

Aslak hatte gelernt zu kämpfen. Die vielen Angriffe auf sein Leben waren die besten Lehrmeister gewesen. Er wandte alle Tricks an. Pierac aber war ein erfahrener Krieger und parierte gekonnt. Er nutzte jede Blöße, Aslak geriet mehr und mehr in Schwierigkeiten. Da stürzte er scheinbar unbeholfen. Doch noch während er fiel, drehte er seinen Körper und landete mit dem Gesicht nach unten im Gras. Das Schwert fest in der Rechten, blieb er liegen.

Sofort war Pierac bei ihm. Überlegen grinste er. Aslak, den besten der Cherusker zu besiegen, war ein leichtes Spiel gewesen. Einen Triumphschrei ausstoßend, hob er zum tödlichen Schlag aus.

Svena schrie entsetzt auf.

Doch Aslak reagierte wie eine Schlange, die sich tot stellt, um die Beute anzulocken und dann urplötzlich zuschlägt. Aus einer blitzschnellen Drehung Schwung gewinnend, schlug er das Schwert in Pieracs Bauch. Im nächsten Augenblick stand er kampfbereit auf den Beinen.

Der Schlag hatte die Bauchdecke aufgeschlitzt. Vor Schmerzen brüllend, versuchte Pierac das schwallende Blut mit beiden Händen zu halten. Seine aufgerissenen Augen starrten Aslak flehend an.

Aslaks gewaltiger Hieb erlöste ihn. Glatt trennte das Schwert Pieracs Kopf vom Leib.

Erschöpft und angewidert sank Aslak zu Boden. Er war des Kämpfens müde. Zu viele waren durch seine Hand ums Leben gekommen. Seine Wunde blutete, sie war aber nur oberflächlich aufgebrochen.

Den Gefangenen war es gelungen, das Schwert eines toten Kelten zu nehmen und sich loszuschneiden. Svena rannte Aslak entgegen und fiel ihm um den Hals. Aslak umarmte sie mit solcher Leidenschaft, dass ihr der Atem stockte. Seine schmerzende Brust ignorierte er. Sie hatten sich wieder, nur das war wichtig. Eineinhalb Jahre waren vergangen, seitdem er das letzte Mal ihren Körper gespürt, ihr langes blondes

Haar gefühlt und den weichen Duft ihrer Haut wahrgenommen hatte. Es gab soviel zu Erzählen, und doch sahen sie sich nur stumm an und genossen den Augenblick.

Dann kamen die anderen heran und dankten ihrem Retter. Amara umarmte weinend ihren Schwager, und Aslaks Augen wurden feucht in Gedanken an seine Familie.

Da alle viel zu aufgeregt waren, um sofort heimwärts zu ziehen, entschlossen sie sich, hier zu lagern. Sie ließen die Toten liegen, nahmen das Packpferd mit und setzten sich ein paar hundert Schritte weiter ins Gras.

Dort überschütteten sie Aslak mit Fragen. Wie er von ihrer Gefangenschaft erfuhr, wie er sie fand, und vor allem, wie es ihm möglich war, acht Kelten zu überwältigen, noch dazu in einem Kampfstil, der ihnen fremd war. Niemand sah mehr in Aslak den Friedlosen. Der Mann, den sie verflucht und geächtet hatten, war nun zu ihrem Schicksal geworden. Zum Retter, dem sie ihr Leben verdankten.

Aslak beantwortete ihre Fragen kurz und beschränkte sich auf das Nötigste. Schon bald aber war er der Rederei überdrüssig, auch sah er hinter jedem Gesicht die vielen Toten seines Dorfes. So nahm er mit einem entschuldigenden Lächeln Svena bei der Hand und führte sie weg.

Außer Sicht der anderen knieten sie sich nieder. Aslak nahm Svenas Hand und sah sie lange an. Ihr Gesicht war dicht vor dem seinen. Ihre moosgrünen Augen strahlten vor Liebe. Dann wurden sie besorgt: „Woher hast du diese vielen Wunden?" Svena berührte vorsichtig seine Haut.

Aslak berichtete ihr von seiner Gefangenschaft, die er den anderen verschwiegen hatte. Aber auch ihr gegenüber erwähnte er die Folter nicht. Zu tief saß die Schmach. Er beließ es dabei, die Wunden mit dem Kampf gegen Caucax zu erklären.

„So bist du nur wegen mir den Kelten in die Hände gefallen", folgerte Svena traurig.

Aslak küsste sie zärtlich.

„Meine kleine Svena - und wenn zehn mal hundert Kelten dich rauben würden, ich würde keinen Moment zögern, dich zu befreien. Denk jetzt nicht mehr daran. Die Götter waren uns wohlgesonnen und führten uns wieder zusammen. Kein Kelte wird uns mehr trennen können."

„Ich hoffe es so sehr, Aslak."

Sie sah ihn unsicher an. Nie würde sie das Massaker im Dorf vergessen.

25. KAPITEL

Am Morgen traten sie den Heimweg an. Aber je näher sie der Heimat kamen, um so größer wurde die Furcht, in ihre zerstörten Dörfer zurückzukehren. Was erwartete sie dort? Und wo waren die Kelten? Lief man ihnen vielleicht erneut über den Weg?

Nicht alle stammten sie aus Hermanns Dorf. Am dritten Tag verabschiedeten sich vierzehn, um in ihre eigenen Dörfer zu ziehen. Sie bestanden darauf, Aslak das Packpferd zu überlassen. Man wünschte sich immer wieder Glück; die Trennung fiel schwer, nach der aus Angst und Leid gewachsenen Nähe.

Aslak führte die restliche Gruppe nordwestlich. Eine Woche später erreichten sie das Dorf. Sie waren daheim.

Still war es und leer. Wie stumme Zeugen erinnerten die verkohlten Häuser an den grausamen Überfall. Die Leichen waren weggeschafft, die Tierkadaver zu einem schwarzen Klumpen verbrannt, in dem Maden und Würmer wühlten. In der Luft hing noch immer der scharfe Geruch des Todes.

Ruhland und die anderen hatten das Dorf verlassen.

Lange Zeit verharrten die Zurückgekommenen wie versteinert am Rande des Dorfes. Unfähig, ihrem Entsetzen Ausdruck zu verleihen. Glanzlose Augen blickten auf das, was von einer blühenden, von Leben erfüllten Gemeinschaft übriggeblieben war. In Gedanken sahen sie die Männer würfelnd in der Sonne sitzen, sahen die Frauen beim Wasser holen oder wie sie das Vieh auf die Weide führten. Sahen die Sklaven auf den Feldern arbeiten und die Kinder lachend im Fluss plantschen.

Nichts von dem war mehr. Alles, was sie einst glücklich gemacht hatte, war verloren.

Nur langsam überwanden sie ihre Starre. Sie begannen, ihre zu Trümmern verfallenen Häuser aufzusuchen, fielen nieder in die Asche und weinten.

„Wo sind die Toten?", fragte schließlich Herda, und Aslak führte alle hinauf auf den Hügel zu dem Steinhaufen, unter dem die fleischlichen Überreste der Gefallenen ruhten.

Schweigend knieten sie nieder und starrten ehrfürchtig auf die Steine, die den Toten Schutz boten und dadurch heilig waren. Ein stilles Gebet murmelnd, verabschiedeten sie sich von ihren Männern, ihren Frauen und ihren Kindern.

Später fragte Herda: „Wurde ihnen das mitgegeben, was sie für ihre Reise benötigen?"

„Ja", versicherte Aslak.

Herda nickte zufrieden. „So ist es gut."

Am Abend setzten sie sich an einem Feuer zusammen. Das Wichtigste war nun, über die weitere Zukunft zu beraten. Sollte man hier in der vertrauten Umgebung bleiben? Ein paar Häuser waren von den Kelten verschont geblieben. Diese konnte man einstweilen bewohnen. Oder sollte man sich wie Ruhland einem anderen Dorf anschließen?

Da es an Saatgut fehlte, um die Felder zu bestellen, und an nötigem Werkzeug - Ruhland und die anderen elf hatten die wenigen Überbleibsel mitgenommen - mochte sich niemand so recht damit anfreunden, die Mühsal und die Entbehrungen auf sich zu nehmen, um hier neues Leben zu schaffen. Die einzigen Mittel, die sie besaßen, waren die Waffen der von Aslak getöteten Kelten.

Aber auch der Gedanke, sich in fremder Gegend bei fremden Menschen niederzulassen, fand wenig Anklang. Auch dort besaß man nichts und war zudem auf die Mildtätigkeit anderer angewiesen.

Weil man sich nach langer Debatte zu keinem befriedigenden Beschluss durchringen konnte, schlug Amara vor: „Soll Aslak sagen, was zu tun ist."

Aslak hatte sich bisher zurückgehalten. Der Ruhm, den er als Krieger genoss, und natürlich die heroische Befreiung der Gefangenen hatten ihn trotz seiner Jugend und ohne bewusste Überlegung zu ihrem Oberhaupt gemacht. Frauen wie Männer vertrauten seinem Rat.

„Es steht mir nicht zu, euch zu beeinflussen", sagte Aslak, die Ehre, die man ihm zuwies, bescheiden zurückweisend. „Das ist unsere Heimat, und dennoch kann ich von euch nicht fordern hierzubleiben, denn auch ich werde weggehen."

„Du gehst fort?" Überrascht sahen sie ihn an.

Aslak hatte bislang nur mit Svena über das wunderbare Stück Land geredet, das er und Arnim entdeckt hatten und wo er mit ihr eine neue Heimat finden wollte.

„Ja", antwortete Aslak entschlossen. „Svena und ich werden schon bald aufbrechen. Wer mit uns ziehen will, ist herzlich willkommen."

Sein Vorschlag wurde sofort eifrig besprochen.

Herda war es schließlich, die der Diskussion ein Ende setzte. Als Frau war sie es gewohnt, sich in wichtigen Entscheidungen zurückzuhalten, doch war ihr ganzes Dasein aus den Bahnen der Tradition geworfen, dass diese Gesetze jetzt kein so großes Gewicht mehr hatten. So stand sie auf und trug ihre Meinung selbstbewusst vor:

„Aslak hat es ganz richtig gesagt: Dies ist unsere Heimat. Wir dürfen unsere Heimat nicht einfach verlassen, nur weil ein paar Kelten kamen und uns alles nahmen. Wenn Aslak fortgeht, dann verstehe ich das. Wir selbst waren es, die ihn einst wegjagten. Und Svena, meiner Tochter, werde ich nicht verbieten, dem Mann zu folgen, dem ihr Herz gehört.

Unsere Heimat aber ist nicht dort, wo die Sonne untergeht, noch ist sie in einer anderen Richtung zu finden. Unsere Heimat ist hier. Und die Toten, die ihr Leben für uns opferten, sind hier bestattet. Geht fort und lasst die Toten im Stich! Sie haben euch nicht im Stich gelassen. Geht fort und lasst eure Heimat im Stich! Die Heimat hat euch nie im Stich gelassen. Sie hat euch stets gut versorgt. Ich kann nicht für euch reden, ich kann nur für mich sprechen. Und ich sage euch: Ich werde hierbleiben."

Herda setzte sich. Sie hatte gesprochen wie ein Mann; die anderen sahen sie erstaunt an. Ihr entschlossener Blick machte allen deutlich, dass sie dies nicht einfach so daher gesagt hatte. Auch wenn sich ihr niemand anschloss, Herda würde bleiben.

Betroffen schwieg man. Aus Angst vor der Zukunft, aus Angst vor den Feinden, die zurückkehren könnten, hatte man die wahren Werte des Lebens verdrängt. Herda hatte sie ihnen mit ihren Worten wieder in Erinnerung gebracht.

Verlegen stimmten sie ihr zu. Niemand wollte sich mit Ruhland gleichsetzen, der sich aus Feigheit vor dem Feind verborgen und schließlich aus Feigheit die Heimat verlassen hatte. Es würde schwer sein, neu anzufangen, doch das würde es auch bei Aslak und überall sein. Hier aber war die Heimat. Die Heimat würde ihnen die nötige Kraft geben.

Zwar zögerte und zweifelte der eine oder andere noch, je länger sie aber über Herdas Worte nachdachten, desto mehr verstanden sie deren Sinn. Es ging nicht darum, irgendwo ein neues Leben zu beginnen. Es ging schlichtweg um das Leben selbst und darum, die Werte, die einem einmal viel bedeutet hatten, nicht zu verstoßen. Es ging um Verantwortung, um Treue und um Vertrauen.

Einstimmig beschlossen sie, Herdas Rat zu folgen.

Als der Tag hell wurde, rüsteten sich Aslak und Svena zum Aufbruch. Überraschend schloss sich ihnen Amara an. Seit Fohrs Tod band sie nichts mehr an dieses Dorf, in das sie einst gewaltsam verschleppt worden war. Wenn sie schon neu anfangen musste, dann wollte sie dies in ihrer Heimat tun. Sie würde zu ihrem Stamm, den Sachsen, zurückkehren.

Der Abschied kam alle schwer an, doch für Svena war es natürlich am schlimmsten; sie musste sich von ihrer Mutter trennen.

„Wir werden uns bald wiedersehen", versicherte Herda. „Nächstes Jahr, wenn das Korn reif ist, wirst du uns mit Aslak besuchen. Dann wird nichts mehr an die Verwüstung erinnern, und ich werde dich mit frischem Brot und Milch empfangen."

„Wir werden kommen", versprach Svena und wischte sich eine Träne von der Wange.

„Und vielleicht bringt ihr noch jemanden mit." Herda schmunzelte. „Hermann hatte sich so sehr einen Enkel gewünscht."

Svena nickte verlegen. „Wer weiß, Mutter."

Sie umarmten sich innig, wünschten sich Glück, dann machten sich die drei auf den Weg, begleitet von Elfe, die neben Aslak herlief wie ein treuer Freund. Das Packpferd ließen sie im Dorf; es würde den Zurückbleibenden eine wertvolle Hilfe sein.

Noch lange winkten sie sich zu. Und als sie sich schließlich aus den Augen verloren, schmiegte sich Svena fest an Aslaks Arm. Zuversichtlich sah sie der Zukunft entgegen.

Aslaks Wunden waren fast vollständig verheilt. Die Narben würden als mahnende Erinnerung an die Kelten und ihre Grausamkeit bleiben. Ihr Anblick sollte noch lange die

Furcht vor diesen Dämonen in ihm wecken. Dreihundert barbarische Krieger waren es nun, die das Land unterjochten. Wenn sich die Germanen nicht bald in einem vereinigten Heer erhoben, dann waren sie für immer verloren.

Mehrmals wurde Aslak von seiner Erinnerung heimgesucht und erlebte in quälenden Träumen Caucax' Folter. Schweißgebadet wachte er auf und war froh, wenn er sah, dass Svena und Amara schliefen. Es wäre ihm unangenehm gewesen, hätten sie von seinen Träumen erfahren. Doch Svena war manchmal durch seine Unruhe aufgeschreckt, hatte sich aber einfühlsam wieder schlafend gestellt; sie wusste längst um den Stolz der Männer und Aslaks im Besonderen.

Der Monat der Erdbeeren neigte sich dem Ende zu, als sie ihr Ziel erreichten. Fast zwei Monate war Aslak weg gewesen.

Das Land, das sie vom Wald her betraten und das sie von nun an bewohnen und bewirtschaften würden, bot sich ihnen in herrlicher Pracht. Das Gras stand kniehoch, war von sattem Wuchs und erfrischendem Grün. Der Fluss glitzerte in der Sonne, die Felswand dahinter erhob sich wie eine schützende Mauer. Direkt davor stand, aus der Entfernung kaum wahrnehmbar, die kleine Hütte, aus der sich eine dünne Rauchfahne steil in den Himmel schlängelte. Und dort, in der nordwestlichen Ecke, stürzte das Wasser herab in einen kristallklaren See und wirbelte feine Gischt auf. Ein Regenbogen schimmerte darüber. Der Duft von harzigen Bäumen, feuchtem Gras und kühlem Wasser erfüllte die Ebene.

Berauscht von der Schönheit und Vielfalt des Landes, verharrten sie eine Weile und genossen schweigend den Anblick.

Aslak spürte, wie er sich sofort wieder geborgen fühlte. Dieses Stück Land war etwas Besonderes für ihn, seit er es das erste Mal gesehen hatte. Jetzt, mit Svena an seiner Seite, wurde es ihm noch wertvoller: Sie waren endlich daheim.

Den zwei Frauen eröffnete sich eine unbekannte Welt, aber auch Aslak entdeckte Neues: Nahe am Fluss gelegen, war auf einer Fläche von etwa hundert mal hundert Schritten ein Feld angelegt. Arnim war also nicht untätig gewesen. Er hatte sich einen Holzpflug gefertigt und mit Hilfe seines Pferdes die Erde durchfurcht. Das Feld war nicht bestellt, woher sollte Arnim auch Saatgut oder Steckrüben haben. Aber es war immerhin ein Anfang.

Aslak fand noch etwas, das es vorher nicht gegeben hatte. Etwas, das seine Aufmerksamkeit erregte und ihn zur Vorsicht mahnte. Östlich von ihnen zogen sich dunkle Streifen durch das Gras und führten direkt zum Haus. Das waren Wagenspuren. Und jetzt bemerkte er auch die niedrigen Wagen und die Ochsen, die in der Nähe des Hauses im Gras kaum auszumachen waren. Das Versteck war also bereits entdeckt worden. Fragte sich nur, von wem. Und was war mit Arnim?

Er wollte die Frauen gerade zurück in den Wald drängen, um allein nach den Eindringlingen zu forschen, als ein Freudenruf ihre Blicke erneut hinüber zur Hütte lenkte. Aus der Ferne sahen sie, wie sich Arnim auf seinen Fuchs schwang und im nächsten Moment über die Ebene galoppierte.

„Heja!", rief er schon von Weitem und winkte fröhlich. Bei den dreien angekommen, sprang er vom Pferd und fiel Aslak glücklich in die Arme. Er strahlte wie ein Kind. Er hatte sich entsetzliche Sorgen um den Freund gemacht, und jetzt war nicht nur Aslak zurückgekehrt, sondern er hatte Svena und Amara dabei. Auch sie umarmte Arnim herzlich.

Nach Arnims ungetrübter Freude konnten die Wagenspuren also nicht von ungebetenen Gästen stammen. Arnim erklärte dann auch sogleich, wer sie hinterlassen hatte.

„Wir haben Besuch", sprudelte es eifrig aus dem für gewöhnlich ruhigen Sachsen. „Vor drei Tagen war ich zur Jagd, während der ich übrigens ein junges Schwein schoss. Gerade recht, wie sich bald herausstellte. Ich hatte das Schwein kaum auf mein Pferd gepackt, als ich lautes Gejohle und grässlichen Gesang hörte. Und was glaubst du, wer sich mir da näherte? Skyll und seine Kumpane waren es, die mit einem Getöse umherzogen, als wollten sie damit die Kelten vertreiben. Einen halben Tagesmarsch von hier, hinter dem Wald, führte Skylls Route vorbei. Ich lud ihn ein, und nun ist er schon zwei Tage hier. Von dem Schwein ist jetzt natürlich nichts mehr übrig."

Aslak schmunzelte über den ungewohnten Redefluss seines Freundes. Aber auch er war richtig aufgeregt vor Wiedersehensfreude; Arnims Gesellschaft hatte ihm sehr gefehlt.

Aslak legte den Arm um Svena, und die Vier liefen lachend hinüber zur Hütte. Skyll und seine sieben Getreuen erwarteten die Ankömmlinge schon. Gerührt begrüßte Aslak den Händler. Skyll war für ihn wie ein Vater geworden, ihn hier anzutreffen, machte sein Glück voll.

Aslak stellte ihm stolz Svena vor. Der Händler pfiff anerkennend zwischen den Zähnen.

„Und ich dachte, ich hätte die Welt gesehen", grinste er, wobei seine Augen vergnügt funkelten. „Dieses Mädchen würde mir auch gefallen. Du gibst sie wohl nicht her? Sagen wir, für vier Äxte und drei Bärenfelle?"

Er lachte so herzhaft, dass sein Bauch hüpfte.

Svena mochte die muntere Art des Händlers. Und sie verstand geschickt zu kontern.

„Dein Preis genügt für eine Locke meines Haares. Was sonst noch an mir ist, ist auf ewig vergeben."

Sie sah Aslak liebevoll an.

„Heja!", rief Skyll. „Das Mädchen hat es in sich. Du hättest keine bessere Wahl treffen können, Aslak. Darauf wollen wir einen Schluck trinken."

Seine Leute sorgten mit verständnisvollem Grinsen für das leibliche Wohl, dann setzten sich alle gemütlich ins Gras, und das Erzählen konnte beginnen. Arnim berichtete von einem Wanderer, der sich verlaufen hatte und zufällig zu ihm gestoßen war. Das war vor etwa drei Wochen gewesen.

„Glaubst du, er weiß, wer du bist?", fragte Aslak. Wenn er Arnim erkannt hatte, dann wusste er auch, dass Aslak hier zu finden war.

„Vielleicht ahnte er es", antwortete Arnim. Er maß dem Wanderer aber wenig Bedeutung zu. Seiner Meinung nach waren die Leute jetzt viel zu sehr mit dem Krieg beschäftigt, als einem Friedlosen nachzustellen. Aslak war skeptischer. Svena war nun bei ihm, und er sah einem Kampf nicht mehr so gleichgültig entgegen wie noch vor wenigen Monaten. Doch darüber nachzudenken, ließen ihm die anderen keine Zeit; lebhaft forderten sie ihn auf, von seinen Erlebnissen zu berichten. Ernst lauschten sie Aslaks Worten, als er von seiner Gefangenschaft und Svenas Befreiung berichtete.

„Hast dich tapfer geschlagen, mein Sohn", meinte Skyll fast zärtlich. „Ich könnte mir vorstellen, du verspürst keine große Lust mehr, ein weiteres Tänzchen mit den Kelten zu wagen. Und mein Schwert hat Blut genug geschmeckt. Noch keinen Augenblick bereute ich, es dir überlassen zu haben. Weißt du noch, als ich sagte, nur ein hervorragender Krieger oder gar ein Fürst dürfe es besitzen? Jetzt sage ich dir: Es ist im Besitz eines fürstlichen Kriegers."

„Du übertreibst, Skyll", wehrte Aslak ab. „Jeder andere an meiner Stelle hätte sich ebenso verhalten."

„Wirst du wohl still sein! Jeder andere wäre davongerannt wie ein Kaninchen, dem man Feuer unter den Hintern macht. Nicht aber du. Die Götter haben dich mit ganz besonderer Gunst bedacht. Leugne diese Gunst nicht leichtfertig."

Skyll hatte mit einem Ernst gesprochen, der an ihm fremd war. Ein Zeichen dafür, wie sehr ihm Aslak ans Herz gewachsen war. Er wäre aber nicht Skyll gewesen, hätte er nicht scherzend hinzugefügt: „Und wenn du dereinst in Walhalla Einzug hältst, vergiss nicht, den alten Skyll lobend zu erwähnen, der dir das Zauberschwert gab."

Arnim hatte zusammen mit Amara Holz aufgeschichtet und ein Feuer entzündet, an dem sie bis tief in die Nacht plaudernd und lachend hockten. Da es an Fleisch fehlte, kauten sie Nüsse und tranken Most. Schließlich übermannte die Reisenden die Müdigkeit, und auch die anderen legten sich bald nieder. Weil in der Hütte zu wenig Platz für alle war, richtete sich jeder sein Lager dort, wo er sich gerade befand.

Svena kuschelte sich eng an Aslaks warmen Körper. Bevor ihr vor Erschöpfung die Augen zufielen, flüsterte sie: „Ich wünsche mir nichts mehr, als für immer hier mit dir zu leben. Gibt es eine Macht, die uns trennen kann, Aslak?"

„Keine Macht kann das", versicherte Aslak und küsste sie zärtlich. Voller Hoffnung schliefen beide ein.

26. KAPITEL

Skyll war eigentlich schon viel zu lange geblieben; in den Dörfern wartete man sicher auf ihn, da er bisher fast auf den Tag genau Jahr für Jahr erschien. Trotzdem ließ er sich diesmal nicht abhalten, noch etwas länger bei Aslak zu bleiben. An diesem Morgen setzten sie sich an den Fluss, warfen ihre Angeln aus und genossen die Sonne. Der Boden war warm, und im Gras zirpten die Grillen. Gelegentlich wurden sie von Schwalben besucht, die am Ufer Schlamm holten und dann wieder zu ihren Nestern in der Felswand segelten. Die beiden Angler benutzten fette Maden als Köder, die sie lebend auf die Knochenhaken spießten. Ein appetitlicher Happen für jeden Raubfisch, so dachten zumindest Aslak und Skyll. Den Fischen schien die dargebotene Speise nicht so zu behagen. Auch an anderen Stellen des Flusses verweigerten sie sich hartnäckig.

Als sich die Sonne ihrem höchsten Stand näherte und sie noch immer nichts gefangen hatten, dachte Aslak daran aufzugeben. Außerdem hatte er Skyll nicht nur wegen der Fische zum Fluss gebeten, sondern weil er mit ihm eine für ihn unangenehme Sache bereden wollte.

Sie hatten sich weit von der Hütte entfernt, als Skyll doch noch erfolgreich war und einen ansehnlichen Barsch an Land hiefte. Mit geübten Griffen schnappte er die glitschige Beute, tötete sie mit einem Stich in den Kopf und weidete sie aus. Die Eingeweide warf er zurück ins Wasser, dann nahm er sich eine Made, drückte sie auf den Haken und warf die Schnur erneut aus.

„Was doch Geduld und ein guter Köder alles bewirken können", meinte er schmunzelnd und setzte sich neben Aslak ins Gras. „Da bin ich schon mal Gast bei dir und muss für mein

Futter selbst aufkommen." Neckend stieß er Aslak den Ellenbogen in die Seite. „Noch ein paar dieser leckeren Tierchen, und für alle ist gesorgt."

Sein Versuch, den Cherusker zu einem Gespräch zu verleiten, wurde nur mit einem abwesenden Lächeln beantwortet. Aslak beschäftigte eine Frage, vielmehr eine Bitte, die er sich nicht zu stellen traute, weil er annahm, den Händler dadurch zu kränken. Er spürte die Zuneigung, die ihm der Chatte entgegenbrachte, und daraus Nutzen zu schlagen, war ihm ein Gräuel.

„Nun red schon!", forderte Skyll ihn auf. Er kannte Aslak inzwischen gut und spürte schon die ganze Zeit, dass dem Freund etwas auf dem Herzen lag.

Aslak hätte gern geschwiegen, und wäre es nur um ihn gegangen, er hätte nichts gesagt. Aber für andere überwandt er endlich seine Scheu.

„Ich erzählte dir von Hermanns Dorf, das von den Kelten zerstört wurde. Du weißt auch, dass die wenigen Überlebenden versuchen, das Dorf neu zu errichten. Es fehlt an Saatgut und an nötigem Werkzeug."

Verlegen zupfte er an der Angelschnur, die über eine mannslange Gerte gelegt war und im Wasser Ringe erzeugte.

Skyll sah Aslak schmunzelnd an. Da saß er nun - ein Krieger, wie ihn das Land noch nicht gesehen hatte - und starrte betrübt vor sich, hilflos nach den rechten Worten suchend.

Bevor Aslak fortfahren konnte, schrie Skyll aufgeregt auf. Er riss kurz an der Schnur, wickelte sie sich um`s Handgelenk und brachte eine Flussbarbe zum Vorschein. Sie war noch länger als der Barsch, dafür nicht so dick.

„Das Glück ist uns hold!", rief Skyll vergnügt. „Der Fluss ist hier voll von fetten Fischen."

Skyll packte das Jagdfieber. Mehr als zehn Jahre hatte er keine Zeit mehr gefunden, sich im Angeln zu versuchen. Aber auch Aslak hatte jetzt Glück. Und als sie sich schließlich auf den Heimweg machten, brachten sie vier Barsche, eine Barbe und zwei Forellen mit. Svena entzündete ein Feuer, auf dem die Fische schon bald einen appetitanregenden Geruch verbreiteten. Sie schlugen sich die Bäuche voll, bis sie keinen Happen mehr runter brachten und sich träge niederlegten.

Nach einer Weile setzte sich Skyll auf, klopfte sich genüsslich auf den runden Bauch und verkündete überraschend, dass jetzt der rechte Zeitpunkt zum Aufbruch sei.

„Das kann doch bis zum Morgen warten", versuchte Aslak den Freund zum Bleiben zu überreden.

Skyll aber war fest entschlossen. „Man soll dann aufbrechen, wenn es einem am schwersten ankommt. Vielleicht schauen wir auf dem Rückweg nochmal vorbei, bevor wir in den Süden ziehen. Spätestens nächstes Jahr sehen wir uns wieder. Ich hoffe, bis dahin kann ich einen kleinen Aslak oder eine kleine Svena auf meine Arme nehmen."

„Wir werden uns Mühe geben", versprach Svena und wurde rot.

„Und ihr", rief Skyll seine Männer an, „sitzt nicht herum wie gestopfte Gänse. Macht euch auf die Beine und spannt die Ochsen an!"

Sofort kamen die Gehilfen in Bewegung. Die wenigen Sachen, die vor drei Tagen abgeladen worden waren, hatte man schnell auf den Karren verstaut. Herwig machte sich daran, die Lederplanen festzuzurren, als ihm Skyll scharf zurief, damit noch zu warten. Der Chatte trat nun an den Wagen und begann, verschiedene Waren abzuladen. Ein Säckchen Salz,

Saatgut, Steckrüben, Mehl, Löffel, Messer, Krüge, eine Sichel, zwei Pfannen und vieles mehr, was im täglichen Haushalt unentbehrlich war, landeten vor Aslaks Füßen im Gras.

„Warum tust du das?", fragte Aslak erstaunt.

„Warum ich das tue? Die Götter haben unsere Wege gekreuzt, und du bist mir wie ein Sohn geworden. Was kann ich dafür, dass du mir so ans Herz gewachsen bist. Es ist nur recht und billig, wenn ich für dich sorge. Allein kommst du doch nicht zurecht." Er kicherte frohgelaunt. „Und um die Leute in deinem Dorf werde ich mich auch kümmern. Um das hast du mich doch am Fluss bitten wollen. Ich kenne die Leute zwar nicht, da sie aber deine Freunde sind, sind sie auch die meinen."

„Aber sie können nichts bezahlen. Auch ich kann nichts bezahlen."

„Irgendwann werden sie bezahlen können. Und was dich betrifft, so ist es mir genug, wenn du mir Herberge gibst. Ich hatte nie ein richtiges Zuhause. Wenn du mir hier einen Ort bieten kannst, an dem ich während meiner Reisen Ruhe und liebe Menschen finde und an dem ich mich dereinst, wenn ich des Umherziehens müde bin, niederlassen kann, so hast du mich reichlich entlohnt."

„Du bist hier daheim", versicherte Aslak und umarmte den Freund dankbar.

„Ich werde dir das nächste Mal einen Willkommenskuchen backen", fügte Svena hinzu. Auch sie drückte Skyll in ehrlicher Freude. Sie kannte den Chatten nicht einmal einen Tag, und doch war ihr, als sei er ihr schon lange vertraut.

„Jetzt aber Schluss mit den Zärtlichkeiten", wehrte Skyll verlegen ab. „Wollt ihr mich noch zum Heulen bringen?"

Inzwischen waren die Ochsen vorgespannt und die Helfer reisefertig. Skyll zog die Plane fest, als ihm noch etwas einfiel. Er hob die Plane erneut und kramte in den Waren herum. Freudestrahlend brachte er eine Goldfibel und ein kleines Keramikkrüglein zum Vorschein. Er ließ es sich nicht nehmen, die Fibel eigenhändig in Svenas Haar zu stecken. Das Gold war zu einem Schmetterling verarbeitet und passte wunderbar zu dem Strohblond der langen, offenen Haare. Ihre Einwände, das Geschenk sei zu kostbar, wies er energisch zurück.

Das mit einem Stöpsel verschlossene Krüglein zierten seltsame Zeichnungen. Krieger in eisernen Hemden, die aussahen wie Fischschuppen, standen auf von Pferden gezogenen kleinen Wagen. Aslak hatte solche Krieger und solche Wagen noch nie gesehen.

„Das sind Römer", erklärte Skyll. „Als wir uns das erste Mal trafen, erzählte ich dir von ihnen. Erinnerst du dich?"

„Wie könnte ich das vergessen."

„Sicher erinnerst du dich auch an die Wachteln, die wir aßen. Sie schmeckten ungewohnt herb. Das war das Olivenöl, mit dem wir sie eingerieben hatten. Hier in diesem Krüglein ist Olivenöl."

Aslak und Svena wurden beschenkt wie Fürsten und konnten den Gaben nichts entgegensetzen. Beschämt drückten sie Skyll fest an die Brust und versicherten ihm nochmals, er sei immer aus ganzem Herzen willkommen. Dann kletterte Skyll auf den Wagen.

„Passt auf euch auf!", bat er und wischte sich eine Träne von den speckigen Wangen. Die Peitsche knallte und knarrend setzten sich die Wagen in Bewegung.

„Und denkt an das Kind", rief er schmunzelnd zurück. „Nächstes Jahr will ich hier ein Kind sehen. Am besten macht ihr euch gleich an die Arbeit."

Svena nahm Aslak bei der Hand, und beide sahen traurig den Händlern nach, die sich langsam entfernten und schließlich im Schatten der Bäume verschwanden.

„Ich mag ihn sehr, deinen Freund", sagte Svena und sah mit gedankenverlorenem Blick zum Wald hinüber.

„Ja", sagte Aslak leise. „Er ist ein guter Freund."

Tags darauf ließ sich Svena von Aslak die nähere Umgebung zeigen. Die Sonne bestrahlte ihr lachendes Gesicht und die Goldfibel, die in ihrem wallenden Haar funkelte. Die Freude ließ sie noch schöner wirken.

Auf einem abgelegenen, von hohem Gras und duftenden Blumen bewachsenen Platz alberten sie herum wie damals, als sie noch Kinder waren. Ganz allmählich kamen sie zur Ruhe; die Ängste und Sehnsüchte der langen Trennung wichen dem wunderbaren Gefühl von Sicherheit und Harmonie. Innig genossen sie ihr Zusammensein und leidenschaftlich ihre Liebe.

Svena fühlte sich schnell heimisch. Mit Eifer ging sie die tägliche Arbeit an. Zuerst nähte sie für Aslak eine neue Hose aus feinem Rehleder. Dann schnitt sie Reisig, aus dem sie einen Besen band und die Hütte auskehrte, holte Lehm, um den von Arnim angefangenen Herd völlig abzudichten, und machte sich daran, einen Backofen zu bauen. Welche Arbeit sie auch verrichtete, sie war stets vergnügt; ihr Lachen riss alle mit. Aslak bewunderte ihre Kraft und Ausdauer.

Auf dem Feld halfen alle vier zusammen. Die Sommersonne brannte drückend über dem Land, dennoch wollten sie es auf einen Versuch ankommen lassen, sie säten Gerste und steckten Rüben. Das Feld lag nahe genug am Fluss, so dass der Boden stets ausreichend Feuchtigkeit fand, und die folgenden Wochen belohnten tatsächlich trotz der Hitze ihre Mühen. Der Anbau gedieh und versprach eine reiche Ernte.

Schmunzelnd beobachteten Aslak und Svena, wie sich Arnim und Amara näherkamen. Ständig fochten sie irgendeine Neckerei aus, wie bei Verliebten eben häufig üblich, wenn sie sich noch scheuen, ihre Gefühle offen zuzugeben. Dabei steckten die beiden Sachsen ständig zusammen. Wenn Amara zum Fluss ging, um Wasser zu holen, eilte Arnim hinterher, um ihr den gefüllten Lederbeutel zu tragen. Und als Arnim begann, ein Räuchergestell zu bauen, wich Amara nicht von seiner Seite.

Aslak und Arnim gingen jetzt häufig zur Jagd. Bei einem ihrer Ausritte gestand Arnim seine Liebe zu Amara. Aslak war darüber sehr glücklich.

„Ist sie die Frau, von der du im Friesendorf gesprochen hast?", fragte er.

„Nein. Wie hätte ich sie begehren können, wo sie doch Fohr, deinem Bruder, gehörte. Die Frau, von der ich sprach, ist eine andere."

„Und sie liebst du jetzt nicht mehr?"

„Ich liebe sie sehr. Ich liebe sie mehr als mein Leben. Die Liebe zu ihr ist vollkommen und rein. Ich werde nie dulden, dass diese Liebe beschmutzt wird."

„Dann brauch ich ja keine Angst um Svena zu haben", entgegnete Aslak und sah Arnim grinsend an.

„Du weißt davon?" Arnim schaute betreten, wie jemand, der bei einer verbotenen Tat erwischt wird.

„Glaubst du, ich hätte nicht bemerkt, wie du ihr im Dorf immer nachgesehen hast. Wie ein schmachtender Gockel hast du sie angesehen. Und du hättest es nie zugelassen, dass man ihr weh tut, nicht wahr, Arnim?"

Arnim zuckte zusammen. Doch er hatte sich schnell wieder in der Gewalt. Scheinbar ungerührt antwortete er auf Aslaks Frage.

„Ich würde Svena auch jetzt mit meinem Leben beschützen, wenn es notwendig wäre. Aber sie wird immer unerreichbar bleiben für mich. Die Liebe zu ihr ist wie die Liebe zu Mutter oder Schwester. Amara liebe ich auf ganz andere Art. Ich begehre sie mit Seele und Körper."

„Und Amara? Wie denkt sie darüber?"

„Sie fühlt wie ich. Wenn du es erlaubst, möchte sie gerne bei uns bleiben."

Aslak überlegte nicht lange. „Natürlich soll sie bleiben."

Einen Tag darauf führte Aslak Svena hinunter zum Fluss.

„Hier wird unser Haus stehen", verkündete er stolz.

Der Platz war etwas erhöht und bot Schutz vor Überschwemmung, wenn der Fluss, der nur wenige Schritte entfernt war, im Frühjahr anschwoll.

„Warum hast du es so eilig?", fragte Svena. „Die Hütte ist groß genug für uns vier."

„Ich könnte mir denken, dass Arnim und Amara auch ganz gern mal allein sein möchten."

„Du meinst ..."

„Ja. Arnim hat es mir gestern gestanden."

Svena lächelte zufrieden. Sie sah Aslak von der Seite an und zwinkerte ihm zu.

„Vielleicht hast du Recht: Wir sollten ein Haus bauen. Eines, das im Winter warm genug für ein Kind ist."

Aslak konnte Svena nur sprachlos anstarren. Im nächsten Augenblick riss er sie an sich und stemmte sie, einen Freudenruf ausstoßend, in die Höhe.

„Endlich sind wir eine Familie", lachte er glücklich.

Sofort rannte er zu Arnim und Amara und erzählte ihnen von seinem Glück. Für diesen Tag vergaßen sie die Arbeit. Aslak holte geräucherten Schinken und gepökelte Wurst und gemeinsam feierten sie das neue Leben und auch das neue Paar.

Am nächsten Tag fällte Aslak den ersten Baum für ihr Haus. Es sollte groß genug werden, um einer richtigen Familie Platz zu bieten. Svena wollte mindestens vier Kinder. Sie schwärmte von einem wuchtigen Herd und einem mit Schnitzereien verzierten Schrank, in dem Kessel, Pfannen und Teller Platz hatten. Aslak hatte genaue Vorstellungen, wo später Bank und Tisch aus bester Eiche stehen würden. Für sich sah er einen Stuhl vor. Von hier aus würde er beim Frühstück die Tagesarbeit einteilen. Neben ihm sollte in Griffweite auf einem Regal sein Schwert liegen. Für Elfe plante er einen Stall, der direkt an den Wohnraum anschloss. So war ihm das treue Tier stets im Blickfeld. Und einen hölzernen Rauchabzug wollte er haben, wie er ihn bei den Friesen gesehen hatte.

Noch aber war es nicht soweit. Ihre begeisterte Planung für eine glückliche und sorgenfreie Zukunft wurde jäh unterbrochen, als eines Tages berittene Krieger in ihr Land eindrangen.

27. KAPITEL

Es war inzwischen Spätsommer geworden. Arnim verließ an jenem Tag als Erster die Hütte. Gähnend streckte er sich der Morgensonne entgegen. Sein Blick schweifte zu dem Feld, auf dem goldgelb die Gerste stand, folgte dem vom Frühnebel eingehüllten Fluss bis hin zum Wald. Und dort sah er sie. Vier Krieger waren es, die auf prächtigen Pferden saßen. Zielstrebig näherten sie sich langsam der Hütte. Der Wanderer hatte ihn also doch erkannt und das Versteck preisgegeben.

Arnim weckte Aslak. Beide ergriffen ihre Schwerter und eilten hinaus, um die Fremden zu erwarten. Sie waren bereit für den tödlichen Kampf.

Die Reiter waren jetzt deutlich zu erkennen. Kostbare Broschen schmückten ihre blonden Haarzöpfe, ihre Umhänge waren aus Bärenfell, die Hosen mit Hermelin verziert. Ihre Waffen aus blinkendem Stahl, die Schilde mit Goldblech ausgelegt. Selbst das Zaumzeug der Rösser, das mit Silberknöpfen behangen war, zeugte von ihrem Reichtum.

Diese Männer waren keine gewöhnlichen Krieger. Nur Fürsten konnten sich so kleiden. Um so unverständlicher war, weshalb gerade Stammesführer hier auftauchten. Suchten auch sie den Kampf?

Svena und Amara waren besorgt aus der Tür getreten.

„Was wollen diese Männer?"

Svena tastete nach Aslaks Hand.

Die Krieger zügelten jetzt ihre Pferde. Einer stieg ab und kam näher. Er war von aufragender, muskulöser Gestalt. Ein gepflegter Bart bedeckte das halbe Gesicht. Etwa hundert Schritte vor der Hütte blieb er stehen. Er hob den Arm und rief: „Bist du Aslak, der Cherusker?"

„Leugne es!", riet Svena hastig. „Leugne es, und sie werden verschwinden."

Aslak schüttelte entschlossen den Kopf. „Nein! Ich werde mich hinter keiner Lüge verstecken." Laut rief er: „Ich bin der, den du suchst."

„Wir kommen in Frieden", erklärte der Fremde. „Wir wollen nichts, als mit dir reden."

Aslak hatte lernen müssen, keinem zu vertrauen. So forderte er: „Legt die Waffen nieder! Dann bin ich bereit, euch anzuhören."

Ohne Zögern fielen Schwerter und Lanzen zu Boden. Auch die anderen drei stiegen nun von ihren Pferden und kamen näher.

„Gib gut acht!", raunte Aslak Arnim zu und reichte ihm das Schwert.

Verängstigt versuchte Svena, den Geliebten am Arm festzuhalten.

„Geh nicht!"

Aslak sah sie ernst an.

„Mir wird schon nichts geschehen."

Unerschrocken schritt er den Fremden entgegen. Auf halber Strecke trafen sie sich und setzten sich ins Gras.

„Wer seid ihr?", fragte Aslak mit fester Stimme.

Derjenige, der zuvor schon geredet hatte, antwortete: „Wir sind Stammesfürsten." Reihum stellte er seine Begleiter vor. „Der hier ist Mannfried, Führer der Hermunduren. Neben ihm siehst du Ettwin, auch er ist Führer der Hermunduren. Luderwig ist Oberhaupt der Semnonen. Mich nennt man Walther. Ich bin wie du Cherusker. Von den Dorfedlen einst zum Führer gewählt."

Aslak hatte also richtig vermutet. Es waren die mächtigsten der Stämme, die den Weg zu ihm gesucht hatten. Augenscheinlich verfolgten sie ein gemeinsames Ziel, was umso verwunderlicher war, da sich Semnonen, Hermunduren und Cherusker seit vielen Jahren bekriegten.

„Weshalb wollt ihr mich sprechen?", fragte Aslak weiter.

„Aus zwei Gründen", sagte Walther. „Der eine Grund ist deine Friedlosigkeit. Das Urteil ist aufgehoben. Ab sofort bist du wieder ein freier Cherusker und kannst gehen, wohin du willst, ohne behelligt zu werden."

Aslak sah die Männer erstaunt an. So sehr ihn die Nachricht erfreute, so sehr wunderte er sich darüber.

„Somit hat sich Mares Mörder zu seiner Tat bekannt? Verratet mir, wer es ist."

Die Fürsten warfen sich überraschte Blicke zu. „Man sagte uns, du seist der Mörder", gab Luderwig zu.

„Wenn ich der Mörder bin, wie könnt ihr dann das Urteil aufheben? Geguurg, der Priester, sprach mich schuldig, weil er annahm, ich hätte die Tat begannen. Geguurg könnte das Urteil zurücknehmen. Er aber ist tot. Jetzt können nur die Götter mein Urteil aufheben. Oder der wahre Mörder bekennt sich zu seiner Tat."

Aslak war zornig geworden. Da kamen Männer daher, Fürsten zwar, aber doch keine Heiligen Männer, wie es Geguurg war, und bekundeten frech, ein vor dem Thing gefälltes Urteil aufheben zu können.

„Du hast Recht, Aslak", lenkte Walther ein. „Wir sind nicht befugt, das Urteil abzuändern. Dein Zorn spricht für deine Rechtschaffenheit. Als wir hierher ritten, fragte ich mich: Welchen Mann werden wir antreffen? Jetzt weiß ich, wir haben einen Mann gefunden, der die Traditionen seines Stammes würdigt und der vor Verantwortung nicht zurückschreckt. Ein Mann, der es verdient, ein Fürst zu sein."

Aslak imponierten Walthers Worte nicht. Wer so redete, bezweckte etwas damit.

„Was wollt ihr also von mir?", fragte er barsch.

„Wenn du so fragst", antwortete Mannfried, einer der Hermundurenführer, gereizt, „wir wollen nichts von dir. Wenn es nach mir ginge, säßen wir nicht hier."

„Schweig!" herrschte ihn Walther an. Zu Aslak sagte er: „Die Kelten töten unsere Frauen und Kinder und unser Vieh. Sie vernichten unsere Felder und unsere Dörfer. Viele Menschen verhungern oder siechen in Krankheit dahin. Schon bald wird es vielleicht die Stämme der Cherusker, der Hermunduren, der Semnonen und all die anderen nicht mehr geben.

Die Marser stellten sich den Eindringlingen tapfer entgegen. Sie wurden geschlagen, weil die Kraft eines einzelnen Stammes zu gering ist. Unsere einzige Möglichkeit zu überleben ist ein vereinigtes Heer. Alle zusammen sind wir stark. Leider fehlt vielen das Gemeinschaftsgefühl. Die nördlichen Stämme wurden von den Kelten nicht behelligt. Sie weigern sich, mit uns in den Krieg zu ziehen. Aber auch von den Stämmen, die betroffen sind, konnten wir nur wenige gewinnen. Viele sind bereits vernichtet, die wenigen Überlebenden flohen in die Wälder. Uns ist es nur gelungen, eine kleine Schar von vierhundert Kriegern zu sammeln. Sie warten einen Tagesmarsch westlich von hier. Sie sind bereit zu kämpfen."

Aslak verstand nicht, worauf Walther hinaus wollte. Es gab ein Heer, das den Kelten zahlenmäßig überlegen war, und dennoch zögerte man.

„Warum kämpfen sie nicht?", fragte er.

„Die Krieger akzeptieren keinen der Fürsten als Führer", fuhr Walther fort. „Sie erkennen die Notwendigkeit der Vereinigung, in ihren Herzen betrachten sie die anderen Stämme aber noch als Gegner. Niemand will sich dem Führer eines anderen Stammes unterwerfen."

„Aber du sagtest doch, sie sind bereit zum Kampf."

„Das sind sie. Aber sie fordern dich als ihren Führer."

Mit vielem hatte Aslak gerechnet, nur nicht damit, dass man ihn an die Spitze eines Heeres stellen wollte.

„Weshalb mich?"

Walther hatte diese Frage erwartet. „Jeder im Lande nennt deinen Namen mit Ehrfurcht. Selbst jene, die dir im Kampf unterlagen, preisen deinen Edelmut und deine Aufrichtigkeit. Jeder hatte eine ehrliche Chance, dich zu besiegen. Aber niemand schaffte es. Obendrein gehörst du durch deine Ächtung zu keinem der Stämme. Du bist weder Cherusker, noch Sachse, noch Chatte. Du bist der einzige, dem sie vertrauen. Für sie bist du ein von den Göttern auserwählter Krieger."

„Und für euch? Wer bin ich für euch?"

„Für mich ist das alles Gerede", bekundete Mannfried herablassend. „Ich traue nur dem, was ich sehe."

„Anfangs schmunzelte ich über das, was ich hörte", gab Walther zu. „Ich mochte es nicht glauben, dass es einen Krieger gibt, auf den all diese Wundertaten zutreffen, von denen man erzählt. Ich hörte auch von dem Fenriswolf, den du getötet hast. Und von meinem Neffen, der von den Kelten geraubt war, erfuhr ich, dass du ihn und einunddreißig andere Gefangene befreitest und allein acht Kelten besiegtest. Diese Taten waren es, die mich schließlich überzeugten. Auch dein Verhalten, als wir davon sprachen, die Friedlosigkeit aufzuheben, überzeugte mich. Viele hätten anders reagiert. Was dein Urteil betrifft, so ist es tatsächlich beschränkt aufgehoben. Alle Krieger schworen, nicht das Schwert gegen dich zu erheben."

„Was ist, wenn ich ablehne? Werden sie dennoch kämpfen?" Walther hob unschlüssig die Schulter. „Vielleicht. Aber ein Heer, das in seiner Gesinnung nicht einig ist, taugt nichts. Du bist das fehlende Glied, das sie erst zu einer Einheit macht."

„Euer Vertrauen ehrt mich", lenkte Aslak ein. „Aber dieser Krieg ist nicht mein Krieg. Ich wurde fortgejagt und gehetzt wie ein Tier. Viele Kämpfe musste ich bestehen, und viele gute Männer musste ich töten. Mein Körper ist gezeichnet von den Schwertern, die nach meinem Leben trachteten. Jeder Tag brachte neue Gefahr. Aber niemand kümmerte sich darum und niemand bot mir seine Hilfe an. Sagt mir einen Grund, weshalb ich euch jetzt unterstützen soll."

Walther zupfte sich verlegen am Bart. „Ich kann dir keinen Grund nennen", gab er leise zur Antwort. „Ich weiß nur, dass dieser Krieg ein Ende finden muss. So schnell wie möglich. Viele Menschen sah ich sterben. Niedergemetzelt von den Kelten. An Bäuchen aufgeschlitzt, Arme und Beine abgeschlagen, sah ich sie schreiend in ihrem Blut liegen. Bis der Tod sie von ihren Qualen erlöste. Wie viele Menschen sollen noch sterben?"

Aslak schwieg. Ihm waren die Gräuel des Krieges sehr bewusst. Er hatte seine Familie tot gesehen und sein Dorf zu Asche verbrannt. Dennoch - weshalb sollte er sein Leben für Menschen aufs Spiel setzen, die er verachtete.

Zum Zeichen seiner Entschlossenheit stand er auf und verschränkte die Arme über der Brust.

Die vier Fürsten warfen sich missmutige Blicke zu. Enttäuscht standen sie auf.

„Du wirst also nicht mitkommen?"

„Nein!"

„Wir akzeptieren deine Entscheidung", sagte Walther. „Trotzdem werden wir dort drüben im Wald auf dich warten. Schließt du dich uns morgen bis Sonnenaufgang nicht an, werden wir allein zurückreiten."

Ohne weitere Worte machten die Fürsten kehrt, nahmen ihre Waffen, stiegen auf ihre Pferde und ritten langsam weg.

In Gedanken versunken, sah ihnen Aslak nach. War er wirklich entschlossen? Oder hatte ihn der Zorn zu dieser Entscheidung verleitet? Er war sich nicht mehr sicher.

Besorgt hatten Svena, Arnim und Amara die Unterredung beobachtet. Sie hatten nichts verstehen können, ihre Blicke waren aber keinen Moment von den Fremden gewichen. Neugierig eilten sie jetzt Aslak entgegen.

„Wer waren diese Männer? Was wollten sie von dir?", fragte Svena. Forschend sah sie Aslak an, der niedergeschlagen und matt wirkte.

„Sie baten mich, mit ihnen in den Krieg zu ziehen", antwortete Aslak gleichgültig.

„Wie hast du dich entschieden?"

Svenas Augenlider zuckten unruhig. Nervös kaute sie auf ihren Lippen. Sie fürchtete sich vor seiner Antwort. Nahm man ihr Aslak ein zweites Mal weg? Gab es keinen Platz, an dem ihr Glück Ruhe fand?

„Ich lehnte ab", sagte Aslak.

Erleichtert atmete Svena auf.

„Du weißt nicht, wie glücklich ich darüber bin." Sie schlang ihr Arme um seinen Hals und küsste ihn dankbar. „Zuerst verurteilen sie dich, und jetzt soll alles vergessen sein."

„Ja", sagte Aslak nur.

Er zog Svenas Arme sanft von seinen Schultern und trottete hinunter zum Fluss. Er musste jetzt allein sein.

Am Flussufer, nahe des Platzes, wo sie das Haus errichten wollten, hatten sie entrindete Stämme gestapelt. Sie sollten als Eck- und Stützpfosten für das Haus dienen. Das Holz einer Eiche lag daneben. Der Stamm war so gewaltig gewesen, dass sie ihn auf vier Teile hatten zerlegen müssen, um ihn zu transportieren. Aslak würde daraus die Bank und den Tisch machen. Und er wollte eine Rassel schnitzen für das Kind. Und später, falls es ein Junge sein würde, wollte er ihm ein Holzschwert aus der Eiche schnitzen.

Doch noch lagen nur die Stämme da. Weiter war er noch nicht gekommen.

Aslak setzte sich auf den Stapel und sah über den Fluss hinweg zum Wald.

Brauchten ihn die Krieger wirklich? fragte er sich. Aber auch wenn sie ihn nicht benötigten, durfte er ihnen seine Hilfe verwehren? Durfte er tatenlos dulden, dass man sie alle tötete? Das war auch nicht ausgeschlossen, wenn er sie begleitete. Überhaupt mussten die Kelten wegen ihrer Kampfkunst und ihrer Grausamkeit überlegen sein. Dies galt auch, wenn die Germanen mehr Krieger stellten. Ein Kelte war für drei zu rechnen. Was konnte da ein Mann mehr oder weniger ausrichten?

Er erinnerte sich an das, was Ruhland gesagte hatte, als ihn Aslak auf seine Feigheit angesprochen hatte. Was hätten er und die anderen, die sich beim Überfall versteckt hielten, ausrichten können, hatte Ruhland gesagt. Verhielt er sich jetzt nicht selbst wie diese Männer?

Und er fragte sich, wie die Krieger fühlen, die bald gegen die Feinde ziehen würden. Bestimmt fürchteten auch sie sich. Aber sie waren willens, dennoch in den Kampf zu ziehen -

um ihr Land, ihre Familien und ihre Freunde zu retten. Aslak dachte an Svena, an ihre glücklichen Augen, wenn sie von ihrer Familie träumte, und er dachte an das Kind, das sie bald haben würden. Vielleicht würden die Kelten auch bis hierher an den Fluss vordringen. Er und Arnim allein konnten dann die Frauen nicht ausreichend schützen. Dann würde es zu spät sein. Jetzt mussten die Feinde für immer vertrieben werden. Es gab eine Zeit, in der er alleine gekämpft hatte. Nun galt es, den Stolz zu überwinden. Er musste die Vergangenheit vergessen.

Die Vergangenheit vergessen. Wie leicht das gesagt war. Zu einem Teil dieser Vergangenheit war auch Caucax geworden. Die Erinnerung an den Keltenführer lag tief in ihm.

Unbewusst fuhr sich Aslak mit der flachen Hand über seine Narben.

Den ganzen Tag saß er bewegungslos auf den Stämmen und blickte gedankenverloren hinüber zum Wald.

Niemand wagte ihn zu stören. Voll Angst wartete Svena vor der Hütte auf Aslaks Rückkehr. Tränen verschleierten ihre Augen, aber sie klagte nicht. Und als er in der Nacht zu ihr kam, wusste sie, dass er sich entschieden hatte zu gehen.

Aslak nahm sie zärtlich in die Arme. Das Mondlicht schimmerte auf ihrem Haar. Ihre Haut war so zart und er spürte ihren Atem. Lange sah er sie an.

„Ich werde morgen aufbrechen", sagte er schließlich.

„Ich weiß", sagte Svena, und ihre Stimme zitterte. „Du musst den Traum in dir besiegen."

„Du weißt davon?"

„Ja. Du kämpfst nicht gegen die Feinde, du kämpfst gegen etwas in dir. Solange du es nicht besiegt hast, wirst du nicht frei sein."

„Die Träume, sie haben dich geweckt, nicht wahr?"

„Nicht sehr oft. Aber manchmal fürchtete ich, sie würden dich auffressen. Erinnerst du dich an Skylls Worte? Er sagte: ´Die Götter haben dich mit ganz besonderer Gunst bedacht. Leugne diese Gunst nicht leichtfertig.` Du kannst unseren Kriegern helfen, das weißt du. Die Götter werden dich schützen. Und vielleicht ist es deine Vorsehung, in den Kampf zu ziehen. Vielleicht bist du auserkoren, unsere Stämme zu retten. Zuvor aber hast du einen anderen Kampf zu gewinnen. Den Kampf gegen deine Träume. In meinem Herzen weiß ich, dass du siegen wirst. Besinn dich auf deine Stärke. Niemand kann kämpfen wie du."

In diesem Moment wusste Aslak, dass die Liebe zu Svena sein Leben war. Die Liebe zu dieser großartigen Frau saß seit vielen Jahren tief in ihm. Jetzt verlieh sie ihm die Kraft, zu sich selber zu stehen.

Svena und Aslak gingen nicht in die Hütte. Eng umschlungen schlenderten sie durch die Nacht.

Vor Sonnenaufgang war Aslak reisefertig.

Arnim, der erst jetzt von Aslaks Entschluss erfuhr, zog den Freund beiseite.

„Lass mich mit dir gehen!", bat er.

„Du bleibst bei den Frauen", entschied Aslak. „Achte auf sie und beschütze sie."

Arnim senkte betrübt den Kopf. „Vielleicht sehen wir uns nicht wieder, Aslak. Deshalb will ich dir noch etwas sagen. Seit zwei Jahren liegt es mir wie ein Stein auf dem Herzen. Aber ich fand nie den Mut. Du sollst wissen, dass ich es war, der Mare tötete."

Aslak war nicht überrascht.

„Ich bin froh, dass du es mir sagst", erwiderte er ruhig. „Schon lange ahnte ich es. Als du mir gebeichtet hast, Svena wie eine Schwester zu lieben, da war ich mir sicher. Es war gut, dass du damals zur Stelle warst."

„Aber weshalb hast du geschwiegen? Du musst doch sehr zornig auf mich sein."

„Ich weiß jetzt, dass alles so kommen musste. Die Götter haben den Weg vorgezeichnet. Wenn du dich vor zwei Jahren zur Tat bekannt hättest, hätte dich der Rat getötet, denn du warst nur Sklave. Ich wäre im Dorf geblieben und läge vielleicht mit den anderen in dem Grab auf dem Hügel. So aber war ich gezwungen, in die Wälder zu fliehen und wurde zu dem, der ich heute bin."

Arnim wusste nicht, wie er Aslak seine Dankbarkeit und seine Verbundenheit beweisen sollte. Ergriffen stammelte er hilflose Worte.

„Du hast mir mehrmals das Leben gerettet", wehrte Aslak ab. „Das ist mehr, als irgendjemand für mich getan hat."

Die beiden Freunde fielen sich stumm in die Arme.

„Wir sehen uns wieder", versprach Aslak.

Es wurde Zeit, sich zu trennen. Aslak reichte Arnim und Amara die Hand, dann wandte er sich an Svena.

„Egal, was geschieht", sagte er, „meine Liebe wird immer bei dir sein."

Schniefend versuchte sie, ihre Gefühle zu unterdrücken, um Aslak den Abschied nicht unnötig schwer zu machen.

„Ich will, dass du siegst", sagte sie tapfer.

„Das werde ich."

Ein letztes Mal küssten sie sich, dann schwang sich Aslak auf Elfe. Svena sah, wie er zum Fluss ritt, diesem folgte und schließlich im Wald verschwand. Und jetzt konnte sie sich ihrer Tränen nicht mehr erwehren. Weinend rannte sie in die Hütte.

28. KAPITEL

Die Fürsten zeigten sich nicht überrascht, als Aslak erschien. Sie hätten nichts anderes erwartet, meinte Walther und hieß Aslak in den Reihen der Krieger willkommen. Nur Mannfried grinste abfällig über Pfeil und Bogen, die der Cherusker bei sich hatte, und bemerkte spöttisch: „Willst du Hasen schießen gehen?"

Ohne weitere Verzögerung brachen sie ihr Lager ab und machten sich auf den Weg. Am späten Vormittag des nächsten Tages erreichten sie das Heer.

Aslak wurde triumphal empfangen. Schon von weitem erkannten die Männer den Kämpen mit den langen blonden Haaren und dem Zauberschwert. Jubelnd zogen sie ihm entgegen. So mancher suchte einen Teil von Aslaks Kraft zu erhaschen, indem er seine Hand oder das Schwert berührte.

Aber es gab auch Zweifler und Neider, die sich über den übertriebenen Empfang mokierten. Einer ihrer Wortführer war Chlodwig, Sohn Karls und Bruder des ermordeten Mare. Mit zusammengekniffenen Lippen stand er abseits der jubelnden Menge. Er hatte nicht vergessen, weswegen man Aslak verurteilt hatte. Und er hatte auch den Tod seines Vaters und den Tod Gunnas nicht vergessen. Sein Durst nach Rache war noch immer nicht gestillt.

Noch am selben Tag zog das Heer weiter. Nur die wenigsten besaßen Pferde. Achthundert Füße malten einen breiten Streifen in das Gras. Zehn Ochsenkarren folgten ihrer Spur. Ständig waren fünfzehn berittene Jäger unterwegs, die für Proviant sorgten. Sechs Männer ritten als Späher voran. Während vier von ihnen die Kelten dauernd im Auge behielten, pendelten zwei zwischen den Beobachtern und dem

Heer. Die Führer waren somit immer von den Aktivitäten der Feinde unterrichtet.

Aslak ritt mit Walther, Mannfried und Luderwig an der Spitze. Dahinter folgten andere Fürsten und Edle, dann das Fußvolk.

Aslak mischte sich während der ersten Tage oft unter die einfachen Krieger. Den einen oder anderen kannte er noch von früher. Er saß ab und lief zu Fuß neben ihnen. Hier stieß Aslak zum ersten Mal seit damals auf Chlodwig. Er bot ihm die Hand, die Chlodwig erzürnt zurückwies. Aslak zuckte gleichgültig die Schulter und ließ ihn stehen, nahm sich aber vor, auf Chlodwig zu achten. Auch wenn Walther versprochen hatte, dass niemand das Schwert gegen ihn erheben würde, Chlodwig war nicht zu trauen; er hatte den Hass in seinen Augen gesehen.

Aslak wollte die Nähe zur Truppe, doch natürlicherweise war er mit den cheruskischen Bekannten vertrauter und schon bald gab es deshalb eifersüchtige Blicke von Kriegern anderer Stämme. Walther riet ihm, weiterhin mit an der Spitze zu reiten, um Zankerei zu vermeiden. Nichts konnte dem vereinigten Heer jetzt mehr schaden als ein Bruch in den eigenen Reihen. Aslak erlebte zum ersten Mal, dass die Einsamkeit der Führer nicht nur von oben ausging.

Sobald die Sonne unterging, schlugen sie das Lager auf. Die Kelten befanden sich vier Tagesmärsche westlich von ihnen. Es wurde Zeit, einen Angriff zu planen. Mit Aslak waren es elf Führer, die sich an einem Feuer zur Beratung versammelten. Etliche Krieger umringten sie. Ihnen aber war das Mitspracherecht verwehrt.

Am klügsten sei es, die Kelten von zwei, besser von drei Seiten anzugreifen, schlug Mannfried vor.

„Es ist töricht, unsere Kräfte zu teilen", sagte Walther. „Wir müssen gemeinsam über sie herfallen wie ein Schwarm Bienen. Diese Kampfart ist seit vielen Jahren erprobt. Weshalb sich auf ein Wagnis einlassen."

„Es ist vielmehr ein Wagnis, nach altbewährtem Muster vorzugehen", ereiferte sich Mannfried. „Die Kelten kennen diese Taktik. Sie stellen sich darauf ein. Besser ist es, sie zu verblüffen. Wie uns die Späher berichteten, lagern die Kelten an einer Felswand. Davor ist das Land offen und eben. Wenn wir sie von drei Seiten angehen, können sie uns nicht entkommen."

„Hast du dich schon einmal gefragt, weshalb sie so unbedacht sind und vor einer Felswand lagern, wo ihnen die Möglichkeit eines Rückzugs genommen ist?"

„Weshalb wohl! Weil sie mit keinem Angriff rechnen."

„Richtig. Und weil sie sich stark fühlen. Sie wissen sich so stark, dass sie alle Vorsicht außer Acht lassen."

„Und das ist es, was wir nutzen sollten!" Mannfried schlug zornig auf sein Schild.

Ettwin stellte sich auf die Seite seines Stammeskameraden.

„Mannfried hat Recht. Wir lassen ihnen kein Loch zum entweichen und erschlagen sie wie Ratten."

Walther lachte geringschätzig.

„Glaubst du wirklich, du hast es mit feigen Ratten zu tun? Glaubst du, die Kelten lassen sich einengen und so einfach erschlagen? Das Gegenteil wird der Fall sein. Sobald sie in der Klemme sind, werden sie kämpfen wie wilde Bestien. Und solange sie zusammen sind, ist ihre Gefährlichkeit doppelt groß. Hinzu kommt, dass wir einen Teil unserer Männer, wenn wir sie teilen, um die Kelten herumführen müssten. Wir verlieren dadurch nicht nur Zeit, sondern setzten uns auch der Gefahr aus, frühzeitig entdeckt zu werden."

Walthers Argumente leuchteten ein. Mannfried gab sich nach außen hin geschlagen, in ihm aber brodelte die Wut. Sein verletzter Stolz ließ die alte Feindseligkeit gegen die Cherusker wieder aufflammen. Mit finsteren Augen stierte er in die Runde. Verbittert suchte er nach einer Möglichkeit, seine angeschlagene Ehre zu retten. Sein Blick traf Aslak. Mit überlegenem Lächeln wandte er sich an Walther.

„Du sprichst davon, wie stark die Kelten sind. Ich habe fast den Eindruck, du fürchtest dich. Und dabei gibt es keinen Grund, sich zu fürchten. Seht hier, Männer, Aslak ist ja bei uns. Was soll uns geschehen mit diesem Manne an unserer Seite? Was zerbrechen wir uns den Kopf über eine Angriffstaktik? Wir schicken Aslak hinaus, und er wird sie töten. Er allein wird alle Kelten töten. So sehen es die Cherusker doch. Ist es nicht so? Alle vertrauen ihm. Aber während wir hier reden, sitzt er nur da und starrt vor sich hin. Will er uns zum Sieg verhelfen, indem er die Kelten anstarrt?"

Walther wollte aufspringen, um Mannfried zurechtzuweisen. Doch Aslak hielt ihn am Arm fest. Gelassen stand er auf und stellte sich vor den Hermunduren.

„Du hast Recht, ich allein richte nichts aus", sagte er und sah Mannfried fest in die Augen. „Aber auch du richtest nichts aus. Am allerwenigsten mit deinen leeren Worten. So redet ein Weib und kein Krieger."

„Wie sprichst du mit mir?", blähte sich der Stammesfürst auf. „In meinen Augen bist du nichts als ein gewöhnlicher Krieger. Pah, nicht einmal ein Krieger bist du. Hat Bogen und Pfeil bei sich, als ginge es zur Jagd."

Einige der Männer, die um den Kreis der Fürsten standen, grinsten spöttisch. Tatsächlich war es ungewohnt, den Bogen für etwas anderes als zur Jagd zu gebrauchen. Auch Chlodwig war bei diesen Männern. Mit Genugtuung verfolgte er den Streit.

„Wer ein Krieger genannt werden darf, bestimmt das Schlachtfeld", entgegnete Aslak ruhig. „Ob du dann noch so tollkühn bist, wird sich zeigen. "

„Und wie stellt sich der Herr den Kampf vor? Bis jetzt hast du uns deine Meinung ja noch vorenthalten. Oder überfordert es dich, darüber nachzudenken?"

„Es ehrt mich, dass du Wert auf meine Meinung legst, Mannfried. Auch wenn es dich ärgert: Ich schließe mich Walther an."

„Wie sollte es auch anders sein. Ihr Cherusker haltet doch alle zusammen."

„Nur das macht uns stark. Du willst unser Heer teilen. Damit teilst du aber auch unsere Kraft. Ich sage dir, wir müssen die Kelten teilen. Wenn wir geschlossen in sie sprengen, treiben wir sie auseinander wie nasses Holz, in das der Keil schlägt. Dadurch werden sie geschwächt. Wenn wir zusätzlich eine Gruppe von zehn Kriegern bestimmen, die sich nur auf Caucax konzentriert, und es uns gelingt, ihn zu töten, ist der Sieg unser. Caucax verkörpert ungeheure Kraft. Wenn diese Kraft genommen ist, sind die Kelten so unbeholfen wie ein Rudel Wölfe, dem man das Leittier entreißt."

Erstaunt hatten die Fürsten zugehört. Trotz seiner Jugend hatte Aslak gesprochen wie ein erfahrener Kriegsführer. Selbst diejenigen, die an ihm gezweifelt hatten, maßen ihm jetzt Fähigkeiten zu, die eines Fürsten würdig waren.

Nur Mannfried gab sich noch immer nicht zufrieden.

„Du tust, als wärst du bei den Kelten aufgewachsen. Ich hörte, dass du eine Gruppe von acht Kelten überfallen hast. Woher aber kennst du Caucax?"

Aslak warf den Umhang von der Schulter und wies auf die Narben, die sich deutlich auf Brust und Bauch abzeichneten. „Diese Sprache spricht Caucax."

Die Tatsache, dass Aslak mit dem berüchtigten Keltenführer zusammengetroffen war und ihm hatte entkommen können, rief höchste Achtung unter den Fürsten hervor. Freunde, die in einen Kampf mit Caucax verwickelt worden waren, lebten nicht mehr. Und sie selbst hatten den großen Kelten entweder noch nie oder nur aus der Ferne gesehen. Uneingeschränkt erkannten sie Aslak nun als vollwertiges Mitglied der Führerschaft an.

Mannfried, der dies mit seinem Hohn letztendlich bewirkt hatte, setzte sich zähneknirschend nieder.

Der Kriegsplan, den Walther vorgeschlagen und den Aslak weiter ausgeführt hatte, wurde von allen akzeptiert.

Jeder Tag brachte sie näher an die Feinde heran. Und mit jedem Tag wuchs die Nervosität der Männer. Immer wieder mussten die Fürsten schlichtend eingreifen, wenn sich Krieger verschiedener Stämme stritten oder gar miteinander kämpften.

Die Kelten saßen an der Felswand fest, als hätten sie jede Lust auf ein Weiterziehen verloren. Ettwin erklärte es damit, dass sie sich ihrer Stärke wegen in Sicherheit fühlen würden. Walther zweifelte daran. Es musste einen anderen Grund geben. Für leichtsinnige Arroganz waren die Kelten zu kluge Krieger.

Sie erfuhren den Grund am Abend des vierten Tages. Nur etwa eine Stunde Marsch trennte sie von den Kelten.

Aslak hatte es sich angewöhnt, bei Einbruch der Dämmerung, wenn man das Nachtlager errichtete, sich von den anderen zu entfernen, um Ruhe und Besinnung zu finden. Seit Tagen wartete er auf die Stimme, die bisher vor jedem

Kampf zu ihm gesprochen hatte. Manchmal waren es auch symbolische Zeichen gewesen. Wie der Adler, der die Krähen angegriffen hatte. Hatte er diesmal die Sprache der Götter überhört?

Ein lichter Nadelwald zog sich neben dem Lager einen sanft ansteigenden Hügel hinauf. Aslak betrat den im fahlen Mondlicht stehenden Wald, lief ziellos ein Stück den Hang hinauf und setzte sich dort auf einem umgestürzten Stamm nieder. Die Luft war angenehm warm, den Boden bedeckte ein dichter Teppich aus niedrigen Sträuchern, die voller dicker Schwarzbeeren hingen. Vom Lager her war dumpfes Raunen zu hören, ansonsten war es still.

Unbemerkt war ihm Chlodwig gefolgt. Nur wenige Schritte entfernt verbarg er sich hinter einem Strauch. Die Achtung, die man Aslak allgemein entgegenbrachte, war ihm seit langem zuwider. Für ihn war Aslak nichts weiter als ein gemeiner Mörder, der endlich für den Tod seines Vaters und seiner Brüder zur Rechenschaft gezogen werden musste. Jetzt war der Zeitpunkt gekommen. Jetzt konnte er erfüllen, was die Blutrache von ihm forderte. Aslak musste sterben, um den Toten Frieden zu schenken.

Entschlossen zog Chlodwig das Schwert.

Aslak betete. Leise sprach er mit den Göttern. Warum gaben sie ihm kein Zeichen? Wo war Odin, der mächtigste von allen? Wo war Tyr, der Gott des Krieges? Wo waren Loki und Baldur? Als er mit Arnim in der Höhle gelebt hatte, waren sie bei ihm gewesen. Stets hatten sie auf irgendeine Art zu ihm gesprochen und ihm Stärke gegeben. Und jetzt, da ihm sein größter Kampf bevorstand, jetzt schwiegen die Götter.

Das Kinn auf die Handballen gestützt, stierte Aslak gedankenverloren vor sich hin. Nichts warnte ihn, dass hinter ihm der Tod lauerte.

Vorsichtig trat Chlodwig aus seinem Versteck. Das Schwert lag schwer in seiner Rechten. Fünf Schritte noch, und er konnte das Schwert in den Rücken dieses Mörders stoßen.

Plötzlich duckte er sich nieder. Im Lager war es laut geworden. Durch den Lärm beunruhigt, war Aslak aufgesprungen und rannte den Hang hinunter.

Enttäuscht sah ihm Chlodwig nach. Diesmal war Aslak seiner Rache entkommen, aber er würde es wieder und wieder versuchen.

Auch er eilte nun ins Lager zurück, um den Grund für die Unruhe zu erfahren.

Die Krieger drängten sich um die Fürsten. Irgendetwas schien sie in große Aufregung versetzt zu haben; alle schimpften wild durcheinander.

Chlodwig zwängte sich durch den aufgebrachten Haufen. Die Fürsten, unter ihnen Aslak, saßen am Feuer und berieten. Auch sie schienen erregt und diskutierten heftig.

Einer der Späher war zurückgekehrt und hatte die Nachricht gebracht, die Kelten seien um zweihundert Mann verstärkt worden, erfuhr Chlodwig. Die Nachricht erklärte allerdings den Zustand der Truppe. Mit einem Mal veränderte sich die Situation. Die Kelten, ohnehin kampfesmäßig stärker, waren ihnen jetzt auch an Zahl überlegen. Nun stand es vierhundert gegen fünfhundert Krieger. Ein Verhältnis, das eine Schlacht in den Augen der meisten Germanen aussichtslos machte. Viele forderten lautstark die sofortige Umkehr.

Walther sah sich gezwungen, die Männer zur Besinnung zu bringen. Er stand auf und rief mit kräftiger Stimme: „Noch vor wenigen Tagen waren wir sicher, die Feinde zu besiegen. Wir waren des Sieges nicht sicher, weil wir mehr waren als die Kelten, sondern weil wir einen Plan erstellten, der uns überlegen machte. Was ist jetzt anders? Es gilt zweihundert Mann mehr zu besiegen, aber unser Plan steht noch immer. Ein Plan, dem ihr begeistert zugestimmt habt. Ein Plan, der uns zum Sieg führen wird."

Die Krieger befriedigte das nicht.

„Wir hätten es machen sollen wie die Stämme des Nordens. Sie halten sich raus", rief ein Hermundure. Ein Semnone behauptete: „Der Cherusker wird uns in den Tod führen!"

Aslak widerte der unsinnige Streit an. Zornig sprang er auf. „Ihr feigen Würmer!", schrie er sie an. „Rennt davon und verkriecht euch. Eure Frauen werden euch verlachen, und eure Kinder werden sich für euch schämen. Dort ist der Feind. Er ist mächtiger, als er noch gestern war. Aber habt ihr euch einmal gefragt, warum Verstärkung eingetroffen ist? Bereits zum zweiten Mal hat Caucax Krieger angefordert. Das tut er nicht, weil er ein paar Dörfer überfallen will. Zweihundert Mann hätten ihm leicht genügt, um ein paar Dörfer zu überfallen. Nein, Caucax will das ganze Land. Er wird nicht eher ruhen, bis kein Germane mehr lebt. Auch die Stämme des Nordens wird er nicht verschonen.

Als Walther mich bat, an diesem Krieg teilzunehmen, zweifelte ich. Jetzt weiß ich, wir können nur überleben, wenn wir da rausgehen und die Barbaren töten. Niemand in diesem Land wird sicher sein vor Caucax, solange ihr ihn leben lasst."

„Du bist ein tapferer Krieger, Aslak", lenkte einer der Männer ein. „Wir erhofften von dir große Taten. Jetzt aber redest du wie ein verwirrtes Huhn, das sich an den Habicht wagt."

Aslak sah den Mann ernst an.

„Hast du nie eine Henne beobachtet, die ihre Küken verteidigt? Sie zögert nicht, ihr Leben einzusetzen. Sie hat keine Angst. Und sie treibt den Habicht in die Flucht."

„Vielleicht ist es so", entgegnete der Mann trotzig. „Dennoch sind die Kelten stärker als wir, und ein Kampf wäre sinnlos."

„Ist es sinnlos, unsere Frauen und Kinder schützen zu wollen?", gab Walther zu bedenken. „Denn auch sie werden sterben."

Der Mann schwieg. Auch die anderen senkten beschämt den Kopf.

„Wir sind weniger im Nachteil als ihr annehmt", erhob Aslak wieder das Wort. „Augenscheinlich haben uns die Kelten noch nicht bemerkt. Sonst wären sie uns längst entgegengetreten. Die Überraschung ist unser großer Vorteil. Hinzu kommt, dass durch das Eintreffen der neuen Krieger große Unordnung in ihrem Lager herrscht. Außerdem werden sie die Verstärkung reichlich feiern. Wir sind nahe genug, um sie morgen bei Sonnenaufgang anzugreifen. Dann sind die meisten von ihnen noch halb betrunken. Eine günstigere Gelegenheit, sie zu besiegen, wird es vielleicht nie wieder geben."

Der Vorschlag, noch in dieser Nacht in den Kampf zu ziehen, kam selbst für die Fürsten überraschend. Auch wenn man jetzt bereit war, das Leben für die Familien daheim zu riskieren, so wollte man dennoch nichts überstürzen. Ein so schwerwiegender Entschluss musste gründlich überlegt werden.

Doch Walther begriff Aslaks Gedanken. Wenn sich die Kelten erst einmal formatiert hatten, war schwer an sie heranzukommen. Jetzt war die Zeit, die sie nutzen sollten.

Die Entscheidung zog sich lange hinaus. Nur die Cherusker waren bereit für einen Kampf. Walther sah sich gezwungen, die Männer emotional zu packen.

„Seht diesen jungen Krieger!", rief er und wies auf Aslak. „Ihr habt ihn an eure Seite gewünscht. Jetzt ist er hier. Er allein steht für acht Krieger. Und er wird kämpfen wie nie ein Mann zuvor gekämpft hat. Er wird für euch kämpfen, die ihr ihn geächtet und gejagt habt. Zwei Jahre wurde er durch die Wälder getrieben. Doch niemand schaffte es, ihn zu besiegen. Glaubt ihr, einer dieser Kelten ist fähig, ihm das Leben zu nehmen? Die Götter sind auf seiner Seite. Und die Götter sind auf unserer Seite. Wie es üblich vor jedem Kampf ist, werden wir Tyr jetzt ein Opfer bringen. Tyr wird uns nicht im Stich lassen. Und Aslak wird uns nicht im Stich lassen. Wir, die Cherusker, werden euch nicht im Stich lassen. Die Cherusker fürchten sich nicht vor diesen armseligen Barbaren."

Die Worte des Fürsten peitschten die Männer auf. Walther hatte sie geschickt an ihrem empfindlichsten Punkt berührt: ihrer Ehre. Niemand wollte sich hinter den Cheruskern verstecken. Luderwig stand auf und rief: „Auch die Semnonen kennen keine Angst, wir verstehen zu kämpfen." Nacheinander erhoben sich die Fürsten aller Stämme und bekundeten ihre Teilnahme. Zuletzt konnte sich auch Mannfried nicht verweigern.

Angst war in Euphorie übergegangen; begeistert jubelten die Krieger den Fürsten zu. In Gedanken sahen sie die Feinde bereits tot. Gegenseitig stachelte man sich an, indem man mit Gräueltaten protzte, die man den Kelten zufügen wollte. Und immer wieder erklang der Name Aslaks, von dem man sich soviel erhoffte.

Mannfried, der sich nur ungern der Kriegsschar angeschlossen hatte, zog Walther aus der kampfeslüsternen Menge.

„Du hast deine Worte gut gewählt", sagte er. „Was aber Aslak betrifft, so ist er soviel wert wie jeder andere. Nicht weniger, aber auch nicht mehr. Wir werden sehen, was sein Ruf hält."

Walther schmunzelte verschmitzt. „Manchmal bedarf es eben einer List, um die Männer zu begeistern." Überzeugt fügte er hinzu: "Wie auch immer - Aslak wird uns eine wertvolle Hilfe sein. Er ist es jetzt schon."

Als Opfer dienten vier Ochsen, die sie außerhalb des Lagers mit einem Schnitt durch die Kehle töteten. Während die sterbenden Leiber im Todeskampf zuckten, rief man die Götter um Beistand an. Der Fluss des Blutes prophezeite eine siegreiche Schlacht. Sie füllten Becher mit Blut und labten sich daran. Der herbe Trunk wirkte wie eine Droge und erfüllte sie mit Zuversicht und Stärke.

Nur einer sonderte sich ab: Mit auflodernden Zorn hatte Chlodwig verfolgt, mit welchem Jubel man Aslak überschüttete. Jenen Mann, den er aus tiefstem Herzen hasste. In ihm reifte ein verheerender Entschluss. Selbst wenn es ihm gelang, Aslak zu töten, so würde der in den Köpfen der Männer als heldenhafter Märtyrer weiterleben. Nein, er musste den Cherusker für immer zerstören. Dies konnte nur geschehen, indem er nicht die Person Aslak, sondern deren Ruhm tötete. Und er wusste auch schon, wie er es anzufangen hatte. Unbemerkt verließ Chlodwig das Lager.

29. KAPITEL

Um Mitternacht brach das Heer auf. Noch vor ein paar Stunden hatte niemand daran gedacht, dass es so schnell in die Schlacht ginge. Viele begriffen gar nicht wirklich, was mit ihnen geschah. Von den Spähern geführt, ritten die Fürsten voran. Vierhundert Krieger folgten zu Fuß, flankiert von den ebenfalls berittenen Jägern. Diese hatten in der allgemeinen Aufregung des Aufbruchs sogar vergessen, ihre Bogen bei den Karren zurückzulassen.

Vorsichtig bahnte sich das Heer den Weg durch die Dunkelheit. Niemand sprach. Fast lautlos schlichen sie den Feind an. Nur das gedämpfte Geräusch ihrer Tritte und das leise Schnauben der Pferde war zu hören.

Angespannte Erwartung zeichnete die Gesichter der Männer. Walthers und Aslaks Worte sowie das günstige Götteropfer hatten sie zuversichtlich gestimmt, hatten ihnen aber nicht die letzte Furcht nehmen können. Dennoch waren sie entschlossen zu kämpfen. Fest umklammerten sie den hölzernen Schaft ihrer Lanzen, den Blick stur nach vorn gerichtet. Noch verbarg die Nacht den Feind.

Dann stießen sie auf die Späher, die in der Nähe der Feinde zurückgeblieben waren. Einer von ihnen deutete stumm nach Norden. Kleine helle Punkte waren dort zu erkennen. Wie weiße Sandkörner auf verkohltem Holz wirkten die Feuer der Kelten in der Nacht.

Flüsternd wurde der Befehl weitergetragen, sich niederzusetzen. Noch war Zeit. Die Dunkelheit machte einen Kampf unmöglich. Erst in der Morgendämmerung wollte man losstürmen.

Keiner der Männer wäre jetzt noch umgekehrt. Jetzt, da sie den Feind fast berührten, erwachte in ihnen der uralte Instinkt des Kriegers. Aslak war es bei seinen vielen Kämpfen nicht anders ergangen: Zuerst war die Furcht da, die vorsichtige Überlegung, doch dann, mit dem Auftauchen des Feindes, erfüllte auf einmal stoische Ruhe und Sicherheit den Körper. Wohl jeder fühlte jetzt so. Wie Wölfe waren sie, die die Witterung aufgenommen hatten.

Seit einiger Zeit saß Aslak stumm da und ließ das gegnerische Lager nicht aus den Augen.

„Sie haben keine Wachen", teilte er den Fürsten schließlich besorgt mit.

Mannfried grinste geringschätzig. „Keine Wachen? Woher willst du das wissen? Kannst du durch die Nacht sehen wie eine Eule?"

„Die Feuer", meinte Aslak unbeirrt. „Wenn Wachen um das Lager gehen, müssen sie zwangsläufig irgendwann den Schein der Flammen verdecken. Das ist bis jetzt nicht geschehen."

„Du Narr!" spottete Mannfried. „Die Feuer sind kaum zu sehen. Wie willst du erkennen, wann sie verdeckt werden. Dies geschieht so schnell, dass du es gar nicht wahrnehmen kannst. Ich glaube, du hast nur Angst. Große Worte zu reden, das fällt dir leicht, jetzt aber ist dir bange."

„Vielleicht hast du Recht, Aslak", räumte Walther ein. „Du selbst aber hast gesagt, sie werden die Ankunft der Verstärkung feiern. Jetzt schlafen sie alle. Obendrein wissen sie nichts von uns. Sie wähnen sich in Sicherheit. Deshalb werden sie auf Wachen verzichtet haben."

Aslak beruhigte das nicht. Er gestand sich durchaus ein, sich eventuell zu irren; vielleicht konnte er den Kontrollgang der Wachen aus der Ferne wirklich nicht erkennen. Denkbar war auch, dass es überhaupt keine Wachen gab. Das war zwar verwunderlich, die Möglichkeit bestand aber immerhin. Doch sein Gefühl warnte ihn.

Schier unendlich zog sich die Nacht dahin.

Langsam wurde es heller. Die Zeit des Kampfes näherte sich.

Die Sonne war noch nicht aufgegangen, die Felswand vor ihnen wurde jetzt aber erkennbar, dann die Wagen und die Ochsen. Und wenn sie angestrengt hinsahen, konnten sie die Felle im Gras ausmachen, die als Schlafdecken dienten.

Lautlos stellten sich die germanischen Krieger in Position. Sie waren bereit zu kämpfen. Und sie waren bereit zu sterben.

Auf Walthers Wink marschierten sie los. Zuerst langsam und leise. Sie wollten sich so nahe wie möglich an den Feind anpirschen. Dort war alles ruhig, die Feuer erloschen. Nichts rührte sich. Selbst die Vögel schwiegen. Wie treibende Blätter auf einem stillen See schwebten Nebelfetzen durch die Dämmerung. Das Gras unter ihren Füßen war nass vom Tau und dämpfte die vorsichtigen Schritte der Angreifer. Ihre Blicke starr nach vorn gerichtet, näherten sie sich ihrem unweigerlichen Schicksal. Niemand fragte jetzt mehr, was morgen sein würde oder in einem Jahr. Jetzt entschied sich ihre Zukunft. Jetzt gab es nur einen Gedanken: den Feind zu vernichten. Ein Zurück gab es nicht mehr.

Dann blies Walther ins Stierhorn: Das Zeichen zum Angriff.

Vierhundert Kehlen durchbrachen die Stille der Morgendämmerung. Vierhundert Krieger dürstete es nach Blut. Die Lanzen in den erhobenen Händen schwingend, stürmten sie dem Feindeslager entgegen.

Dort rührte sich noch immer nichts. Erschrocken mussten sie feststellen, dass die Felldecken zusammengerollt waren.

Bewusst waren schlafende Körper vorgetäuscht worden. Das Lager war verlassen.

Mit einem Mal war es wieder still. Waren die Kelten Zauberer, Dämonen, die sich in Luft auflösen konnten? Oder lauerten sie irgendwo, um im nächsten Moment brüllend über sie herzufallen?

Von Furcht ergriffen sahen sich die Germanen um.

Vorsichtig blinzelte die aufgehende Sonne über den Horizont. Mildes Licht erhellte das Land, das nach drei Richtungen offen und weithin überschaubar war. Vor ihnen erhob sich die Felswand fünfzig Schritte hoch. Sie bildete die südliche Abgrenzung eines unbewaldeten Hügels, der durch die fast geradlinige Felswand wirkte, als sei er von Riesenhand mitten durchgeschnitten.

Östlich von diesem halben Hügel tauchten jetzt die Kelten auf. Und auch die Erklärung dafür, warum sie von dem germanischen Angriff wussten, offenbarte sich. Auf einer Lanze steckte Chlodwigs Kopf. Deutlich zeigte er, wie die Kelten Verrat belohnten.

Den Schrecken der Germanen genießend, blieben sie stehen - wie ein lauerndes Ungeheuer, das seine Beute fixiert, um sie im nächsten Augenblick mit einem Biss zu verschlingen.

Aslak sah Caucax, der mit grausamem Grinsen auf seinem Rappen saß. Sein schwarzes Haar hing ihm heute offen auf die Schultern, das Gesicht war dunkel gefärbt, den Hals umschlang der goldene Torques, das sichtbare Zeichen seines Ruhms.

Hinter ihm stand Beatrix, schön und stolz. Verbittert sah sie zu Aslak herüber, das Schwert kampfbereit in der Hand.

Die Erinnerung an die Gefangenschaft durchfuhr Aslak und lähmte seine Gedanken.

Zorn erfüllte ihn und gleichzeitig Mutlosigkeit. Die Situation schien ausweglos. Die Überraschung war ihr großer Vorteil gewesen, Chlodwigs feiges Handeln machte jetzt alles zunichte.

Wie so oft, wenn man dem Tode ins Auge sieht, zog in blitzschneller Folge sein Leben an Aslak vorüber: Seine Jugend, der Fluss, das Dorf, Schmerz und Freude. Er sah seine Mutter, sah Arnim, Skyll und immer wieder Svena. Seine geliebte Svena. In Gedanken stand sie vor ihm, sie lächelte fröhlich, und ihr blondes Haar wehte im Wind. Was hatte Svena gesagt, als er sich von ihr verabschiedet hatte? Besinn dich auf deine Stärke, hatte sie gesagt. Besinn dich auf deine Stärke, dieser Satz hämmerte in seinem Kopf und ließ ihn nicht mehr los. Nichts anderes war mehr da als dieser Satz. Die Götter sprachen durch Svena zu ihm.

Und mit einem Mal wusste Aslak, was zu tun war. Ein riskantes Unterfangen war es, es war aber besser, als tatenlos zu sterben.

Seit dem plötzlichen Auftauchen der Kelten war nur kurze Zeit vergangen. Zeit, die die Germanen mit Entsetzen fesselte. Erst jetzt fanden sie zu sich. Mannfried rief das aus, was alle dachten.

„Zurück!" rief er.

Aslak hörte den Befehl nicht. Den Umhang abwerfend und den Kampfschrei ausstoßend, hieb er Elfe die Fersen in die Flanken und jagte dem Feind entgegen. Er tat das, was in der momentanen Lage niemand vermutete. Wie der Frosch, der die Schlange anspringt, wagte er das Unmögliche.

Verblüfft sahen die Kelten den tollkühnen Reiter angreifen. Und eh sie sich besinnen konnten, was mit ihnen geschah, schlug Aslaks Pfeil dumpf in den Körper eines Kelten. In ununterbrochener Folge surrten die Pfeile und ein Feind nach dem anderen sank zu Boden. Von Wut gepackt, schleuderten sie die Lanzen gegen den Angreifer. Doch geschickt hielt Elfe seinen Herrn außer Reichweite.

Die Germanen waren nicht minder verwundert. Ihre Jäger waren die ersten, die begriffen. Schrill schreiend, taten sie es Aslak nach, und wie er hielten sie sich außer Reichweite. Sie waren ungeübt im Kampf vom Pferd aus, und auch wenn sie zusammen nur die Hälfte der Pfeile abschossen, die Aslak schoss, so trugen sie doch erheblich dazu bei, Verwirrung zu stiften.

Caucax rief seine Männer zornig zur Ordnung. Ein Trupp scherte aus und ging Aslak massiv an. Genau das aber, die Kraft der Kelten zu splittern, hatte der Cherusker bezweckt.

Walther erkannte die Situation sofort.

„In den Kampf, Männer!", schrie er, und vierhundert Krieger folgten ihm mit triumphalem Gebrüll.

Die Kelten, so siegessicher sie anfangs aufgetreten waren, sahen sich mehr und mehr bedrängt. Trotz ihrer Überlegenheit waren sie überrumpelt worden, waren nicht die Angreifer, sondern diejenigen, die sich zu verteidigen hatten. Eine Rolle, die ungewohnt für sie war und ihren Kampfesmut schmälerte.

Caucax hatte es von Anfang an auf Aslak abgesehen. Wie eine Sense, die das Gras mäht, bahnte sich sein Schwert den Weg zu dem verhassten Cherusker.

Aslak hatte seine Pfeile verschossen und Elfe mit einem Klaps auf den Hintern weggejagt. Das treue Tier sollte in dem Getümmel nicht zu Schaden kommen. Auch er benutzte jetzt das Schwert, das Wunderschwert, das in der Sonne blinkte und das in die Leiber der Feinde schlitzte.

Aslak hatte zwei Kelten den Hügel hinauf getrieben und sie auf der Kuppe getötet, als ihn Caucax stellte.

„Sieh an, unser Held, der Cherusker", spottete der Kelte und verzog das geschwärzte Gesicht zu einer hämischen Grimasse. „Als Chlodwig zu uns überlief, verlangte er dich als Preis für seinen Verrat. Nun, er hat dich nicht bekommen. Weil ich dich will. Ein zweites Mal wirst du dein Leben nicht retten."

„Du schuldest mir einen Kampf", forderte Aslak furchtlos.

„Ich weiß. Aber was wird das für ein Kampf sein? Aus der sicheren Ferne mit Pfeilen zu schießen, ist etwas anderes, als Auge in Auge dem Feind gegenüberzustehen. Schon einmal hast du dabei kläglich versagt. Erinnerst du dich?"

„Ich erinnere mich daran, dass du von zweihundert Kriegern umgeben warst, während ich allein war. Im Schutze deiner Männer hast du dich wacker geschlagen, Caucax."

Nur das Zucken seiner Lider zeigte, wie sehr ihn Aslaks Spott traf. Sich nach außen gleichgültig gebend, sagte er: „Wie du siehst, sind wir beide allein. Hier auf dem Hügel wird uns niemand stören. Wenn du bereit bist zu sterben, dann kämpfe!"

„Ich bin bereit", antwortete Aslak gefasst.

Die Schwerter zum Schlag erhoben, standen sie sich gegenüber. Jede Mimik und Bewegung des anderen abschätzend, belauerten sie sich wie Raubtiere, die auf eine Blöße des anderen warteten.

Kein Zucken der Muskeln, kein Flackern in den Augen verriet Aslaks Schlag. Er kam so unvermutet, dass Caucax sich nur mit einem Reflex zur Seite retten konnte. Der zweite Schlag folgte unmittelbar. Er traf Caucax` Oberarm.

Erschrocken wich der Kelte zurück. Das Schwert war tief ins Fleisch gedrungen.

„Du Hund!", knirschte er. Rasender Zorn lenkte ihn, als er jetzt, einen furchtbaren Schrei ausstoßend, Aslak mit einem

Satz entgegensprang und ihn mit unkontrollierten Hieben traktierte.

Nichts erinnerte mehr an den geschwächten Gefangenen; hilflos war Aslak damals der Laune des Kelten ausgesetzt gewesen. Jetzt war das anders. Aslaks Kraft war die eines Stiers, seine Geschicklichkeit glich der der Schlange. Fast spielerisch parierte er Caucax` Angriff. Mehr aber war nicht zu erreichen. In blinde Rage verfallen, drängte ihn der Kelte zurück, ohne dass Aslak einen Gegenangriff wagen konnte.

Rasch verlor Caucax an Kraft. Er senkte die Waffe und sah den Cherusker aus rot unterlaufenen Augen scharf an.

„Du bist gut", gestand er schnaubend ein. „Ich kenne keinen, der kämpft wie du. Sag mir: Wer war dein Lehrmeister?"

Sein Schwert berührte den Boden. Schlaff lehnte es in seiner Hand. Der Kelte wirkte, als sei er am Ende, als sei er unfähig, nur noch ein einziges Mal zuzuschlagen.

„Der Tod", antwortete Aslak. „Der Tod lehrte mich zu kämpfen."

Sein Blick ruhte auf dem erschöpften Kelten. Aslak wusste, dies war seine Gelegenheit.

Fest umklammerte er den Elfenbeingriff seines Wunderschwertes. Mit einem plötzlichen Ruck hob er den Arm zum Schlag und gab sich dadurch eine gefährliche Blöße.

Darauf hatte Caucax gehofft. Blitzschnell fuhr sein Schwert in die Höhe. Seine ganze Kraft sammelnd, stach er zu.

Aslak hatte sein Schwert empor geschwungen, war aber im selben Moment, als der Kelte zustach, zur Seite gesprungen. Caucax` List durchschauend, zog er seinen Nutzen daraus. Der gehärtete Stahl sauste hernieder und durchschlug Caucax` vorgestreckten Arm. Glatt durchtrennte der Schnitt Muskeln und Knochen oberhalb des Ellenbogens. Wie eine weggeworfene Hirschkeule fiel der abgeschlagene Arm zu Boden. Das Schwert von der erstarrten Hand umfasst.

„Das ist für meine Mutter", sagte Aslak ungerührt. „Für Geguurg, für Hermann und all die anderen, die du getötet hast."

Caucax schrie nicht. Vom Schock gelähmt, starrte er Aslak mit aufgerissenen Augen an.

Das Blut schoss hervor. Der Schock wich dem Schmerz. Jetzt erst begriff Caucax. Mit jedem Schwall Blut, der das Gras tränkte, spürte er das Leben verrinnen. Mit letzter Kraft zog er das Messer. Aber er war zu schwach. Schwer stürzte er zu Boden. Der Aufprall rammte ihm die Klinge ins Herz.

Caucax, der gefürchtete Keltenführer, war tot.

Aslak empfand keine Reue. Vor ihm lag jener Mann, der Angst, Schrecken und Tod ins Land gebracht hatte. Jener Mann, der kaltherzig wie eine Bestie und brutal wie ein dämonisches Ungeheuer Leben ausgelöscht hatte. Jener Mann, der seine Krieger, die ihm willenlos verfallen waren, in den Tod befehligte. Mit harter Hand hatte er sie mitgerissen und zu Werkzeugen seines Blutdurstes gemacht.

Aslak ergriff den Toten an Torques und Gürtel, stellte sich breitbeinig an die Klippe und hievte ihn mit einem Ruck empor.

Unten tobte der Kampf. Viele waren bereits tot. Germanen und Kelten hielten sich die Waage.

„Seht her!", brüllte Aslak hinab. „So verfahren wir mit unseren Feinden!"

Mit diesen Worten schleuderte er Caucax von sich. Lautlos fiel der Leichnam in die Tiefe und zerschmetterte mit hohlem Geräusch.

Entsetzt erkannten die Kelten ihren verstümmelten Führer. Caucax, dessen Kraft und Mut sie angetrieben hatte, lag leblos zu ihren Füßen. Mit seinem Tod versiegte die Quelle, und es traf das ein, was Aslak vorausgesehen hatte: Sie wurden zu orientierungslosen Wölfen, denen man das Leittier genommen hat. Verzweifelt fochten sie einen sinnlosen Kampf. Einen Kampf, der in ihren mutlos gewordenen Herzen bereits verloren war.

Die Germanen hingegen wurden von neuer Hoffnung getragen, voll Stolz und Mut führten sie das Schwert.

Zufrieden sah Aslak, wie seine Leute langsam die Oberhand gewannen. Gerade, als er sich von der Klippe wegwendete, um den Hügel zu verlassen, geschah das, womit er am allerwenigsten gerechnet hatte.

Beatrix war unbemerkt an ihn heran geschlichen. In dem Moment, in dem Aslak sie wahrnahm, schlug ihr Schwert in seine rechte Seite. Handbreit klaffte das Fleisch oberhalb der Hüfte auseinander.

Die blutende Wunde mit den Fingern zusammenpressend, starrte Aslak die Keltin fassungslos an.

Ungezügelter Hass verzerrte ihr Gesicht. Ihre Augen funkelten, das Schwert zitterte in ihren fiebernden Händen.

„Deshalb hab ich dich nicht befreit", zischte sie. „Nicht, damit du Caucax tötest. Ich hätte dich ihm überlassen sollen, damals. Wie dumm ich war. Jetzt sollst du büßen! Du sollst sterben! Und wenn du tot bist, werde ich dich hinabstoßen, wie du es meinem Mann angetan hast."

Schnell und gekonnt schlug sie zu wie jemand, der im Kampfe jahrelang geübt ist.

Aslak sprang zur Seite. Das Schwert streifte seine Wade. Augenblicklich war er wieder auf den Beinen. Sein eigenes Schwert lag zu weit weg, um es greifen zu können. Er hatte es abgelegt, um Caucax von der Klippe zu werfen. Seine Wunde schmerzte, er fühlte sich matt.

„Du bist wehrlos, Aslak."

„Es macht dir Freude, mich zu töten, nicht wahr? Auch wenn ich keine Waffe habe."

„Ja, es macht mir große Freude. Dass du wehrlos bist, stört mich nicht. So ist die Sache nur noch leichter."

Aslak spürte seine Lende brennen. Die Wunde war tief, schnell rann das Blut heraus.

Wieder und wieder sauste das Schwert nieder, ohne Aslak zu treffen. Wie einen Hund scheuchte sie ihn.

„Weißt du, was übrigbleibt von dem großen Krieger Aslak?" Sie lachte hell auf. „Nichts wird übrigbleiben. Kein Ruhm, kein Andenken, keine Erinnerung. Mit Spott und Verachtung wird man deinen Namen aussprechen, weil eine Frau dich tötete. Alle werden sagen, wir haben uns geirrt in Aslak. Er war nicht so tapfer wie wir dachten. Sogar eine Frau konnte ihn besiegen."

Während sie redete, fuchtelte sie ununterbrochen mit dem Schwert. Und jetzt geschah es. Aslak, der gezwungen war, rückwärts zu weichen, stolperte. Ohne eine Miene zu verziehen, schlug Beatrix zu. Die Klinge streifte Aslaks Kopf und drang weit in seine rechte Schulter ein.

Aslak sah Beatrix über sich. Gedämpft, wie hinter einer dicken Mauer hervor, klang ihr hämisches Lachen. Gleißendes Licht blendete seine Augen. Das Reich der Götter öffnete sein Tor. Dann wurde es dunkel. Dunkel wie der Tod.

30. KAPITEL

Mit einem angsterfüllten Schrei wachte Svena auf. Verwirrt sah sie sich um. Sie lag in der Hütte auf ihrer Schlafstelle. Nur undeutlich war das hölzerne Gewölbe zu erkennen und der steinerne Herd, in dem rot die Glut schimmerte. Auf der anderen Seite des Herdes lagen Amara und Arnim in ihre Felle gewickelt. Besorgt hoben sie ihre Köpfe.

„Was hast du?", fragte Arnim.

„Aslak", antwortete sie mit zitternder Stimme.

Arnim warf das Fell zurück, kroch zu Svena und nahm sie tröstend in die Arme.

„Was ist mit Aslak?"

Svena schüttelte den Kopf, als könne sie dadurch ihre Gedanken ordnen.

„Ich weiß es nicht. Der Traum."

„Du hast von Aslak geträumt?"

„Ich kann mich nicht erinnern. Ich weiß nur, dass ich schreckliche Angst um ihn habe."

Jetzt kam auch Amara und kniete sich neben Svena nieder.

„Das haben wir auch, Svena", sagte sie.

Arnim meinte beruhigend: „Aslak geschieht schon nichts. Niemand versteht es zu kämpfen wie er. Und die Götter sind bei ihm. Glaub mir, Svena, ihm geschieht nichts. Sicher kommt er schon bald heim."

Svena hoffte so sehr, dass Arnim Recht behalten sollte. Beruhigt war sie nicht. Ihr Verstand sagte ihr, dass es nur die Sehnsucht war, die sie quälte. Gleichzeitig war ein Gefühl in ihr, das ihr sagte, Aslak sei etwas Furchtbares widerfahren.

Gleichgültig ging sie in den folgenden Tagen ihrer Arbeit nach. Auch der Hausbau, den Arnim stetig vorantrieb, entlockte ihr keine Freude mehr. Sie lachte nicht und sprach nur das Nötigste. Der Traum kehrte nicht wieder, die Angst ließ sie aber nicht mehr los.

Eine Woche später hielt sie es nicht mehr aus.

„Ich muss fort", sagte sie. „Ich muss Aslak suchen."

„Du weißt doch gar nicht, wo er ist", gab Amara zu bedenken.

„Trotzdem. Ich muss fort!", beharrte Svena. „Ich muss einfach. Die Angst frisst mich sonst auf."

„Dann kommen wir mit", sicherte ihr Arnim zu. „Das Feld ist abgeerntet, Holz für den Winter ist gesammelt, es gibt nichts, das uns hier bindet."

„Doch", entgegnete Amara. Auch sie sorgte sich sehr um Aslak, sah die Dinge aber nüchterner als Arnim und Svena. „Was ist, wenn Aslak heimkehrt und findet niemanden vor? Bestimmt macht er sich dann große Sorgen. Vielleicht reitet auch er wieder weg, um uns zu suchen. Und außerdem trägst du ein Kind in dir, Svena. Das Kind könnte während der Reise Schaden nehmen. Aslak würde dir das nie verzeihen."

Daran hatte Svena in ihrer Aufregung nicht gedacht. Ihr gewölbter Bauch spannte unter dem Kleid, schon lange waren die Bewegungen des ungeborenen Lebens spürbar. Ein Leben, das Aslak gezeugt hatte und das Teil von ihm war. Nein, sie durfte das Kind nicht gefährden. Auch wenn die Angst sie noch so quälte, vielleicht war dieses Kind das Einzige, was ihr von Aslak bleiben würde.

Zwei Tage später wusste Svena ihre Angst berechtigt.

Sie und Amara waren an jenem Tag damit beschäftigt, Fett von Tierhäuten zu schaben. Das Fett sammelten sie in Tonkrügen, es würde später zum Braten oder zur Essensbereicherung dienen. Die gesäuberten Felle, sie waren als Zudecke für den Winter gedacht, spannten sie neben der Hütte auf. Noch waren die Tage hell und warm. Nur der Wind, der manchmal heftig über die Klippe hinweg fegte, kündigte den Winter an.

Arnim war unten am Haus. Die Eckpfosten und Verstrebungen standen bereits. Die Außenwände waren teilweise mit Steinen gefüllt und mit Lehm verschmiert. Er war gerade dabei, dünne Stämme für das Dach bereitzulegen, als er zufällig hinüber blickte zum Wald: Aus dem Schatten der Bäume kamen Reiter hervor. Nichts Gutes ahnend, rannte er sofort hinauf zu den beiden Frauen.

„Fremde kommen!", rief er, eilte in die Hütte und kam mit seinem Schwert wieder heraus.

Die Frauen waren erschrocken aufgesprungen. Auch sie sahen die Männer, die in gerader Linie auf die Hütte zukamen. Sieben Reiter waren es und zehn, die zu Fuß gingen. Ein Pferd führten sie unberitten mit sich. Das war Elfe. Svena war die Erste, die das von vier Kriegern gehaltene Tragegestell bemerkte. Ein Mann lag darauf.

„Aslak!", schrie sie entsetzt.

Im nächsten Moment rannte sie den Fremden entgegen. Arnim und Amara folgten ihr.

Tatsächlich war es Aslak, der auf der Trage lag. Als sie ihn sah, erschrak Svena. Aslaks Gesicht war fahl, die Wangen eingefallen. Die geschlossenen Augen von dunklen Ringen umgeben. An der rechten Schulter klebte eine dicke Schicht grünlicher Brei. Ein Fell bedeckte ihn bis zur Brust. Seine Waffen lagen neben ihm auf der Trage, auch der Gürtel mit dem kleinen Lederbeutel, der den Bernstein bewahrte, den sie ihm vor langer Zeit in glücklichen Tagen geschenkt hatte.

„Aslak", sprach sie ihren Geliebten flehend an.

Aslak antwortete nicht.

Verzweifelt nach Hilfe suchend, huschte Svenas Blick über die Gesichter der Männer. Zwei von ihnen, Walther und Mannfried, erkannte sie.

„Er schläft", beruhigte sie Walther.

Sie brachten Aslak in die Hütte, wo sie ihn auf mehrere Lagen Fell betteten. Hier sah Svena auch die zweite Wunde oberhalb der Hüfte. Sie war mit Sehnen zugenäht und ebenfalls mit Brei beschmiert.

„Wird er leben?", fragte sie, ohne den bangenden Blick von Aslak zu wenden.

„Ich weiß es nicht", sagte Walther. Seine Augen waren müde und matt. Fast unentwegt hatte er bei dem Verletzten gewacht. Er war es auch gewesen, der dessen Wunden genäht und sie mit einem Brei aus Bitterkleepulver und zerriebenen Wurzeln der Großen Klette versorgt hatte.

„Wie ist das geschehen?", fragte Arnim leise; den Freund schwer verletzt und dem Tode nahe zu sehen, traf ihn tief.

„Kann ich zuerst etwas Wasser haben?", bat Walther. „Wir sind so schnell wie möglich hergekommen und haben wenig getrunken und gegessen."

Amara holte schnell einen Krug Wasser und reichte ihn Walther, der hastig trank und den Krug an Mannfried weitergab. Nachdem auch dieser seinen Durst gelöscht hatte, brachte Amara das Wasser nach draußen, um es den anderen Männern zu geben. Danach verteilte sie Brot, Wurst und Fleisch an die erschöpften Krieger.

„Ich war nicht dabei, als es geschah", sagte Walther jetzt. „Aslak hatte Caucax, den Keltenführer, besiegt, dann muss wahrscheinlich Caucax` Frau Beatrix hinterrücks auf Aslak einge- schlagen haben. Anders kann ich mir nicht erklären, weshalb sie es fertigbringen konnte, Aslak so schlimm zu verletzen. Durch den Tod ihres Führers kopflos geworden, war es uns leicht, die Kelten zu besiegen. Ich rannte den Hügel hinauf, wo ich Aslak wusste. Ich kam gerade noch rechtzeitig, sonst hätte Beatrix ihn getötet. Mit einem Zorn, wie ich ihn nie bei einer Frau erlebte, ging sie auf mich los. Ich musste sie töten, um mein eigenes Leben zu retten."

Svena hob langsam den Kopf. Und als sie jetzt fragte: „Dann ist Aslak der Sieg über die Feinde zu danken?", lag Stolz in ihren Augen.

„So ist es", versicherte Mannfried ehrlich. „Ich gebe zu, dass ich deinen Mann anfangs verkannte. Ich lachte über das, was die Leute von ihm sagten. Kein Krieger konnte so sein, wie behauptet wurde. Und doch gibt es so einen Krieger. Ich hab es selbst erlebt. Ohne Aslak wären wir alle tot."

Svena lächelte sanft.

„Alle haben sich getäuscht in ihm", sagte sie und sah wieder Aslak an. „Alle haben sie ihn verurteilt. Ist es nicht seltsam, dass gerade er der Retter unseres Landes ist?"

Walther sah sie nachdenklich an. „Nichts in dieser Welt ist seltsam", sagte er. „Nur manchmal verstehen wir es nicht. Die Götter weisen uns einen Weg, den wir zu gehen haben. Oft erst spät, manchmal zu spät, erkennen wir den Sinn darin."

Svena fragte sich, wie Aslaks weiterer Weg aussehen würde. Oder war sein Weg hier zu Ende? War sein Schicksal erfüllt, und es gab keine Aufgabe mehr für ihn?

Als sie Aslak auf der Trage gesehen und angenommen hatte, er sei tot, war sie starr vor Entsetzen gewesen. Jetzt brachen ihre Gefühle durch. Hemmungslos weinte sie.

In der Nacht erwachte Aslak für kurze Zeit. Er war zu geschwächt, um den Kopf zu heben. Wie im Traum murmelte er unverständliche Worte. Er erkannte niemanden.

Die Männer, die Aslak hergebracht hatten, blieben bis zum Morgen. „Soll ich hierbleiben?", fragte Walther. „Das ist nicht nötig", sagte Svena. „Du könntest auch nicht mehr tun als wir. Nur die Götter können Aslak helfen."

„Wir sind alle in seiner Schuld. Wenn es etwas gibt, das wir tun können, lass es uns wissen."

Walther reichte Svena einen kleinen Lederbeutel mit pulverisierter Engelwurz.

„Sollte Fieber eintreten", erklärte er ihr, „dann mach einen Aufguss, den du Aslak gibst. Der wird ihm Kraft verleihen."

Svena bedankte sich bei Walther und bei den anderen.

„Bedanke dich nicht", sagte Mannfried. „Wir alle haben Aslak zu danken."

Schweigend zogen die Männer ab.

Svena wich keinen Moment von Aslaks Seite. Amara musste sie hartnäckig drängen, damit sie wenigstens etwas aß oder trank. Und wenn sie doch zu müde wurde und erschöpft neben Aslak einschlief, hielten Amara und Arnim Wache.

Aslak wachte jetzt öfters auf. Die Zeit, die er bei Bewußtsein war, wurde jedes Mal länger. Noch war sein Körper so schwach, dass er kaum reden konnte. Aber er lächelte matt, wenn er Svena neben sich erkannte.

Der heilende Brei auf seinen Wunden fiel schließlich von allein ab. Die Schnitte an Schulter und Lende waren gut verwachsen. Sie zeigten eine blau-schwarze Färbung, das aber würde vergehen. Sorgen machte Svena nur noch das, was in Aslak steckte. Von Geguurg, dem Priester, wusste sie, dass Dämonen durch offene Stellen in den Körper eindringen konnten und Besitz von ihm ergriffen. Diese Dämonen konnten unter Umständen gefährlicher werden als die ursprüngliche Wunde. Nur der Kranke selbst war imstande, den Dämon zu besiegen. Svena hoffte, dass es kein zu mächtiger Dämon war, der Aslak heimgesucht hatte.

Ihre Hoffnung schien sich zu erfüllen. Aslak blieb nun manchmal schon den halben Tag wach. Gespräche strengten ihn zwar noch sehr an, aber Svena, Arnim und Amara mussten ihm vom Hausbau berichten und von der Ernte. Svena erzählte von den Bewegungen ihres Kindes, die sie täglich mehr wahrnahm. Aslak legte dann seine Hand auf ihren Bauch, und wenn auch er das energische Strampeln spürte, leuchteten seine Augen.

Die Freude auf sein Kind erfüllte ihn mit neuer Kraft. Zuversichtlich sah er der Zukunft entgegen.

Doch plötzlich trat das ein, was Svena befürchtet hatte. Der Dämon kämpfte um Aslaks Körper. Die Verletzung an der Schulter schwoll heftig an und hohes Fieber schüttelte ihn. Auch der Engelwurztee half nicht. Svena war hilflos. Auch Amara und Arnim wussten keinen Rat. Verzweifelt mussten sie zusehen, wie der Dämon stetig an Macht gewann. Schlimme Träume und heftige Schmerzen peinigten den Kranken, und die Schwellung nahm beängstigende Ausmaße an.

Immer wieder flehte Svena die Götter um Beistand an. Aber sie schienen taub. Oder erwarteten sie ein Opfer? Und wenn ja, welches? Ein Opfer sollte es sein, das herzugeben weh tat, das mehr als alles andere zeigte, wie sehr man die Hilfe der Götter schätzte. Je mehr sie darüber nachdachte, desto bewusster wurde ihr, dass es nur ein Opfer geben konnte. Das wertvollste, das Svena besaß, war ihr eigenes Leben. Ja, nur sie selbst konnte das Opfer sein. Sie musste sich opfern, um ihren Geliebten zu retten.

Noch aber zögerte sie. Sie hatte Angst. Inständig hoffte sie, es gäbe einen anderen Weg, den sie nur noch nicht erkannte.

Zusehends schwand das Leben aus Aslak. Seine Haut war bleich. Wie gedörrtes Leder lag sie über den hervortretenden Knochen. Die Augen hatten jeden Glanz verloren. In immer heftigeren Schüben suchte ihn das Fieber heim. Groß wie eine Männerfaust trat die Schwellung an der Schulter hervor. Reglos lag er auf dem Bett, als wäre sein Geist bereits in eine andere Welt entwichen. Nur der schwerfällige Atem zeugte von dem wenigen Leben, das noch in ihm war.

Der Dämon laugte Aslak aus.

In ihrer Verzweiflung schenkte Svena ein plötzlicher Gedanke neue Hoffnung. Sie hatte sich an ihre eigene Krankheit erinnert. Auch in ihr war ein Dämon gewesen, den sie besiegt und aus ihrem Körper vertrieben hatte. Der Dämon schlich irgendwie in den Leib, auf dem selben Weg musste er wieder heraus. Bei Aslak war er durch die Verletzung eingedrungen. Jetzt war ihm der Ausgang versperrt.

Ihr Vorhaben war riskant. Sie hatte keine Ahnung, wie es sich auf Aslaks Zustand auswirken würde. Aber zumindest war ein Schimmer Hoffnung da. Sie musste es versuchen.

Entschlossen ergriff sie ein Messer.

„Was hast du vor?", fragte Arnim erschrocken. Verstört starrte er Svena an. Erschöpfung und Verzweiflung zerfurchten das Gesicht der Frau. Seit Tagen hatte sie nichts gegessen. Spitz trat das Jochbein unter der blassen Haut hervor. Die Haare waren dünn und brüchig geworden. Ihr leerer Blick nahm Arnim nicht wahr.

Noch bevor der Freund eingreifen konnte, schnitt die Klinge über die Schwellung. Wie ein prallgefüllter Wasserbeutel, den man aufschlitzt, platzte die Haut auseinander. Klumpiger, mit Blut vermengter Eiter spritzte heraus. Die offene Wunde stank penetrant nach verfaultem Fleisch.

Aslak spürte von dem Schnitt nichts. Er öffnete weder die Augen noch verriet ein Zucken der Muskeln den Schmerz. „Der Dämon!", rief Svena erfreut. „Seht ihr, der Dämon entweicht aus Aslaks Körper. Jetzt kann er wieder ganz gesund werden."

Arnim und Amara sahen sich irritiert an. Hatte die Furcht um Aslaks Leben Svenas Geist verwirrt? Da aber auch sie nicht wussten, ob es falsch oder richtig war, was Svena tat, ließen sie sie gewähren.

Svena schabte die Wunde mit dem Messer aus und reinigte sie mit frischem Wasser. Zusätzlich benetzte sie das offene Fleisch mit lauwarmem Engelwurztee.

Nun konnte sie nur noch warten. Und hoffen.

Zwei Tage bangenden Wartens vergingen, ohne dass Besserung zu erkennen war. Aslak wirkte leblos.

Svena wusste, dass es jetzt keinen Aufschub mehr gab. Sie musste die letzte Möglichkeit, die ihr noch blieb, ergreifen, bevor es für immer zu spät war.

Unbemerkt nahm sie das Messer an sich. Es in einer Falte ihres Kleides verbergend, verließ sie wortlos die Hütte.

Arnim sah ihr traurig nach. Mit wachsender Sorge hatte er den körperlichen Verfall der geliebten Frau beobachtet. Erleichtert nahm er zur Kenntnis, dass Svena seit vielen Tagen wieder nach draußen ging. Die kühle Luft würde ihren Geist erfrischen und sie ablenken. Er ahnte nicht, was Svena vorhatte.

31. KAPITEL

„Sie braucht jetzt Ruhe", sagte Arnim zu Amara.

„Und eine kräftige Mahlzeit", pflichtete ihm Amara bei.

„Wenn sie nur essen würde. Gibt es nichts, das wir für sie tun können?"

Arnim schüttelte den Kopf. „Sie will es so. Aber die Angst um Aslak macht sie krank. Obwohl sie eine starke Frau ist, frage ich mich, wie lange sie noch durchhält."

„Ich werde eine Brühe kochen", sagte Amara. „Vielleicht macht die Luft sie hungrig."

Sie erhob sich, um zum Herd zu gehen. Plötzlich hielt sie inne. Sie stupste Arnim am Arm und wies auf Aslak. Er hatte leicht den Kopf bewegt. Das waren keine Bewegungen, die einem das Fieber aufzwang, so bewegte man den Kopf, wenn man kurz vor dem Erwachen war.

Aufgeregt sprang Arnim auf.

„Ich werde Svena holen."

Amara hielt ihn zurück.

„Warte noch", sagte sie. „Die frische Luft tut ihr gut. Wenn Aslak auf dem Weg ist, gesund zu werden, dann wird sie das noch früh genug erfahren. Wenn nicht, ersparen wir ihr eine Enttäuschung."

Stumm die Götter anflehend, bangten sie um den Freund. Voller Erwartung ruhten ihre Blicke auf dem Kranken. Arnim sprach Aslak leise an. Er erzählte ihm von dem Schönen, das beide erlebt hatten, erwähnte den Kummer, der Svena quälte, und sprach von der glücklichen Zukunft, die sie alle noch vor sich hätten, und von dem Kind, das Aslaks Hilfe am allermeisten benötigte. Arnim hoffte aus ganzem Herzen, Aslak möge ihn hören. Und er hoffte, seine Worte würden den Freund im Kampf gegen den Tod unterstützen.

Wie lange sie an Aslaks Lager hockten, konnten sie später nicht sagen. Jede seiner Bewegungen erfüllte sie mit neuer Zuversicht. Schließlich wachte Aslak tatsächlich auf. Ein mattes Lächeln huschte über die farblosen Lippen, als er Arnim und Amara erkannte. Und zum ersten Mal seit langer Zeit war wieder dieses Leuchten in seinen Augen. Dieses Leuchten, das den Sieg über den Tod verriet.

Innerlich jauchzend, fielen sich Arnim und Amara glücklich in die Arme. Sie waren sich sicher, Aslak hatte es geschafft. Nun würde er wieder ganz gesund werden.

Sofort rannte Arnim nach draußen, um Svena die frohe Botschaft mitzuteilen. Doch er fand sie nicht. Sie war weder am Fluss noch unten am Haus. Auf sein Rufen erhielt er keine Antwort.

Er konnte sich nicht vorstellen, weshalb sie so weit weggegangen war, dass sie nicht einmal sein Rufen hörte. Voller Sorgen schwang er sich auf seinen Falben. Er ritt hinüber zum Wald, aber auch hier fand er sie nicht. Stattdessen stieß er auf Skyll und seine sieben Helfer.

Die Händler hatten auf ihrem Rückweg nach Süden von Aslaks Heldentat und von der schweren Verletzung gehört. Nun waren sie gekommen, um sich nach seinem Befinden zu erkundigen.

Arnim berichtete kurz, was vorgefallen war. Skyll bot ihm sofort seine Hilfe an. Gemeinsam suchten sie nach Svena. Erst jetzt fiel Arnim ein, dass Svena oft mit Aslak am See gewesen war. Vielleicht hatte sie diesen Ort aufgesucht, an dem beide glücklich gewesen waren, um den Beistand der Götter zu erflehen.

Er verständigte schnell Skyll und galoppierte zum See. Tatsächlich fand er Svena dort. Sie lag am Ufer. Das Messer verkrampft in der rechten Hand haltend.

Eine schreckliche Vermutung schoss Arnim in den Kopf. In Panik sprang er vom Pferd.

„Svena!"

Den Göttern sei Dank - sie lebte. Schluchzend lag sie am Boden, die Augen gerötet, die Haare zerzaust.

„Ich kann es nicht", schluchzte sie. „Ich versuchte es, aber ich kann es nicht. Es war, als rief mir eine Stimme zu: 'Tu es nicht, Svena, tu es nicht!' Meine Hand war wie gelähmt. Ich hab mir die Haare gerauft vor Zorn, aber ich konnte es nicht tun."

Heulend warf sie sich Arnim an den Hals. Ihr Körper zitterte.

„Aslak ist aufgewacht", sagte Arnim. „Ich glaube, er ist auf dem Weg der Besserung."

Überrascht sah sie ihn an.

„Ist das wahr? Es geht ihm besser?"

Arnim nickte lachend.

Überglücklich sprang Svena auf, sah das Messer, warf es weit von sich, und rannte zur Hütte. Arnim rief ihr nach, er nehme sie auf dem Pferd mit, aber Svena hörte ihn nicht. In Gedanken war sie bereits bei Aslak. Von Hochstimmung beflügelt, war sie schneller als Arnim bei der Hütte, in die sie geradezu hineinstürzte.

Vor Aslaks Lager fiel sie auf die Knie. Vor Glück unfähig zu sprechen, saß sie da, hielt seine Hand und lachte ihn an.

Aslak streichelte sanft über ihr goldenes Haar.

„Jetzt wird alles gut", sagte er.

Svenas Liebe ließ Aslak endgültig gesund werden. Vier Tage später konnte er schon aufstehen und wenige Schritte gehen. Und nur zwei Wochen danach wagte er zum ersten Mal wieder einen Ritt auf Elfe. Das treue Tier hatte seinen Herrn sehr vermisst. Und als ob sie Aslaks Zustand spürte, ließ sich Elfe partout nicht zu schnellem Galopp antreiben. Gleichmäßig und sanft war ihr Schritt.

Skyll, durch seine vielen Reisen und den Kontakt zu angesehenen Priestern in der Heilkunst etwas kundig, sagte, der Schnitt, der den Eiter hatte austreten lassen, und die Reinigung der Wunde hätten Aslak das Leben gerettet. Aslak dagegen war der Meinung, Svenas Bereitschaft zum Opfer habe ihm zur Genesung verholfen.

„So oder so", meinte Skyll. „Von welcher Seite du die Kuh auch anpackst, es bleibt immer eine Kuh. Eines jedenfalls steht fest: Ohne Svena wärst du tot."

Aslak wusste das mehr als jeder andere. Nur dem Mut der geliebten Frau war sein Leben zu verdanken.

„Ich fragte mich oft", sagte er zu Svena, als sie sich bei einem Spaziergang am See niedersetzten, „was wohl am wertvollsten im Leben ist. Jetzt weiß ich es."

„Geliebt zu werden?" fragte Svena.

„Das Wertvollste ist", sagte Aslak, „jemanden zu lieben. Nur geliebt zu werden, macht gleichgültig. Aber zu lieben, erfüllt den Geist und das Herz."

Skyll entschloss sich, bis zum Frühjahr hierzubleiben. Er und seine Leute halfen Arnim, das Haus fertigzustellen. Aslak wurde treusorgend verboten, sich an den Arbeiten zu beteiligen. Er sollte sich ausruhen und erst wieder völlig zu Kräften kommen. Auch als der Winter kam und Schnee das Land bedeckte, gaben die Arbeiter keine Ruhe. Von morgens bis abends waren die Schläge der Äxte zu hören.

Dann, an einem sonnigen Tag im Monat der vor Kälte platzenden Bäume, führte Skyll Aslak und Svena durch tiefen Neuschnee hinunter zum Haus. Wohltuende Wärme empfing sie und der angenehme Duft von Holz. Alles war, wie es sich das junge Paar vorgestellt hatte. Der eichene Tisch und die Bank waren da und der Stuhl. In Griffweite ein Regal, auf das Aslak sein Wunderschwert legen konnte. Töpfe, Pfannen, Krüge und Messer fanden ihren Platz in einem hellen Schrank aus Fichte. Aber auch Salz, Mehl, Gewürze und das Olivenöl fehlten nicht. In der Mitte des Raumes thronte ein gewaltiger Herd, der nach Arnims Anweisung mit einem hölzernen Rauchabzug versehen war. Rechts von der Eingangstür ging es zum Stall. Elfe hatte es sich bereits in sauberer Streu bequem gemacht. Zufrieden schnaubend, steckte sie ihren Kopf in einen Korb Rüben.

Skyll lachte stolz, Aslaks Dankesrede unterbrach er: „Unser Schnarchen zu erdulden, wird Preis genug sein. Denn bis zum Frühjahr wirst du das Haus wohl mit uns teilen müssen", forderte er schmunzelnd als Gegenleistung.

Zwei Monate nachdem das Haus bezogen war, gebar Svena eine gesunde Tochter. Sie hatte Aslaks blaue Augen und das strahlende Lachen der Mutter. Svenas Vorschlag, sie Giesell zu nennen, machte Aslak sehr glücklich.

Als der Schnee schmolz, brachen die Händler auf. Skyll versprach, nun regelmäßig zu kommen, um ja nicht das Heranwachsen der „kleinen Cheruskerin" zu versäumen.

Er war kaum eine Woche weg, als Walther die junge Gemeinschaft besuchte. Seine Freude über Aslaks Genesung war ehrlich und herzlich. Er und zwei Helfer brachten Saatgut, einen Pflug, Tücher, Werkzeug, Goldschmuck, vier Ziegen, Hühner, vier Kühe und einen Stier mit, die ihm die Fürsten für Aslak mitgegeben hatten. Der Stier stammte von Mannfried, dem es aufrichtig Leid tat, Aslak Unrecht getan zu haben.

Aslak freute sich sehr über die Geschenke. Mehr aber als alles materielle Gut bedeuteten ihm Walthers Worte:

„Der Dank aller germanischen Stämme ist dir gewiss. Sie erkennen dich als ihren Fürsten an."

So schwer sein Weg auch gewesen war, so viele Schicksalsschläge er hatte erdulden müssen, so wusste er nun, die Götter hatten ihm diesen Weg schon damals geweissagt, als er im Sommer auf dem Felsen bei seinem Dorf saß. Da hatte er von einem Milan geträumt, dessen einer Flügel sich in ein glitzerndes Ding verwandelte, der andere in einen Pfeil, und der allein ein ganzes Heer besiegte. Genauso war es gekommen. Mit Pfeil und Bogen und mit seinem Wunderschwert war es Aslak gelungen, das gefürchtete Keltenheer zu vernichten. Er hatte den Traum erfüllt - mit Hilfe der Götter und Dank Svenas unbeirrter Liebe. Ohne Svena hätte er all das nicht erreicht.

Erfüllt und glücklich erlebten Svena und Aslak die kommenden Jahre. Nach Giesell kamen noch zwei Mädchen und zwei Knaben. Die Mädchen wuchsen zu begehrenswerten Frauen heran, um deren Gunst die angesehensten Männer warben. Die Knaben, die Aslaks Mut und Unerschrockenheit in sich trugen, nahmen später führende Stellungen als Fürsten ein.

Die Kelten mieden seit der Schlacht am halben Hügel das Land der Germanen. Die Römer setzten ihnen weiterhin zu und zerstörten schließlich ihre Macht. Die Kelten errangen nie wieder die Bedeutung von einst.

Der Kriegsgott ließ in den nächsten Jahrzehnten das Reich der Germanen etwas zur Ruhe kommen. Dennoch entbrannten hier und da einzelne Scharmützel untereinander. Aslak nutzte seinen Ruhm und seinen Einfluss, um schlichtend einzugreifen. Unermüdlich reiste er durch das Land und sprach sich für die Vereinigung der Stämme aus. Stets begleitet von seinem treuen Freund Arnim hatten sie noch so manches

Abenteuer zu bestehen. Grenzüberschreitend setzte sich Aslak für ein friedvolles Miteinander ein. Eine schier unermüdliche Kraft beflügelte ihn. Eine Kraft, die ihm die Liebe zu Svena schenkte.